演算人生

彼強・莫伊尼 著
陳冠宇 譯

DER WÜRFEL

給林尼

1

窗戶上覆蓋著黑色薄膜，房間裡瀰漫著潮濕木頭和含氯除霉劑的味道，浴室的通風設備和廚房的抽風機都在嗡嗡作響。厚重的門簾擋住走廊的視線，門口堆滿了未開封的包裹。

塔索穿著平口四角褲和T恤躺在沙發床上，手指正熟練地把玩著一枚大銀幣，突然聽見有東西輕輕劃過窗戶玻璃的聲音。他僵住。仔細聽著，直到聲音停止。一陣沉默後，他轉向天花板上的燈，輪流閉上左右眼。有時懸掛的燈罩遮住了廚房門上方的時鐘，有時沒有。有時他有充足的時間，有時卻太遲了。

他第五次把硬幣拋向空中，然後再次用手接住。在前幾次拋硬幣的時候，勉強能辨認出人頭那面在上。現在則是磨損嚴重的「五」在上頭。

塔索嘆了口氣，但數字就是數字。他不悅地站起身，拖著腳步走到沙發旁敞開的衣櫃前。衣櫃裡有許多衣架，都從一到六編號：前六個衣架上掛著不同顏色和剪裁的褲子，接著是襯衫，然後是毛衣和外套。下面還有幾雙鞋。他彎下腰，從衣櫃的抽屜裡拿出五顆骰子丟在地上。最靠近櫃子的那顆骰子顯示的是「二」。塔索伸手去拿衣桿上的第二個衣架，是一條白色喇叭褲。下一顆骰子顯示的是「六」。塔索皺起了眉頭，拿起衣櫃裡的第六件襯衫。

穿戴整齊後，他對著浴室的鏡子端詳自己的樣子，嘆了口氣。夏威夷襯衫、羊毛毛衣、牛仔外套和喇叭褲，這些與運動鞋並不是很搭。雖然他已經習慣像個瘋子一樣走來走去，但他從來沒有克服過自己的自尊心。他在手指上沾了一些髮蠟，在深棕色的頭髮上胡亂梳著，讓頭髮不再散落眼前。洗手時，他避免再照到鏡子。也許他應該把鏡子拆下來，免得自己再受不必要的罪。或者乾脆用黑色薄膜把它遮起來好了。

回到房間，他從桌上拿起一個有著精緻絲帶的球形包裹，放進褲子左邊口袋裡。他照例把硬幣塞進右邊口袋，穿過門簾走進走廊，然後在身後拉上門簾，這樣就看不見公寓的其他地方了。在空衣櫃旁的抽屜櫃上有一個黑色的小盒子，他像是打開牙套盒那般不情願地打開了它。盒子裡全是保麗龍，保護著一個有兩個蓋子的收納盒。或者更確切地說，是保護塔索不要看到裡面的東西。

在第一個蓋子下面，兩片棕色的隱形眼鏡漂浮在乳白色的液體中。鏡片表面雷射刻著塔索眼睛的圖像，黑色瞳孔的部分是一個小型攝影機。塔索伸出食指，將隱形眼鏡一片接一片地放進眼睛裡，鏡片立刻緊緊地吸附在他的眼球上。塔索厭惡這種感覺，但他更討厭接下來的事。在一瞬間，眼前一片漆黑。然後，他再次看見走廊上的衣櫃透過他眼睛裡的攝影機傳送過來。在他面前，一個3D立方體在它的軸心上旋轉了幾秒鐘，顏色流暢地從白色到灰色再到銀色，最後變成了金色。

「立方體」後面出現一串文字。請戴上你的「智耳」。

塔索已經打開了第二個蓋子，從裡面拿出兩個蠟狀耳塞塞進他的耳朵裡，耳塞立刻縮短，同時又放大，完美地封住了他的耳道。

感謝你使用「易」品牌智慧穿戴裝置，這是全球最多人使用的「智眼」和「智耳」。一個女聲在他耳裡說道。

眾多應用程式的圖示出現在他的視野邊緣。新聞推送和日曆晃動著期待關注，另一側則閃爍著幾封郵件和一則影片訊息的寄件者和主旨。還是沒有來自提姆的消息。

「清空視野。」塔索說，視線再次只看到空蕩蕩的走廊。他的胃一陣絞痛，離開了公寓，關上身後的門。一個3D的鑰匙符號出現在他面前的空中。

門將在三秒鐘後上鎖。

他走下樓梯，聽到前門上鎖的聲音，然後面前的鑰匙變成一個綠色的鉤子，一會兒就消失了。走下半層樓，他停在最下方的階梯上。每次走到街上，他都要費很大的力氣。公寓是他的世界，而「立方體」統治著外面的世界。「立方體」無所不在：天上的無人機，路上的車輛，其他人的智慧穿戴裝置，衣服、身體和建築物上的攝影機、麥克風和感應器。它貪婪地潛伏著，等待著塔索，等待著他片刻的軟弱，等待他不經意的一句話、一個不自覺的手勢、一種情緒。當塔索疲倦時，「立方體」還醒著；當塔索想獨處時，它就在那裡。它不在乎塔索如何躲避它刺眼的目光和無情的審判。

塔索像演員在首演前一樣深吸了一口氣，面帶微笑，從敞開的前門走了出去。

❖ ❖ ❖

這是四月的第一個星期五，厚厚的烏雲籠罩著天空。無數螺旋槳發出的嗡嗡聲蓋住了春天的一切聲音。載著大大小小貨物的送貨無人機忙碌地從這裡飛到那裡。在它們上方，警用無人機像老鷹一樣盤旋。在更高的地方，裝有交換電池的巨型母艦漂浮著，由齒輪傳動的太陽能風帆提供動力。

在塔索前方，一群自駕車在街道上無聲地行駛著。人行道上空無一人。他把手伸進口袋，感受著那枚硬幣。隨著脈搏稍稍平靜下來，他開始往外走。他聽見頭頂上方無人機發出的嗡嗡聲，它正在掃描他公寓的黑色窗戶，尋找食物，尋找黑暗中的洞口。它伸出一把刮刀，在玻璃上刮了刮，然後又退開。沒有成功，因為薄膜是從裡面貼上去的。塔索得意地看著它離開。

這架無人機為它的主人探勘數據。「立方體」為獲取最新資訊支付了高額報酬。資料探勘者進行搜索所使用地圖標有白點，白點所在就是「立方體」沒有資料、資料很少或資料已經過時的地方。塔索的公寓就是地圖上的其中一個白點。「立方體」不知道他的公寓是什麼樣子，是髒是乾淨，他多久刷一次牙，多久自慰一次，多久上一次廁所，他聽了什麼歌，讀了什麼書，唱了什麼歌，吃了什麼，喝了什麼，說了什麼，寫了什麼。他在家裡度過的每個小時都是一場混亂，度過的每一分鐘也都是一種反抗。

塔索抬起下巴，把目光轉向人行道。

要我換成智慧好天氣嗎？耳邊的聲音問道。

他從口袋裡掏出硬幣，放在手裡掂了掂。從他懂事起，他就對這枚硬幣深深著迷。這枚硬幣曾經屬於他祖母，祖母在他小時候送給了他，他便把它當成幸運符隨身攜帶。以前塔索去探望祖母的時候，每次都想看看祖母的這枚硬幣、把玩它，並把它帶在身邊，一玩就是幾個小時。後來，祖母開始為他拋硬幣。她說，如果硬幣連續出現五次數字那一面，他就可以留著它。他十五歲時，這枚硬幣就屬於他了。從那天起，他每次出門都會摸著褲袋裡那塊熟悉的銀幣。就連幾年前在祖母的葬禮上，他也是緊緊地握著這枚硬幣才得以撐過去。

他把硬幣拋向空中。是數字

「好，給我好天氣。」他毫無情緒地說。瞬息之間，烏雲讓位給明媚的陽光。整條街道都亮了起來，汽車和房屋投下了陰影，如果不是陰冷潮濕的風從耳邊掠過的話，他幾乎可以感受到陽光照在皮膚上的感覺。這種荒謬的天氣現象每小時會讓他損失幾塊錢。

你想去哪裡？

塔索又拋了硬幣，是人頭，然後保持沉默。當他穿過馬路時，「智駕」自動停了下來，這裡已經很久沒有紅綠燈了。虛擬廣告海報伴隨著他一路前行，時而出現在地面上，時而出現在眼前的空中。除了基本收入外，他幾乎賺不到什麼錢，這也是他很少使用廣告攔截器的原因。廣告內容五花八門，卻不怎麼吸引人：沒有太空之旅，也沒有飛往非洲的超音速航班，沒有可以看到柏林電視塔的閣樓，也沒有買一台智駕給自己吧的宣傳；有的只是給離線者的教育課程、新一代廉價肉類替代品和一款擴增實境遊戲的廣告，在這款遊戲中，你必須在上班途中用光劍戰鬥。遊戲的首席開發人員信誓旦旦地說，這款遊戲會讓塔索的工作欲望提高百分之十。

他對這些絲毫不感興趣，但他很享受「立方體」嘗試猜測他喜好的可悲行為。因為這顯示他的努力沒有白費，他對「立方體」來說仍然是個謎，就像「愚弄者」一樣。塔索第無數次預約了他永遠不會參加的教育課程，訂購了一些人造肉，並在日曆上記錄下星期一要在上班路上試試那個愚蠢的遊戲。突然，一輛智駕警車從他身邊呼嘯而過，接著在他前方幾公尺遠的路邊停下來。他忍著不發出一聲嘆息。

「請告訴彼得，我得去警察局一趟，會遲到。」他嘀咕著，立刻對自己使用了「請」字感到惱火。其實他不介意被耽誤時間，他對參加雙胞胎哥哥的生日派對沒什麼興趣，但他今天本來可以不用遇到警察的。

已完成。

他應該固執己見嗎？他拋了硬幣：數字。所以答案是肯定的。當他走到車前時，一個女人下了車。她大約三十歲，穿著緊身制服，露出健美的身材，濃密的黑髮紮成馬尾。

「你好，多夫先生，我叫沃格爾。」她和他握了握手。「你戴著智慧穿戴裝置嗎？」她語氣堅定。

「戴著。」

「很好，你能跟我走一趟警局嗎？大約半小時左右。」

塔索生氣地說：「一定要嗎？我現在正要去參加我哥哥的生日派對。」

女警停頓了一下，顯然在查看她所看到的一些資訊。「沒錯……生日快樂！」她勉強擠出一絲笑容說道：「但我還是得請你跟我走一趟。如果你能回應我們的三次傳喚之一的話……」

「今年我已經應訊過兩次了。」塔索不耐煩地打斷她。「怎麼現在又來了？」

沃格爾顯然沒有料到塔索會抵抗，雙手在面前的空氣中揮了揮。也許她啟動了對話輔助工具，又或許她呼叫了增援。

「是否要進行『危險人士約談』不是我能決定的。」一架足球大小的警用無人機飛了過來，停在她上方。「根據我們的資訊，與你進行危險人士約談的時間已經耽誤了，所以請你跟我們走一趟……」女警指著她的智駕，做了一個邀請的手勢。

塔索從口袋裡掏出硬幣，在惱怒的女警面前將其拋到空中。無人機嗡嗡地響了幾聲，打開了前面的小擋板，從裡面伸出了細長的管子。塔索看了看硬幣：人頭。他一言不發地上了車，聽見女警在車外嘆了一口氣。

一路上，塔索沉默地看著窗外。警用智駕被允許開得比其他人更快，前方由「立方體」控制的車輛形成了一條車道。從車內看，街道比人行道更加擁擠，智駕之間的距離僅僅相差幾公分，卻沒有造成事故。兩年前，由於共享汽車比公共交通便宜，這座城市關閉了地鐵，只有物流公司還在使用舊隧道。不排放廢氣、安靜無聲的汽車也讓繁忙道路上的住房重新變得有吸引力。不過，塔索看不見底層公寓的情況。以前有窗簾，但現在他的智眼讓他看不到裡面。他只能清楚看見一些貼著黑色薄膜的窗戶，他吃驚地發現，這種窗戶竟然少了那麼多。他的目光停留在一家咖啡館，咖啡館的前窗外似乎長出了一棵樹。以前這裡有一家漫畫店，他和哥哥曾在那裡度過整個下午，他們總是小心翼翼地提防著店主和他的告誡：不僅要看書，還要買書。塔索還保留著一些這裡的漫畫。但是，他童年時代的商店已經不復存在。取而代之的是一家又一家的咖啡館和酒吧，彷彿人們整天都在喝酒、吃飯、喝酒。事實上也是如此，至少對很多人來說是這樣。

距離警察總部只有幾分鐘的車程。這座巨大建築的深色窗戶鑲著白色的邊框。它就像一座瞭望塔，矗立在林立的房屋之中，比鄰近的建築物高出至少一倍。沃格爾把車停在地下停車場，帶著塔索走向電梯。

他對這個區域再熟悉不過，因為他已經來過這裡二十次了，多半是為了危險人士約談而來。他第一次被傳喚是在公投後不久，那時這棟大樓還叫做國際貿易中心，主要是企業的辦公場所，警察只占了四層樓。然而，「立方體」的出現迅速改變了整個經濟，大樓很快就空了。只有一家在十五樓的律師事務所很早就適應了這種變化，因此得以倖存。大樓的其他部分逐漸被過去幾十年變得壯大的警察部隊接管，犯罪率下降後，「憲法保護」部門占據了越來越多樓層。沃格爾把塔索帶到四樓，一言不發地領著他通過一條走廊，直到她在一間光線明亮的小房間前停下來。「這是我的辦公室。」她指著牆上一個空蕩的架子和一張空桌子說，桌子前放著兩張椅子。「有點單調，因為我才剛搬進來，還沒調整成訪客參觀模式。」

塔索找了個位置坐下，想像著牆上智慧播放器放著沃格爾瘋狂地進行危險人士約談的影片。「無論如何，我都得把我的智慧穿戴裝置拿下來，對吧？」

她不知所措地看了他一眼，然後慌亂地翻閱著她的智眼所顯示的東西。「沒錯。」她隔了一陣子才回答道，並緊張地笑了笑。這顯然是她第一次進行危險人士約談。塔索取出他的智耳。「反正我也不喜歡這些東西，」他說：「但是沒有它們，你連家都進不去，還會四處被資料探勘者跟蹤。」

沃格爾從架上拿起一個智慧穿戴裝置的收納盒，笨拙地操作著，直到它終於突然打開，然後用她修長的手指越過桌子將它遞給塔索。

塔索取出智眼放進收納盒裡之後，他明白了為什麼沃格爾突然變得這麼緊張：她的外表套用了外型改造濾鏡。沒有了智眼，他現在可以看到她的真實外表：她不到三十歲，最多二十歲左右。她的皮膚不如方才看見的光滑，臉頰微微泛紅。濃密的黑髮成了黯淡的紅色，她也不再帶妝。她的制服被臀部和寬大的大腿繃緊，套用濾鏡後的身高也更高。此外，辦公桌上還出現了一碗巧克力，顯然是她為客人和同事偷偷準備的。塔索感到好笑，但沒有表現出來。這種複雜的外型改造濾鏡需要大量計算，因此成本高昂，但這肯定是由國家出錢的。沃格爾避開了他的視線，坐下來，專注地看著他，顯然是在查看她的指示。

在進入正題之前，她清了清喉嚨。

「你知道你為什麼在這裡嗎？」她的聲音現在聽起來高了許多。

「不太清楚。」塔索友善地回答。「可以吃嗎？」他指著那碗巧克力。

「當……當然可以，」沃格爾結巴地說。塔索抓起一片巧克力，拆開包裝，塞進嘴裡。

沃格爾瞥了他一眼，然後繼續說：「我們會定期和可能在未來犯罪的人約談。首先，我必須向你解釋為什麼我們認為你是危險人物。」她雙手交叉地放在桌子上，變得冷靜了一些。

「首先，你的『預測分數』極低。我認識不少離線者，甚至還認識一個『愚弄者』，但老實說，我從沒見過比這分數更低的人。」

塔索感到受寵若驚。如果說他一生中有什麼值得驕傲的話，那就是他的預測分數。他的低分讓他與眾不同，跟絕大多數的人不一樣，他們都從希望過著可預測的生活。有些人是為了生活的便利，有些人是為了獲得更高的基本收入，還有些人只是把追逐高分當作遊戲，隨著分數越高，遊戲越困難。一想到那名丹麥檔案保管員保持著將近九十一分的紀錄，塔索就不寒而慄。沒有人能比得上「立方體」的預測。

塔索不斷嘗試以確保得出相反的結果。他的離線者朋友們沒有一個能讓「立方體」做出錯誤的預測，也沒有人能更成功地愚弄它。但無論如何，離線者中幾乎沒有「愚弄者」。保持低預測分數是一項艱苦的工作，因為預測分數很容易就能達到六十或七十分。因此，大多數離線者寧願躲著「立方體」，他們譴責「立方體」是上帝或人類自決的敵人。然而，塔索並不想躲起來。他更喜歡用「立方體」沒有的思想和情感來愚弄它，而這種方針使他成為這座城市最出色的愚弄者之一。但也非常孤獨。

「你也唬弄看吧，感覺很爽很自由的！」他把巧克力紙揉成一團，放在碗旁邊，雙手交叉放在頭後方。

沃格爾不為所動地繼續說道：「自公投以來，你因為製造混亂被定罪了十二次。在短短八年時間裡十二次……」

「從前那叫做叫示威行動。」塔索打斷了她的話。他不想讓整件事不必要地拖延下去，但他不能像上次那樣只是坐在那裡靜靜地聽。

「示威行動沒有經過登記！每次都讓大眾生活陷入混亂。甚至有三次證明你是故意為之。」

「那是因為我參加了快閃活動。」

「你到底做了什麼並不重要。無論如何，這都是犯罪。」沃格爾深吸了一口氣。

塔索不得不回想起他的第一次快閃活動，就在公投後不久。他和志同道合的人約好在波茨坦廣場見面，那裡是當時這座城市最繁忙的十字路口。一聲令下，他們衝上街頭，組織了舞蹈快閃。當第一聲喇叭聲漸漸遠去，越來越多司機加入了他們的行列，發出陣陣歡笑。僅僅一年後，他們在一次類似的活動中遭到了噓聲，因為大多數的人都害怕自己的預測分數下降。

「在全民公投之前，你曾是立方主義的積極反對者……」

「直到今天我仍然反對立方體。」

沃格爾點點頭。「你仍然經常去『無立方區』，估計與其他離線者有很多接觸。另一方面，你沒有因為與極端主義者聯絡而引起關注。你已經兩年沒有參與政治活動了。」她專注地看著他。「我說的都對嗎？」

塔索知道沃格爾正在即時分析他每一個看得見、聽得見的身體反應。「是的。」他用有力的聲音回答。

她端詳了他一會兒，似乎很滿意。「容我這麼說，你還是走上了一條非常糟糕的道路。」她用一種彷彿有人允許她這麼說話的語氣說道：「你有前科，如果再犯，可能會面臨高額罰款，甚至被解雇，尤其是如果你加入錯誤陣營的話。」

塔索很想拍桌子，對這個笨拙的女警察大聲咆哮，告訴她自己對這些番訓話以及這整場猴戲的看法，但他只是專注地看著她。就像往常一樣，他吞下了這一切，吞下了所有，吞下了他內心的衝動。「謝謝你的關心，沃格爾女士，」他說：「但這完全是杞人憂天，我剛剛還報名參加了一個融入教育課程。我不是立方主義的威脅。」塔索站了起來。「我可以走了嗎，或者你還有什麼……」

沃格爾跳了起來，不是因為塔索，而是因為突然出現在門口的人。當塔索認出他時，整顆心都揪了起來。

「哎呀，沃格爾女士，」鐘・施奈德說：「有常客來訪是嗎？」他笑了笑，走進辦公室。

塔索已經很久沒有見到施奈德了。前段時間，他聽說這位老警察已經調到憲法保護部門，在那裡帶領一個專門負責反立方體極端主義的新分隊。塔索曾希望再也不要見到他，因為施奈德其實已經不再負責處理危險人士約談了。

看了沃格爾一眼，塔索發現她也對這位貴客感到驚訝。她興奮地向施奈德打招呼，並把自己的椅子讓給他。他很自然地坐了下來，又請塔索坐下。塔索微笑著答應了。

「你氣色不錯，多夫先生！我看你仍然在發揮你的最高水準，或者說是最低水準。」他又笑了，手在視野中揮動了一下。他難以置信地搖搖頭。「十九．八四分！太誇張了。這得有多難啊！」

施奈德把目光轉回塔索身上，就這麼看著他，感覺像看了一輩子。到目前為止，他的每次談話都是這樣開始的。塔索難以忍受這種無言的凝視。他們初次見面時，他還因此暈頭轉向。塔索年輕時曾有的傲氣，就像他唯一一套用過的那次肌肉濾鏡，取消之後就不再有了。精心準備的一連串論點瞬間被忘得一乾二淨，一分鐘後，他只想離開。

施奈德將他粗壯的前臂撐在桌子上。現在，他要開始說話了。「這可能會讓你大吃一驚，儘管你的喜好很特別，但我認為你是好人。這就是我今天來這裡的原因。」

塔索將身體往後靠。這也許就是他今天來這裡的原因。

「我們擔心會發生重大恐怖攻擊。這些消息不是很確定，但很多人可能會受到傷害。有傳言說，反抗組織正變得越來越激進。」

塔索瞥了沃格爾一眼，沃格爾忙不迭地點點頭，儘管這可能也是她第一次親耳聽到這個消息。

「我不需要向你解釋人文主義陣線、基督教反立方主義組織和其他瘋子有多危險。」施奈德鬆了鬆肩膀，直到它發出喀拉聲響。他接著說：「我想請你在無立方區閒晃時，或是在任何你度過閒暇時光的地方，能夠眼看四方、耳聽八方。」他再次專注地看著塔索：「我知道你的人脈還是很廣的。你也知道，德國政府會給吹哨者豐厚的報酬，這對所有人都是好事。」

塔索忍不住睜大了眼睛。難以相信偉大的施奈德竟然在求他。他要不是走投無路，要不就是毫無頭緒。不管怎樣，反抗軍幹得好啊。

「你是想讓我幫你嗎？」

「有何不可呢？『暴力對待人民所期望的政府形式是不合法的！』」施奈德念叨道：「這可是你說過的話。」

塔索保持沉默。姑且不論他會經歷什麼，也不管他曾經說過什麼，他都覺得當施奈德的間諜的想法很荒唐。對，他堅決反對暴力，甚至反對立方主義，但他可不會向施奈德提供任何情報。永遠不會。

「我說這話時，還是個孩子呢。」

施奈德挑了挑眉。「你是在說你現在贊成恐怖攻擊嗎？」他的目光變得異常嚴厲。「如果我發現你在幫助恐怖份子，我向你保證，我會親自把你送進監獄裡。」

「我不是這個意思。」塔索很快地說：「我仍然認為暴力是錯誤的方式。隨便你怎麼曲解我的話。」他再次把手伸進巧克力碗裡，避開施奈德的目光。施奈德不解地望著沃格爾，沃格爾則慌忙地在空中揮了揮手，給了他一小塊大家都能看到的巧克力。施奈德沒好氣地拒絕了，視線轉回塔索身上。

「那意思是你要幫我們？」

塔索猶豫了一下。他拿出硬幣。

「你不是認真的吧！」施奈德喊道：「這可不是遊戲，這關乎人命，該死的！」

塔索無動於衷地將硬幣拋向空中，是數字。「如果我聽到什麼過分的話，我會告訴你的。」

施奈德搖搖頭，把目光轉向視野中的顯示器。他的表情放鬆了下來。「『立方體』計算出你是認真的機率為七十三．五二％。我可以暫時接受這個結果。最晚一個月後，我會請你來報告情況。」

塔索強忍著笑。也許他不僅是最好的愚弄者之一，而且是有史以來最好的愚弄者。

2

塔索無精打采地站在哥哥家門前。他的牛仔外套被雨水淋濕，緊緊貼在手臂上，儘管天空依然萬里無雲。他查看了自己的電子郵件。還是沒有提姆的消息。他猶豫著走近前門，門立刻自動打開了。

彼得一家住在老建築的頂樓。幾乎每次都是這樣，塔索的硬幣迫使他走樓梯。他在心裡咒罵著。

五層樓後，他氣喘吁吁地站在虛掩的門前，聽著門後嘈雜的聲音。他羞愧地低頭看著自己，如果他今天擲骰子沒有擲到喇叭褲就好了！他覺得自己就像即將踏入新班級的小學生，恨不得轉身就走，再也不要回來。

你正在進入一個私人活動。其他訪客將看到你的公開資料。是否啟動聊天助理？

「不用。」塔索說著便走了進去，立刻從耳機裡聽見輕柔的音樂。

他遲到了將近兩個小時。到處都站著他不認識的人。涼爽的空氣從西邊吹向東邊的露台，散發著新鮮開胃菜的香味和盛裝賓客的香水味。塔索不記得自己曾經舉辦過這麼盛大的宴會。

他身邊的兩個女人笑著，她們的身材和髮型看起來完美無瑕，肯定在外型改造濾鏡上花了一大筆錢。一位穿著蛇皮裙，另一位則是一身白衣，雞尾酒的顏色與她們的外表完美搭配。客廳裡一群男人並排坐在沙發邊上，眼睛瞪得大大的。其中一個人粗暴地抓住鄰居的前臂，另一個人邊咒罵邊拍打著他的大腿，而第三個人則咧著嘴幸災樂禍地高舉雙臂。他們大概是在用智慧穿戴裝置玩遊戲。一陣尖叫聲傳來，先是一個小女孩從塔索身邊跑過，然後是一個小男孩，他們都穿著《魔鬼剋星》的服裝，顯然是在尋找他們智眼顯示的東西。牆上畫著精緻的藝術品，蜿蜒地圍繞著樑柱、轉角和邊緣，隨著音樂的節奏跳動著變幻的色彩，其中不斷出現數字「二十八」。

羅雅的管家應用程式肯定通知了塔索的到來；幾秒鐘後，他的嫂嫂擁抱了他。她穿著一件墨綠色的連身裙，裙擺在身體周圍旋轉，露出她柔嫩的肌膚，深色的捲髮隨意地披在肩上。她看起來很放鬆，也有些微醺。

「二十八歲生日快樂！」她用他最喜歡的那種溫暖聲音喊道。「你來了真好！你就不能早點來嗎？」

在羅雅幫塔索掛外套時，塔索解釋了自己半路被帶去警局作客的情況。

「天哪，他們就沒有別的事情可以做嗎？」羅雅搖著頭說。塔索只是聳了聳肩，然後指著五顏六色的牆壁。「這是你自己畫的嗎？」

羅雅笑了。「是的話就好了。看起來很棒，對吧？那是我們其中一個藝術代理人的傑作。」她指著站在對面牆邊，正和兩個年長男人說話的年輕女人。她穿著一件由多塊淺色布料縫製而成的緊身連身裙，領口開得很低。

他聽到羅雅說：「注意你的眼睛在看哪裡。」他的目光顯然在錯誤的地方停留太久了：裙子的領口在他眼前下沉，直到女子的胸部露出來，完全變形，而且變成藍色的。那位年輕女子轉身對他調皮地咧嘴一笑。羅雅大笑起來，塔索則是尷尬地轉過頭去。

「的確，她有點特別。但我從沒見過比她動作更快的代理人，她在兩小時內就完成了牆壁的畫，令人不敢置信！」

如果他現在不把羅雅引導到其他話題，她就會滔滔不絕地談論原始碼行數有多優雅、虛擬鍵盤作為新的調色板有多棒，或是電腦科學征服藝術又或是藝術征服電腦科學等等，因為羅雅是「代理藝術博物館」的館長。在這種藝術形式中，電腦程式產生圖像、電影或裝置，而藝術家只是透過改變程式碼來參與藝術過程，但他還是認同地對羅雅點點頭。

「生日快樂，老弟！」身後傳來一個熟悉的聲音，塔索急忙轉過身去。一股濃烈的男士香水味和一絲酒氣撲鼻而來。彼得的樣子總讓他覺得，如果自己穿得時髦一點，身材再苗條一點，看起來應該也不錯。彼得完美合身的藍色牛仔褲與炭灰色襯衫搭配得天衣無縫，他隨意地捲起襯衫的袖子，露出紅色圓點的襯裡。他的身形套了些許濾鏡，烏黑的短髮看起來比現實中更豐盈，只是面容沒有改變。如果穿著同樣的衣服，沒有經過濾鏡改造的話，兩人看起來會相似到只能從頭髮的長度來區分。

「也祝你生日快樂。」塔索說，然後他們互相擁抱，一如既往。兄弟間的擁抱比平時長一秒，力度大一牛頓。和往常一樣，塔索的腦海裡閃現出母親在他們六歲生日時讓他們互相擁抱祝賀的情景。起初他覺得很奇怪，但那種感覺很好。無論他們現在的關係如何，每次他擁抱哥哥時，當時與哥哥之間的那種暖和親密感仍令他難以忘懷。

他們鬆開彼此。那種感覺消失了。

「真是蓬華生輝啊！」彼得嘲笑道：「可不是每天都有真正的國家敵人來拜訪！」塔索沒有回話，彼得笑著拍了拍他的肩膀。羅雅責備地看了丈夫一眼，然後轉向其他客人。

塔索不能說自己不介意彼得的話，但他早已習慣了這些評論。他從褲子口袋裡拿出球形包裹，遞給彼得，彼得惱怒地看了他一眼。「我們不互送禮物的。」

塔索聳聳肩。他的哥哥解開蝴蝶結，取出一個紅色的小球，他將球的兩半相互轉動，球就打開了。他從球的下半部拿出一個小骰子，小骰子的三個面是黑色的，另外三個面是白色的。

彼得用手指翻轉它，撫摸著堅硬的邊緣和絲滑的表面。塔索很高興這份禮物吸引了他哥哥的注意，至少有那麼一瞬間。他是在回想他們以前收集的骰子嗎？突然，彼得的目光變得堅定起來，把骰子放進褲子口袋。

「謝謝你。」他低聲說道，看了塔索一眼。一時間，兩人沉默地站在對方面前。塔索本來想告訴彼得，這顆骰子有一百多年的歷史，屬於中國的一種賭博遊戲，它的前主人曾因此賺了一大筆錢。然而，他還是轉向了第一個想到的標準話題。「工作還好嗎？」

「一切如常。」

「你們開發了新的應用程式，『瘋電影』還是什麼的？我前幾天有被推薦到這個應用程式。」

「對，沒錯。」

彼得不喜歡談論他的工作。他曾經說過，他的程式設計工作必須保密。塔索只知道哥哥為一家製作個人電影的公司編寫故事演算法。現在的娛樂產業大多由獨立類型的電影、連續劇、書籍、音樂和遊戲組成。彼得的演算法自發性地編造故事，刺激的、有趣的、浪漫的、奇幻的，然後其他演算法透過消費者的智慧穿戴裝置將這些故事變成現實，而逼真的動畫效果完全符合使用者的喜好和心情。這些角色通常與當紅的演員相似，因此讓虛擬故事更具有真實電影的效果。這意味著，每個人都可以完全按照喜好觀看、聆聽、閱讀和播放自己想要的內容，而無需自己做出選擇。塔索也在使用這套獨立娛樂系統。這是一種惱人但簡單的方法，得以藉由錯誤回饋自己的品味來欺騙立方體。

塔索依然固執己見。「『瘋電影』就是那些有邏輯謬誤的獨立電影，對嗎？」彼得點點頭。「但你們不是主打沒有邏輯謬誤的故事嗎？」

彼得猶豫了一會兒。「當然，邏輯故事是我們最大的賣點，但這也嚴重限制了獨立電影的發展，畢竟如果你允許邏輯謬誤，你就能講出更瘋狂的故事。很多人都喜歡這樣。」

塔索咧嘴一笑。「人們就不能回去拍電影嗎？」

彼得揮揮手。「那太貴了。那你最近怎麼樣？」還沒等塔索回答，亞辛和麗莎就朝他衝了過來。他的姪子和姪女穿著海盜服，戴著大帽子和眼罩，滿臉笑容。六歲的亞辛像士兵一樣立正站在塔索面前，大聲喊道：「先生，您好！」他的帽子下亂蓬蓬地披著遺傳母親的黑捲髮。

「你好，小馬蛋糕先生！」塔索以低沉的聲音回答。亞辛瞇起眼睛，咯咯地笑起來。塔索總是用不同的想像中的名字向他們打招呼，這是他少數的公開行為之一。

麗莎努力模仿大她三歲的哥哥的姿勢，她的小鼻子和大大的黑眼睛看起來比他還可愛。「您好，先生！」

「你好，臘腸狗蛋糕小姐。」塔索回答。兩個孩子都笑得前仰後翻，然後擁抱了他。

塔索喜歡這兩個孩子的童真和無憂無慮，儘管他永遠無法真正分享這種快樂和輕鬆。他無法解釋他們為什麼這麼喜歡他，他大多時候對他們冷淡而疏離，對他們的智慧遊戲所知甚少，也不能送他們豐厚的禮物。他是一個紀律嚴明的愚弄者，當他們向他微笑時，他總是無動於衷，但他的問候和緊隨其後的擁抱也許足以向他們傳達他的真實想法。

當他再次站起來時，孩子們繼續往前跑。彼得已經和三個陌生人聊了起來。塔索的智眼在他們頭旁邊的小氣泡中顯示了他們的公開資料，但他並沒有閱讀，而是飢餓地走進廚房。帶有木紋的大盤子裡擺放著數不清的開胃菜，一道比一道誘人。他獨自一人，知道這裡沒有攝影機。他閉上雙眼，俯身靠近盤子，聞著焦糖杏仁燉雞、鮮蝦柑橘雞尾酒、扁豆沙拉配薄荷和羅勒的味道。

即使遮住智眼，他也無法在不被立方體發現的情況下吃到任何的美味佳餚。因為上一個來廚房的人肯定看到了食物，而下一個人也會戴著智眼，所以立方體可以知道塔索吃了哪些食物、吃了多少克。

他睜開眼睛，心情沉重地只拿了一份鮮蝦雞尾酒，在盤子裡放了兩個茴香酥餅（他討厭茴香），然後走進客廳。

他刻意津津有味地嚼著難吃的蔬菜，尋找熟悉的臉孔。在房間的另一側，他認出了不久前見過的三個男人，他們是彼得的大學同學。他哥哥的同事似乎都不在，就像去年一樣。彼得私下寫著那些所謂的程式碼時，似乎很少與人往來。

塔索可以從陽台上聽到他以前的同學盧克如機關槍般的笑聲。他可能正和他的鼠臉妻子瓦妮莎站在一起，身邊圍著一群無聊的人，一邊喝著啤酒，一邊講著令人尷尬的英雄故事。塔索怎麼也想不通，彼得為什麼還是他的朋友。他自己上一次和盧克說話已經是一年前的事了，而且在他的餘生中也不需要再有後續。

「怎麼樣？」盧克問，一隻手沉沉地搭在塔索的肩膀上。「你還在當離線者嗎？」他轉過身來，對妻子咧嘴大笑。「塔索的騙術讓他的預測分數比我爺爺還低！」他笑出聲，塔索也跟著笑了起來，盡量讓自己的語氣介於真誠和嘲諷之間。

盧克往嘴裡塞了一片鮭魚，嘟囔道：「而且靠我們的數據吃飯。」

很多人都曾經這樣指責過塔索，因此他不難露出燦爛的笑容，就像盧克在誇獎他一樣。

「我不這麼認為。」他平靜地說。

「你不是也有基本收入嗎？沒有我們的數據，立方體就沒辦法確定供需關係，也沒辦法產生基本收入，那我們就會浪費勞動時間和資源。」

他不假思索地讚美立方體，聽起來就像是把聊天助理的建議念出來一樣。但塔索沒那麼容易被激怒。「我們也可以賺到足夠的錢過上好日子，這在過去也行得通。」

「因為過去還有足夠的工作機會！」盧克擦了擦嘴說。

「如果不是一切都必須講求高效率的話，現在還是可以和之前一樣。」

盧克又從自助餐檯上拿了一份小點心，遞給妻子一片塗滿綠灰色抹醬的白麵包，她搖了搖頭。「總之，我可不想為了像你這樣的人工作更長的時間……」剩下的句子消失在他的咀嚼聲中。

塔索無言地為自己拿了點食物，然後離開廚房。

你想讓我向你展示你認識的所有人嗎？塔索吃掉最後一角派皮，點點頭。除了他已經看到的人之外，他的智眼還顯示了另外六個人。他閱讀了他們的資料，以了解他們是誰以及自己是如何認識他們的。這些人其中有三個是羅雅的同事，另一個是彼得的同學，還有一對夫婦是他們倆的朋友。在上次的生日派對上，他顯然和他們寒暄過幾句。

沒有一個人願意跟他說話。

情況並非一直如此。在公投前，朋友和熟人對他之於個人資料隱私的態度保持寬容，甚至尊重，當時邀請像他這種「數據拒絕者」參加聚會還被視為一種潮流。然而，隨著時間的推移，他們對他的批評越來越多。當他在公投後開始胡鬧時，他的社交生活很快就消失了。根據立方主義者的友誼應用程式計算，與他建立長久關係的可能性很小，因為他們對他的資料掌握太少。幾乎沒有人想在見面時拿掉自己的智慧穿戴裝置，因為這太麻煩了，而且會降低他們的預測分數。此外，立方體越來越鼓勵並獎賞與預測分數高分的人接觸，如果讓愚弄者進入生活並造成混亂，那就會被扣分。任何仍然堅持和他在一起的人都會被其他人用不信任和不理解來懲罰，直到他們也屈服並斷絕和塔索的聯繫。他失去了一個又一個朋友，直到一個人都不剩。除了提姆。

陌生人也不喜歡和塔索說話。他們的聊天助理會發出警告說，因為塔索的預測分數很低，他們無法推薦任何主題。大多數人也就這樣離開了，因為當他們可以立即與他人談論由聊天助理顯示的共同話題時，誰還會願意進行生硬的閒聊、自編自演的笑話或尷尬的停頓呢？過去，塔索曾說服自己，這些對他來說都不重要，這是他準備做出的犧牲。他的騙術讓他覺得自己強大、獨立，甚至高人一等。但現在，他自信的外表只是偽裝。當他穿著這身經常讓人發笑的衣服，站在那些成功的、舉重若輕的修辭天才中間時，他們只能跟他談論人造雞肉串的真實味道或牆壁上令人印象深刻的色彩裝置。他最想做的就是轉身離開，回到自己的公寓，拆掉智慧穿戴裝置，對著枕頭大聲尖叫。他甚至不想再認識新朋友了。過去，他可以很快與他人打成一片，甚至樂在其中，但現在的每次接觸都讓他感到緊張。他害怕自己的話題不夠有趣，害怕自己的笑話不好笑，害怕自己的評論不合時宜。有一陣子，一個問題不斷深植在他的腦海中：重新擁有歸屬感會是什麼感覺呢？怎麼樣能與老朋友談笑風生，能再次享受參加他們聚會的樂趣，更重要的是，怎麼樣才能被邀請參加他們的聚會？

同時，他也為這種想法感到羞愧。他選擇這種生活是有原因的，因為這種生活由自己決定。他想要歸屬感，沒錯。但無論如何，他都不想屈服，不想變得像其他人一樣可以預測、被外部控制。此外，他的信念並不孤單。他查看了收件匣。仍是空空如也。

❖ ❖ ❖

當羅雅叫住他時，他已經走到公寓的門口了。她滿臉通紅地向他走來，緊跟在後的是一個三十多歲的男人，臉上帶著不確定的微笑。這個男人頭髮稀疏，門牙歪斜。很少有這種自然的表情。「塔索，我想讓你見見弗里茲，他的女兒琳是麗莎的朋友。也許你會想和他聊聊。」她滿足地笑了笑，然後就離開了。

「生日快樂。」弗里茲說。他短暫地舉起香檳，猶豫著走近了一步。

「謝謝你。」塔索回答。「離線者？」羅雅把他們湊在一起只有一個原因：每個派對上至少有兩個離線者，而派對主人總是會確保他們能找到對方。

弗里茲一臉驚訝。「是的，但是非自願的。過去十年我一直住在非洲，兩星期前才帶著女兒回到德國。」

塔索認真地聽著。這次談話比他預想的要有趣得多。「你們住在哪裡？」

「辛巴威。」

塔索想了想。「那不是在和諧派的控制之下嗎？」

「沒錯。」

塔索不禁皺起了眉頭。如果說還有什麼比立方主義更讓他不喜歡的話，那就是和諧主義了。立方體獎勵的是可預測性，而塔索斷然拒絕了這點，但至少立方體沒有告訴任何人要怎麼做人。你可以在立方體面前做一個自負的白痴，只要你始終如一。然而，習的和諧主義與立方體相反，透過「永智」來監控人們遵守長期行為準則的狀況，而這些規則由中國共產黨制定。每個和諧國家的居民最初都有一千分的「社會信用」，分數會根據行為端正、違規而提高或下降。這種極端的外部控制方式，有時候甚至會改變塔索對立方主義的看法，哪怕只是短時間而已。

弗里茲立刻察覺到了塔索的不安：「但我不是和諧主義者。」他強調：「恰恰相反，我完全反對這種制度！我有不少熟人因為不遵守制度而失去了工作、朋友甚至自由。一切發生得太快，令人難以置信。打個比方，連你放個屁都會被扣分。」弗里茲簡短地笑了笑，見塔索沒有反應，緊接著繼續說下去。「中國總是聲稱每個夥伴國可以自行決定要獎勵或懲罰什麼行為，但當然，作為社會信用的發明者，他們也不斷向他們的『夥伴』提出『建議』。因此，即使在辛巴威，任何批評中國的人都會立即被扣十五到七十分。你的分數很快就會低於六百分以下，然後情況就開始變糟了。」

塔索很高興聽到這些批評。「那你為什麼還要搬到那裡去？」

「來自非和諧國家的外國人都享有特權，中國也確保了這點。」弗里茲搖了搖頭。「這是他們擴張策略的一部分。但最重要的是，我的妻子來自辛巴威。她完成學業後之後想回去，我就跟她一起回去了。」他兩眼無神，沒有再說下去。

塔索轉移了話題：「那你對立方體的預測分數沒什麼想法嗎？」

弗里茲聳聳肩。「至少在這裡沒有人規定我該說什麼、做什麼。立方主義是民主的。」

「嗯……是還有一個議會沒錯，但沒有選舉了」。

「但立方體任命的議員能夠反映我們的社會。」

「進而鞏固了現有的條件。沒有選舉，就沒有人為新思想而戰。而這些人民代表也不是獨立的，因為沒有立方體的庇佑，無論如何也都沒人能做出決定。」

弗里茲將重心從一隻腳換到另一隻腳。「那你呢？你是愚弄者，對吧？」

塔索自嘲地低下頭，沒有說話。

「這表示你總是在說謊？」

這個直接的問題讓他大吃一驚。「我不會這麼說……我是愚弄者！有時候我的行為和態度是一致的，但很多時候並不然。」

弗里茲點點頭，看了看彼得，他正和盧克一起坐到在沙發上。「但是你哥哥……」

「……是個不折不扣的立方主義者，沒錯。」還沒等他提問，塔索輕聲補充道：「以前可不是這樣。他以前和我一樣充滿批判。」

「那你的父母呢？」

這次輪到塔索不想談論他的家庭故事。他看向彼得，看著他用雞尾酒杯和盧克的啤酒瓶碰了一下。他還記得以前來家裡作客的同學朋友，他們既感興趣。但多數時候卻困惑的目光。塔索的父母總是要求他們把智慧裝置和智眼放在一個保險箱裡，保險箱只有在做客結束時才會再次打開。一家人外出時，他們都戴著大帽子，用面紗遮住攝影機，後來還會戴上口罩和太陽眼鏡。塔索經常在想，為什麼當時其他孩子沒有完全避開他們呢？後來他這樣解釋，也許是因為彼得和他形影不離，總是成如影隨形，總是比其他人加倍堅強、風趣和自信。也許也因為如此，他才如此不受別人嘲笑的影響。無論他們去哪裡，他總是有他最好的朋友陪伴，因為他最好的朋友就是他的哥哥。而且他們經常旅行。他們的父親年輕時是記者，經常出國採訪，後來母親在德國成立建築公司時，也常帶著兄弟倆一起出國。在他們的父親因為演算法而失業，他們不得不縮減開支之前，他們已經遊遍了大半個歐洲。即便如此，這個家庭也沒有分裂，反而更加團結了，因為他們有更多的時間陪伴彼此。

直到盧克來到他們班上。彼得突然變了一個人，像一條緊跟著主人的狗。不管盧克在搞什麼鬼，彼得都想參與其中。他偷偷買了一副智眼，晚上溜進樹林，和盧克與他的其他新朋友玩「戰爭」遊戲。他們一起向高年級的女生測試交友軟體的搭訕技巧，並計劃在離開學校後環遊世界。很長一段時間，塔索都在說服自己不要在意彼得對盧克的崇拜。但在他們十八歲生日那天，當他的哥哥在盧克的堅持下辦了一個「小靈書」帳號時，塔索內心的某些東西突然爆發了，他向還未察覺彼得離經叛道的父母告發了彼得。雖然已經是近十年前的事，但塔索仍然記得隨之而來的爭吵。父母震驚不已，大吼大叫，淚流滿面，摔破了門，斷了關係。

幾週後，彼得搬了出去。父親出於無奈把自己鎖在原來的書房裡，甚至沒有跟他道別，而母親不停地跟彼得說話，彼得則匆忙地從房間的一個角落跑到另一個角落，收拾他的物品。塔索無助地坐在一旁，無法理解究竟發生了什麼事，心中充滿了愧疚。

他至今仍不明白，彼得為何會與家族中的其他人如此疏遠。那是在公投之前，那時既沒有離線者，也沒有立方主義者，所以塔索甚至不能把這歸咎於立方體。

他又看了看弗里茲，好一會兒才想起他的問題。「我們的父母住在人寧。」

弗里茲疑惑地看著他。

「鄉下的無立方區。」

弗里茲繼續睜大眼睛看著他，塔索繼續說：「近年來，許多離線者搬到鄉下的無立方區，有像我們父母一樣的人文主義者，也有所謂的宗教人士，他們出於宗教原因拒絕接受立方體。其中最激進的人為我們稱作納米許人，新阿米許人。」

「我有聽說過納米許人。」弗里茲端起香檳杯啜了一口，眼光望向遠方。塔索猜想他的智慧穿戴裝置可能給了他關於無立方區更詳細的描述。「還有多少離線者呢？」弗里茲過了一會兒後問道。

塔索想了想說：「我想大約有百分之六到七的人的預測分數仍然在五十分以下，但我不知道其中有多少人是出於信念而保持這個分數的。」

「弗里茲！」彼得從沙發上打斷了他們的話，搖搖晃晃地朝他們走了過來。「別跟他聊太久，不然你的預測分數就永遠上不去了！」他笑著，炯炯有神的眼睛從一個人身上掃過另一個人。彼得今天比平常更咄咄逼人，令塔索感到有些受傷。

「沒關係，我不會因此坐牢的。」弗里茲笑著說。

「這可不行！」彼得打了個飽嗝，然後把它藏進了拳頭裡。「塔索的騙術讓我的孩子們損失慘重，更不用說我了！」他知道塔索不會在大庭廣眾之下被激怒，儘管如此，他還是不斷嘗試。塔索感到一股炙熱的怒火從內心升起，怒火是不允許爆發的。「他今天又去警局報到了！這已經是今年的第四次了，對吧？」

塔索沒有回答。彼得舉起雙臂。「一個危險行為的累犯！我的親弟弟！」

塔索忍住了握緊拳頭的衝動。周圍的賓客都看向他們。弗里茲明顯感到不自在。「你有看見孩子們嗎？」他帶著探詢的目光問道，但彼得沒有理睬他。

「有次我還得把塔索從監獄裡接出來！」

「在示威活動之後。」塔索盡量平靜地說。

「彼得！」羅雅的管家應用程式顯然提醒了她。她輕輕抓住丈夫的上臂。彼得還是沒有把堅毅的目光從塔索身上移開，她更加堅定地重複道：「彼得！」他轉向她。「你能去陽台看看托馬斯和茱莉嗎？他們一直在找你。」

彼得在原地猶豫了一會兒，然後轉身離開。在前往陽台的路上，他拿起茶几上的雞尾酒杯，喝了一大口。

塔索放鬆了一點，弗里茲也吐了一口氣。「我去看看琳。」他嘟囔著也消失了。

羅雅一臉歉意地看著塔索。「對不起，他心情不太好。」

「他究竟怎麼了？他已經很久沒有這麼激動了，不可能只是因為雞尾酒。」

「亞辛現在還沒有上任何專業課程。」

塔索疑惑地看著她。

「那是專門開發並提升孩子專長的課程。」他以前從來沒聽說過，但對於立方體已經在壓抑六歲孩子的發展並不感到驚訝。「他現在是班上最後一個只上普通課程的人了。」出乎塔索意料的是，羅雅的語調也很惱火。「學校的管理階層說，他的方向還不明確。」

塔索突然明白了：「彼得認為這是我的錯。」

「是的。」

「哦，天啊……」彼得把兒子所謂的教育失敗歸咎於他，這倒是新鮮事。

亞辛彷彿聽到了什麼，手裡拿著一隻小鳥從轉角處跑了過來。「看，塔索，爸爸給我的！」他喊道，並把小鳥拋向空中。原來是一隻蜂鳥，快樂地在客廳飛來飛去。

塔索正想低下頭，他的智眼就在小鳥旁顯示出一個畫面，上面的資訊顯示蜂鳥是一架「智寵」，這是一種個人化的無人機，它的所有者是亞辛・阿齊茲・多夫，屬於業餘使用者。智寵無人機最近才開始大眾化，並已風靡一時。廣告將它描述為「老少皆宜的第三隻眼」。有了它，你可以觀察角落、門後或門外的情況，在人群中保持視野開闊，近距離對著在音樂會上的暗戀對象或足球比賽中的英雄讚歎不已。如果你在某個地方排隊，智寵會探查隊伍最前方的狀況；如果你在登山，它會探測下一個支撐點或整條登山路線上的情況；又或是你在野外過夜，它可以時時保持警覺。運氣好的話，智寵還能收集到別人無法收集到的寶貴數據。它們可以自動飛行，所有者只需將充電埠扛在肩上。大多數的智寵都為配戴智慧穿戴裝置的人呈現出特殊的外形，通常是一隻小鳥。不過，如果額外付費訂閱，就可以隨時將它們變換成不同的外觀，仙女、超級英雄和白衣天使尤其受歡迎。

對塔索來說，「智寵」是魔鬼的另一個產物。他對彼得買「智寵」給孩子們並不意外，但此時此刻這讓他非常惱火。他吞了口口水，深吸了一口氣，才開口。「真不錯，你們買了一隻『智寵』給亞辛！」

羅雅不是很確定地看著他，顯然這聽起來還是很諷刺。塔索咬著下唇，也許買智寵甚至是她的主意，他本來應該直接忽略的。

「很漂亮對吧？」亞辛笑著問。

還沒等塔索回答，彼得就從陽台走了回來，仍然皺著眉頭。

他還來不及找人聊天，羅雅就招手叫他過去。「塔索剛剛稱讚了亞辛的智寵。」

「塔索，塔索，你快看！」亞辛又喊道。

塔索豎起大拇指，微笑。這個小動作顯然足以讓彼得氣炸，他的臉色沉了下來，羅雅慌亂地揮動著前方的空氣，大概是在啟動兒童鎖。亞辛現在只會看到她臉上帶著友善的微笑，並且聽到他們在聊一些瑣碎的話題，例如工作或足球。或者她會這麼做……

羅雅已為您與她和彼得的對話啟動了私人對話模式。

其他客人現在可以看到他們在爭吵，但不知道他們在爭吵什麼。

「我真的很高興，這是個很棒的禮物！」塔索不願再費力挽回局面。彼得的行為和他的指責簡直太可笑了。

彼得在空中揮舞著裝滿雞尾酒的杯子，杯中的酒灑了一地。「別胡說八道了，你可以把立方體耍得團團轉，但我可不吃這一套。我知道你在想什麼！」

「我在想什麼，聰明鬼？」彼得小時候最討厭塔索這麼叫他。

彼得的臉漲得通紅。「我們是控制狂，不尊重你們的隱私，盲目追逐每一種潮流，就是那套老調重彈！」彼得努力想把話說清楚。「但所有父母都會打開孩子的智慧穿戴裝置，因為這些東西就是未來！你就像媽媽和西蒙一樣，無知孤獨地留在過去吧！」

塔索啞口無言。彼得從來沒有這樣過。塔索用盡全力氣才沒有在立方體面前抓狂，他艱難地擠出幾個字：「哪有的事，我很高興看到你這麼照顧你的孩子。」他盡量板著臉，但又不敢直視彼得，因為那會是壓垮自己的最後一根稻草。

彼得走得更近了。「與其在這裡說蠢話，你不如像其他正常人一樣，把那些打擾你的智寵隱藏，我們就可以像以前一樣一起聚會，正常地聊天。然而，我們卻因為你被某個玩具打擾而再次爭吵。我們甚至都沒好好聊過天，因為你從來不直接說出你的想法，你總是用這張面具來打發我。」塔索再次看著彼得的眼睛，現在他眼裡閃爍著悲傷的光芒。「你就像一座該死的雕像，看起來像我弟弟，對我來說卻比這裡的任何人都陌生。你到底是誰？」

塔索搖搖頭，內心怒火中燒，但另一方面，他的困惑又讓他異常冷靜。他的親哥哥怎麼可以這樣扭曲現實？他必須反擊。他必須讓彼得知道，他做得太過分了。

他平靜地從口袋裡掏出硬幣。他知道彼得總是羨慕地看著這枚硬幣，或者說，羨慕他和祖母的特殊關係。現在，彼得簡直恨透了這塊金屬片。不出所料，他的眼睛立刻瞪大了。「你不是認真的吧！」

塔索把硬幣拋向空中，接住。是頭像。他把硬幣放回口袋，默默地看著哥哥。他意識到自己贏了，但勝利的感覺並沒有出現。

當亞辛依偎在母親身邊想知道發生了什麼事時，塔索做了他早該做的事：離開公寓。

在外面，他失神地走回家。他覺得很痛苦，無法思考。直到一封新郵件的閃爍通知把他拉回了現實。提姆聯絡了他。塔索讀完郵件，放心地呼了口氣。明天可以。

3

為了擺脫立方體，塔索像往常一樣繞道去了最近的加密中心。它位在塔索公寓不遠處的建築中，那棟建築從前是一間旅館。在那裡，他會混在其他離線者之中，這樣立方體就不會知道他要前往斜角巷。

他總是故意慢慢地走在通往那裡的人行道上。並不是因為這條路有多美，而是因為他喜歡讓立方體知道自己即將從它的視線中消失。當他看到「加密一號」時，他笑了。前身是旅館的名字只剩下後半部還留著。百葉窗放下後，它看起來就像一座堡壘。對塔索來說，這是這座城市最美麗、最崇高的建築之一。

他向管理員打了招呼，管理員正在清理牆上被噴塗的「寄生蟲」字眼，塔索接著穿過一扇昏暗的自動門走進大廳。建築裡冷颼颼的，但他並不覺得冷。

您已進入無立方區，現在處於離線者狀態。

他周圍一片寂靜，他的智耳彷彿「聾」了。在加密中心，輕聲細語是個好習慣。

原先旅館櫃台的地方現在變成了置物櫃。每個置物櫃都屬於一個房間，根據廣告，其中十四個房間可以免費使用。大約有二十幾個人在置物櫃前等待，這對週六來說是正常人數。有些人像塔索一樣穿著五顏六色的衣服，有些人穿著灰不溜丟的衣服，還有些人戴著面具。

他站在隊伍的最後面。排在他前面的女人雙手抱胸，低頭不語，似乎對來到這裡感到羞愧。在更前面的地方，一對情侶正在竊竊私語，咯咯地笑著。他們前面站著一個穿著蝙蝠俠服裝的男人，他的兒子穿著羅賓的服裝。男孩和亞辛差不多大。一想到他的姪子和彼得，塔索的心就感到一陣刺痛。

突然，吵雜的聲音打破了寂靜。他轉向門口，看到一群年輕人走了進來。他們又叫又笑，顯然是喝醉了。

「你看看你什麼樣子？」一個高個子、黑頭髮的男人大笑，指著他的一個朋友喊道，他的朋友穿著一身邋遢的慢跑服。「智慧穿戴裝置在無立方區無效，你這個白痴！今天你就別想泡妞了！」那個人似乎不對自己的無知和服裝選擇感到羞愧，只是跟著大笑了起來。

黑髮男子看著排隊的人群，隨手撥著頭髮，明顯是這個團體的頭頭。他的帥氣、他的手勢、他的輕蔑眼神，他的一切都讓塔索感到不悅。「這是什麼悲哀的活動嗎？」他對著排隊等候的人們喊道：「這裡沒有音樂嗎？」

然後他含糊不清地哼著塔索不認識的旋律，並用手指指揮著朋友們合唱。他們對旋律的掌握還不及他的一半，所以哼唱聲很快又消失了。

塔索沒有直視入侵者的眼睛。即使在公投之前，類似這樣的團體也不是以好脾氣著稱，他們在與人交談時毫無顧忌。塔索看了一眼隊伍，仍舊排得很長。現在輪到蝙蝠俠和羅賓了，父親不耐煩地推著兒子往前走。

當這群醉漢在建築裡全部集合完畢之後，兩個人形保全機器人從牆上浮出，大步走到房間中央，擋住了這些人的去路。它們穿著鮮紅色的制服，乍看略顯笨重的金屬盒子看起來並不特別嚇人，但每個人都知道，必要時它們會使用電擊槍。機器人背後印有希爾茲有限公司的黃色標誌，這間公司的所有者是億萬富翁雨果・法貝爾，他經營著斜角巷和全國的加密中心。

「請離開這棟建築。」前面的機器人友善而堅定地說。男人們嘲弄地笑了笑，彷彿是孩子在向他們下命令一樣。

「讓開！」穿著慢跑服的男子咆哮著，試圖把機器人推到一邊。機器人似乎比看起來還要重得多，聞風不動。

「這是什麼意思？」高個子黑髮男子喊道：「我們想去斜角巷！」

「請離開這棟建築。」機器人又大聲重複了一遍。

「為什麼？我們是好人，你這個混蛋！」

「您擾亂了本棟建築物的秩序，請直接前往斜角巷。」

「但如果想去無立方區，就必須先來這裡！」

「應該沒有人知道我們要去那裡。」慢跑衣服男子補充說，他試圖把食指放在嘴唇上，但沒有成功。

「我們確信立方體早就知道您們想去斜角巷。您不需要加密。請現在就離開大樓。」機器人朝他們走近了一步。如果塔索是他們，他早就離開了；但現在他覺得自己很強大，好像是自己阻止了他們一樣。

「離開這棟建築，否則我們將不得不對您們採取行動。」現在，兩個機器人異口同聲，繼續向這些人走去。

黑髮男子朝他的朋友們嘶吼了幾句，然後舉起雙手做了個安撫的手勢。「好，好。」他喊道：「我們走！」他轉過身，第一個衝向出口。「撤退，大伙們！」在大聲的抗議聲中，獸群跟著領頭人走了。他們走後，機器人在入口處停留了一會兒。塔索鬆了一口氣。雖然他一點也不喜歡保全機器人，但他還是在心裡暗暗得意。

終於輪到他的時候，一個閃爍的指示燈把他叫到三〇七號置物櫃前。一如既往，一個小螢幕在那裡向他解釋無立方區沒有與立方體連接，除了查詢預測分數外，不會與立方體交換任何資料。

當時，政府保證會允許無立方區享有這些特權，並向離線者支付基本收入，這說服了許多懷疑論者在公投中投票支持立方體。儘管塔索對投票結果表示批評，但他至今仍對剩餘的避難所和經濟保障心存感激。如果沒有這些，他可能早就瘋掉了；或者更糟的是，早就成為立方主義者了。

您是否同意希爾茲加密中心Ａ１查閱您目前的預測分數，用以計算房價和無立方區之間的移轉費用？

在希爾茲的所有設施中，預測分數高的人都得補貼預測分數低的人。例如，塔索支付的程式設計課程費用約為他哥哥的八分之一。

他點了「同意」。

房價為十．三二歐元，接送費為每公里十九．四分。您想預訂嗎？

塔索給了肯定的回答，置物櫃打開了。他拿出一個可調節的橡膠手環套在手腕上，手環上儲存了他目前的預測分數（十九．九三）和一個臨時識別號碼，有了這兩個號碼，他就可以進入三〇七號房，隨後也可以進入斜角巷。此外，手環在他第一次戴上時就會記錄他的心律，因此其他人無法使用。

在更衣室裡，塔索把他的智慧穿戴裝置放進另一個置物櫃，他用手環打開置物櫃，並允許置物櫃對自己進行掃描，以確認身上是否有隱藏和植入的錄音設備。接著他搭電梯上樓。

三〇七號房看起來與加密一號的其他等候室沒什麼兩樣：牆壁、天花板和地板都是白色的，整體布置實用而冰冷。除了一張鋪著白色床單的簡易木床、一張椅子、衣櫃和附冰櫃的小冰箱之外，房間裡空無一人。相鄰的浴室也同樣簡陋。他躺在床上，揮手打開對面牆上的螢幕。現在他的識別號碼將與加密中心其他訪客的號碼混在一起。他會在某個時刻被抽中，開始匿名的轉移。如果無人機、智慧型裝置和感應器的數量少一點，就更容易在不被監視到的情況下移動，但現在就只有這種耗時的方法了。

塔索伸了個懶腰，高興地打了個哈欠。立方體永遠不會知道他今天要做什麼，也不會知道他要和誰說話。

塔索看著一部老電影睡著了，這時一個親切的女聲把他叫醒。

「親愛的訪客，」對面的牆上傳來回音：「您剛才被選中進行移轉。請前往地下停車場，並記得攜帶您的手環。」

塔索撐起身體，難以置信地看著牆上的時間。只等了三十五分鐘。他經常得在這裡等待更長的時間，有次他甚至看了兩部古老的幻想傳奇，五個多小時後才離開房間。

在停車場裡，他鑽進一輛裝有有色玻璃的智駕汽車，並指明目的地。車子緩緩開動，融入外面的車流之中。塔索微笑著看著窗外。沒有人知道他在這輛車上。他就在那裡，卻從現場消失了。這種感覺真不錯。

十分鐘後，他站在斜角巷的停車場。斜角巷是這座城市近百個無立方區中最大的一個，也是塔索最喜歡的地方。他呼吸著陳舊的空氣，空氣中瀰漫著自由的味道。他輕快地走向最近的閘門入口，就像在演出成功後要離開戲院舞台一樣。在這裡，他也必須把手環放在感應器前，因為只有預測分數低於五十分或持有出境許可的人才能獲准進入。塔索穿過敞開的閘門，進入一個高挑的大廳，大廳的牆壁是磚砌的，天花板上有明亮的人造光。他立刻感到一種熟悉的幸福感。

現在的斜角巷和剛開業的時候完全不一樣，但仍然是城裡最熱鬧的地方之一。這裡是塔索唯一喜歡的熱鬧地方。到處都是神情輕鬆的人們，他們互相打招呼、歡笑、擁抱。他簡直可以看到過去一週的重擔從他們肩上卸下，自己也能高興地甩掉重擔。

他才走了幾步，就碰上一位老熟人。凱文用一個簡短而堅定的擁抱向他打招呼，他們是透過提姆認識的，他們三個人也常常一起喝酒。凱文今天也想喝一杯，但塔索婉拒了。他拍拍凱文的肩膀，繼續往前走。

在大廳的另一側有一扇門，通往放著常客置物櫃的房間。六年前斜角巷開幕時，塔索租了一個置物櫃。置物櫃裡有一個小型攝影機和麥克風，與胸口齊高。塔索掃了一眼他的眼睛，低聲說：「打倒立方主義！」

他聽見「喀嚓」一聲，像往常一樣小心翼翼地打開了門。這是他存放最珍貴物品的地方：一個瓦楞紙盒子，如果直立擺放剛好可以放進去，裡面有他童年的紀念品、照片、證書、他自己寫的一些短篇小說和詩歌、記憶卡和一台古老的筆記型電腦。盒子裡放著幾本書，包括第四版的《打敗惡魔》（愚弄者的必讀聖經），以及一本一九五三年的初版漫畫，裡面有他最喜歡的唐老鴨故事《翻轉決定》。上面還掛著一個印有漫畫人物「雙面人」肖像的面具，這是他自公投以來在示威行動時一直佩戴的面具，還有兩套符合他品味的服裝。最後，在一個與視線齊平的隔層裡放著一個黑色的小醫藥箱，裡面是塔索的寶藏：骰子收藏。彼得和他從小就收集骰子。骰子有大有小，有四面、六面、七面、十面或六十面，有彩色的和單色的，有舊的也有新的。其中包括手工雕刻的骰子、精密骰子、多面體骰子、棱柱骰子、轉軸骰子、滾筒骰子，甚至至球體。骰子材質由木材、黏土、金屬、象牙、水晶、骨頭和玻璃，有眼睛、符號、字母和圖片的裝飾。它們來自世界各地。彼得和塔索跟著父親旅行時，一有機會就會去尋找特別的骰子。在家的時候，他們會花幾個小時在網路上搜尋。醫藥箱裡收集了三百多個骰子，他們幾乎知道每顆骰子背後的故事，至少塔索記得，而且偶爾還是會買骰子。彼得可能在離開父母家的那天就忘了這些收藏。有時塔索會拿出這個醫藥箱，放在膝蓋上，輕輕按下按扣，箱子就打開了。他一個一個看著、摸著這些方塊，回想著、微笑著、咒罵著。每隔一段時間，他就帶一個回家，為了搞懂那些比是非題更複雜的問題。

塔索始終無法確切說出自己如此著迷骰子的原因。在糟糕的日子裡，他會告訴自己，他在十歲的時候也算是一個小騙子，那時他對人類和科技無法預測擲骰子或拋硬幣的結果這一事實非常著迷。在狀態比較好的日子裡，他看得更清楚，並意識到這與他父親密切相關，他父親相當熱衷於收集驚奇蛋裡的小玩偶，而且至今仍在他的書房裡展示。

塔索迅速檢查了置物櫃頂部小隔層裡的黃金。他把自己的手環換成另一條帶有小螢幕的手環，可以用來識別自己的身分和付款。最後，他脫掉了黃色羊毛高領毛衣和綠色燈芯絨長褲，換上牛仔褲、合身的黑色襯衫和相同顏色的人造皮夾克。他看了一眼掛在置物櫃門上的鏡子，他看到的畫面確認了他的感受：這是他自己。

這棟建築的正式名稱是「無立方區十三號」，也就是全國第十三個公認的無立方體區。但所有人都使用建築擁有者雨果．法貝爾開玩笑為這裡所取的名字。「無立方區十三號，」他在一次採訪中說道：「是在這個充滿立方主義者的城市中，人文主義者的避難所、聚會所和交易中心，可以說是我們的斜角巷。」

直到十五年前，這棟建築還是一座購物中心，它呈現U字形環繞舊的滕珀爾霍夫港，混合著歷史和當代建築：南部的建築部分由一棟修復的倉庫組成，而北部的停車場大部分已經被雨果改建和擴建。這裡現在有四層樓高，圍繞著一個連接新建築和舊倉庫的長形屋頂中庭。從外面根本看不進來。

塔索走上最近的自動手扶梯，環顧四周。一些空蕩蕩的商店玻璃牆上貼著九年前大選的海報，一些懷舊的人把海報貼在這裡。立方體支持者的肖像則被破壞，一個立方體反對者的臉孔也被嚴重破壞。有人在上面用粗大的字體寫下了「叛徒！」。如果不是下方寫著這個人的名字，塔索根本認不出這是馬蒂亞斯．庫利奇。他可以發誓，上週他來的時候海報還完好無缺，這只能說明庫利奇剛剛換了陣營。

這位政治家曾是最強烈反對立方體的人之一。塔索對他印象深刻，因為他長期堅持不懈地進行抗爭。塔索對公投前不久的一次討論記憶猶新，當時庫利奇與一位年輕的立方體支持者進行了一場辯論。

「三十五％的青年失業率，庫利奇先生！」她在辯論最激烈的時候喊道：「你要怎麼控制住這種情況？勞動時代已經過去了，我們需要新的東西！」

「我也贊成基本收入，」庫利奇回答：「但不能以犧牲我們的自由為代價！」

「別胡說八道了，我們的自由根本沒有受到威脅。相反地，只有在立方主義中我們才是自由的……可以自由地做我們想做的事情！」

庫利奇搖搖頭。「為了這個空洞的承諾，你想竊取我們這些頂尖公司的資料嗎？這是最壞的一種共產主義！」

「別自欺欺人了。」年輕女子慢慢地靠在椅子上。「如果這是共產主義，美國人會發明並引進立方體嗎？如果這是共產主義，最近幾個月，歐盟會有一半的國家以絕對多數投下贊成票，民調也顯示其他國家會在今年夏天跟進嗎？數據本來就屬於我們，我們只是奪回這個寶藏而已。而這正是我們急需的，看看亞洲就知道了：我們的公司根本無法與中國龐大的資料庫抗衡！壟斷我們的數據是我們在這個世界上掌握權力的唯一機會。」

經過這一輪討論，塔索第一次懷疑反對立方體的人能否贏得公投。突然間，他們被可笑地視為大企業的朋友，想袖手旁觀中國的收購。

❖　❖　❖

可以看出斜角巷已經年久失修。儘管雨果在修復工作上投入了大量資金，但底層的內部設計和內容明顯來自不同的時代。隨著遊客數量減少，租金收入隨之下降，用於維護、能源供應和清潔的資金也越來越少。這裡的灰泥坍塌了，那裡的垃圾桶滿了，一些自動手扶梯連續幾週無法運行，燈光和空調也經常關閉。但塔索不在乎這些，就像他童年時不在乎房間裡的灰塵和混亂一樣。

在這棟建築的一樓，你可以找到離線生活所需要的一切。許多騙術商店會販售面具、變聲器、偽裝、指尖和虹膜保護裝置、干擾裝置、電子偵測器、捕無人機網、不透明色和磨砂玻璃膜。書店裡賣的古典和現代文學作品在外面已經賣不出去了，還有數不清的立方主義者生活指南以及心理學、哲學和宗教方面的專業書籍。有些古董商會出售舊電腦、電視、相機和遊戲機，這些東西在無立方區以外都不再為人所需。其他的商店會販售化妝品和服裝，這些產品仍由人類設計和製造，無法測量體味的數量或成分。還有一些商店販售老電影和音樂、真正的樂器以及從不是由3D列印機列印出來的玩具。

二樓是斜角巷的中心，無數協會和組織的總部都設在這裡。每天，尤其是週末，這裡都會有工作會議、討論小組、研討會、講座、讀書會和電影放映會。兩個最大的政治反抗組織都在這裡活動：世俗人文主義聯盟（通常被稱為「聯盟」）和基督教擁護者組織。塔索喜歡在這層樓閒逛，時不時與志同道合的人聊天，討論最新的發展。

三樓到處都是餐廳、咖啡館、酒吧和一些俱樂部。在這裡與陌生人初次見面，智慧穿戴裝置發揮不了任何作用。每個人都用同樣的音量聽著同樣的音樂，看著同樣的環境，對別人所知甚少，就像別人對自己不甚了解一樣。

雨果在頂樓蓋了八十間公寓，其中一半出租。有錢的離線者會花大錢租下斜角巷的公寓，但只有極少數人會一直租用。每年會抽出二十間公寓租給新租客。塔索從公寓建成起就一直在名單上，失望的是他的名字每次都沒有被抽中。

剩下的公寓留給了「對人文主義運動特別重要的人」。在這個圈子裡，塔索只認識兩個人：聯盟德國分部的負責人帕斯卡爾·貝拉夏和他的老朋友羅尼·西格，綽號羅西。

❖　❖　❖

羅西的酒吧與其說是酒吧，不如說是咖啡館，而且幾乎一直在營業。它位於舊倉庫的外側，可以俯瞰海港和運河，但透過昏暗的窗戶幾乎看不到任何景色。內部裝飾既迷人又雜亂，沒有椅子、桌子、杯子或湯匙是相同的。大大小小的前立方主義時代的紀念品隨處可見，按照只有羅西本人能理解的邏輯擺放。各種立燈和吊燈形成了不規則的光影交錯，人們可以根據自己的心情在其中自娛自樂，也可以從別人的視線中隱藏起來。

今天只有兩張桌子有人。第一張桌子上，兩位老人正在下棋，第三位老人則坐在旁邊，擺出一副凝神思考的姿勢。一旁，一位老婦人正全神貫注地看著一本書，旁邊放著一個半空的咖啡杯。吧檯後面，一個熟悉的身影正試圖在不破壞威士忌酒瓶紙盒的情況下打開它。羅西咒罵了一聲，因為他失敗了，紙盒被撕破了。他有一雙深深的黑眼圈，看起來比平常更疲憊。當他抬起頭時，臉上露出了笑容。「塔索！」這位四十多歲的英俊男子從吧檯後走了出來，滿臉喜悅，如往常熱情誇張地擁抱他。

他第一次見到羅西是在公投前的一次示威遊行活動中，當時羅西還在拍攝紀錄片，他想向組織遊行的塔索請教幾個問題。塔索當時就不喜歡出風頭，便拒絕了羅西的要求，而羅西持續耐心地發揮他的魅力，直到塔索終於妥協。公投之後，羅西與當時的男友發生激烈爭吵後辭去工作，並選擇成為離線者。多年來，塔索在他身上看到了一位可靠的同伴。他們經常見面，因為塔索每到斜角巷一定會來拜訪他，哪怕時間多麼短暫。然而，塔索最近幾個月，去酒吧時，羅西總是不在。

「這段時間你是去哪裡了？」塔索想讓自己的語氣聽起來友好一點，但還是抑制不住語氣中的責備。他在吧檯前的凳子上坐下，羅西繼續處理吧檯後面的威士忌酒盒，試圖挽救那些還能挽救的東西。他笑了笑，擺擺手，從前在這種情況下他也經常如此。羅西對一切都說得很坦率，卻對自己在反抗運動中的角色三緘其口，塔索只知道羅西和提姆一樣也是人文主義者聯盟的成員，深受大家的尊敬。然而，雖然提姆總是談天說地，也與塔索平起平坐，但羅西卻很低調，即使失蹤了幾個星期也是如此。當他再次出現時，也會像今天一樣表現出防備的樣子。

塔索沒有繼續追問。點了一杯阿特伍德（這是羅西版血腥瑪麗的無酒精替代品），和朋友聊了一會兒昂貴的威士忌。接著他從吧檯拿了一份最新的《愚者日報》，在一張可以看到外面風景的桌子旁坐了下來。他打開報紙，正要閱讀最新的離線新聞，就聽到身後傳來熟悉的聲音。提姆站在吧檯前和羅西打招呼，和平常一樣穿著藍灰色的牛仔褲和白色T恤，外面套著一件黑色緊身夾克。他脖子上的新刺青與他白皙的皮膚和金色飄逸的短髮形成鮮明的對比，立刻吸引了塔索的目光，刺青的圖案是達文西筆下一個四肢張開圍成一個圓圈的男人，這是聯盟的象徵。

提姆轉過身環顧四周，塔索向他招了招手。提姆急忙邁著匆忙的腳步向他走去，塔索微笑著站起身。能公開表達自己喜悅之情的感覺好極了。他們已經三個月沒有見面了，提姆臨時取消了他們最近的兩次見面，這種情況通常很少發生。

「你怎麼樣，你這個坐著椅子放屁的傢伙。」提姆喊道：「你胖了啊。」他咧嘴一笑，捏了捏塔索的屁股。

塔索笑著擁抱他，然後皺起鼻子，苦笑了一下。「變胖總比沒洗澡的革命者好吧。」

「我散發的可是性的味道，兄弟！但誰知道呢！」提姆深藍色的眼睛裡閃爍著調皮的光芒。

塔索咧嘴一笑，在他們坐下之前輕捶朋友的胸膛一拳。「生日快樂啊，下一杯番茄汁我請。」提姆嘲諷地指著塔索的飲料說。「在安樂鄉過得怎麼樣？預測分數如何啊？」提姆一直不明白為什麼塔索要繼續在立方體下的社會生活和工作，而不像他一樣加入反抗組織。

塔索對這種潛移默化的嘲諷視而不見，他很自豪地說出了自己目前的成績。

提姆瞪大了眼睛。「哇，你又不到二十分？我現在三十五分右。立方體都快看不見我了。」

塔索笑了。雖然提姆對他了解甚少，但他的預測分數讓提姆肅然起敬。「一切都是紀律啊，我的朋友，紀律。」塔索嬉皮笑臉地說。

提姆擺了擺手。「如果我偶爾得和立方主義者在一起的話，那我至少想吃自己喜歡的東西。」他笑著說：「應該把你和那個休伯特·格蘭特勒放在一起。」

塔索疑惑地看著他。

「根據《愚人日報》，這個奧地利人擁有現在世界上最高的預測分數九十一．〇二分。」

塔索難以置信地搖搖頭，喝了一口雞尾酒。「最近是怎麼回事？」

「哦，我和帕斯卡爾經常出差，行程總是臨時改變。」作為聯盟主席的私人助理，提姆多年來幾乎沒有休閒時間。自從他和帕斯卡爾發生關係後，他的工作和私人生活幾乎完全融為一體。塔索總覺得提姆對她的感情比她對他的感情更深，但塔索沒有直接問他。提姆似乎對此應付自如。然而，今天在提到她的名字時，他的眼中卻流露出悲傷的神情。他移開了視線，那樣的表情又消失了。

塔索等了一會兒，但他的朋友仍然保持沉默。「羅西也和你們一起嗎？」他最後問道，朝酒吧的方向點了點頭。

提姆聳聳肩，嘆了口氣：「他得自己告訴你。」他轉過身，朝空中舉起一根手指，羅西在吧檯後面點點頭。塔索對這種神祕感感到惱火。但不知為什麼，這也是他自己的錯。他曾經有過機會，他本來可以成為他們其中的一員。提姆一次又一次讓他有這樣的感覺。不是出於惡意，而是出於失望。

當提姆伸手去抓《愚人日報》時，塔索知道他想要避開敏感話題。對提姆來說，談論政治比談論工作或帕斯卡爾更容易。他厭惡地看著頭版上馬克．芬德的照片。「『我們必須懲罰離線者！』」他引用了這個國家最激進的立方主義者的話。他摀住額頭，「他現在是完全瘋了嗎？」他震驚地瀏覽過採訪內容，大聲地向塔索和鄰桌分享芬德的核心觀點：「『我們需要更嚴厲地監管離線者。早就應該像美國那樣要求簽證的，立方體不應該再任命離線者人民代表進入議會，那些不參與公共生活的人才不需要任何利益代表……』」他停頓了一下，然後更加憤怒地繼續說：「『無立方區是犯罪份子和恐怖份子的庇護所，必須立即關閉……如果沒有離線者，基本收入將增加高達百分之十六．五，因此不再支付他們任何費用才是公平的……』」提姆放下報紙，嚴肅地看著塔索。「如果這成為大多數人的意見，我們就完了。這正是帕斯卡爾多年來一直擔心的事，他們會撤銷一項又一項對離線者的保障……這簡直就是煽動仇恨！」

提姆並不總是那麼政治狂熱。他們在法學院相識的時候，塔索是個信念堅定的人，而提姆只對女孩感興趣。儘管存在分歧，他們還是成為了朋友，塔索認為這是他一生中最大的幸運之一。在最初的一次合租公寓派對上，塔索啟動了干擾器（當時還是合法的）干擾手機錄音，而提姆高聲替他向屋主辯護。塔索從小到大都沒有體驗過這樣的忠誠。公投前不久，提姆以瘋狂的速度開始參與政治，這令塔索非常高興。塔索曾經深信，他們無論如何都會為自己的信念並肩戰鬥。但公投的結果卻讓塔索陷入黑洞，他的世界走到了盡頭，他感到無能為力、迷失方向。他害怕了。他害怕如果拒絕接受新制度，就會再次失去與彼得些微正常的聯繫，也害怕反抗新秩序無法改變任何事情。當提姆從大學退學並加入新成立的聯盟時，他依舊停在原地。令他的朋友吃驚的是，塔索去了瑞士的一所大學。當時，瑞士仍然拒絕立方主義，他在那裡度過了人生中最無憂無慮的一年。在塔索的第二個學期結束前不久，瑞士屈服於歐盟的壓力，也引進了立方體，於是他回到德國。在他離開的這段時間裡，德國發生了天翻地覆的變化。他認識的每個人現在都選邊站，若不是成為立方主義者就是離線者。他們的決定突然改變了生活的軌跡，改變了他們自己，破壞了家庭和友誼，並將整個國家劃出深深的鴻溝與裂痕。這比塔索曾經想像過的還要糟糕。他不想陷入其中，他想向自己和周圍的人證明自己可以做到：既不失去那些選擇與立方體共存的人，又能保持自我。他想正常、快樂地生活，也能無愧地照鏡子。儘管欺騙很累人，但這種微妙的界線對他來說似乎仍然是最好的方式。至少，他贏回了提姆的尊重和友誼。

「你聽聽這個，簡直難以置信。」提姆的眼睛看向了報紙。「『這當然是歧視，但沒有歧視我們無法前進，而且這完全合理：現在沒有人需要刻意壓低自己的預測分數。任何會這樣做的人都是反社會的，而反社會的人無權獲得付費人民的支持。』」

他憤怒地揮舞著手臂，差點打翻羅西送來的 Huxley 威士忌。「『付費人民』，他是不是瘋了？那些白痴把他們最骯髒的祕密餵給立方體，還說這是付費？」他把報紙扔在桌子上。「這……我是說……這真是難以置信！你怎麼看？很讓人心寒吧？」提姆一口氣喝掉那杯過甜的酒。

塔索把雙臂放在桌上，身體前傾。「我當然不高興。怎麼可能不生氣？我不像你那樣……情緒激動，但這並不代表我不在乎。」他專注地看著提姆，「我每天都得忍受外面的這一切。就在昨天，警察又把我抓起來帶去鐘．施奈德那裡。他很認真地想招募我當間諜，不過這再次證明他們有多不了解我。」

提姆似乎對施奈德嘗試招募他不感到驚訝，但還是不安地搔了搔自己的刺青。他傾身向前，神情嚴肅地低聲說道：「偉大的施奈德完全有理由感到緊張，」他站了起來，「我們去那邊吧。」

塔索跟著他走進吧檯後面一間沒有窗戶的小房間，房間中央擺放著一張簡單的木桌和椅子。天花板和牆壁上有無數個吸音海綿，這讓提姆能夠安全地偶爾在這與他分享的一點資訊。塔索小心翼翼地關上了身後的門。

「我要告訴你的事絕對不能離開這個房間。」提姆抓住了塔索的肩膀。「我們……我們在策劃一場大的。」他鬆開手，在桌邊坐下。

塔索滿懷期待地靠過去坐著。他像往常一樣感謝提姆的信任，並享受這種情況下伴隨的刺激感。

提姆做了一個巨大的手勢，他滿臉通紅，目光炯炯。「不只是這裡示威、那裡採訪，而是真正的大事。這次或許真的可以成功！」

「成功？」

「推翻啊！發動革命！終結立方主義！」

「懂，但要怎麼做？」

提姆常常這樣，他很容易感到雀躍並想要帶動別人。但他已經很久無法將這種情緒感染給塔索了。

提姆吐了口氣。「我不能告訴你。但如果你最終加入了我們，我就可以告訴你。我們需要你，塔索。我們現在比以往任何時候都更需要你。」

「提姆，我很佩服……」

「你也該做點什麼了，」提姆打斷了他的話，聲音裡帶著不尋常的尖銳。在塔索看來，他的朋友似乎一直在為這次談話做準備。他能感覺到自己的頭越來越熱。「我們不僅需要更多的支持，」提姆遠遠地靠在桌子上，抓住了他的上臂。「我們需要你的支持，我們需要你！」

塔索被惹惱了，這次是新招啊。「需要我是嗎？」他勉強自己笑了笑。「我可以在哪裡簽名？」

提姆垮下臉，塔索的嘲諷似乎讓他很惱火。「我不是想騙你加入反抗軍，兄弟！這可不是鬧著玩的！」提姆經常邀請塔索加入聯盟，但最近大多是隨口問問。可是今天他的語氣有了全新的力量。他有時可能會誇大其詞，但他不會撒謊，尤其是在這種事情上。

塔索不知道還能說什麼，所以他選擇了他一貫的辯解說辭：「我不能就這樣加入你們。我的生活很好，我有工作，有房子，還有我哥哥，他的家人……你知道和要他保持聯繫有多難……」

「別再提這件事了。」提姆再次打斷他。「是你哥哥當年拋棄了你，而不是你拋棄他！你現在也該明白這一點，你不欠一個墨守成規的懦夫什麼！」

塔索內心升起了憤怒。「彼得有他的理由，而且我在乎的根本不是內疚的問題。你又沒有兄弟，你怎麼會懂？」

提姆瞇起了眼。「這樣的話我還寧願沒有兄弟。」塔索驚訝地看著他，提姆擦了擦濕漉漉的額頭。「對不起。」提姆冷靜下來說道：「但我有點力不從心了。我們現在得到了一個真正能夠改變現狀的機會，塔索。擺脫那該死的電腦的控制，回到人類的世界，回到我們的世界，兄弟！」

塔索又熱又冷。他內心沸騰，但同時腦袋卻空空如也。「什麼……」他清了清嗓子，努力整理好思緒。「聯盟在計劃什麼？你們為什麼需要我？」

提姆痛苦地看了他一眼，一時間鴉雀無聲。「你知道我不能告訴你。只要你還戴著智慧穿戴裝置到處走跳，我就不能告訴你。」他用大拇指指了指外面的牆壁。「你必須相信我。我們認識這麼久了，我看得出你很不開心。你還想要這樣生活多久？為了什麼？來找我們吧，讓我們幫你檢查一下，聽聽我們的計畫。聽完你可以隨時拒絕。」提姆的表情放鬆了下來，臉上閃過一絲微笑。「你還記得你是怎麼把我介紹給帕斯卡爾的嗎？」塔索點點頭，他對提姆提起這段軼事並不意外。「大概是公投前的三、四個月吧？那時候你還在為公投事業而奮鬥，而我……嗯，還沒有你這麼投入，所以你不得不用女人來引誘我。你跟我說：『她們比你平常泡的妞要刺激得多。』然後你在我面前大肆讚美帕斯卡爾，她當時還不是主席，卻已經迷倒一堆人了。你跟我說，她一定是我喜歡的類型，我只需要相信你……你當時說的話我一個字都不信！」他笑了，塔索也笑了。「但我還是去了，因為我喜歡你，而且我八成也沒有其他更好的事情可以做。沒想到，那天我完全被震撼到了，不單單因為帕斯卡爾，還因為那對我來說是場震撼教育。我終於了解你和其他人，明白了為什麼你要花那麼多時間示威抗議，為什麼你總是那麼……讓人不省心。那天，你的熱情吸引了我，我知道你還能再激起火花。」

塔索微笑著，陷入了沉思。提姆捕捉到他的目光，現在他的神情又變得近乎悲傷。「加入聯盟吧，塔索，聽聽我們的計畫。哪怕你猶豫不決都要加入，就像當年的我一樣！有時候你必須敢於前進。若是沒有這種勇氣，我們跟比立方主義相比也沒厲害到哪裡去。」

勇氣。這是讓塔索心頭一震的關鍵字。正因為很多人都認為他很勇敢，他才希望自己勇敢一點：離線者認為他不顧一切敵意與立方主義者生活在一起，立方主義者認為他藐視他們的敵意。然而客觀地說，在八年前的公投中投下反對票並不勇敢。投票反對變革從來都不是勇氣的表現，哪怕在這種情況下這樣做才是正確的。之後離開瑞士也不是勇氣的表現，十年前與哥哥一起搬走或後來加入反抗運動才能算是勇敢。一個勇敢的人不會成為遊走於兩個世界之間的愚弄者。一個勇敢的人現在會說「是」。或者，他至少會面對自己的恐懼。

「讓我考慮一下吧。」

提姆看起來像被塔索在肚子上打了一拳。他緩緩地恢復平靜，搖搖頭。他站了起來，沒有看向塔索。「但我們的時間不多了。你必須盡快做出決定。」

他們默默地離開了房間。很明顯地，今天他們不會像平常那樣坐下一起談論上帝和世界。在酒吧的出口，他們短暫地擁抱了一下。

「下個月見。」提姆臨走前低聲說道。「仔細考慮一下。我真的非常非常認真。我們都是認真的。」

塔索走回酒吧，從櫃檯裡感受到了羅西的目光。然而，當塔索看向他時，他卻面無表情地專注於擦乾手中的啤酒杯。

接下來的幾個小時裡，塔索坐在那看著報紙，用叉子撥弄他點的沙拉。他感到坐立不安，當七點十五分一到，他向羅西揮揮手，出發去赴第二個約，希望這次約會能讓他改變心情。

他穿過斜角巷主建築和無立方區西翼之間的安全門，那裡被稱為小斜角巷。即使預測分數超過五十分也可以來到這裡，所以這裡到處都是立方主義者。他們之中的大多數人並不是為了過沒有立方體的生活而來，而是為了這裡邪惡的氣氛、賭博和無拘無束的性愛。

由於賭場違背了立方主義的一切特性：理性、計算、自制，所以國內的其他地區已經禁止開設賭場多年。只有無立方區被允許保留執照，也因此賭場很快就成了最大的收入來源，而這一切雨果早就想到了。禁賭令頒布後不久，雨果決定擴建斜角巷的西翼，將小賭間改建成賭場。小斜角巷因此成了立方主義者和非立方主義者的聚集地，酒吧、俱樂部和餐廳應有盡有。與斜角巷不同，你不需清白的背景也可以進入俱樂部，因此小斜角巷也經常藏匿著不良人士。立方體在這裡也沒有權力，所以警察常出沒在小斜角巷。

小斜角巷特別受「實物戀物癖者」的歡迎，他們接受立方體，但又不想被它的外型改造濾鏡誤導。然而，大多數來訪者都是普通的立方主義者，他們想放縱自己，但不希望對自己的預測分數產生任何不良後果。他們之中的許多人都想在晚上快活一下，因為在外面出軌已經幾乎是不可能的事了。「漠默」這款應用程式現在幾乎被應用於每一段穩定的關係中。這款應用程式可以阻止用戶接觸可能會吸引他們的人，或者，如果接觸不可避免，它會改造這些人的外型，讓他們看起來沒有吸引力。又或者，如果這兩種方法無法發揮作用，它會及時警告潛在的出軌者。如果有人真的出軌，那麼他的預測分數將大幅降低。更不會有人離婚，因為幾乎沒有什麼比一段穩定關係的失敗更容易讓立方體對當事人未來生活的預測落空了。幾乎沒有人願意冒離婚的風險，因為沒有人會拿自己的高預測分數開玩笑，基本收入、朋友、工作都仰賴於此。這也是為什麼許多無法在立方體面前展現自己陰暗面的立方主義者會在小斜角巷這昏暗的房間裡相遇，因為他們酗酒、好色，而且常常帶著面具。

在小斜角巷裡的離線者算是少數，但卻是受歡迎的少數，因為他們以謹慎小心的天性聞名。塔索很少在這逗留，所以一年前在這遇見蕾亞純粹是巧合。

那天他和朋友約好在小酒吧見面，結果來得早了。在吧檯等待時，一位身材苗條的蒙面女子向他走來，這讓他大吃一驚。她自我介紹自己叫蕾亞，並立即與他攀談起來，她看起來既興奮又放鬆。她很快就碰觸他的手臂、脖子，還有他的嘴。塔索不知所措，感到受寵若驚。他至今仍對她的笑聲和攻勢猛烈的撫摸記憶猶新。當他的朋友到達時，塔索揮揮手示意他想和蕾亞共度良宵，很快地跟著她進了旅館。從那以後，他們每個月都會見一次面。

他輕快地走過燈光閃爍的賭場廣告招牌和人煙稀少的酒吧，走進了「離線者」旅館，這是小斜角巷唯一的旅館。他在櫃檯得知蕾亞已經辦理了入住手續，於是他在電梯裡匆忙整理了一下頭髮，檢查自己的呼吸，然後敲響了四一二號房間的門，他的脈搏急速跳動。

蕾亞穿著浴袍，一頭長及下巴的棕色秀髮垂落在臉上，對塔索來說有著難以置信的吸引力。他忍住了開燈的衝動。第一天晚上，她立刻關掉了燈，然後才摘下面具。從那以後，他們就在半昏暗的環境中相處。她一言不發地走近他，踮起腳尖吻他。起初是緩慢而猶豫的，當他輕輕地擁抱她時，她變得更加自信了。她鬆開懷抱，把他拉向床邊。

塔索對蕾亞依舊幾乎一無所知。不知道她是否真的叫蕾亞，不知道她年紀多大（她自稱三十四歲，但看起來更年輕），不知道她是否有丈夫或妻子甚至孩子。不知道她是否有工作，工作內容是什麼，不知道她來自哪裡，喜歡吃什麼，對立方體的態度是什麼。每當他問到私人問題，她都會拒絕回答。她已經說得很清楚為什麼要和他見面。他自己誠實就足夠了。他喜歡被人渴求，喜歡拋棄一切思緒。

他們聊天時只聊從離線者資料庫裡挑出來的老電視劇，他們會在夜晚前半段一起看劇。這次，蕾亞推薦了一部關於化學老師成為大毒梟的影集。塔索點點頭，滿意地讓自己躺在枕頭上。它比任何獨立系列都還要好看。他喜歡看立方體引入之前的人如何生活，只有人類和變幻莫測的世界。蕾亞遞給他一杯紅酒，開始播放影集。他們先是看劇，喝了兩瓶紅酒，然後做愛。這是蕾亞沒有多言就決定的順序，塔索現在已經非常熟悉，也不想改變。

與蕾亞做愛是塔索生活中為數不多的亮點之一。狂野而激情，放蕩而滿足。第一天晚上，她就急切地占有了他的身體，匆忙地脫掉他的衣服，赤裸地反覆依偎在他身上，把臉埋在他的皮膚和頭髮裡。她的手指沿著他的五官遊走，從一開始就給他一種熟悉的感覺。

她顯然需要喝點酒才能放鬆，但他並不在意。他很享受和她在一起的時光，覺得自己被她吸引了，但在小斜角巷之外，他幾乎沒想起過她。他猜想她也是這麼想的。透過每月一次的見面，他們填補了彼此生活中的空虛，卻不知道對方的空虛究竟是什麼。

即使是今天，塔索也很享受今天的餘韻。蕾亞滿頭大汗地趴在他身上，直到他移動已經痲痹的手臂。她掙扎著起身，穿上浴袍，輕輕地吻了一下他的嘴唇。塔索想伸手把她拉回床上，但她掙脫了他，走進浴室並鎖上門。一些光線從門縫中射入黑暗的房間。塔索想知道她現在在鏡子裡看到了什麼，以及為什麼要躲著他。他從來沒有真正看過她的身體，只允許他用嘴巴和手去探索。也許她只是對自己的身體感到不自在，也許還有其他原因。有時他很想直接問她，但每次他都決定不這麼做。要不是他太累了，要不就是他不想破壞氣氛。反正也不值得問，因為她不會回答。她也從來沒有解釋過為什麼有兩次約好見面她都爽約。

塔索閉上了眼睛。他聽見浴室裡的淋浴聲，讓柔和的水聲哄他入睡。

4

週一上班的路上，塔索一直在思考與提姆見面的事。他應該同意幫助聯盟嗎？至少他可以聽聽他們的計畫。他到底在害怕什麼？反正和彼得現在的關係也不怎麼好，也沒有其他事情能把他和現在的生活連結在一起。

他擦了擦額頭上的汗。他穿著厚厚的冬衣，上身太暖和了，但腳上穿著皮涼鞋，又太冷了。只有霓虹黃的燈芯絨長褲還算適合這種天氣。他走在大街上，陷入沉思，他的智慧穿戴裝置突然發出了刺耳的聲音，提醒他絕地求生遊戲的試玩版能讓他的上班路途變得更輕鬆。他一點也不想玩，但還是開啟了遊戲。不久後，一架無人機在他身旁盤旋，打開了機腹。塔索從裡面拿出一條又大又重的腰帶，腰帶上的兩個皮套裡裝著指揮棒形狀的操縱桿，玩家的智眼可以依照需求讓它們看起來像網球拍、手槍或是劍。

塔索像以前穿上牛仔褲一樣繫上了腰帶，但現在他只覺得這樣做很蠢。他的智慧穿戴裝置立刻改變了周遭的世界，房屋、街道、汽車和人都消失了。他獨自站在紅色砂岩的峽谷中。一堵巨大的火牆在他身後熊熊燃燒，黏稠的熔岩流在他左側蜿蜒流淌，右側被煙灰燻黑的岩壁聳入煙霧瀰漫的天空，前方一條狹窄的小路蜿蜒曲折，穿過一片充滿敵意的景象。

他從腰帶上抽出一個操縱桿，現在看起來就像一把劍柄。一道手臂長的藍色光柱從頂端射出，光劍開始發出單調的嗡嗡聲。

塔索感覺到手臂上有東西，嚇了一跳。一個大約五歲的女孩緊緊地抱著他，抬頭懇求地望著他。她很像他的姪女麗莎，那是當然的。他本來想甩開她的手，或者說甩開那塊一定是從他腰帶裡伸出來的金屬片，但他還是振作了起來。女孩穿著一件沙色大衣和一雙及膝的棕色靴子。塔索低頭看了看自己，發現自己也穿著同樣的衣服。

突然，一個身披寬大黑色斗篷的身影站在他的面前。兜帽寬鬆地遮住了來人的臉，他的雙手像僧侶一樣交叉收進袖子裡。

「塔索，」女孩低聲說：「救我！」塔索嘆了口氣，女孩的聲音甚至聽起來就像麗莎。兜帽下方的黑暗發出了一個不自然的高亢男聲，他嘶啞地說：「塔索大師……好久不見！」人物頭頂上彈出的資訊是：薩科．尤吉斯托，西斯暗影之手，達斯．魯加爾的弟子。

塔索知道自己該怎麼做。他鬆開女孩的手臂，向前邁出一步，舉起了劍。尤吉斯托立刻從袖子裡抽出雙手，啟動兩把閃著紅光的光劍。

遊戲的操作很直觀，塔索在戰鬥中有了個好開頭。他時而劈砍，時而防禦，時而用空閒的手做手勢來控制速度，用魔法向對手投擲熔岩。他追趕著一開始還在笑的西斯，追著他穿過峽谷。他躲開經過的平民，越過熔岩流，踩在幾塊只從冒著蒸氣的餘燼中露出幾秒鐘的大石頭上，最後來到一條又長又寬的石階前。階梯通往一座高地，上面停著一艘飛船。尤吉斯托正在下方的階梯等待著。他摘下了兜帽，臉上佈滿深色的刺青，目光充滿仇恨地盯著追趕他的人。

「這裡就是一決勝負的地方，塔索大師！」西斯喊著，衝到塔索面前。塔索在激烈的戰鬥中解除了西斯的武裝，然後一擊將他斬首。尤吉斯托倒向一旁，他的頭從階梯上滾落，直到沉入熾熱的熔岩流中。小女孩歡呼雀躍，笑得手舞足蹈，接著恭敬地站在他面前喊道：「謝謝您，先生！」

塔索猶豫了一下，微笑著說：「是我的榮幸，魔法火炬小姐！」

麗莎笑著跑上樓梯，爬進太空船。飛船升上天空，當塔索再次看向前方時，他看到了地方法院的大門。汗水從他臉上滴落，他脫下大衣，拉著T恤衣角揮動著散熱。一個從他身邊經過的男人困惑地看著塔索，好像他是憑空出現的一樣。

你喜歡這個遊戲嗎？智慧穿戴裝置問。一架無人機停在他身邊，打開機腹，塔索把腰帶丟了進去。事實上，他非常喜歡這款遊戲，這就是為什麼他取消了試玩版，只給遊戲打了五顆星中的一顆，然後才興高采烈地走進法院。

當塔索打開辦公室的門時，他的好心情頓時煙消雲散。響亮的流行音樂突然響起，虛擬煙火在他的辦公桌上綻放。他的同事大衛站在他面前，伸出雙臂，滿臉笑容地看著他。塔索強迫自己露出熱情的微笑，僵硬地接受了這個尷尬的擁抱。在過去兩年裡，這種不真誠的反應讓大衛以為塔索是他最好的朋友，自從應用程式計算出大衛與塔索有機會建立起一份牢固友誼之後，塔索幾乎擺脫不了大衛。大衛從沒有想過，應用程式因為塔索的騙術完全誤判了他們之間的「關係」。事實上，大衛本來注定只會有「想像中的朋友」，就像許多不善交際的立方主義者一樣，但他有塔索。

塔索受不了大衛，有時候他會看到立方體在嘲笑他，就像今天這樣，他努力在這殘酷的偽裝中保持一副愉快的表情。

「快樂、快樂、生日快樂，我最好的兄弟！」大衛氣喘吁吁地說，擁抱塔索的時間比必要的時間長得多。大衛的大肚子和刺鼻的汗味讓塔索喘不過氣來。「喜歡我給你的驚喜嗎？」

大衛終於鬆開了手，在空中揮舞著手臂，做出一個盛大的動作。顯然他用了一款免費的派對應用程序把塔索的辦公室變成舞廳，天花板上懸掛著彩繪花環和寫有「生日快樂，『請填寫姓名』！」字樣的橫幅。牆壁換上了鮮豔的顏色，房間的一角堆放著三個巨大的蛋糕。另一個角落站著幾位穿著球衣的著名足球員，他們正和兩位衣著暴露的超級模特兒聊天。塔索的桌子上放著一個虛擬的藍色信封，點開一看，原來是一張農場旅行的禮券。

塔索內心躁動著，多想大吼一聲，把大衛連同那些足球員、半裸的女人轟出去。

「我們終於可以離開這座城市啦，」大衛眨了眨眼說：「是時候一起做點什麼了。」塔索的頭就快爆炸了，他連忙道謝。

「所有布置裝飾都是我自己選的喔！」大衛滿意地看著自己的作品。「雖然在昨天的約會之後我真的沒什麼時間了。」他的表情沉了下來。塔索寧願把流行歌曲放到最大聲或是加入足球員的閒聊，也不願聽接下來不可避免的事情：大衛詳細講述了又一次失敗的約會經驗。

幸運的是，塔索的上司幾分鐘後出現在門口。對於這位正直的立方主義者和充滿熱情的公務員來說，塔索無疑是他職業生涯中最大的謎團。塔索轉身離開大衛，握住里希特先生伸出的手，里希特先生立刻向他表示了祝賀。塔索想起尤吉斯托，覺得他們的聲音聽起好像很相似。老闆身後還跟著其他幾位同事，他們盡責地與塔索握手，然後在辦公室找了一個離遠離大衛的位置坐下。另一個擁抱來自茱莉亞，她在前年的聖誕派對結束後去了塔索家，但是當塔索想在沒有智慧穿戴裝置支援的情況下和她上床時，她咒罵著離開了。

所有人圍繞在塔索周圍，滿懷期待地看著他，塔索說起了他哥哥的生日派對、許多老朋友和美味的茴香蛋糕，對此讚不絕口。大衛大聲地補充說他本來也很想去，就好像媽媽不讓自己幫她慶生一樣。但塔索沒有邀請他。

驚喜派對持續了很長一段時間。最後，當里希特先生正準備再次握手道別時，艾登女士突然走進了房間。里希特先生似乎感覺到了她的存在，因為他迅速轉過身，在塔索抓住他的手之前把手抽了回來。

艾登女士在場時，日常對話持續不了太久，取而代之的不是一片沉默，就是知識份子之間的智力對決，連大衛也停下了他將茱莉亞淹沒的滔滔不絕。

塔索對這位五十多歲的溫柔女士帶給別人的影響印象深刻。與他和他的同事不同，她是一名法官，也是地方法院僅存的幾個上訴法庭之一的負責人。幾年前，當塔索作為離線者少數群體補助計畫的一部分加入地方法院時，她很快就把他納入自己的羽翼之下。她究竟是熱衷傳教的立方主義者，還是低調的離線者同情者，塔索從無判斷，她總是迴避相關的問題。她說每個人都會受益於這樣的計畫，她也認為保護少數群體很重要，而《立方法》仍然適用。隨著時間的推移，他感覺到她只是喜歡他，而被喜歡其實是他最喜歡的事。很久之前他曾經旁聽過她的一次庭審，並驚嘆於她如何俏皮地控制住原告、被告和他們的律師，如何自信地將有說服力的論點與軟弱無力的論點區分開來，以及她最後如何自信地證明自己的判決是正確的，彷彿她決定的不是幾百萬歐元的賠償，而只是一台被擊落的智寵的賠償問題。從那時起，她每隔幾週就會向塔索請教她的案件，其實她並不需要這麼做，因為塔索沒有認識有比她更好的律師了。他懷著感激的心和她一起討論案件，每當他飢渴的大腦像狗一樣撲向她的問題時，他都樂在其中，因為他可以換一種方式來處理一個人的判斷，而不是一個應用程式的判斷。為了不破壞這份信任關係和他對艾登女士的高度評價，他從未問過像她這樣聰明、善於思考的人為什麼會接受立方主義，反正他知道答案只會讓他失望。塔索已經聽過太多的藉口了。

艾登女士困惑地看著辦公室的裝潢。廉價的顏色和配件與她的外表形成了鮮明的對比，她穿著汽油藍的高領毛衣和一件優雅黑色夾克，與其說她是來參加這次無心插柳的生日聚會，不如說她更適合參加開幕酒會。塔索饒有興致地看著里希特先生興致勃勃地向她問好，並感謝她的到來。艾登女士只是禮貌地點點頭，很快就走向塔索。她的笑容並不特別熱情，從來都是這樣，但他知道這不是做作。

「衷心地恭喜你。你哥哥的派對有趣嗎？」

塔索微笑。「很有趣，謝謝。」

她皺著眉頭，低聲地說：「我希望你哥哥派對上的音樂比這裡的音樂好聽。」

話音剛落，效果不言而喻。大衛立刻在空中揮舞了一下手臂，音樂瞬間變大，最後歸於寂靜。塔索自嘲地笑了笑，他沒想過自己會慶幸艾登女士的到來。

艾登女士的臉色放鬆了下來，「我帶了點東西來。」她舉起一瓶香檳。「你有幾個杯子嗎？」她問里希特先生。里希特先生點點頭，匆匆走出辦公室，不一會兒又拿著幾個杯子回來了。過了一會兒，艾登女士為所有人都倒完酒後，她舉起酒杯。「敬我們尊敬的同事塔索！」她比平常多看了他一眼。「為我們美好的未來乾杯！」

塔索猶豫了一下，微微一笑，把香檳一飲而盡。

當所有人都離開後，他關上辦公室的門，癱坐在椅子上。他閉上眼睛，深吸一口氣，忍住想要關掉那些可怕裝飾的衝動。他轉過身去，不再看足球員和超級名模。如果大衛選擇的是付費應用程式，那些即時影像現在就會想和他說話。

塔索打開了「即時審」工作軟體。

十年前，當他開始學習法律時，他對自己未來的工作有著不同的想像。他曾夢想著激情澎湃的辯護和艱苦卓絕的證人聽證會，夢想著正義和現實生活中激動人心的故事，他將講述或評判這些故事。在公投之後，他認為法律至少還是對抗機械化世界的堡壘，是無節制進步的反對者，對他而言，知識仍有它的意義。然而，後來引進了「即時律」。這個程式能對法律糾紛進行臨時裁決，它會根據智慧錄音和來自立方體的所有其他數據來確定發生了什麼事，並做出判決。非常實用，非常迅速，當事人也省了開庭費用和律師費。任何啟動「即時律」應用程式的人，都能在打架中看到每打一拳之後的疼痛和痛苦的賠償金額、他們將面臨的懲罰，以及雙方打了更多拳之後會怎麼發展。只有當爭議金額超過五萬歐元時，才能對「即時律」的判決提出異議，然後在立方體的支持下，再由人類針對這個案子進行判決，譬如像艾登女士這樣的人。

隨著「即時律」的引入，迅速減少了對律師的需求。為數不多的法官職位空缺都交由預測分數高的候選人擔任，因為立方體更容易評估他們是否適合，能更有效地指派他們，更好地指導他們的職業生涯。塔索根本沒有機會。律師事務所對他來說也是不可能去的地方，因為和所有公司一樣，他們也會因為員工的高預測分數而享有稅務優惠。他只有一個選擇：成為審查員。他的工作是審查所有相關人士沒有提出異議，或是因爭議價值過低而無法提出異議的判決。因此他會透過自己的智慧穿戴裝置獲得案件的所有資訊，如果他的判決與「即時律」不同，他就會說明理由，並將案件移交給法院的「即時庭」。他自己不能做任何決定。

「即時律」運作得越來越好，經過了好幾個星期，塔索都沒有發現任何有問題的判決。大多數時候，他都覺得自己一無是處或是無能，也無聊至極。為了進一步改善「即時律」，為了創造工作機會，或者只是因為審查幾乎花不了什麼錢，許多審查員同時審查著相同的案件，知道這件事對他也沒有什麼幫助。審查員們很廉價。

儘管如此，塔索並不想耽誤工作。在基本收入之外，他還能賺到一些額外的錢，時不時還能見到艾登女士，週間也有其他事情要做。此外，在這裡也沒有人監視他：為了保護司法機構的獨立性，立方體從未將審查員的分析與他們的個人數位檔案連結起來。這意味著任何人都可以對「即時律」認為正確的事情提出質疑，而不必擔心立方體對他們的預測，也不必擔心他們的決定會影響自己的預測分數。塔索的工作有點像是立方主義眼中的無立方區。

❖ ❖ ❖

中午前，塔索的行事曆提醒他與老闆有約。「啊，多夫先生。」當塔索敲開辦公室的門時，里希特先生向他打招呼。「是來看評估對吧？請進。」他向塔索招招手，讓他坐在對面的椅子上。「我還要一點時間。」塔索坐了下來，環顧四周。在會議開始時，他總是有足夠的時間這樣做。

里希特先生搬進來時，精緻地裝飾了辦公室，此後幾乎沒有改變過。辦公室四周覆著鑲板，總讓塔索有種坐在古老巴伐利亞餐廳裡的感覺。透過辦公桌後面牆上的大窗戶，訪客可以看到陽光普照的公園，長頸鹿在公園裡大搖大擺地走來走去。旁邊的牆上掛著幾幅著名憲法法官的油畫，中間還掛著《里希特先生和家人的照片》。在第三面牆上，有一扇華麗的、可以打開的雙開門，通往客廳，客廳裡有一個大壁爐、厚重的紅色軟墊扶手椅和精美的波斯地毯。與塔索上次來訪相比，唯一的變化是里希特先生右側牆上掛著的一張證書：「審查委員會祝賀埃貢·里希特先生獲得八十五分的預測分數。」數字被單獨寫在另一行上，閃爍著金色的光芒。我們要特別感謝他為和平與繁榮所做的不懈努力，並向他保證今後一切順利。

塔索不由得笑了。

過了一會兒，他的老闆終於起身，走到一旁的桌子。桌上擺著咖啡機，這是辦公室裡少數的實體物品之一。

「咖啡？」他問道，拿起機器旁的兩個杯子，將杯子轉成正面。

「樂意之至。」

「上次你是喝加了很多糖的黑咖啡吧？」

塔索很驚訝里希特先生居然還記得這一點。「是的，但今天我想要一杯不加糖的拿鐵。」

里希特先生輕蔑地哼了一聲，操作著機器。不一會兒，他不置可否地遞給塔索一杯黑咖啡，並在裡面加很多糖，然後又坐了下來。里希特先生喜歡例行公事，即使是對別人也是如此。塔索很快就坐在隔壁粉刷過的房間裡那張熟悉的紅色椅子上，只有屁股下堅硬的木頭提醒他地點並沒有改變，這種場景的轉換也是他與老闆談話不可或缺的一部分。

里希特先生坐在對面的扶手椅上，默默地攪動著杯子，直到勺子末端的綠燈發出信號，通知他杯中的咖啡已經調整到他喜歡的口味。喝了第三口後，他開始說話。「如你所知，『即時律』長期以來一直運作得很順利。在過去兩年裡，我們只用法院的『即時庭』更改過七次判決。總共一萬多個案子，你可以想像一下這個數字！」他的眼睛一亮，隨即又嚴肅了起來。「因此，我們今後審查的案件會越來越少，而且……」他清了清嗓子，「現在少數族群補助計畫已經到期，重點對象之後會變成離線者。」塔索感到一陣反胃。里希特先生的微笑不帶歉意。「我長話短說：你之後要減少工作量，只需要工作週一到週三，不用到週四。」里希特先生又喝了一口咖啡，緊張地用手指敲著瓷器。「也許……中期來看，你可以找找新工作。你永遠不知道這裡的情況會如何發展，不是嗎？」

塔索幾乎就要尖叫，他用盡全身力氣才壓住怒火。他要處理的案件數量經常是大衛或其他同事的兩倍，他所在的部門沒有人擁有法律學位，甚至連里希特先生也沒有。這項措施不僅不公平，而且毫無意義！他的上司知道這點，卻還是安安靜靜地坐在他的寶座上，執行著這項醜陋的政策。

「這與你的表現完全無關！」里希特先生急忙接著說：「我前幾天還跟艾登女士說你表現得有多好。但你知道這個系統是如何運作的，只要你……」

「我能理解，不用擔心。」塔索按捺不住，打斷了他的話。「那我只能找尋別的興趣了。」他努力扯開嘴角，露出一絲微笑。

里希特先生似乎有些惱怒。「不幸的是，你的薪水也將隨之調整。」他謹慎地補充道。

「反正我也沒什麼開銷。」塔索站起來的速度比他血液循環的速度還快，所以他的身體短暫地晃了一下。他扶著椅子，直到暈眩感過去。他現在不在客廳，回到了里希特先生的辦公室。「如果沒有別的事的話……」

他的老闆搖搖頭。「休假一週吧，多夫先生，這是你應得的。」

塔索在走廊裡感到一陣噁心。他顫抖著雙腿，在智視野裡收到一封電子郵件：他的房屋租約將在本月底自動取消。緊接著，中央房屋仲介公司提供了一間更便宜的套房。

回到辦公室後，塔索閉上眼睛，這樣立方體就看不見他瘋狂地用雙臂擊打空氣，張開嘴發出無聲的咆哮。然後，他坐在辦公桌前，努力完成自己平常的工作。

當大衛一臉尷尬地站在門口時，塔索就知道他撐不下去了，顯然消息已經傳開。大衛想給塔索一個擁抱，但他想都沒想就擋住了。大衛帶著絕望的表情尋找擺脫痛苦的方法，他建議塔索把預測分數提高到五十分以上，這樣他就不會再被視為離線者。塔索點點頭，答應重新考慮，反覆大聲感謝大衛的關心後，他才再次擺脫大衛。

在回家的路上，他的感覺比之前法院將他每週五天的工作減少一天時還糟。如果里希特先生是對的，他很快就會失業。到時候還有誰會雇用他呢？沒有人會想在自己的公司裡雇用離線者，更不用說是愚弄者了。多虧了基本收入，他才不至於挨餓，但他還剩下什麼呢？也許他終究該放棄一切，辭職，去無立方區找工作，加入反抗運動。讓立方主義永遠消失。

一則推播的新聞打斷了他的思緒：提姆的老闆帕斯卡爾被暫時逮捕。她自己將危險人士約談稱為逮捕，而這是她今年的第四次。現場直播的是她在警察總部前的畫面。

塔索已經很久沒有見到帕斯卡爾了，但她身上散發出的高貴和堅強仍一如既往。她的藍眼睛上了淡妝，黑色大衣高高豎起的領子襯托著她修長的臉龐，大衣下擺和袖子的亮黃色襯裡閃閃發光，這身裝扮明天肯定會出現在《愚人日報》的時尚專欄裡。帕斯卡爾神色自若，在空中舞動雙臂，用有力的聲音強調：「這不公平！我不是唯一經常被拉到這裡來回答我不應該回答的問題的人，其他數百名的離線者也有同樣的感受！必須終結這種騷擾！本週，善意的國會議員們將發起一項立法提案，我們……」

塔索的目光落在帕斯卡爾身後幾公尺處一個雙臂交叉的男人身上。塔索放大畫面，認出那是鐘・施奈德，他正面帶微笑地聽著演講。就在塔索準備移開目光時，施奈德微微側過頭，直視著他的眼睛。塔索愣住了。難道施奈德知道他在看自己嗎？帶著怦怦直跳的心和不安的感覺，他結束了直播。

塔索距離他的公寓還有幾百公尺遠。他已經迫不及待要拔下智慧穿戴裝置，倒在沙發上。他什麼也不想再想，只想閉上眼睛，沉入無夢的睡眠。

疲憊不堪的他遠遠地注意到一位年輕女子坐在他公寓門前的階梯上，身旁放著一個大背包。她用膝蓋抵著下巴，深色、微卷的頭髮垂落在臉上。她的棕紅色格子陳衫和黑色長裙讓塔索想起了納米許人的舊式服飾。

納米許人從來沒有真正進入過這座城市。另一方面，這也解釋了為什麼有兩台資料探勘無人機在她身邊徘徊，他們肯定在觀察這個女人，因為她沒有配戴智慧穿戴裝置。

當塔索走近時，她抬起頭看著他，不確定地笑了笑。看著她圓潤的臉龐、一雙綠色的大眼睛和右頰上醒目的胎記，塔索彷彿被帶到了另一個時空。

儘管他已經很久沒見到她了，但他還是一眼就認出了妲莉亞。

5

塔索內心的某個東西突然跳了起來，然後又緩緩沉回地面。他只看了一眼妲莉亞，就知道自己被她吸引。他忍不住對她笑了笑。

「嗨，妲莉亞。」他淡淡地說，知道自己的語氣與臉上的表情並不一致。

「你好，塔索。」她的聲音比他記憶中更低沉、悅耳。她站了起來，朝他走了一步。當她的上半身彎向他時，塔索僵硬地站著，儘管他很想擁抱她。妲莉亞不好意思地後退了一步，他們尷尬地站在對方面前看著對方。妲莉亞眼角的魚尾紋初現，頭髮比以前更黑更長，嘴唇閃爍著鮮豔的紅色。許多套用外形改造濾鏡的女人看到她都會羨慕不已。

塔索有些尷尬地低頭看著自己冬衣下的皮涼鞋，甚至覺得光著腳來得更好。

他們頭頂上的無人機往下降，貪婪的鏡頭灼燒著塔索的頭皮。較小的那架無人機飛到一旁拍攝他的臉，似乎感覺到即將發生什麼有趣的事。

他伸手去拿妲莉亞的背包。「可以嗎？」

妲莉亞看起來有些不解，顯然她以為會有更親切的問候。但她點點頭，走到一旁。塔索隨手把背包扛在肩上，他低估了背包的重量，稍微失去了平衡。

「你還好嗎？」妲莉亞問，伸出雙臂似乎想抓住他。

「謝謝，沒問題。」他不由自主地咧嘴笑了笑，打開前門，示意她先走。

上樓途中他難以置信地搖了搖頭。他不常有來自人寧的訪客，更不用說納米許人了。妲莉亞和他的父母是很要好的朋友，要好到他有時會擔心他的父母會加入宗教組織。妲莉亞的母親是人寧納米許社區的領袖，她的父親從未放過任何表明自己信仰的機會。當塔索第一次看到他們四人在一起時，他對父親感到驚訝，因為他的父親會在巴塔斯先生做禱告時靜靜地垂眼坐著。在塔索小時候，父親會在這種場合翻白眼，或是更明確地表示不贊同。偏僻的無立方區生活改變了他。

大約兩年前，塔索又一次去探望父母時，巴塔夫婦帶著妲莉亞一同前來。塔索上一次見到妲莉亞時，她還是個要強的少女。午餐時他驚訝地發現自己坐在一個年輕女子的對面，在場的父母讓他覺得自己像個小學生。他偷偷地看著她。後來，他和她一起坐在沙發上。他本想和她熱烈地聊天，但失敗了，因為他根本不知道該和一個小他六歲的納米許女子聊些什麼。最後，她開始說話，瞪大眼睛問他「外面」的生活：他的預測分數有多高，它到底是用來衡量什麼的，基本收入如何運作，誰能得到基本收入，他做什麼工作，他是否有很多朋友和女朋友，立方主義者怎麼打發時間，他去過哪些地方旅行。與其他多數的人寧居民不同，她渴望了解立方體世界的每個細節。起初她的好奇心讓塔索很不自在，但她問得越多，他越願意提供訊息，就像現代水手從遙遠的國度寫報告一樣，他的回答也會美化一下。妲莉亞聊得很開心。也許正因為如此，他才沒有告訴她自己是個愚弄者，而是一反自己的習慣，輕鬆自在地談論起立方主義的生活，幾乎是如數家珍。他甚至用大衛宣誓友誼的軼事逗得她哈哈大笑。她仰著頭，像他少見的那樣無拘無束地搖晃身體，擦了擦臉頰上的淚水，期待地望著他。他意識到，他們突然坐得很近，於是又搖搖頭。他本能地環顧四周，尋找妲莉亞的父母，他們肯定不會同意與一個不信神的類立方主義者如此親近；在他們眼裡，他只是個類方主義者。但妲莉亞似乎很放鬆，他意識到他們確實有些重要的共同點：妲莉亞同樣在反抗她的世界，就像他在反抗他的世界一樣，就在當局的眼皮底下，揭開它的面貌。只不過他是在與電腦對抗，而她是在與父母對抗。

當然，妲莉亞的父母並沒有忽略沙發上發生的事情。當塔索之後拜訪人寧見到他們時，妲莉亞從未再出現過。巴塔斯先生在回答關於女兒的問題時，只是用一種死氣沉沉的表情和聳肩的奇怪樣子示意，她母親至少還試著找了一些藉口。

塔索最後寫了一封信給妲莉亞，他在信中表示只想知道她過得怎麼樣。他早已經放棄等待答覆，而現在他終於等到了，晚了兩年，本人的答覆。

❖ ❖ ❖

塔索帶著妲莉亞走進他公寓的走廊，並迅速收起了他的智慧穿戴裝置。當他微笑著轉向她時，他猶豫了。雖然不斷隱藏自己的真實想法和感受很累，但有時這也是值得歡迎的保護。例如現在，他不知道該如何表現。最後他打起精神，擁抱了她。「很高興見到你。」

妲莉亞有些困惑，但也鬆了一口氣地回抱了他。一天的重擔從塔索身上卸下。「對不起，我在門外太拘謹了，但我在公共場合總是有點……拘謹。」

妲莉亞擺了擺手。「沒關係。你一定很驚訝吧。謝天謝地，你還認得我。」

「當然，你幾乎沒變……好吧，你變老了，但你看起來還是跟以前差不多。」塔索咧嘴一笑，用手指梳了梳頭髮。還來不及再說一句傻話，他就拉開走廊盡頭的門簾，讓她走進他黑暗的房間。他打開燈。房間裡有股霉味，他多希望能把窗戶打開。

妲莉亞環顧四周。塔索避開她的目光，走向衣櫃。他已經很熟悉之前幾位訪客看到他黑色窗戶時不解的表情。他脫下涼鞋，褪去外套，在T恤外面套了一件洗得發白的連帽外套。妲莉亞只能穿上黃色燈芯絨長褲，至少與納米許人的服裝相比，這條褲子算是很時髦了。

「我知道這裡看起來有點亂，」他看著凌亂的床道歉道：「我很少有客人。」

「還好，我也沒有提前說。」妲莉亞笑了。塔索很感激她把自己的吃驚隱藏得這麼好。她指著門簾前的一堆包裹，「怎麼都還沒開封？」

如果問話的是別人，塔索可能會直接告訴對方，他要用硬幣來決定哪些包裹要打開、哪些不打開、哪些要寄回去。「哦，裡面沒什麼重要的東西，我只是還沒時間打開……喝茶嗎？」

妲莉亞點點頭。他走進隔壁的廚房，裝了些水，然後靠在通往起居室的門框上。他看了妲莉亞一會兒，沒有說話。她在餐桌旁坐了下來，默默地回望著他。然後，她把雙臂交疊在桌面上，把頭靠在上面。「不，他們不知道我在這裡。」她喃喃地說。她又緩緩抬起頭。

塔索點點頭，回到廚房，從櫥櫃裡拿出兩個杯子。當他正在測量茶葉的份量時，突然聽到妲莉亞轉動窗戶把手的聲音。「住手！」他大喊一聲，衝回房間。量匙掉在廚房的磁磚上，發出噹啷一聲。

妲莉亞嚇得猛一回頭，疑惑地看著他。「窗戶壞了嗎？」

「不算是。」他能感覺到自己的臉脹紅。「我不太喜歡開窗戶，至少白天不喜歡。」

他知道自己遲早要告訴她真相，否則她會認為他是個瘋子。他緊張地把手插進褲子口袋裡，不管怎麼樣，她可能都會覺得他瘋了。「我不喜歡的是無人機。」他低聲說，嘆了口氣開始解釋。「……如果我身邊有立方體不認識的人，他們就會更想進來。」他總結道。

「所以窗戶才是黑色的。」

塔索點了點頭。

「原來你父母說你拒絕立方體是這個意思……但讓無人機看到你的公寓有什麼不好呢？」

塔索悲傷地看著她。她帶著不解地疑問讓他的心情變得非常沉重，也許現在還不是說出全部真相的時候。

「我只是不想讓他觀賞我。」他委婉地說。

妲莉亞若有所思地點了點頭，然後微笑著問：「那我們能不能至少把窗戶打開一條小縫？如果陌生人悶死在你的公寓裡出不去，那你的公寓裡很快有的就不只是無人機了……」

塔索不安地回以微笑。他想反駁點什麼，卻想不出什麼有用的方法。他已經好幾個月沒開窗了，只有浴室和廚房的通風設備能維持空氣流通，他今天也不想破例。然而，出乎他自己意料的是，他說：「也許開廚房的窗戶？我把它打開一點，在前面放點重物，這樣就不會有無人機進來了。」

妲莉亞快速地點點頭。

廚房的窗戶是向著牆上的櫥櫃方向打開，遠離房間的門，無人機無法透過這個小縫隙看到太多東西。塔索轉動窗戶把手，咔嚓一聲把窗戶從窗框上鬆開，那讓人聯想到剝離膠帶的聲音。片刻時間，一台資料探勘機旋翼轉動造成的風便吹進了廚房。塔索背對著妲莉亞，向它比了個中指。他們坐在餐桌旁，塔索慢慢地攪拌著杯裡的糖，湯匙沒有用碰觸到杯口。他正在尋找一個能引起共鳴的話題。基本上，他對妲莉亞在人寧的生活一無所知。他只能猜測，她的父母是堅定的納米許人，她一生都被控制和灌輸思想。她一定費了很大力氣才逃出來，也難怪她並沒有多說什麼。

「你怎麼會在這裡？」他盡可能溫和地問。

妲莉亞緊握著杯子，認真地向杯子吹氣。「我不知道還能去哪裡……除了我姑姑，我們全家都是納米許人。就算是這樣，我姑姑也會直接把我帶回去。」她的目光一直盯著她的杯子。「我不認識這裡的其他人，我們搬家時我才十四歲，那時我大多數的朋友都和家人一起搬到人寧或其他的無立方區了。」

「你以前住在哪？」

妲莉亞的目光短暫地掃過塔索。「哈爾茨山脈的一個小村莊裡。」她咬了咬下唇。「你是我唯一想到的人……昨天我終於鼓起勇氣跟你媽媽要了你的地址，藉口說想寫信給你。然後我迅速收拾了一些東西，告訴其他人我不舒服，在午禱時離開了。離市區不遠的地方有個公車站，所以從那裡出發其實很方便。那些幽靈巴士有點嚇人，但我活下來了。」

塔索點點頭。「是……是發生了什麼事讓你想逃跑嗎？」

妲莉亞的臉色變得僵硬，直視著塔索。「不，什麼也沒『發生』！只是我再也受不了了，這還不夠嗎？二十二年來我一直按照別人的想法生活，他們說這是『敬畏上帝』，但這與上帝根本沒有關係！」

塔索不知道該說什麼。

妲莉亞再次移開視線，說話的聲音更小了。「我很抱歉。但並不一定要『發生』了什麼，你才能希望過上不同的生活，只是我花了太長時間才明白這點。」

塔索突然感到口乾舌燥。儘管他並沒有做錯任何事，他還是感到羞愧。「也許這是你現在最不想談的事情……」過了一會兒，他說道：「但我不知道你在人寧是過著什麼樣的生活。」

妲莉亞痛苦地看著他。「生活？那不是生活，那是地獄。」她喝了一口茶，盯著廚房的方向，廚房傳來一架新的無人機的旋翼聲。「納米許人聲稱他們不是邪教，但他們就是邪教，而且是最壞的那種。你知道嗎，我從來不被允許單獨離開人寧。當我們出去時，我不允許和任何人說話，我的父母把我們遇到的每件事和每個人都妖魔化了。有一次，我和一個朋友溜了出去。我們在隔壁鎮喝了啤酒。那是我第一次喝啤酒，那是個多麼美好的下午……當然，有人告發了我們。我爸完全失控了。我回家之後，他把我鎖在地窖裡，我在那待了一個月，只有上廁所時才被允許出來。那年我十八歲！」妲莉亞搖了搖頭繼續說：「當然，我當時幾乎沒有抗議，我在服刑……我甚至感到內疚。」

塔索驚愕地看著她。

妲莉亞苦笑。「但是與洗腦相比，關在狹小的空間裡根本不算什麼。我每天至少要去一次教堂。起初我們的傳教士把立方主義者貼上偶像崇拜者的標籤，但現在你們在他們眼中簡直就是魔鬼。我們每週都會收到來自美國主教區的進一步規定和對聖經經文的新解釋。你無法想像在那裡作為一個青少年能犯多少錯：『你的上衣露出太多手臂了！』、『不要無故說出主的名字！』、『這個或那個對你不好。』……我每天在聽這些東西！」

「有次我爸爸發現我帶著智慧穿戴裝置。那是我朋友在外面撿到的，這因此成了我們這些教派孩子眼中的寶貝。當我被允許借用它們時，我真的很高興。我只是想看看，除了我們之外的其他人是把什麼東西放進自己的眼睛和耳朵裡。當然，它們在人寧無法發揮作用，而且可能早就壞了。儘管如此，爸爸還是強迫我在下一次教會禮拜時懺悔我的『罪過』。然後，媽媽當著眾人的面宣告了判決：兩週內不准任何人跟我說話。我真的被嚇到了，媽媽竟然如此心甘情願地拿我當警告的榜樣。」

塔索還是不知道該說什麼。《愚人日報》在關於納米許人的報告中隱瞞了這些消息，只提到他們堅決否定立方體，並讚美他們的紀律和信念。但他其實也不意外，事情往往就是這樣，沒有人願意去看表象背後的東西。

「兩年前，我們的鄰居藏匿了CRAC的支持者，」她繼續說：「我不知道你是否知道他們，就是基督教反……」

「反立方主義組織。」塔索接著補充。

妲莉亞點點頭。「想像一下，他們藏匿著那些以上帝的名義……為了自己的私利而準備殺人的恐怖份子！他們甚至招募了我的兩個朋友，他們的父母也為此感到自豪。從那時起，我就想離開，離開這個虛偽的教會。但我不知道該怎麼做，我什麼都不知道。我的所有家人、所有朋友都在人寧。」妲莉亞眼中噙滿淚水。「他們都還在人寧。」

塔索不忍心看她如此沮喪。他希望能讓她感覺好一點，但不知道自己能做些什麼。他笨拙地試圖讓談話繼續下去。「為什麼……為什麼你不早點離開？」

妲莉亞露出痛苦的表情。塔索立刻就後悔了。

「自從那天下午和你在一起後，我幾乎沒想過別的事。」她說道。

塔索的心跳加速。

「但事情沒那麼簡單。我花了很長時間才意識到我不欠父母什麼，上帝不會希望我不快樂，我們的傳教士並沒有比我更能接觸到上帝。除此之外……還有對一個我完全不了解的陌生世界的恐懼……」

「不！」塔索大叫著跳了起來。他的眼角餘光看到有東西從廚房飛過。他三步併作兩步衝進廚房，一把抓住空中的微型無人機，狠狠將它砸在牆上，接著氣急敗壞地關上了窗戶。他為什麼要答應開窗？他閉上眼睛，直到脈搏平靜下來。他不想讓妲莉亞察覺到他的憤怒，也不想讓她把這一切歸咎在自己身上。

懷著勝利、厭惡和沮喪的複雜心情，塔索從廚房的地板上撿起那個像死蟲子一樣被毀掉的間諜，走回妲莉亞身邊，把它放在桌子上。不知道那東西拍了多少東西？「有些資料探勘無人機身裡還裝著這種微型無人機，」他解釋：「如果他們自己進不去，就會用這個試試。」他瞇著眼睛，檢查著黃蜂大小的物體。「我沒想到它們可以這麼小。」

當他抬起頭時，他看到了妲莉亞臉上的不解。「也許……」她垂下眼，猶豫地說。

「也許什麼？」

「也許我根本不該來這裡。」

「妲莉亞，不……」

「很抱歉毀了你的夜晚。」她悲傷地看著他。「說實話，我沒有想過如果我就這樣出現在你面前，你會怎麼樣。」她站起身，不安地在房間裡踱步，目光從房間的一角掃過另一角。

「也許你根本幫不了我。」

塔索也站了起來。「但我想幫你。」

「如果你這麼害怕外面的世界，你要怎麼幫我？」妲莉亞指著被摧毀的無人機，繼續環顧四周。

當塔索意識到她在找背包時，他走到她身邊，輕輕地抓著她的肩膀。她停了下來，看著他。他吞了口口水，才開口說話。「很抱歉我就那樣跳起來了，我不是故意要嚇你的。我很高興見到你，也很高興你來看我。」

妲莉亞稍微放鬆了一點，他又把手放了下來。

「我理解你為什麼想離開人寧，」他接著說：「我自己也不想住在無立方區，那裡的一切都讓人覺得如此擁擠和過時，鄉村甚至更甚城市。你說得對，我不是立方主義者，但我仍然非常了解這個世界。你在這裡踏出第一步的時候，需要一個帶有批判性的同伴。」

塔索看到妲莉亞在思考。他給了她幾秒鐘，然後補充說：「反正我明天有空。你今晚可以住在這裡，明天早上我們可以去準備你新生活所需的一切。我可能會時不時做一些奇怪的事或說一些奇怪的話，但我真的很樂意幫助你。」

過了一會兒，妲莉亞也露出了鼓勵的微笑，並緩緩點點頭。他希望她這麼做是出於堅定的信念，而不是因為別無選擇，但他還是為這個小小的勝利感到高興。

「好吧，我去弄點吃的，然後你告訴我你對這裡生活有什麼樣的想像。」

妲莉亞跟著塔索走進廚房。她靠在廚櫃上，開始談論自己的未來。一開始，她說得有些猶豫和懷疑，但很快就情緒高漲了起來。她大談令人興奮的聚會、深厚的友誼和偉大的愛情，大談異國之旅、虛擬世界和新知識，大談充實的工作、美食和娛樂，大談她聽說過的或因她渴望而產生的所有事情。她說得越多，眼睛就越發光；說得越多，塔索就越難集中精力做飯。空氣中瀰漫著一種他很久沒有感受到的氣息：希望，甚至有點狂喜。他震驚地意識到，自己多麼羨慕妲莉亞的期待和樂觀。儘管如此，他還是非常享受接下來的幾個小時。他們吃著從斜角巷帶回來的手工麵條，喝茶到深夜。塔索鼓勵妲莉亞做夢，他們不時一起大笑。對於過去，他們隻字不提。

直到妲莉亞在沙發上睡著，塔索躺在充氣床墊上時，他才開始產生懷疑。他可以帶領妲莉亞進入立方主義嗎？可以幫助她自我屈從？這會不會違背他所有的信念？

雖然夜裡一片漆黑，但他沒花多久就找到褲子和裡面的硬幣。他把硬幣扔得夠高，以便在黑暗中接住它。他興奮地摸了摸硬幣的上面那一面，先是在磨損的表面上摸了摸，然後從上到下，摸著一遍又一遍。沒錯，是數字五，一定是，他丟出了「數字」。

但他不是很確定。

❖ ❖ ❖

塔索被房間裡另一個人的陌生聲音吵醒。他睜開眼睛，直視妲莉亞的臉。她正盤腿坐在沙發床上，穿戴整齊地看著他，彷彿他們即將踏上環遊世界的旅程。

「早！」她說得有點太大聲了。

「早安。」他低聲說道，然後微笑著坐了起來。

「期待嗎？」

「嗯！非常期待！」她喜笑顏開，雙手拍打著大腿。「你還要很久嗎？」

塔索答應她會快一點。他站起身，走到櫥櫃前拿出骰子。當他把骰子丟在地上時，他注意到妲莉亞銳利的目光。他向她解釋自己的穿衣儀式，同時把衣服擺好：黑色靴子、墨綠色布褲、藍色商務襯衫、白色洞洞毛衣和綠白相間的機能外套。妲莉亞睜大眼睛看著他。「你從來不自己決定要穿什麼嗎？」

「我從來不需要考慮這個問題。這很實用，不是嗎？」直到現在，他才意識到妲莉亞穿著和前一天一樣的衣服。他立刻就後悔了。

她毫不氣餒，走到他身邊，翻箱倒櫃。她大笑了幾聲，然後搖搖頭。「我的話可能會……不過，這個還不錯。」她從衣櫃裡拿出黑色商務皮鞋、藍色牛仔褲、白色T恤、藍色緊身毛衣和黑色棉外套。「今天穿這個怎麼樣？穿這樣也可以說是骰出來的吧……」她調皮地笑了笑。

塔索盯著選好衣服，這些衣服顯然是有挑過的。當然他也可以用骰子來選擇，不過他回想起上次不小心穿戴整齊出門的情景，當時並沒有影響他的預測分數。他下定決心，拿著衣服走進浴室，穿好衣服。當他出來時，妲莉亞給了他一個燦爛的笑容，他胃裡的噁心感也消失了。

塔索準備了一小份麥片和水果當作早餐，妲莉亞狼吞虎嚥地吃完了。

「我們要先做什麼？」不久後他們走上街，她問道。

「首先，你需要有智慧穿戴裝置。你隨時隨地都需要它：身分辨識、付款、工作和學習……然後，我們要幫你申請一個銀行帳戶，申請基本收入，並為你找一間公寓。」

妲莉亞似乎有些不安。「感覺一天都做不完。」

塔索搖搖頭。「所有事情都能在立方中心辦理。」他本想說得嘲弄，但妲莉亞卻很高興。

他們遠遠地就看到立方中心所在的巨大立方體建築。上面幾層的窗戶都是暗色的，如果站在它的正前方，電視塔的銀色球體就會倒映在它的玻璃帷幕上；可以從許多自動門進入的底層則完全清晰可見。不過妲莉亞並沒有看立方中心，而是看向街道的另一邊，那裡有幾個示威者正舉著標語。一個牌子上寫著：「除了我，你不得有其他的神！」另一個牌子上寫著：「要自由，不要服從！」距離這群人稍遠的地方，另一個人舉著一塊空白的牌子。塔索只能看到那個人臉上白茫茫一片，從身材來看，這是個女人。

「他們為什麼站在這裡？」妲莉亞問。

「為了阻止人們融入社會。」

「就像我們婦產科醫生面前的反墮胎活動份子一樣。」妲莉亞若有所思地說。

「最左邊的牌子上寫著什麼？」塔索問。

「你看不到嗎？」

「看不到，資訊被審查刪除了，所以從我的智眼只能看到一張白紙。」

「審查刪除？」妲莉亞疑惑地看了他一眼，念道：「立方主義讓你生病。」

「因為無法證明，所以此被審查刪除。」塔索嘟囔道。

「你認識這些人嗎？」

「不認識，勸導別人不是我的事。來，我們進去吧，不然他們會可能會注意到我們。」他們轉向立方中心。

「嘿！」一名示威者喊道：「等一下！」

帶著一種彷彿要把她推向深淵的感覺，塔索把姮莉亞推進了入口大廳。

大廳中央的櫃檯後坐著一位年輕貌美的女士和一位年紀稍長的男士。當塔索和姮莉亞走近時，他們面帶微笑地站了起來。儘管室溫非常宜人，塔索還是感到一陣寒意襲來。

「歡迎光臨！我叫萊斯利。」女人用尖細的聲音自我介紹。塔索立刻就對她感到反感。

「讓我猜猜，你們是因為你才來的！」萊斯利興奮得彷彿要暈過去了。她輕輕地繞過櫃檯，靠近姮莉亞，輕輕地碰了碰她的手臂。姮莉亞向後跳了一步。

「你是從人寧來的吧？」姮莉亞點點頭，驚訝地看著她。萊斯利笑了。「我就知道！或者說，立方體就知道。」她對姮莉亞眨了眨眼睛。「不管怎麼說，你是新來的，還沒有登記。」她看著塔索，「謝謝你帶她來這裡，我會好好照顧她的。」

「我相信你會的。」塔索連忙說道：「雖然我寧願待在這裡。」

姮莉亞果斷地點點頭，萊斯利只是聳聳肩，便不再搭理塔索。塔索覺得自己完全格格不入，但不可能丟下姮莉亞一個人。

萊斯利挽著她的手臂，把她帶到大廳後面。塔索從姮莉亞僵硬的姿勢中看得出來，她也覺得萊斯利很奇怪。

「首先，你會得到一副智慧穿戴裝置。」萊斯利輕聲說道，同時他們面前的地板上升起了兩個架子，裡面放著數不清的智慧穿戴裝置盒。「你知道它們怎麼使用嗎？」

「我……」

「沒關係，交給我。」萊斯利打斷她的話，從架子上拿起一個收納盒，解釋它的原理。

妲莉亞認真地聽著。「電池能用多久？」

「至少二十個小時。不過智眼也可以透過睫毛和陽光充電。智耳的電池容量就更大了，等等……」萊斯利握住妲莉亞的上臂，固定住她的眼睛。然後，她將妲莉亞向左轉一次，再向右轉一次，測量她耳朵的尺寸。

不久後，十幾個智慧穿戴裝置收納盒在貨架上亮了起來。「這些應該都適合你。」

妲莉亞猶豫了。「它們要多少錢？我不知道我是否……」

「沒問題的，這三個型號都是免費的入門型號，都由立方體免費提供，三組功能都差不多。」

塔索本來想著是否要提及入門型款的智慧穿戴裝置曾經出現過模擬搶劫、槍擊和其他事情的駭客，但後來還是決定不提。

萊斯利接著說：「這裡的產品在價格和性能方面都不遜色，尤其是在變焦和噪音過濾方面。它們配戴起來也更舒適，尤其是眼睛，不過入門者很難感受到其中的差異。但無論如何，你可以隨時來更換你的智慧穿戴裝置。」

妲莉亞疑惑地看著塔索。

「我自己也是用這種基本款。」他無精打采地說。

「那我就先拿其中一款吧。」

萊斯利從架上拿了一套，先幫妲莉亞戴上智眼，然後再配戴智耳。妲莉亞眨了幾下眼睛，啟動了她的智慧穿戴裝置。她著迷地環顧四周，直到目光停留在萊斯利身上。「哦，哇，你看起來真不一樣！」萊斯利尷尬地笑了笑，想向她解釋所謂的外型改造濾鏡，但妲莉亞已經知道了。她轉向塔索，笑了起來。「你長得倒是跟之前一模一樣。」

塔索在內心苦笑。他只改造過一次，那是一個他感到特別孤單的晚上。他很想隨便去個哪裡，卻選錯了夜店。「不接待離線者。」保鑣擋住他的去路，但塔索不放棄，直到保鑣最後告訴他至少稍微改造一下，塔索才沒有繼續堅持。事後，塔索也說不清是哪件事情更丟臉：是在門口被拒之門外？還是套著假肌肉和荒唐髮型的濾鏡被放了進去？

「如果你有興趣的話，我們等等可以試套一些濾鏡。」萊斯利興奮地對妲莉亞說：「你可以客製化，也可以選擇你想要的風格，大部分的商店都可以三天免費試用。」

妲莉亞用手做了一個拒絕的手勢。「也許下次吧，謝謝。」

「好的。」萊斯利拍拍手，「接下來我們要幫你登記，因為沒有登記就沒有辦法申請銀行帳戶，而沒有銀行帳戶就沒有基本收入。」

萊斯利試著再挽住她的手臂，但妲莉亞同時看似隨意地轉過身去。萊斯利繼續向前，走向一個從地面螺旋升起的智慧顯示器。塔索的手反射性地向前一伸，拉住了妲莉亞。他本來什麼都不想說，現在卻還是忍不住了：「在那之後，」他的下巴朝智慧顯示器方向抬了抬，「你就永遠身在其中了。你確定這真的是你想要的嗎？」

妲莉亞抓住他的手，堅定地說：「是的。」她轉過身，拉著他一起走。他感受著自己的手被她握住的觸感，連忙跟上去。他們慢慢鬆開了手。

萊斯利微笑著在智慧顯示器旁等待。「小心點，拔頭髮的時候會有點痛……」她迅速從妲莉亞的後腦勺扯下幾根頭髮。妲莉亞尖叫著抓著被拔頭髮的部位，憤怒地看著萊斯利讓智慧顯示器上的一個小開口吸進了她的頭髮。

塔索不由自主地搔了搔後腦勺。

「請站在這裡，把手放在螢幕上，按照智慧顯示器上的指示操作。」萊斯利說。

妲莉亞走到智慧顯示器前，依照指示操作。她輸入了自己的姓名和出生日期，不久後螢幕上顯示：DNA已驗證，身分已指派。

萊斯利再次鼓掌。「太棒了！」

「我的智慧穿戴裝置問我是否要在歐洲央行開設帳戶。」

「對，你會需要的。」萊斯利回答。

塔索也點點頭，並壓抑著自己剛剛彷彿目睹了一個瘋狂邪教的入教儀式的感覺。

「好！」妲莉亞說得有點大聲了。不久後又說：「哦，真快。我戶頭裡已經有一千五百歐元了！」

「這是你四月的基本收入。」萊斯利解釋道。「以後你的預測分數越高，」萊斯利在說到最後一個詞時提高了聲音，語氣帶有不確定，但妲莉亞表示理解，「你就能賺得越多。」

「為什麼？」妲莉亞問。

「什麼為什麼？」

「為什麼不是每個人都拿到一樣的錢？」

「數據是值錢的，因為我們的可預測性越高，經濟效率就越高。這就是立方體獎勵可預測性的原因。」

「誰來支付數據的費用？」

萊斯利遲疑了一下，然後目光堅定地回答道：「立方體擁有數據壟斷權，這意味著立方主義國家產生的所有數據都會立即被他們獨占。收集數據的人就能得到報酬，即使是收集自己的數據也一樣。所以需要數據來提供產品和服務的公司，也就是每家公司，都必須為他人收集的數據支付一定的費用，而這個金額是由立方體決定的。」

妲莉亞想了一下。「為什麼公司要花錢買別人的資料，而不是只用自己的資料呢？」

「合作是關鍵！」萊斯利繼續說道：「每間公司都能從獲取第三方數據的計算中獲益：麵包師傅知道早上要烤哪種麵包、應用程式程式設計師知道他需要多少員工以及何時需要幾個人、智駕的製造商知道他的客戶想要什麼以及在中期有多少預算。共享數據讓我們變得富有，也因為同樣的數據不再需要多次收集。」

「那如果你付錢的話，你就可以看我洗澡嗎？」妲莉亞皺著眉頭問。

萊斯利調皮地笑了笑。「這由你決定。立方體本身會識別資料的敏感程度。只有在符合你選擇的資料保護等級時，它才會向第三方發布資料。如果不確定，它會詢問你。如果你選擇的保護等級比較低，你的基本收入就會增加其他的附加費用而變多，這取決於你的生活和經濟狀況！」這位年輕的女士撥了撥她的頭髮。「但也有反過來的情況，有許多名人競相購買自己不希望公開的資訊。這取決於資訊探勘無人機發現了什麼內容，以及他們的所有者要公開多少資訊，這可能會相當昂貴！」

「我想我們已經完成了今天最重要的事情。」塔索插話道。他開始坐立不安。這種環境讓他覺得很壓抑，萊斯利讓他感到緊張，他覺得自己必須把妲莉亞帶到安全的地方。

妲莉亞問他：「剩下的我們能自己搞定嗎？」

「當然。」他的聲音比他自己想的更驕傲。

「還有一件事，」萊斯利激動地說：「只要你的預測分數超過五十分，你就可以得到從引入立方體以來就支付的每月基本收入。以你的狀況來說，就是十三萬九千五百一十八歐元！」

塔索大吃一驚，妲莉亞難以置信地看著她。「我會免費拿到了十四萬歐元？」

「只要你的預測分數超過五十分就可以，這是對長期生活在立方體以外的離線者的獎勵。」

妲莉亞興奮地笑了起來，轉頭看向塔索，塔索連眼皮都沒眨一下。他不敢相信她的父母這麼多年來一直沒有基本收入，像他父母那樣有原則、靠儲蓄或捐款生活的離線者並不多。

「如果你願意，」萊斯利靠近妲莉亞，嘗試說服她：「我們可以馬上把你從零提升到至少三十級！我們提供了一個很好的**融入**教育課程，這個課程可以讓立方體可以更了解你……」

「但今天就先不必了。」塔索插話道。他放棄了所有忍耐，怒視萊斯利。

這位立方主義者沒有理會他：「課程時間不長，而且……」

「根本沒必要！」塔索覺得這頭蠢牛如此咄咄逼人，簡直令人髮指。這是當然的，她會從妲莉亞的登記中獲得一筆可觀的佣金，一旦她成功安排了融入教育課程，佣金可能會倍增。他看著妲莉亞，希望她能理解他強烈的目光。「你才來一天而已。登記是一回事，融入完全是另一回事，你應該仔細考慮一下。」

萊斯利無動於衷地繼續翻閱她的目錄。「這個課程非常有趣，我偶爾也會去上。你會發現很多關於自己的事情，就像是一個很有趣的性向測驗。」妲莉亞沒有回答，萊斯利又說：「而且十四萬歐元是很大一筆的金額。」

妲莉亞的視線猶豫不決地在兩人之間游移。塔索趁機抓住她的手臂，把她拉到外面。門外，妲莉亞深吸一口氣，搖了搖頭。「真是個煩人的傢伙！」

塔索鬆了一口氣，因為她沒有生氣。「是啊，他們都這樣。就算他們配備了最好的聊天助理還是一樣，或許這就是他們需要這種應用程式原因。」不待妲莉亞發問，他就開始解釋聊天助理應用程式的工作原理，然後提議他們可以去蒙比丘公園。妲莉亞點點頭，他們便出發了。

當他們經過街道另一側的示威者時，妲莉亞突然變得有些激動，走得更快了。走了幾步，她興奮地說：「剛剛你看不清楚的拿著海報的那個女人，我也看不見她的臉了！她的臉只有白茫茫的一片！」

「她現在是個幽靈了。」塔索回答。「前陣子引進了針對反立方主義犯罪者的新懲罰：流放。這表示你再也看不清那些被定罪者的臉，如果你戴上智耳，就再也聽不到他們的聲音。這些人只能用手勢交流，或者等別人拿下他們的智慧穿戴裝置，但現在幾乎沒有人會拿下來了。」

「我的天啊……這是她唯一的懲罰嗎？」

「不是，他們通常也會入獄。多年來，對反立方主義的罪行懲罰越來越重，流放是一項直接措施，出獄之後也是一個汙點。」

他們默默地並肩走了一會兒。塔索偶爾會望向妲莉亞，她正直視著前方。或許他最終還是能讓她相信立方主義的惡。

「我的智慧穿戴裝置要求我進行各種基本設定，」她突然說：「我應該過濾背景噪音嗎？」

塔索花了一點時間才反應過來：「這些聲音包括樹葉的沙沙聲、無人機機翼旋轉的聲音、風聲、鳥叫聲、孩子的哭聲。」

「不，不要過濾掉……那我要開啟智慧光學嗎？」

「開啟的話，你就可以設定是要看到城市的真實面貌，還是看到按照建築法規應該看到的面貌，或是城市曾經的面貌，又或者是看到各個屋主裝飾房屋後的面貌，也就是虛擬改造之後的房屋面貌。在最後一種模式中，你可以根據自己的喜好重新裝飾城市的公共區域。」

「最後一個聽起來不錯！」

在接下來的幾分鐘裡，一座令人印象深刻的羅馬神廟、一座童話般的小城堡和一棟沒有窗戶的黑房子都讓她感到非常有趣。當他們走到施普雷河畔時，妲莉亞把視線望向了對面的大教堂，但很快又轉開了。

「什麼是痛苦過濾器？」過了一會兒，她問。

「它會隱藏一切你可能覺得不愉快的東西，例如無家可歸者、病人、傷患或是身心障礙者。」

「我的天啊！不，我不想！」

到達公園後，他們坐在長椅上，連接起智慧穿戴裝置為妲莉亞尋找公寓。房屋交易應用程式自動挑選了十一間以妲莉亞的基本收入可以負擔得起的公寓。

「我們要把他們都看過一遍嗎？」妲莉亞不安地翹著腳。

塔索忍不住笑了。「不用，現實生活中已經很難看到房屋狀況了。這就是它的功能。」塔索選了一間公寓，點擊虛擬立體導覽。導覽立即開始，並按照要求放大窗戶、天花板和家具。

妲莉亞瀏覽了一會兒不同的公寓，最後決定選擇塔索公寓附近一間附家具的公寓。她立刻簽了合約，今天就可以搬進去。她高興地看著他，但同時又有些難以置信。「哇，我這麼快就有了新生活。」看到她開心，塔索也很高興，但同時又覺得自己一無是處，心裡很空虛。「這有點像是我會魔法。我許個願，它就會出現！」

此時，一架紅色的送貨無人機來到她身邊，打開機腹讓塔索拿出一個披薩盒。妲莉亞熱情地拍著手，「太神奇了！這是你幫我們訂的嗎？」

「沒錯。」他打開盒子，把香噴噴的蔬菜披薩湊近她的鼻子。

她咧嘴一笑，拿起一塊，津津有味地咬了一口。「現在要怎麼樣才能讓我的預測分數達到五十分呢？」妲莉亞邊吃邊問。

塔索差點被披薩噎著，心情立刻又變壞了。「我覺得你不應該那麼快就試著拿到五十分……」

妲莉亞突然嚴肅起來。「為什麼不？」

塔索猶豫了。他知道自己必須和她談談，但不能在這裡，不能在立方體的耳目面前。「我只是覺得你不應該操之過急，」他說：「你才剛從人寧過來。在決定好你要好做什麼和不要做什麼之前，先邊生活邊看看吧。」

「但我已經決定了。我想在這裡建立新的生活，還有體驗伴隨新生活而來的一切。我可以賺一些錢，反正我的預測分數也在上升。」

塔索盯著天空。沒用的。他今天無法說服他。當然，他也不想把她嚇跑。「好吧。」他最後說，長長地吐了一口氣。「那我們去逛街買點東西吧，我相信那會讓你拿到你的第一個預測分數。」一股索然無味的感覺壟罩了他，即便妲莉亞擁抱他的時候也沒有消失。

❖　❖　❖

當他們傍晚要回塔索公寓拿妲莉亞的東西時，她已經可以用智慧穿戴裝置付款、查看預測分數、使用同步翻譯和叫車了。她非常高興地重新裝飾了城市的一些角落，申請電子郵件帳戶，並為自己的公寓訂購了一些日常用品。她一次又一次因為自己看到或聽到的東西開懷大笑，時不時讀一些內容給塔索聽，或是傳到他的智慧穿戴裝置上。她的熱情讓塔索感到非常快樂，甚至偶爾會讓自己做出真實的反應。他一直悄悄地從側面看著她，希望自己也能如此無拘無束，能如此肆無忌憚地表達自己的喜悅。

今天也有人等在塔索家門外。不過，他並沒有平靜地坐在階梯上，而是雙手叉腰地站在人行道上，怒視著她的方向。妲莉亞仍興高采烈，而塔索也太晚認出了這個人。當妲莉亞終於注意到他時，她呆若木雞地站在原地。

「爸爸！」

6

巴塔斯先生沉默地搓著自己的大手。僅僅是他的體型就讓塔索一直都覺得有些可怕。他那異常寬大的頭從黑色的納米許服飾中延伸出來，粗獷的面孔難以捉摸，就像個愚弄者一樣。但妲莉亞的父親肯定不是來給女兒送衣服的。塔索必須確保局面不會失控，所以他做了他能想到的第一件事，就是友善地笑了笑，站到妲莉亞面前，和巴塔斯先生握了握手。「很高興見到您！」

巨人惱怒地看了他一眼，彷彿才剛注意到他，然後將塔索的手推開。「這不關你的事。」他嘶啞著嗓子朝女兒走去。「妲莉亞，你到底在這裡幹什麼？」

妲莉亞從恍惚中醒來。「我已經寫信告訴過你別來煩我！」她的聲音顫抖著。

巴塔斯先生停下腳步。他說話時顯得深思又克制。「我們很擔心你。」

他克制的語氣讓塔索稍微冷靜了下來。也許一切都會文明地進行，巴塔斯先生會問女兒是否願意回去，她拒絕之後，他就會離開。沒有驚慌的理由。

妲莉亞哼了一聲。「你是怎麼找到我的？」

「安德蕾亞告訴我們你跟她要了塔索的地址。」聽到自己母親的名字時，塔索吞了口口水，對於她沒有意識到這點感到有些生氣。

「所以你現在要把我從煉獄中拯救出來嗎？」姐莉亞從父親身邊退開，父親又朝她走近了一步。

塔索站在他們中間，安撫地舉起手臂示意。「巴塔斯先生，姐莉亞很好，我一整天都陪著她，她不是一個人。」

巴塔斯先生第一次直視他。「你根本不知道自己在說什麼。她在這裡非常孤獨，她被上帝遺棄了。」

塔索揉了揉額頭。他到底該怎麼做？在立方體面前爭論是很危險的，因為人們很難在爭論時偽裝自己。塔索不想讓立方體一下子就了解太多關於姐莉亞的事。他很想拿掉自己的智慧穿戴裝置，把他和姐莉亞的都踩爛。但那樣做毫無意義，資料探勘無人機會在幾秒鐘內聚集到他們周圍，而且沒有智慧穿戴裝置，他根本就沒辦法打開大門。他必須想辦法把他們引進他的公寓裡。

「你真的想住在這裡嗎？和**他們**這種褻瀆上帝的人住在一起？」巴塔斯先生指著塔索。「你怎麼可以不跟我們商量就這樣逃跑了？」

姐莉亞握緊了拳頭，似乎沒有被父親巨大的身形嚇到。「我試著跟你們談了很多次。很多次！你們從來都不聽我說，更別提認真對待我了，你們總是只會引用《聖經》中的經文強迫我禱告！如果我告訴你們我想住在城市裡，你一定會把我永遠關起來！」

巴塔斯先生的臉漲得通紅，塔索也嚇了一跳。

「我們一輩子都在保護你遠離這個病態的世界，而你就這樣偷偷跑走了。真不敢相信我的女兒是個懦夫！」

「**保護？**」妲莉亞喊道，塔索幾乎認不出她了。「你毀了我的整個青春，把我束縛得幾乎窒息。我常常在半夜哭泣，而你們注意到的時候就只會他媽的圍一圈禱告！」

「不要說髒話！」巴塔斯先生威脅地舉起食指。他現在站得離他們如此近，近到就像無法跨越。塔索感覺到自己的心臟狂跳，但四肢卻沉重無力。他想保護妲莉亞，想拉開她和巨人之間的距離，想說些什麼。但他做不到，這種無助感令人難以忍受。

遠處，塔索發現一架警用無人機正以極快的速度向他們飛來，這是他有生以來第一次因此鬆了一口氣。

巴塔斯先生現在大喊道：「你正在踐踏我和你母親教給你的一切，為什麼？你來這裡到底想幹什麼？想想你是怎麼毀掉你的母親和她的地位的！」

塔索的目光瘋狂在逼近的威脅和兩人之間來回移動。「走吧，」他對妲莉亞說：「警察會照顧你父親，我們上樓吧。」

她沒有理他，而是堅定地看著父親。「你知道我有多**不在乎**媽媽的地位嗎？反正都是些權欲熏心的垃圾！」

警用無人機現在就在他們的正上方盤旋。妲莉亞和她父親並沒有注意到它，爭吵變得更加激烈。

「注意你的言辭，妲莉亞！你的無禮表示你在這裡一天就被洗腦了。你只想著自己！你知道社區知道你的冒險之後會怎樣嗎？教區區長的女兒竟然跑到立方區裡去了！萬一其他孩子拿你的軟弱當榜樣怎麼辦？」

「我不再是個孩子了！」妲莉亞失控地大喊：「我**希望**他們能從我的經驗中吸取教訓，所有人都逃走！什麼納米許人，**都見鬼去吧！**」

巴塔斯先生似乎無法相信他所聽到的。

「請冷靜下來。」他們頭頂傳來一個聲音，震耳欲聾。

妲莉亞和她的父親惱怒地抬起頭。巴塔斯先生開始歇斯底里地大笑了起來。塔索不敢相信事態會發展成這樣，他抓住妲莉亞的手臂。「我們現在就走。」出乎他意料的是，妲莉亞沒有反抗地就這樣被他拉著越過她的父親，朝大門走去。當巴塔斯先生意識到發生了什麼事時，他的笑聲戛然而止。他只需要一步就能追上她。塔索無法再往前一步，因為巨人抓住了妲莉亞的另一隻手臂。

「你現在就跟我回家！」

「不！」妲莉亞用盡全力推他，踢他，拉扯自己的手臂。

塔索急得滿頭大汗。有那麼一瞬間，他從動作中抽離，看見自己和另外兩個人在互相拉扯，並為他們剛才表現出的窘態感到羞愧。這一切都太荒謬了！

但巴塔斯先生不肯就此罷休。「你不能留在這裡！這個世界對你來說是毒藥！」妲莉亞越是掙扎，塔索越是用力拉她，巴塔斯先生似乎就抓得越緊。

警用無人機又喊了一聲，但塔索聽不清楚。一陣響亮的警笛聲響起。塔索內心的開關打開了。他怒火中燒，直接攻擊了巴塔斯先生。「**放開她！**」他喊道，試圖把粗大的手指從妲莉亞的手腕上撬開。巴塔斯先生用肩膀把他推倒在地，當他伸手去打女兒耳光時，塔索又跳起來撲向他。

就在這時，塔索聽到頭頂一聲槍響，感覺肩膀一痛。他頓時感到頭暈目眩，身體一軟，倒在了地上。第二聲槍聲響起。

接下來的幾分鐘裡，塔索一陣恍惚：他聽到妲莉亞的哭聲，感覺有人把他的頭放在一個柔軟的東西上。不知道什麼時候，兩個人的身影俯在他身上。有人把他抬上樓梯。他聽見敲門聲，正想說些什麼，說點重要的話。接著他眼前一黑。

塔索醒來後，第一眼看到的是窗外一片漆黑。他躺在沙發床上，腦袋出奇地清醒。儘管如此，他還是不知道自己究竟是怎麼回到這裡的。妲莉亞坐在他旁邊的床邊，臉埋在雙手間。她渾身顫抖，但沒有發出聲因。塔索想起了一切，如雪崩般的同情朝他襲來。直到現在他才明白到妲莉亞逃離的是什麼，而逃離又需要多大的勇氣。他輕輕地撫摸著她的背。她愣了一下，把浮腫的臉轉向塔索。「你醒了！謝天謝地。」她小心翼翼地把濕漉漉的手放在他的額頭上，似乎在檢查他的體溫。「感覺還好嗎？警察說麻醉劑沒有副作用。」

塔索靠在他的前臂上。「我沒事。」他想笑，但臉頰發麻。「你呢？你父親怎麼樣了？」

「他們把他帶走了，我……」妲莉亞的聲音漸弱。她再次忍住淚水。「立方體以企圖剝奪自由和其他罪名判處他罰款，但是因為他沒有帳戶，所以可能要在監獄裡待上幾天。他活該！」她粗魯地擦了擦臉頰。塔索覺得，也許她對父親的歉意比她願意承認的還要多。塔索握住她的手，輕輕地握著，直到妲莉亞平靜下來。「立方體也禁止他靠近我。」

塔索內心一震。對他而言，機器可以決定這一切仍然相當驚駭，但是在這種情況下……

「這樣很好，不是嗎？」

妲莉亞痛苦地點點頭，握緊了塔索的手。

「謝謝你的幫忙。」過了一會兒，她說：「如果不是你，我可能已經屈服了……很抱歉讓你經歷這些，讓你經歷了我爸爸那樣的事。」

塔索嘆了口氣，他母親也捲入了這場混亂。「不用擔心，雖然這確實讓我很吃驚。在我眼裡，你爸爸總是那麼……冷靜。」

「他是很冷靜，至少在事情的發展和他想像的不一樣之前。」妲莉亞的語氣有些苦澀。

「而我們之間事情的發展往往與他的想像不同。」

突然間，塔索想起了什麼。他驚慌地捂住了耳朵。「不！」他驚恐地看著妲莉亞，「我們現在是戴著智慧穿戴裝置在公寓裡嗎？」這是個多餘的問題，但他還是大喊：「智視野。」應用程式出現在他眼前。「不！」他再次大喊，緊緊閉上雙眼。「不！不！不！」

「塔索……」妲莉亞將手按在他的肩上。他仍緊閉雙眼，他現在不敢看她。「你知道我花了多久時間才讓立方體遠離我的公寓嗎？我花了多少時間和方法……」

「我不能……」

「然後你爸爸來了，所有的忍耐都白費了！這不可能是真的吧！」

「塔索！」妲莉亞喊得更大聲了。「沒有別的辦法！警察把你抬了上來，難道他應該把你放在門外嗎？」

塔索氣笑了，看著妲莉亞。真是個好問題。

「對，當然！」

「你不是認真的吧！」

「你不明白我有多認真。」

「不，我真的不明白。這太病態了，塔索！」

這句話像一支埋伏的箭射中了他。他拚命咬緊牙關，目光越過妲莉亞緊盯著牆壁。

「對不起。」她最後說：「我不是那個意思。」

塔索沒有回應。

「這不公平，我無權評斷你的生活。」他們沉默地坐了一會兒。當塔索恢復冷靜思考之後，他考慮要確認一下自己的預測分數。立方體追蹤了他和妲莉亞的爭吵與對話，也看到了他的公寓，所以分數肯定有了明顯的提升。但他沒有查看，而是拖著腳步走向走廊，把他的智慧穿戴裝置收起來。他感覺糟透了，甚至分不清是因為立方體，還是因為與妲莉亞美好而熟悉的情境又再次被破壞。

❖ ❖ ❖

妲莉亞在塔索的沙發上又過了一夜，隔天早上一起去了她的新公寓。公寓在一棟舊大樓的四樓，空間不是特別大，但很明亮，甚至還有一個小陽台，陽台上放著一個廢棄的花盆。

在妲莉亞檢查她的新家同時，塔索的腦子裡閃過許多問題：他的父母知道妲莉亞在人寧的處境有多糟糕嗎？是他母親故意背叛了她，還是巴塔斯先生對妲莉亞的逃跑三緘其口？納米許人怎麼會囚禁他們的孩子？難道無立方區的自治可以發展到這種程度？

妲莉亞熱情地在房間裡跳來跳去，塔索把所有問題都吞了回去。

當虛擬房仲把房子交給她時，她雀躍地歡呼，緊緊擁抱著塔索。他感覺到她柔軟的頭髮貼著他的臉頰，呼吸著她的香氣，直到她離開他。

他們一起搬運家具，訂購一些缺少的物品，無人機很快就把這些物品送到了陽台。同時，塔索回答了妲莉亞對於他在法院的工作和他兄弟家庭的問題。她的好奇讓他很高興，也讓他想詳細談論自己的生活。但是他們都戴著智慧穿戴裝置，所以他的回答盡可能簡短，雖然他能感覺到這讓妲莉亞很惱火。

在下午就得分別讓他覺得有點痛苦。雖然過去幾天讓他心煩意亂，但有妲莉亞在他身邊讓他感到很自在。當他在門口道別時，兩人都尷尬地低下頭，然後又露出了微笑。

「謝謝你所做的一切，塔索。沒有你，我真不知道該怎麼辦。」

塔索坦然地看著妲莉亞，希望他的眼神能傳達出更多他無法用語言表達的感受。「你一個人在這裡可以嗎？」他簡單地問，希望她能請求他留下來。

「應該吧，我想我現在應該要獨立了。」

她的話刺痛了他。「當然。」他舉起手說著，態度十分隨意。

「別誤會，但不知為什麼，對我來說，獨自採取下一步行動很重要……我們可以見面嗎，或許下星期之後，星期三？到時候看看我做得怎麼樣。」

塔索微笑著點點頭。他想告訴她這幾天有多麼美好，張了張嘴，看到她期待的眼神，於是只是緊緊地擁抱了她，然後帶著一種淡然的感覺離開了公寓。

在回家的路上，他鼓起勇氣查看了自己的預測分數：二十四・六一。他吞了口口水，短暫地閉上了眼睛。這兩年以來，他從來沒有過這麼高的分數。但他能怎麼樣呢？他已經讓妲莉亞覺得自己夠奇怪了。好吧，他不應該打開廚房的窗戶。但無論如何這也無濟於事，因為他真的無法阻止自己不省人事地被抬進公寓。

回到家後，他透過分類廣告把未拆封的包裹贈送出去。經過昨天的意外，立方體現在知道他有哪些訂購了但從未拆封的東西。他把包裹搬到樓下，隔著一段距離放在房子的牆邊，然後讓其他智慧運輸機無法看見它們，只有收件人或授權的無人機才能發現。

❖ ❖ ❖

週六，塔索從加密中心開車前往斜角巷，卻沒有了往日的期待。甚至在置物櫃裡看到他的骰子收藏後，那種想要去其他地方的沉悶感也沒有消失。妲莉亞搬進公寓之後就再也沒有聯絡他。他悶悶不樂地離開了更衣室。中庭正在進行一場座談會的準備工作，根據宣傳海報上的說明，座談會將在兩小時後開始，《愚人日報》的主編將會主持這場由雨果・法布爾和馬克・芬德的對談。反抗運動的教父對上德國最激進的立方主義者！這場交鋒的精彩程度讓塔索的心情稍微好了一些，他已經很久沒有看到雨果本人了，馬克・芬德他也從未見過。

羅西再次不在他的酒吧裡，取而代之站在吧檯後的是寶拉，一個堅毅的三十歲女人。他認識她幾年了，她和羅西一樣都是酒吧的一部分。

「這是給你的，昨天來的。」她熱情地擁抱塔索後說道，並從吧檯下拿出一封信，語氣裡帶著塔索意想不到的溫柔。塔索向她道謝，點了一杯咖啡，在一張可以看到外面風景的桌子旁坐了下來。他慢慢地將信封翻過來，上頭除了他的名字和羅西的酒吧外什麼都沒有。信件總是帶著些許神祕感：沒有表示內容的主旨，而且也很久出現寄件人的名字了。幾年來，信件只能在無立方區之間傳遞，在其他地方都是犯罪，因為這違反了立方體的資料壟斷原則。塔索只會和他的父母和提姆交換信件，這也許就是這些信件對他來說如此特別的原因。但是從字跡來看，這封信是別人寫給他的。在回味了足夠長的時間後，他打開了信封。信封裡沒有信紙，只有一張帕斯卡爾的照片，她擺出了美國軍隊廣告人物山姆大叔的姿勢。她用食指指著他，露出一個挑釁的微笑。照片背面寫著：請讓我們談談。你的帕斯卡爾

塔索的心跳加快。提姆向他求助是一回事，但聯盟主席本人又是怎麼一回事？他們到底想要他做什麼？他沒有錢，也沒有特殊人脈，對資訊科技也一無所知。無論如何，他們都在向他示好，這讓他感到不安，而不是受寵若驚。如果羅西現在在場，他就能直接問他這一切究竟是什麼意思。羅西或許不會說些什麼，但那總比坐在這裡空想要好。

塔索到達中庭時，已經座無虛席，他很驚訝這場座談會竟然吸引了如此多的聽眾。椅子上

大概坐了兩百多人，站在樓上玻璃欄杆邊的人更多。這種情況在斜角巷早期並不是什麼特別的事，然而隨著人們現在對人文主義勝利的信念逐漸減弱，支持者也越來越少，因此這麼多的觀眾數量實在非比尋常。

塔索在第三排找到了一個空位。舞台上有幾個座位，《愚人日報》的愛麗絲．瑪努坐在中間。她平靜的目光在台下的觀眾席上游移，不時對著熟悉的面孔點頭致意，確認手環上的時間。突然間，觀眾席上一陣喧嘩，響起些許噓聲。塔索環顧四周，很快就找到了原因：馬克．芬德走進了院子，正往講台走來。他是個令人印象深刻的四十多歲男子，長相俊俏，在這裡顯得相當從容自然。他的亞麻色西裝非常合身，再加上他的鬍渣，簡直可以在加勒比海灘上為新的男士體香劑拍廣告。他身邊的黑衣保鑣額頭上沁出了汗珠，顯然不習慣在沒有智慧穿戴裝置的情況下行動，他們的目光在人群中漫無目的地，不停在周遭來回走動，看起來就像笨拙的舞者。無立方區的管理層顯然借了對講機給他們，他們倒拿著對講機，對不斷發出的嘶嘶聲和嘟嘟聲感到緊張。同時，雨果．法貝爾在無人察覺地情況下從另一邊走上了舞台。他與瑪努握了握手，然後走向表情嚴肅的馬克．芬德，後者此時也已經在座位上。兩人有著天壤之別：這位億萬富翁肯定比芬德大了三十歲，矮了半個頭，穿著打扮也不顯眼，高聳的鼻樑和稀疏的頭髮讓他甚至不及對手一半的英俊。當他們對著報社的鏡頭握手時，人們幾乎擔心芬德會不小心折斷雨果的手臂。芬德在椅上坐下，拿起旁邊桌上的麥克風，饒富興致地仔細看了起來，彷彿在看石器時代的工具一樣。

「歡迎你們，親愛的觀眾。」瑪努說，並等待人群安靜下來。「當然，也熱烈歡迎你們兩位的到來！」她左右看了看。「大家都認識這兩位，但我還是簡單介紹一下他們的背景：雨果．法貝爾是希爾茲有限責任公司的創始人和管理合夥人，這間公司經營著眾所周知的加密中心，在歐洲有四百多家加密中心。從一開始，他就是立方主義最堅定的反對者之一，並在公投前向反立方運動捐贈了大量資金。從那時起，他就一直堅決維護離線者的利益，即使他不喜歡這個詞。」雨果和瑪努交換了一個微笑，然後記者把目光轉向了芬德。「我的第二位嘉賓馬克．芬德無疑是國內最具爭議的人物之一，不僅是在我們的圈子裡。他從很久之前的環保運動起就成了激進的立方主義支持者，在公投之前，環保運動幾乎一致支持『贊成運動』，這在很大程度上要歸功於他針對立方主義對於節能方面的研究。從那時起，從不同角度來看，他被視為新繁榮的先驅或是世界末日的預兆……感謝兩位今天的到來！」

觀眾們盡責地鼓掌，但又非常冷淡，因此最後被介紹的芬德不可能把掌聲當成是對自己的歡迎。

「我們舉辦這次對談是源於本報一週前對您的採訪，芬德先生。在那次訪談中，您呼籲在將來起訴離線者，並不再向他們發放基本收入。您說，任何人為壓低預測分數的人都是反社會的，而反社會的人沒有資格獲得支持。您這樣的說法是不是太過分了？」

「不，恰恰相反。」芬德的聲音出奇地高亢。「長久以來，我們一直圍著這個社會核心議題進行討論。沒有一個國家的離線者率像我們這麼高，而這就是我們國家的預測分數與其他國家相比太低的原因，隨之而來的所有問題包括：基本收入增長緩慢、犯罪率上升、法律效率低落等等。」可以看出芬德並不習慣麥克風，他在發言時一直把手放得很低，因此瑪努不得不持續示意他要把手舉高一點。「我們再也雇不起離線者了。」他看著觀眾，身體前傾。「我不怕把話說得更直接。我們的社會再也負擔不起你們所有人了！」

自從他開始說話，觀眾的聲音就越來越大。現在整個中庭都是喊叫、咒罵和口哨聲。芬德平靜地喝了一口水，身體向後靠。他的保鑣攔住了幾名跳起來瘋狂比劃、跑向舞台的觀眾。

瑪努不得不要求觀眾安靜才得以繼續。「雨果，在你致力於反對立方體的這些年裡，你總是說：『不要使用暴力！』人文主義陣線的梅克．烏爾里希和基督教反立方主義組織的領導人卻有不同的看法。像芬德先生這樣的言論是否經常讓你們的信念受到質疑？」

塔索經常在公共場合看到雨果，他知道接下來會發生什麼事：什麼事都不會發生。雨果總是得花很長時間來回答大問題，而當他開口的時候，總是非常小聲。幾乎所有在中庭裡的人幾乎都知道這一點，所以中庭突然安靜了下來。過了一會兒，他慢慢把麥克風湊到嘴邊，清了清喉嚨說：「沒有。」

如果瑪努不認識他，她不會在接下來幾秒鐘的沉默中等待，反而會繼續追問。但現在，她和其他人一樣全神貫注地等待雨果解釋他的回答。芬德揚起眉毛，盯著這位年長者。

「愚昧和無知，」雨果最後說道：「不該用暴力來對抗，而是要用教育來對付。」芬德對這次攻擊回以大笑，但隨後他發出的笑聲被淹沒在人群的歡呼聲中。「但我同意你的看法，像芬德先生這樣的言論顯然太過分了。他破壞了之前達成的共識，也就是應該保護人文主義者，而不是騷擾。他打破共識的行為是一種蓄意挑釁，是在為近乎強人所難的政策做準備，這些過去被認為激進的政策，現在突然又顯得合理了起來，並且被大多數人接受。這是一種非常古老的政治策略。我們必須全力反對，但不是暴力反對！」

現場響起了熱烈的掌聲。塔索覺得很滿意。芬德搖搖頭，回應了一些話，卻又忘記要把麥克風舉到嘴邊。瑪努趁機插話問道：「芬德先生，您真的打算藉由這些作為來替預測分數高的人開闢一條特權大道嗎？」

「胡說八道！」這位立方主義者對著麥克風大喊：「在這個國家的大多數人還在妖魔化立方體的時候，我就已經在為立方體而戰了。說我是高預測分數者的走狗，簡直是誹謗，完全是無稽之談！我的目標是為全國人民服務，甚至包括你，只是你不願意承認罷了！順便說一句……」芬德不得不再次大喊以蓋過大聲的抗議。「順便說一句，我從我承諾的政策中獲得的利益比法布爾先生從他巨大的離線商機中賺到的錢還少！」

就這樣，芬德早早打出了他最有力的一張牌。

指責雨果利用離線者的困境獲益的聲音並不少見，但這種指責一直都存在，顯然其中有些觀眾也有這樣的想法，因此針對芬德的敵意稍稍收斂了一些。

瑪努正要再次開口，大廳突然響起了震耳欲聾的口哨聲。中庭裡、欄杆旁，四處都出現了身著灰色衣服、嘴裡叼著口哨的人，他們彷彿接到命令，拚命吹響口哨。他們戴著印有人文主義陣線標誌的面具，在二樓的欄杆上展開了兩條巨大的橫幅：「打倒立方體！」、「打倒資本主義！」

塔索的目光落在一個從橫幅上露出臉龐的年輕女子身上。她無所畏懼的姿態和嘴裡叼著的口哨讓人知道她也是示威者，但她沒有戴面具。塔索附近的一個男人似乎也注意到了她，因為他指著她對同伴說：「那是阿薩．施奈德！」

聽到施奈德這個名字，塔索嚇了一跳。他提醒自己冷靜下來，這個女人和憲法保護部門的施奈德沒有關係，他們只是碰巧擁有相同的……他愣住了。他看著她，看得越久，越能清楚地從她的臉上看到鐘．施奈德的影子。同樣的杏眼，同樣的尖下巴，甚至同樣令人害怕的笑容。身邊男人的聲音證實了塔索的猜測。「她就是那個重要的憲法保護者的女兒。」塔索的震驚完全變成了激動。立方體最重要的捍衛者的女兒不僅參與了反抗運動，還加入了最激進的組織。

塔索回頭看了一眼舞台，幾十個番茄正向馬克．芬德砸去，他趕緊躲到衝過來的保鑣身後。但雨果也受到了蔬菜攻擊，他一動也不動地站在那裡，臉上露出陰沉的表情。他坐在扶手椅上。直到瑪努做出阻止的手勢，他才起身慢慢離開舞台。芬德周圍的人群也在撤退，他們在番茄攻擊中一步步艱難前進。突然，三個戴著面具的壯漢穿過人群，衝向芬德。他們打倒了第一個擋路的保鏢，然後繼續前進。幾秒鐘的時間，爆發了一場激烈的肢體衝突，越來越多蒙面人加入衝突行列。旁觀的觀眾開始驚慌失措，塔索也被逃竄的人群團團圍住，時而被推向右邊，時而被推向左邊。混亂中，他望向二樓看台，阿薩．施奈德已經不在那了，他並不意外。與此同時，一群斜角巷保全來到被困住的芬德和他的保鑣面前，為他們開闢了一條通往出口的路。芬德和他的團隊雙手抱頭，向外逃去。直到幾分鐘後，最後一批戴著面具的人文主義陣線支持者躲起來或是被拖出中庭後，嘈雜聲才逐漸平息。

塔索現在才感覺到自己的心跳有多快，他從來沒有在斜角巷經歷過這種事，無法想像如果沒有無立方區嚴格的安全預防措施，那會發生什麼事。這當然不是針對芬德的暗殺，似乎是自然而然發生的衝突，然而地上的血跡、番茄汁和翻倒的椅子混在一起，看起來十分驚悚。許多觀眾驚慌失措地逃走了，有些人還受了傷。其他人則三五成群地站在一起，激動地回憶著發生的一切。塔索在離其中一群人不遠的椅子上坐了下來。

「這些白痴！」其中的一個女人喊道：「你覺得芬德會怎麼回應這場衝突？他會一次又一次把我們千刀萬剮，這是當然的！雨果一定會很生氣！貝拉夏也是。天啊，整個離線者世界都會被針對……那些該死的白痴！」

「恐怕，」一位年長的男士神情疲憊，聲音平靜地說：「這與其說是愚蠢，不如說是算計。他們希望事態升級，希望那些立方主義者讓我們更加痛苦，希望我們都變得激進。」

「哦，我不確定。」另一位女士插話道：「人文主義陣線的梅克．烏爾里希其實很理性，我相信她不希望她的人捲入衝突。」

「理性？」第一個女人喊道：「自從她變成人文主義陣線的發言人之後，她就完全瘋了！」

塔索向後抬起頭往上望去，乳白色的天窗閃爍著擴散的光線。幾年前，他會滿腔熱血地參與討論，細緻入微地分析人文主義陣線與他們備受爭議的發言人的行為。幾個月前，他至少會說些什麼。然而，現在他覺得自己像在看一部奇怪的電影。

❖ ❖ ❖

星期三早上，塔索遇到了一個問題。雖然時間還早，但窗戶上的黑色薄膜已經陽光以一種悶熱的形式進入房間。不久之後，地板上的五個骰子比炎熱的天氣讓塔索出了更多的汗。涼鞋、米色亞麻長褲、夏威夷襯衫、藍色毛衣和灰色風衣。今天真是個好日子！他猶豫了一下，慢慢把第一個骰子移到第三個位置，然後從衣櫃裡拿出黑色皮鞋、墨綠色長褲和淺藍色襯衫，以及毛衣和風衣。一個小小的干預，一次很好的妥協。

今晚他將再次見到妲莉亞。老實說，與妲莉亞見面比斜角巷襲擊事件的騷動更讓他煩惱。自從上次見面後，妲莉亞就沒有聯絡他。昨晚他實在受不了了，透過訊息問她最近過得怎麼樣，他們的碰面約定是否還算數。她用一段自己在公園的影片回覆他，她對著鏡頭開心地笑著說她很期待見到他。塔索愣了一會。她的臉出現在影片中，這表示她不是已經交到朋友了，就是幫自己買了一台智寵。塔索把這兩種想法都拋到了一邊。

他一整天都無法集中精神工作。他沉浸在自己的思緒中，甚至毫不在意大衛在午餐時的喋喋不休，又或是同事們對馬克・芬德「刺殺未遂」持續不斷的討論。甚至在塔索還來不及提議見面地點時，妲莉亞就傳了訊息給他，說她會去接他下班，語氣中的從容自然讓他感到不安。

傍晚時分，當他離開法院時，她正隨意地靠在路邊的一輛汽車上著。她看起來氣色很好，她的皮膚曬黑了，眼神比平常更明亮。雖然天氣很冷，但她穿著一件寬鬆的白色夏裝。令塔索遺憾的是，她臉頰上的痣消失了，但他仍對她的舉手投足印象深刻，而且受寵若驚，以至於無法因為她套用濾鏡而感到惱怒。他們稍微擁抱，上了智駕車。

「看來你在上週取得了很大的進步。」塔索盡量輕鬆地說。

妲莉亞笑了。「你餓了嗎？」

「當然。」

她說了一間塔索不知道的餐廳名字，智駕便出發了。一路上，她興高采烈地說著這幾天發生的事情：週五晚上，她出於好奇調低了自己的隱私設定。不久之後，家門口出現兩個男孩和兩個女孩，他們向她自我介紹說是隔壁合租公寓的室友。她和他們一起度過了整個晚上，甚至告訴了他們自己的過去，四個人對此反應熱烈，甚至向她表示祝賀。週末，她們一起去跳舞、吃飯、探索城市，星期天還去了公園。

塔索驚訝地聽著。他沒想過妲莉亞會如此迅速地融入社會，如此天真單純地享受新的自由。他想說些好話，一些肯定的話，但喉嚨發緊，他只能擠出一絲微笑。至少，他沒有說她的鄰居肯定會因為妲莉亞的預測分數提高而獲得一筆可觀的佣金。

妲莉亞似乎並不在意塔索沒有回話，繼續愉快地說著：「你應該沒有用『小靈書』吧？」塔索搖搖頭。她抓住他的手說：「你一**定**要辦一個帳號！你可以看到其他人用智慧穿戴裝置看到的東西，聽到他們聽到的東西，體驗他們體驗過的東西，這太瘋狂了！我的朋友都有在用，我從來沒有覺得自己跟別人如此親近過。」

塔索只是再次以簡短的微笑回應。他不知道是什麼更讓他煩惱：是妲莉亞已經在活躍地使用小靈書，還是她不過幾天就把她的鄰居稱作朋友，又或是她覺得她和他們比和他更親近。他試著換個角度想：他幾乎不了解妲莉亞，可能是自己想太多了。儘管如此，他還是很不爽，即使有再好的理由也無法改變這點。

她鬆開他的手，無奈地移開視線。

「你沒什麼興趣吧？」
塔索很懊惱自己沒有打起精神來。
「怎麼會呢？我很高興你這麼快就交到了朋友，而且你過得很好，妲莉亞。」
「看起來不像。」
塔索沉默。
「我很想多了解你。」她輕聲說：「自從那個在人寧的下午，我就一直很想更了解你。」
她盯著自己的雙手。
塔索的心充滿了希望。「你想問什麼都可以。」他的語氣聽起來比他想的還要沮喪。
「但你不會誠實回答，因為你是個愚弄者，對嗎？」
塔索難掩驚訝，瞪大眼睛看著妲莉亞。
「尤樂是這麼說的，」她補充道：「她是我的鄰居。我跟她說了你的事、你的生活方式、你跟我說過的話……你在人際關係中的樣子跟現在很不一樣。然後她跟我解釋了……你是愚弄者嗎？」
塔索猶豫了一下。
「是的，但你認為……」
「這就是你在外面總是那麼拘謹的原因嗎？你幾乎不表達任何情感，不說出你的想法。在你的公寓之外，我幾乎沒見你笑過。」

塔索本來想讓她感覺到自己想對她敞開心扉，但他只是點了點頭。

「但是……為什麼？為什麼要這麼做？」

還沒等他回答，他們就到了目的地。他們沉默地坐著。過了一會兒，妲莉亞嘆了口氣想出去，塔索一把將她拉住，懇切地看著她。

「我想跟你解釋，真的，但等到只有我們兩個的時候，好嗎？」

她仔細地看著他，然後點點頭，在開門之前輕輕地捏了一下他的手。

智駕帶他們去了一家平常塔索不會去的高級餐廳，但是今天如果有必要，他甚至可以去貸款。餐廳的大廳裡，一位身著燕尾服的老先生向他打招呼：「多夫先生，很高興在這裡見到您！」他身體微微前傾，雙手交叉放在背後。他的輪廓微微閃爍，就像所有的立體投影一樣。塔索不知道妲莉亞是否看見同一個人，但她似乎對虛擬接待員的問候感到很高興。塔索向這位紳士點了點頭，然後在妲莉亞身後被領到衣帽間，接著來到一張桌子旁。餐廳裡充斥著悅耳的低語聲音，但塔索一句也聽不懂。「順帶一提，您在這裡用餐是私密的，沒人能聽到您的聲音，反之亦然。」接待員彷彿看透了他的心思。除了立方體，誰也聽不見，塔索差點就這麼回話了。他們坐下後，接待員深深地一鞠躬後就消失了。

一位年輕漂亮的服務生突然出現。「晚上好，很高興在這裡見到您！我們已經在您訂位後為您準備好了菜單，相信您一定會喜歡。我們非常重視食物的品質，當然，我們也會滿足您的健康設定。」

塔索強迫自己露出期待的微笑。

「多夫先生，我們考量了您的不同喜好。我們為您準備了小扁豆沙拉配大蝦作為開胃菜，主菜是您最喜歡的義大利肉醬麵，甜點則是三種不同口味的牛奶冰淇淋……您滿意嗎？」

塔索討厭大蝦，無法忍受肉醬，也不喜歡牛奶。「好極了！」他熱情地回答。反正這種餐廳的菜單沒有商量餘地，他們完全依靠自己的預測，只買當晚需要的食材；數據預算較少的餐廳因為浪費而被詬病。

「你現在設定的健康模式是哪一種啊？」當服務生消失後，妲莉亞問道。

塔索疑惑地看著她。

「你可以在健康應用程式中將自己設定成享受或健康模式。」

「哦，就有時享受，有時健康。」

塔索之所以會使用這款應用程式，要歸功於幾年前的一次拋硬幣。從那時起，他每個月的一號都會從六種模式等級中選擇一個。第一級強烈提倡健康飲食和最大限度的運動，第六級則相反。他會問自己的硬幣，然後在接下來一個月裡只遵循或忽略應用程式的建議，是要吃這個、喝那個，還是回家慢跑。目前他遵循的是第三級建議。無聊，但很舒服。三月的時候，他拋硬幣決定「遵循第六級」的模式，這讓他的腹部脂肪大增。
「我現在嘗試把設定調到健康模式，尤樂說我可以得到健康保險公司另外給的額外費用。因為是健康模式，所以我的智慧穿戴裝置現在會隱藏電梯、酒和小吃店。之前我想叫智駕的時候，還和應用程式吵了一架。」妲莉亞笑了。
塔索想著最好也跟著笑。雖然在智駕裡的談話還歷歷在目，但現在他的心情逐漸放鬆了下來。「那他們現在為你準備了什麼？」
妲莉亞緊緊抿住嘴唇，不讓自己笑出聲來。「高麗菜沙拉佐低脂酸奶，櫛瓜義大利麵佐香蒜醬，奇亞籽布丁佐莓果。」
「唯一缺少的就是茴香。」
「我討厭茴香！」
「我……」塔索開了口，但還是控制住了自己，只是點點頭。很快地，他幾乎能隨意地與妲莉亞交談了。她和塔索說她和新朋友在大學報名參加了迎新活動的課程，而塔索離奇的法律糾紛逗樂了妲莉亞。他喜歡逗她笑，而且他發現自己能夠輕易相應地美化自己的故事。他已經很久沒有在無立方區之外，和像她一樣的人自由地見面，正常地交談，不會在第一次閒聊之後就逃跑。正常的感覺好得嚇人。當然，立方體會注意到塔索是多麼享受這個夜晚，並得出自己的結論。但此時此刻，他並不在乎。

令塔索失望的是，食物的味道還不錯，於是他為了愚弄者的榮譽，留下了一半肉醬。妲莉亞把所有東西都吃光了，只剩下最後一顆奇亞籽。她笑著說：「至少應用程式沒有禁止我吃東西。」

妲莉亞要來帳單後，塔索抗議道：「這裡太貴了，你只有基本收入！」

妲莉亞手腕輕輕一揮，就用智慧穿戴裝置付了錢，並對他笑了笑。「我要為上週的事跟你道謝，另外我也有足夠的錢。」

「你要為你的公寓添購很多東西，搬家也不便宜啊……」塔索突然明白了：「你又去立方中心了？」

妲莉亞別過頭，點點頭。

塔索不想表現出失望。他知道這不公平，她什麼都不欠他，但是食物突然像一塊石頭壓在他的胃裡。過了好一會兒，他的語氣才恢復了幾分平穩：「你只上一次課程就把分數提高到了五十分以上？」

妲莉亞在椅子上動了一下。「我……我去了三次。」停頓了一陣子，她如釋重負地繼續說道：「真的很有趣，塔索！令人興奮、有趣、驚喜、激動，而且……」她似乎在尋找合適的詞來說明：「解放！每次上完課之後，我都感覺更好……更有自信……不再那麼孤單了。」

塔索無言以對。但她仍舊持續在這樣的情緒之中。「再說，我現在有錢了！」她笑了，舉起水杯向他敬酒。「如果你還有時間的話，我可以帶你看看我的公寓。我用室內設計軟體設計了一些東西，還畫了各種新東西。我沒想到在城市裡的一個小房間裡也能住得這麼舒服。」她一飲而盡，期待地看著塔索。

如果有個按鈕可以消除他的失望、懷疑和恐懼，他會毫不猶豫地按下去。為什麼他就不能好好享受和妲莉亞在一起的快樂時光呢？他早就知道她會融入社會，她遲早會自行提升她的預測分數，他無法阻止這一切。仔細想想，他在意的不是她去上了教育課程，而是她現在才告訴他這件事。然而，上週他幾乎是把她從立方中心拖出來的，他還能期待什麼呢？他終於不得不和她談談了。如果他不想失去她，就必須向她解釋自己的行為。

「好吧，」他說：「我們走吧。」

❖ ❖ ❖

在公寓裡，妲莉亞自豪地展示她新家的智慧裝潢：她的新沙發在森林中、在海邊、在古羅馬的空地上。房間是山間小屋、樹屋、野外帳篷。塔索覺得大部分都很俗氣，但還是稱讚了一番。然後，令他驚訝的是，妲莉亞拿出兩個收納盒，裡面放著她的智慧穿戴裝置。

「你想喝杯白酒嗎？」她把收納盒放回浴室後問道。令塔索高興的是，她的臉頰上又出現了那顆痣。他更喜歡沒有套上外型改造濾鏡的她。

他放鬆地笑了笑。「好啊，謝謝你。」

沙發靠著白牆，他們舒服地坐在沙發上。塔索能感覺到緊張正在消散。妲莉亞坐在他對面，雙腿彎曲，膝蓋幾乎碰在一起。

他不需要酒精來讓進入說話的狀態，只要有妲莉亞充滿興趣和善意的目光就足夠了。一開始，他總是不經意地看向窗戶，等待發現資料探勘者無人機，但很快他就只看著妲莉亞了。他講了很多關於他和彼得的關係，關於他們的分離與和解，他甚至坦率地說了他與立方主義女孩的失敗愛情故事，儘管語帶諷刺。但他沒有提及蕾亞的事。妲莉亞認真地聽著，問了很多問題，尤其是關於彼得和他家人的問題。她一邊喝著酒，一邊被塔索的戀情故事逗笑。塔索甚至沒有開口問她與男人交往的經驗。令他驚訝的是，她平靜且樂意地講述自己的經歷，講述她父母不允許的初吻和撫摸，講述她與第一個真正的男朋友的性關係，為了不讓別人發現，他們幾乎沒怎麼見面。塔索尷尬地用手指梳過頭髮。妲莉亞笑了，「你可能以為我沒什麼經驗吧？」

「嗯，我只是覺得作為納米許人很難有這樣的經驗。或者說，也許你還不想有這樣的經驗。」

「我和我的朋友們大部分都只是普通的青少年，不然我也不會在那裡待那麼久。當我遇到特別糟糕的事情時，我也會面對對於上帝的掙扎，這完全不會讓想要保留我的貞潔……你真的相信上帝嗎？」

「不。」

妲莉亞帶著些許迷濛的眼神看著他，什麼話都沒說。

「現在你想知道我為什麼要欺騙了吧？」妲莉亞點點頭。塔索喝了一口酒，深深吸了一口氣。「『我就是這樣長大的』並不是一個特別好的說法，但這確實是起因，我和我爸媽一樣討厭被人注視或偷聽。小時候，我在講電話的時候總是會說得更小聲，甚至周圍有其他人的時候完全保持沉默。在公車上，我總是坐著不讓別人看到我的螢幕；當朋友們在公共場合拍照或錄影時，我總是會偷偷溜走。所以可以想像，我對數據眼鏡和後來的智眼電話並不熱衷。我只是不喜歡公司或其他人在我無法左右的情況下知道我的事情。這種保護自己的需要仍然存在。就算我現在可以透過應用程式保護自己不受智慧裝置的影響，但立方體仍然在監聽和監視。這改變了我們所有人。即使被監視不會直接影響什麼，但我的行為仍然會發生改變。即使不知道是什麼，我還是在堤防那個什麼。」

塔索喝光杯子裡的酒，整理了一下思緒。妲莉亞沒有說話，他繼續說：「除此之外，我不喜歡權威。還有什麼比立方體更權威呢？我不喜歡同儕壓力，也不喜歡潮流。但還有什麼比立方體更強烈的呢？我最不喜歡的就是預測分數。毫無疑問，立方體用這個奇蹟般的數字追求偉大的目標，想要戰勝貧窮、疾病和戰爭。但是，每個立方主義者，我相信你很快也會體驗到這點，都會對越來越高的分數上癮。你會開始喜歡一些事情，做出一些決定，只是因為立方體希望你這樣做，直到你再也無法區分自己的願望和立方體的預測，因為這會帶來金錢、安全感和地位，人們會告訴你，你也在做好事。但是這樣做，你就會讓自己屈服於演算法，而你之前的行為就是衡量一切的標準。這讓你沒有自主發展的空間，更不用說全新的生活方式。這聽起來可能有點令人不開心，但如果那天你是坐在立方主義者的家門口，他可能會因為你是意外而忽視你，甚至把你趕走。然而，正是這些驚喜讓我們的生活變得與眾不同！例如，遇見你就是其中一個驚喜。」塔索專注地看著妲莉亞。「對我來說，身為人類意味著我的生命不會被機器主宰，這就是我在公投前反對立方體的原因。但是身為民主人士，我最終接受了大多數人的意願，這就是為什麼我今天不是反抗人士，而是愚弄者。也許有點瘋狂，但這樣很自由。」

妲莉亞一直專注、認真地聽著他說話。終於向她解釋了自己的情況，這讓塔索覺得鬆了一口氣。他知道自己無法說服她，但此刻他想要的只是她的理解。他本來可以告訴她令他煩惱的其他事情：這些年來他沒有屈服的自尊心，他不想讓父母失望的願望，戰勝立方體的滿足感，或是對虛度人生最後時光的恐懼。但這一切連他自己都難以理解，只會讓她疏遠他。

「我剛剛走過了一條坎坷的路，塔索。」妲莉亞最後說：「我想，如果我在這裡覺得不舒服，多少預測分數都不能阻止我再逃走一次……但無論如何，我現在更了解你了。到目前為止，我只聽到過反立方主義的宗教論點。納米許人將立方體視為一個假神，這個假神只是假裝無所不知，並做出罪惡的判斷。但是你並不渴望上帝。」

「完全不，我做的這一切是為了為自決！」塔索的聲音大了起來。

妲莉亞搖搖頭。「但是現在人們不是更比以前更自決嗎？每個人不是都有更多的時間留給自己、朋友和家人嗎？難道每個立方主義者就不能隨心所欲或是順其自然？我們不是有了更多的選擇嗎？」

「理論上，是的。但實際上一切都是立方體決定的，它在無窮無盡的選項中做出選擇，而人們盲目地相信它會是正確的那個。」

「但是……這幾天我遇到了很多快樂的人，來自人寧的我不知道人可以這麼快樂。也許……」妲莉亞若有所思地看向空中，「也許你的出發點就是錯的。」

「你說自決讓人快樂這個出發點？」

「對。也許我們不必為了快樂而決定自己的生活，只需要做對我們有益的事情。不管那是我們自己選擇的，還是熟悉我們的人選擇的。」

塔索在與立方主義者的多次討論中，從來沒有如此迅速就討論到這一點。而這個論點其實無法討論。

「我們只是對事物的看法不同。對我來說，你理解我就夠了，不必贊同我的觀點。」

「我還不知道要不要接受這個觀點。」妲莉亞移到塔索身邊，把頭靠在他的肩膀上。「現在我只是在享受我擁有的新機會。」

塔索想摟住她，將她拉近，但他只敢把頭靠在她身上。「我明白。」他低聲說道。

屋內一片寂靜了好一陣子。最後，妲莉亞再次挺起身子。「我可以看看嗎？」她指了指他的手。

塔索才發現自己已經拿出硬幣開始把玩起來。他把硬幣遞給她。

「原來你是這樣做決定的。」

塔索覺得她的聲音中帶著一絲笑意。「對，很多時候。有時候我也用骰子。」

「它多舊了？」妲莉亞來回轉動著硬幣。

「非常古老。這是一枚五馬克紀念幣。」

「哇！」妲莉亞著迷地讀著邊緣上幾乎看不清的題字：「尊重道德法則……這是從哪裡來的？」

塔索向她說了他祖母的故事，妲莉亞則撫摸著硬幣的兩面。當他講完後，她把硬幣放回他的手裡，就像放回一件易碎的珠寶。

❖ ❖ ❖

不知何時，睡意向妲莉亞襲來。她的頭越來越沉，最後靠在了沙發上。如果塔索膽子再大一點，他就會躺在她身邊，把她的頭拉到自己胸前，就這樣度過一夜。但過了一會兒，他只是盡可能悄悄起身，拿起裝著他智慧穿戴裝置的收納盒。

當他躡手躡腳地走向門前時，聽到身後傳來妲莉亞睡意朦朧的聲音：「嘿，等等！」

他轉過身，心臟瘋狂跳動。她緩緩站起來，帶著夢幻般的笑容走向他。他回以微笑，輕輕地將她拉向自己，直到兩人的嘴唇幾乎貼在一起。她身上散發著白酒的香味。當他要吻她時，她微微側身。他停頓了一下，然後溫柔地吻了吻她的胎記。

「我們之間會發生什麼嗎？」她輕輕鬆開懷抱後問道。

一定會！塔索的內心有個聲音大喊著。「我不知道，」他誠實地回答。「我只知道我已經很久沒有感覺這麼好了。」

「我也是。」

他們看著對方的眼睛，緊緊擁抱著彼此很久。

在樓梯間，塔索在狂喜和失望之間徘徊。他拿出硬幣，拋向空中，用手再次接住：人頭。

他不假思索地將手拍在另一隻手背上：數字。

7

羅雅邀請塔索共進晚餐，可能沒有先跟彼得商量過，但她經常這麼做。塔索在心不在焉地問他能不能帶一個朋友同行，這先是讓羅雅很驚訝，後來她很高興地答應了。

為了準時出門，今天塔索沒有拋硬幣。一路上，他一直拉著自己袖子，因為袖子總是不斷滑進毛衣下露出手腕。這該死的襯衫太短了，他怎麼都沒發現？他不時會喊一聲「鏡子！」，然後他的智慧穿戴裝置就會連接車內的攝影鏡頭，讓他可以檢查自己的髮型。他的右腿不受控制地搖晃著。塔索對於無法在立方體面前隱藏自己的興奮而感到惱怒。同時，他現在開始不太確定這麼快就把妲莉亞介紹給他的家人好不好，她可能對他的雙胞胎兄弟非常好奇，但如果彼得和他再次鬧翻呢？這個想法讓他不寒而慄，但也已經為時已晚。

自從他們上一次在兩天前見面之後，妲莉亞就不斷浮現在他的腦海中。一個畫面接著一個畫面：妲莉亞在人寧的父母家的沙發上對他微笑，她怎麼在他的公寓前反抗她的父親，她在餐廳裡聽到趣事大笑的樣子，她在她的公寓裡站得離他很近。他想起了她的頭髮貼在他臉上的感覺，她高興時眼睛閃爍的光芒，以及他在她身旁感覺到的刺痛感。昨晚，他躺在床上好幾個小時都睡不著，想搞清楚自己是否愛上了她。毫無疑問，他對她有感覺，這讓他感到不安，因為到目前為止，他之於女人的關係一直都很清醒。他認為，與蕾亞的關係對他來說恰到好處：她給了他親密感、滿足和樂趣，但他同時能自由地與立方體進行冷戰。妲莉亞聰明又迷人，但這不是他被她吸引的唯一原因。是她的勇氣？她的決心？還是她對新生活的熱情？他是不是希望在她身上找到她能跨越界限的可能，一個能理解不同世界的限制並尊重他的雙重生活的人？無論如何，在過去幾天裡，他已經因為她放鬆警戒了好幾次，而且他真的很想再見她一面。

妲莉亞已經在彼得家門口等著了。她的頭髮在陽光下閃閃發光；當她認出計程車裡的塔索時，她笑了。他最後一次用力地拉下襯衫袖子。他下了車，發現妲莉亞也在整理她的風衣。她也很興奮嗎？他希望是因為他。當他站在她面前張開雙臂時，襯衫立刻就消失在毛衣下了。穿著成套西裝的他看起來就像個高中畢業生。她擁抱他，他閉上了眼睛。

「我很緊張！」他們站在電梯裡時，她承認。

塔索很失望，因為她指的或許是接下來的碰面。「不用擔心。」他像安慰自己一樣安慰她。「羅雅和孩子們都很好相處，彼得也很有禮貌。」至少他希望是這樣，畢竟他也不知道在生日那天的激烈爭吵之後，與哥哥見面的狀況會怎麼樣。那天以後，他們就沒再說過一句話。這不稀奇，到目前為止他們總是能和好如初，只是他們已經很久沒有爭吵地這麼激烈了。

一上樓，他們就聽到亞辛和麗莎在門後面爭論誰來開門。亞辛贏了，因為他的頭先探了出來，麗莎緊跟在後，然後是印度巴斯馬蒂香米的香味。塔索和孩子開始他們的問候儀式，兩個人開心地笑了，接著亞辛禮貌地向妲莉亞問好，妹妹則躲在他身後。羅雅走進走廊，微笑著請女兒與妲莉亞握手。麗莎害羞地走到妲莉亞身邊，握完手後就立刻跑開了。塔索正要向兩位女士介紹彼此，羅雅已經像老朋友擁抱了妲莉亞。

「歡迎！」

妲莉亞笑開了。塔索感激地向羅雅眨眨眼，然後注意到彼得倚在廚房門口，他陰沉的表情說明了一切，幸好他隨後打起精神，微笑地和妲莉亞握手。「很高興見到你。」

妲莉亞入迷地看著這對雙胞胎兄弟，視線不斷從其中一個人移到另一個人身上。「天啊，你們長得真像！」很久以來，塔索第一次沒有因為這句話而惱火。

羅雅帶著妲莉亞走進客廳。兄弟倆沉默地相對而立，直到彼得嘆了口氣，拍拍塔索的肩膀。「去人寧的時間也算值得了！」

塔索鬆了口氣，拘謹地笑了笑。「我只是幫助她來到這裡而已。」

「當然。」彼得笑了。「我們之後可以好好聊聊。」彼得說，邊拿下他們的智慧穿戴裝置。塔索點點頭，他已經很久沒有和彼得敞開心扉聊天了。

羅雅帶妲莉亞參觀完公寓之後，在餐桌旁坐下。周圍的環境瞬間改變，變成一個毗鄰寬闊海灘的陽台。在塔索前方約五十公尺處，海浪洶湧。傍晚的紅日倒映在水面，遠處一群巨大的海龜爬過沙灘。妲莉亞坐在他身邊，驚訝地看著四周，麗莎則不停地跟她說話。

「哦，不！」最後一個上桌的亞辛抱怨道：「不不不不要再去海灘了，我想在叢林裡吃！」

「不。」羅雅嚴厲地回答：「我們今天不會在沙灘上或叢林裡吃飯。你知道你叔叔來的時候，我們會把智慧穿戴裝置拿下來的。」

「喔不——」亞辛抱怨得更大聲了。「我想在叢林裡吃飯！我已經答應科利了。」他四處尋找他的智寵小鳥，並喊道：「科利，快來！」小鳥立刻從充電站飛過來，坐在亞辛的肩膀上，活潑地嘰嘰喳喳叫著。

塔索鬆開衣領，讓襯衫下突如起來的熱氣散去。他的腿再度搖晃了起來。

羅雅求助地望向彼得，但彼得不打算介入。她翻了個白眼，又試著說：「亞辛，小巨人，你能不能幫我們拿六個智慧碗？」

「不要！」亞辛雙手交叉在胸前。「我想在叢林裡吃！」蜂鳥模仿亞辛發出吱吱的叫聲，興奮地飛上飛下。

麗莎不再和妲莉亞說話：「我也想在森林裡吃飯！」

儘管很緊張，塔索還是忍不住笑了，因為彼得和他以前也經常聯手對付他們的父母。

「亞辛！麗莎！」羅雅威脅地說。

妲莉亞試探性地看著塔索，他很害怕這種眼神。塔索已經預料到孩子們會惹麻煩，以往他總是不為所動，最後總是孩子們屈服；但他今天動搖了。他該讓步嗎，就這一次？但他還能回頭嗎？他越來越熱了。「亞辛，」他說，盡量讓自己的聲音聽起來平靜，「我們一直都是這樣得，你也從來不覺得哪裡不好啊。」

「但我們從來沒有在一起叢林裡吃過飯，塔索！」

「我們從來沒有一起在叢林裡吃過飯，塔索！」麗莎附和著。

塔索看著妲莉亞，她笑了。他趕緊轉過身。

羅雅自己站了起來，朝走廊走去。

「等一下。」塔索急忙說道：「就讓我們留在叢林裡吧。」

羅雅盯著他，彼得似乎也很驚訝。「你是認真的嗎？」他難以置信地問。

「對，下不為例。」塔索說：「但這只是因為我們以前從來沒有一起在叢林裡吃過飯。」

他向亞辛和麗莎眨了眨眼睛。

亞辛興奮地為自己意外的成功鼓起掌來，麗莎和科利也加入鼓掌。妲莉亞傾身向塔索問道：「你確定嗎？」

「沒關係。」

他等待著哥哥的挖苦，躲開他的目光，但什麼也沒等到。

不久之後，他們坐在一棵怪樹的巨大樹枝上。蛇纏繞在樹幹上，淺綠色的苔蘚覆蓋著樹皮。巨大的翠綠色樹葉幾乎掛在他們眼前，輕輕地來回晃動。兩根蠟燭在他們中間的桌子上閃爍著，為整個空間增添了神祕的氛圍。鳥兒、昆蟲和哺乳動物在他們腳下和周圍唱歌、鳴叫和沙沙作響。孩子們每隔幾秒鐘就大聲宣布一個新發現。亞辛的科利探索著周圍的環境，從塔索從未見過的奇異植物中吸取花蜜。妲莉亞耐心地回應孩子們的發現，羅雅偷偷為環境提供新的動物，彼得也偶爾會被派去用虛擬網子打獵。塔索靜靜地吃著飯，看著眼前的一切，幾乎有了歸屬感的感覺真好。

塔索和彼得並肩坐在露台上，吹著濃縮咖啡的表面。妲莉亞留在廚房和羅雅聊天。孩子們經過一番抗議之後已經上床睡覺了。彼得遞給塔索一個智慧穿戴裝置盒，又把自己的智慧穿戴裝置放進第二個收納盒中，然後一言不發地地看著塔索。

「你到底在看什麼？」塔索被濃縮咖啡燙到，咒罵著放下杯子。

「今天到底是怎麼回事？」

「拜託，別大驚小怪。」

「我大驚小怪？」彼得嗤之以鼻。「我們已經爭論智慧穿戴裝置、立方體和立方主義好幾年了，每次我們都因為你不想戴智慧穿戴裝置得忍受孩子們的嘮叨。結果現在來了一個納米許人……」

「妲莉亞。」塔索糾正道。

「……現在來了一個妲莉亞，我們突然就可以戴著智慧穿戴裝置一起吃飯了。還在叢林裡。**下不為例？**」他搖搖頭。

塔索覺得自己被揭穿了，他一點也不想談這個話題。「就一次，好嗎？饒了我吧。」

彼得懷疑地看著他，語氣變得柔和了些。「別誤會，我覺得這很好。」

「我們在叢林裡吃飯很好？」

他哥哥沒有回應，而是說：「她是個好女生。」

塔索猶豫了一下：「是的，她是。」

「我可以想像這個決定對你來說並不容易……但如果你想和她在一起，就必須停止偽裝。」

塔索覺得彼得好像在人群中扯掉他的衣服，他不想去思考自己的哥哥是否正確。「別胡說八道，你根本不了解她。」

「別自欺欺人了。」彼得繼續說：「她在沒有任何幫助的情況下脫離了邪教，逃到一個對她來說完全陌生的世界。我們無法想像她花了多少心血來克服這些困難。她想要在這裡過這樣的生活，她非常很想融入，你自己也知道。」他們沉默了一會兒。彼得把手放在塔索身上。「她問了那麼多關於我們的職業、我們的預測分數、我們的生活……她最不需要的就是一個離線者，更不用說一個會阻礙她、讓她永遠不搞清楚自己立場的愚弄者了。」

彼得專注地看著他。塔索突然湧現了一種情感，悲傷地想著哥哥指的是否就是他自己。

「如果你想和她有機會繼續，你必須改變一些事情。」彼得深深地吸氣又呼氣，然後語氣一轉：「別告訴我你對她沒興趣！」他靠近塔索，戲謔地拍了拍塔索的臉頰。「你完全被她迷得團團轉了！」

一種自在感向塔索襲來，他咧嘴一笑，打掉彼得的手，一拳打在哥哥的肩膀上。

「呃，你的力氣大概用到身體其他部位去了。」彼得取笑他。

塔索笑了，跳起來又用力打了哥哥一下。他們幾乎像回到過去一樣，一起摔跤、一起大笑，直到一架無人機飛來。

「我會先試試看。」他們進屋之後，塔索有點上氣不接下氣地說：「我對立方主義的看法和以前沒什麼不同，我不會因為喜歡妲莉亞就逼自己接受它。」他覺得自己也是在自言自語。

彼得翻了個白眼，搖搖頭，癱坐在沙發上。「你這是自找麻煩。放下你的驕傲吧！這不只是跟妲莉亞有關，更大程度是跟你自己有關。」

塔索看了廚房一眼，確認門確實關著。他在彼得身邊坐下，嘆了口氣：「但我做得很好。」他倔強地說著謊話。「我不需要奢侈品，我不需要一份被立方體擺布的工作，我也不需要朋友來計算我是否配得上他們。」

「別再這麼小題大作了。只要你進入這個系統，一切就完全正常了。它有很大的優點，你就試試吧！」

塔索環顧房間。「為什麼這一切對你比對我來得容易得多？」過了一會兒，他問道：「我的意思是，我們有同樣的父母，我們以同樣的方式長大……你當年為什麼要註冊小靈書？你為什麼受不了家裡的生活？為什麼立方體不會把你逼瘋呢？」

彼得聳聳肩。「不知道。很早就開始了，從小地方開始。其他人在玩遊戲或是做媽媽和西蒙禁止我們做的事情的時候，我比你更需要被接納的感覺。我想，如果沒有你，我可能會更早爆發。但即使有你在我身邊，某些時候我還是無法忍受自己是個局外人。學校裡的男生和我們斷絕往來，女生更是早就不跟我們玩了，沒有小靈書帳號的我們什麼都不知道，不屬於任何地方。這折磨了我好幾個晚上。很顯然對我們這種家庭來說，事情不會變得更簡單，反而會越來越困難。盧克當時幫了我很多，只因為他那麼開朗、無憂無慮，跟我們截然不同。」一提到盧克的名字，塔索的心中就升起一股怒火。彼得微微皺起眉頭。「但問題在於我為什麼變成這樣嗎？是你選擇放棄了一切。我不想被冷落，但你似乎對一切都很滿足。」

「對……但為什麼？為什麼我們如此不同？」

「也許這就是原因吧。」彼得指著塔索的口袋，塔索正心不在焉地在口袋裡把玩著硬幣。

「你還記得奶奶把它給你的時候嗎？你有好幾個星期整天都在把玩它，有什麼狗屁倒灶的事就會問它。」彼得說得更小聲了：「這讓我很受不了。」

「這就是你現在是立方主義者的原因？」

彼得聳聳肩。「不知道。我們不如如想想怎麼讓你成為其中一員吧。」

塔索把手從褲子口袋裡拿出來。「讓我考慮一下吧。」接著他震驚地意識到，那天他也對提姆說了同樣的話。

❖　❖　❖

「多麼美好的夜晚！」妲莉亞挽著塔索的手，在街上漫步。天已經黑了，整個城市都醒來慶祝週末的開始。塔索感覺很輕鬆。妲莉亞興奮地回顧這個夜晚時，他在心裡微笑。「好棒的一家人！」她短暫地依偎在他身邊。「羅雅給我看了一些她的博物館正在展出的藝術品。真是些瘋狂的東西，我一定要去看看！你要和我一起去嗎？」

「樂意之至。」

「我還……」她頓了一下，望向空中。「抱歉。」她放開塔索，在空中揮了揮手。「嗨，尤樂！我們才剛吃過飯……哦，我真的很想去！我能帶上塔索嗎？……我會問問他的。太好了，再見！」她回頭看向他。「尤樂他們現在在酒吧。你想一起來嗎？」

塔索一點興趣也沒有，他更希望妲莉亞和他單獨在一起。「當然。」他還是答應了，然後她親了他的臉頰。即使他們坐上計程車，在夜色中行駛時，他仍能感受到這個吻。

他們在V^3前停了下來。塔索已經很久沒有去過城市東邊的舊廠區了。他在孩提時代對這片廣闊、陰暗的區域很著迷，經常和彼得翻過這裡的金屬柵欄，很享受自己是這些偏僻角落的第一個人類訪客的想像。如今幾乎所有地方都改建成住宅區，剩下的區域也失去了神祕感。

塔索知道V^3，但他上次來這裡已經是好幾年前的事了。一個虛擬保鑣站在他們面前，沉默地指著頭頂的海報，上面寫著「石器時代」。妲莉亞疑惑地看著塔索。

「我想我們得變裝。」塔索說，然後在心裡搖搖頭。他覺得變裝派對愚蠢得令人難以忍受。

妲莉亞興奮地笑了。

不久之後，她穿著一身緊身皮草，頭髮變成捲髮，編成了一條長辮子。她的臉上沾有小塊的泥土和煤灰，少了一顆門牙，腰間掛著一把磨得鋒利的石刀。她看起來凶狠又果斷，塔索幾乎無法將視線從她身上移開。他自己選了一件用兩張獸皮縫在一起的毛衣，上面留了一個洞讓他的頭可以穿過去。他還穿著毛皮褲子、細樹根編織的鞋子，背上背著弓箭。

自動門打開了，他們走進一間漆黑的房間，裡面充斥著低沉的鼓聲。陰冷潮濕的空氣爬上塔索的臉頰，空間中還有一股霉味。妲莉亞驚訝地停下腳步，環顧四周。他們站在一個巨大的管狀洞穴裡，看不見洞穴的盡頭，只能勉強看到洞頂。無數篝火在牆上閃爍。塔索無法辨認誰或有多少人圍坐在火堆旁，因為他的智眼把每個火堆都移到很遠的地方，幾乎與其他的火堆完全隔離。他渾身發抖，等著妲莉亞走向他，但她只是站在那裡，目不轉睛地看著，沒有一絲冷漠或不確定。「往這邊走。」她堅定地說，然後在前面帶路。他們異常快速地走向其中一處篝火，每個步伐似乎比常人快了十倍，就像在一條極快的傳輸帶上。片刻之後，他們站在兩個女人和兩個男人面前，他們圍著火堆坐在樹幹上，充滿敵意地看著他們。他們手裡拿著切成兩半的人頭骨，裡面有黑色的液體在晃動。閃爍的火焰來回追逐著他們臉上的陰影，劈啪作響。

一個裹著厚厚毛皮的棕髮女子緩緩站起來。她的臉上布滿傷疤，左眼瞼無力地垂下。一隻蝙蝠坐在她的肩膀上，可能是她的智寵。她雙腿分開站在眾人面前，用力將長矛插入地面。「你是誰，在這裡做什麼？」她的聲音聽起來很可怕。沉默片刻後，冰冷的寒意從她的目光中消失，她猛地向前彎下腰哈哈大笑起來，其他三人也立刻大笑著站了起來。妲莉亞輕鬆地加入他們，並一一擁抱所有人。兩個男人中身材較高的那個，是個有著黑髮和黑眼睛的帥氣山頂洞人，似乎給了她一個特別長的擁抱。塔索立刻就不喜歡他了。

棕髮女子好奇地看著他。「你就是妲莉亞的英雄啊。」

「嗯，這也許有點……」

「對！」妲莉亞打斷了他的話。「如果沒有塔索，我現在可能已經回到人寧了。」

「酷斃了，妲莉亞把一切都告訴我們了。」第二個女人讚許地朝他點點頭。她身材高挑，金髮碧眼，看起來非常迷人。她甚至沒有穿著完整的衣服，只用緊身獸皮覆蓋了最基本的部位，戴著用骨頭和爪子做成的精緻髮飾。「這些教徒已經變得非常危險，他們甚至不應該再被允許進入城市。」她向塔索伸出手。「我是米拉。」

「我叫尤樂。」塔索與米拉握手同時，棕髮女子說。黑髮男子自我介紹說他叫奧斯卡，另一位則是諾亞。和奧斯卡一樣，諾亞也留著濃密的長鬍子，肩上扛著一頭死鹿。兩個人穿著一樣的衣服，手持石斧和長矛。他們看起來不再凶神惡煞，反而更像是自然史博物館裡的蠟像。

尤樂第一個回到位置上坐下。「我們幫你們點了飲料。」她微笑指著一個空心的樹幹，上面有兩個骷髏頭。妲莉亞拿起其中一個坐了下來，塔索跟在她後面。他驚訝地把手中的酒器翻面。3D列印做得很好，頭骨大部分很光滑，有些地方很粗糙，在塔索看來非常逼真。他聞了聞飲料的味道，刺鼻的味道讓他皺眉。

尤樂笑了。「這可是古老亞美尼亞配方的葡萄酒。」

「喝起來和聞起來一樣噁心，」諾亞打趣地說：「不過試試吧！」

塔索喝了一口，覺得味道像陳年老醋，但他巧妙地壓抑了想嘔吐的衝動。「好喝。」他擦了擦嘴說。諾亞看著他，彷彿他剛剛稱讚了鞋底的味道。

在塔索旁邊，妲莉亞喝下第一口酒後皺起眉並搖頭。「我喝過幾次酒，但這真的太噁心了！你喝了多少？」

諾亞咧嘴一笑，顯然對妲莉亞的反應很滿意。「哦，這是我的第二杯了……女孩們還在第一杯呢。」

「因為你們這些白痴總是輸。」米拉就事論事地說。
「也許是因為我們在對你們放水。」奧斯卡笑著向坐在他旁邊的妲莉亞敬酒，好像現場只有兩個人一樣。他喝了一大口，然後大口吐氣。
「你們在玩什麼？」妲莉亞問。
「哦，就是個無聊的垃圾遊戲。」尤樂說：「我們沒必要繼續玩。」
「這不是垃圾遊戲，這很有趣。」米拉插話說道。「這是小靈書的遊戲，叫做『靈魂獵手』。這個應用程式創造了反映我們靈魂的夢幻世界，真的很瘋狂。我們必須要猜我們看到的是誰的靈魂，到處都隱藏著線索，即使是對靈魂本人也不容易。如果你猜錯了，你就得喝酒。」米拉直盯著塔索，她似乎對妲莉亞不感興趣。
「這就是為什麼男生已經喝得爛醉如泥了。」尤樂補充道。奧斯卡和諾亞笑著互相敬酒。
「聽起來真不錯！」妲莉亞驚訝地對塔索說。「我們能加入嗎？」
四個人尷尬地交換了眼神。「這可能有點困難。」最後尤樂開口說道。妲莉亞不解地看著她。「雖然你勉強只有五十幾分，或許你可以。不過塔索……」她緊張地看著他。「你是愚弄者，對吧？」
米拉期待地看著他。妲莉亞皺起了眉頭。
「預測分數太低的人沒辦法進行遊戲。」塔索向妲莉亞解釋：「而且我也沒有小靈書帳號。」又來了，那種他既討厭又驅使著他的局外人感覺。

「我們可以下次再玩，妲莉亞。」尤樂說：「男生會找到別的辦法喝下第三個骷髏頭的。」她對妲莉亞和塔索眨了眨眼睛。

一時間，只能聽見火焰劈啪作響。

「我們要不要擲骰子來看看我們要做什麼？」米拉最後問道。她轉向塔索：「離線者都玩什麼喝酒遊戲來打發時間？」

「我們喝酒只是出於無奈，從來不是為了好玩。」沒有人笑。或許他們都覺得很有道理。

「我們很少玩喝酒遊戲。」他趕緊補充：「如果要玩的話，我們通常會用骰子，真正的骰子。」

「那不是很無聊嗎？」奧斯卡問。

「我們可以試試看！」塔索盡量讓自己聽起來坦然一點。「或許這裡可以幫我們列印幾個骰子出來。」

奧斯卡打了個哈欠。「下次吧！」他舉起他的骷髏頭酒杯。「敬我們的祖先！」不知是純粹想喝酒還是沒有其他辦法，大家紛紛舉起酒杯一飲而盡。

喝下這些令人作嘔的酒，至少讓塔索參與了大家的對話。這讓他筋疲力盡，因為他很少這麼長時間接觸這麼多立方主義者。他喝了很多酒；當他將骷髏頭喝的一滴不剩，它又像被施了魔法般被斟滿。妲莉亞的朋友點了續杯：一根彩繪管子從天花板垂下來，會自動填滿空杯。

在喝完第二杯骷髏頭之後，塔索感到頭暈目眩。他瞇著眼睛望向四周。四個人之中，他只喜歡尤樂。她非常努力地讓妲莉亞和他感到自在。當其中一個人說話時，她會認真地聽並做出回應。她一次又一次跟塔索敬酒，耐心又體貼地回答妲莉亞因不明白而提出的問題。當塔索問起尤樂的工作時，尤樂告訴他自己接受過社會工程師的培訓，塔索甚至對尤樂的回答很感興趣。遲早有一天，她會幫助那些預測分數雖然很高，但是交不到朋友的人。塔索想起了他的同事大衛，並考慮介紹他們認識。隨著夜越來越深，他也明白了為什麼米拉對他如此感興趣，而且為什麼她讓他如此惱火，因為她是一個「網靈」。陌生人可以訂閱米拉的「智頻道」並參與她的生活，就像自己的生活一樣。當塔索意識到成千上萬個粉絲正在觀看她的酒局時，他就想起身離開。只是一轉頭就感到一陣眩暈，讓他無法突然離開。他不明白怎麼會有人為了這樣的事情而出賣自己，也不明白怎麼會有人能跟「網靈」生活在一起。他決定，在今晚剩下的時間忽略米拉，並盡可能少說話。希望他的酒量不會為他帶來麻煩。

他更不理解的是，諾亞剛從象牙海岸回來，他在那裡當了一年的「傳教士」，離線者都是這麼稱呼那些在非結盟國宣揚立方主義的「立方大使」。現在諾亞希望能增加自己的預測分數，讓每個月的基本收入達到一千兩百五十歐元，並且透過上課、提供諮商和在生活雜誌透稿來賺更多的錢。諾亞給塔索的印象就是想出名，所以他和米拉同居也就沒什麼好奇怪的了。

關於奧斯卡，塔索只知道他大學讀的是數學，而且他和妲莉亞相處得很愉快。他不停地和她聊天，聲音小得除了他們兩個誰也聽不見。很快地，塔索就不再試圖引起妲莉亞的注意，而是只和尤樂說話，妲莉亞似乎根本沒注意到這點。妲莉亞喝得越醉，對奧斯卡聊個不停的內容就笑得越大聲。他似乎很會開玩笑，因為有時她會笑個不停。奧斯卡利用這些機會碰碰她的膝蓋，就像不小心的。即使她沒有回應他嘗試靠近她的行為，塔索還是想一把拍掉他的髒手。妲莉亞就坐在塔索旁邊，卻似乎感覺比任何時候都更疏遠。

「……接下來，」他聽到奧斯卡說，「你抓好了，這些離線者實在太屌了，然後他很嚴肅地說：『我以為事情就應該是這樣！』」奧斯卡噗哧地笑出來，妲莉亞抓著他伸出來的手臂，笑得前仰後翻。

塔索不知道妲莉亞是真的覺得好笑，還是因為喝得太醉。不管怎樣，他都受夠了。他向奧斯卡傾身，等到奧斯卡的臉不再搖晃，才盡可能清楚地說：「你總是這麼幽默嗎？還是只有在有聊天助理的時候才這麼幽默？」

他尖銳的聲音一下子打斷了所有談話。和其他人一樣，妲莉亞驚訝地看著塔索，然後期待地看著奧斯卡。她似乎有點被逗樂了，顯然沒有注意到塔索語氣中的攻擊性。一時間，只有劈哩啪啦的火焰聲打破寂靜。奧斯卡愣住了，掙扎地說出幾個句子：「你說什麼？我們……我們只是在這裡聊……」

「妲莉亞是在跟立方體聊天，不是在跟你聊天！」塔索打斷他，「你只是把看到的說出來！」

奧斯卡跳了起來。塔索看得出來他對眼前的情況不知所措，因為這些立方主義者從不爭吵。奧斯卡幾乎喊出聲：「你有什麼毛病？我們是在正常聊天，你卻在中間發火，就像……就像石器時代的人一樣！」

「正常聊天嗎？」塔索用一個戲劇化的手勢指著自己的頭。他試著站起身來。「整段對話都來自一台電……」他打了個酒嗝，一股酸味撲鼻而來。「都來自一台電腦，這算哪門子的正常？」

「我早就猜到了，你就只是那種自以為是、拒絕進步的人之一。」

塔索憤怒地朝奧斯卡走近一步。「拒絕進步總比被控制來得好！」

諾亞也站了起來，塔索也分不清楚他是為了安撫還是支持他的朋友。奧斯卡似乎傾向後者，他憤怒地走近更高大的塔索，兩人的頭幾乎要碰在一起。塔索握緊拳頭，咬緊牙關，否則不知道自己能不能控制住自己的身體。

突然，妲莉亞站到他們中間。「坐下！」她對奧斯卡喊道。他瞪著眼，過了好一會才咒罵著按照她的要求坐了下來。塔索本來想罵他幾句髒話，但還是忍住了。諾亞也坐了下來，在妲莉亞憤怒的眼神中，塔索也坐回樹幹上。妲莉亞和其他人一起坐下，凝視著火焰。奧斯卡一口喝乾了自己的骷髏頭，他旁邊的諾亞看起來事不關己。尤樂痛苦地環顧四周，米拉則像嗑了藥一樣咧嘴笑了起來，她和其他成千上萬的觀眾沒有被嚇到，只是專注地看著塔索。

尤樂再次打破壓抑的沉默：「我想這就是所謂的文化差異吧？」她不確定地笑了笑，舉起骷髏頭。「但這也相當危險啊！」見沒人說話，她又不好意思地放下了酒杯。

突然，洞穴深處傳來一聲震耳欲聾的怒吼。他們凝視著黑暗，除了妲莉亞和塔索，其他人都跳了起來。

「是熊！」米拉說著便拔出了刀。諾亞大叫一聲，拿起他的長矛，雙腿分開站在隊伍前面，其他人在他旁邊排成一排。塔索聚精會神地向洞裡看去，認出了三隻、四隻、五隻巨大棕熊的身影正向他們直衝而來。

「牠們不是真的。」塔索隔著火堆看著妲莉亞說。

「我知道，塔索。」她看起來很疲憊。

如果沒有之前的爭吵，他們可能會和其他人一起上場作戰。現在，塔索覺得這場混亂正是該回家的信號。

「我想我還是走吧。」他說。「你要和我一起走嗎？」她沉默地看著他。他讀不懂她的表情。她是在等他道歉嗎？但他無法為合理揭穿一個懶得思考的立方主義者的行為而道歉。他希望她能從他的眼神中讀出這點，能夠能理解他，並和他一起離開這個可怕的地方。

妲莉亞搖搖頭。「如果我現在走，就等於跟他們斷絕關係了。」她朝其他人的方向抬了抬下巴。

塔索的胃一緊。酒精的作用一點點消失，現在他只覺得噁心。「我明白了。」

「剛剛那樣很沒有必要。」

這句話像箭一樣射中了他。「我只是實話實說。」

「也許吧，但**這個事實**不值得爭論！」

「對你來說也許是這樣，但我不能眼睜睜地看著這傢伙……」塔索停頓了一下。

「眼睜睜看他怎麼樣？」

他在尋找合適的詞語，但立方體已經聽得夠多了。他用手肘撐著膝蓋，搓著雙手。

「你讓我很難堪，塔索。」這句話從火堆的另一頭傳來。

他感到羞愧，承認她說得有道理。「我……只是很生氣，因為你一直在跟他說話。」

妲莉亞皺起眉頭。「他只是一個朋友，根本不是我喜歡的類型。我們只是……」她停了下來，望著空中。

「看來酒真的把我們搞得一團糟了。」塔索指著骷髏頭，試著笑了笑。

妲莉亞聳聳肩。她站起身，拂去臉上的一縷頭髮。「我喜歡你，塔索，非常喜歡。但有時候你是那麼……那麼堅信自己的觀點和所做的一切……幾乎就和我的父母一樣。」

她一臉悲傷地轉過身去，走向她歡呼雀躍的朋友們。

❖　❖　❖

塔索在外頭離他最近的灌木叢中吐了起來。他覺得自己好像被遺棄在月球上。幾分鐘後，他站在原地呼吸著夜晚涼爽的空氣，然後開始走，直到走到一個小公園才停下腳步，氣喘吁吁地坐在長椅上。他對奧斯卡的憤怒和對妲莉亞的失望轉變成對自己的憤怒和沮喪。他不應該去V³，也不應該喝醉，他已經很多年沒有在立方體前喝這麼多酒了。他所有行為都很愚蠢，完全不配做一個愚弄者。而且一點意義也沒有。相反地，今晚的一開始多麼美好，可是現在他卻失去了妲莉亞。為什麼他總是要讓自己的生活這麼艱難呢？

他確認了一下自己的預測分數：二十七．六二！多了三分！但他還在期待什麼呢？他的防線變弱，而立方體利用了這點。

他疲倦地躺在長椅上，彎曲雙腿，透過樹葉的縫隙仰望著天空。他的智慧穿戴裝置自動遮蔽了周圍的光線，露出銀河系。他用手指放大一個星座，然後不斷放大再放大。他的智慧穿戴裝置不間斷地從光學系統切換到資料庫。他選擇的太陽是火紅色的，每隔幾秒鐘就會噴出火來，熾熱的旋風穿過它發光的表面。他著迷地看著這一幕，直到他的思緒終於從塵世的煩惱中解脫。

天色開始變亮，他突然聽到有個聲音在喊他的名字。他嚇了一跳，用手肘撐起身體。他的頭很痛，但他不是在做夢：有個陌生的女子正坐在長凳的另一頭看著他。

「塔索，」她堅定地重複道：「我們需要談談。」

8

她大概五十歲，看起來很迷人。細小的皺紋襯托著淡藍色的眼睛，在幾乎對稱的臉上閃爍著明亮的光芒。她豐滿的嘴唇與輪廓分明的顴骨形成了完美對比，一頭銀灰色的頭髮如波浪般垂至下巴。她高挑的身材穿著一件緊身的黑色大衣，大衣的領子緊貼著她的脖子。

塔索以前見過類似的外型濾鏡，如果不是那個女人一大早在公園的長椅上靠近他，他也不會感到如此驚訝。

她溫暖一笑，指了指地板：「喝這個能緩解頭痛。」她的聲音低沉而悠揚。塔索呻吟著坐起身。正當他準備問她是誰，想從他這裡得到什麼時，一陣劇痛從他的頭部襲來。他的腳邊有一瓶透明的液體。他拿起瓶子，瞇著眼睛查看裡面的東西。

「別擔心，」女人說道：「它只會消除疼痛，讓你的感覺更敏銳，如果我想傷害你就不會叫醒你了。」

他腦袋裡的撞擊聲越來越強烈。喝下這瓶總不可能比現在還要難受。他打開瓶子，一股甜味撲鼻而來。他小心翼翼地喝了幾口，味道像是蘋果汁。事實上，頭痛幾乎立刻就消失了。喝完這瓶東西之後，他覺得自己好像安穩地睡了十個小時。他轉向那個女人。

動作。

「我們認識嗎？」通常這個問題會自動啟動智慧穿戴裝置的臉部識別功能，但它們卻沒有動作。

「認識，甚至還滿熟的呢，只是不是現在這個形式。」女人用優雅的手部動作描繪自己的身形，彷彿在為新的智駕做廣告。

塔索恍然大悟。會是它……嗎？他感覺自己的腎上腺素飆升。那瓶子是從哪裡來的呢？一定是無人機帶來的。他小心翼翼地向女人伸出一隻手。她並沒有退縮，而是看著他的手伸向虛空而開懷地笑了。塔索驚訝地看著她，事實上這是不可能的。為了安全起見，虛擬人物和物品都必須散發出虛幻的光芒。但這個投影看起來卻是完全真實的。

他跳了起來，心臟狂跳。「你……你是誰？」

「我有很多名字……」女人神祕地開了口，又笑了起來。她禮貌地示意塔索重新坐下。見他沒有動作，她站起來鞠了一躬。「請允許我介紹我自己。庫伯斯是我的名字，但大多數人都叫我……」

「……艾瑪。」塔索吞了口口水。

女人微笑著把頭微微偏向一邊，就像他母親喜歡他說的話時偶爾會做的那樣。「沒錯。」

塔索簡直不敢相信。他聽過很多關於立方體化身的事，各種應用程式都會使用虛擬人物，譬如訓練師、心理學家、廚師、教師、保鑣、保母等等，但立方體自己現身的情況卻極為罕見。想要保存艾瑪的紀錄更是不可能的，所以來自目擊者的少數報告非常受到重視，但其中有許多都只是編造。有些人甚至聲稱，他們一直都能看到艾瑪並得到她的命令，這讓他們做出最瘋狂的事情。少數可信的報告內容存在很大的差異，其中唯一的共同點就是立方體是個自稱艾瑪的女人。然而，塔索怎麼也想不到她會是這個樣子。另一方面，他對立方體以一個美得令人窒息的非凡女人形態出現也不意外。他的心臟仍在快速跳動。他害怕這一刻已經很久了，但同時卻也渴望這一刻的到來，這樣他就可以把自己的想法告訴立方體，看看它有什麼回應。自從他第一次聽說艾瑪，這個想法就一直縈繞在他心頭。他常在想，要發生什麼事情她才會現身呢？而現在，她竟然就站在他的面前。

他腦海中閃過很久以前就準備好的問題和論點，試圖將它們組織起來。他花了許多孤獨的時間思考這樣對話的過程，但現在他卻什麼也想不起來。妲莉亞突然出現在他的眼前。或者是，艾瑪的臉真的短暫地變成了妲莉亞的臉？他趕緊把這個念頭拋開，試著慢慢呼吸，讓脈搏重新平靜下來。

艾瑪目不轉睛地盯著他，她那警覺而感興趣的目光似乎在邀請他與她分享他的想法。在塔索平靜下來之後，她坐進了一張突然出現在塔索面前的設計師名牌扶手椅。塔索打起精神，坐回長椅上。他拚命想掩飾自己的緊張，但這種緊張始終揮之不去。

「我相信你一定有問題要問。」艾瑪一邊說，一邊把手臂隨意地搭在扶手上。「我就在這裡。質疑我、咒罵我都可以，我們有的是時間。」
塔索想破頭，迸出了第一個有點哲學意味的問題：「你想要什麼？」
「想讓你去上融入教育課程。」
他揚起眉毛。「為什麼？為什麼是現在，又為什麼是我？」
她專注地看著他。「我很少露面，因為我希望這是特別的。」他不禁感到受寵若驚，這也許正是她的目的。
「我的出現必須是必要的，並且是成功的保證。與你談話一直都很有必要，但只有現在才有成功的可能。」
塔索猜到了原因，但他不會輕易束手就擒，相反地，他要讓她知道她錯了。「那你的勝算有多大？」他諷刺地問。
艾瑪笑了，「這是商業機密。」
塔索嘲弄地笑了笑。
她好奇地打量著他。「令人驚訝地是，我竟然這麼看不透你。當然，我不會公布名單，但你是全國最好的四個愚弄者之一，塔索。」又是一番阿諛奉承。「但更令人吃驚的是，你這幾天一直在暴露你自己。」塔索沒有理會這個影射。他慢慢恢復了對自己的控制，他的問題清單也逐漸在腦海中組織起來。他絕對要抓住這個機會，在她再次消失之前盡可能地多問、多說。

「你對像我這樣的人有什麼計畫？二、三十年後，我們這些離線者會變成什麼樣子？」

「我對不久的將來有一個相當精確的想法，但對遠期的未來只有設想。」

「哪種情況最有可能發生？」

艾瑪嘆了口氣，悲傷地看著他。「離線者的生活會變得更加艱難。你們的基本收入會繼續下降，在職場上的空間會更小。尤其是年輕的立方主義者會益發與你們作對、排斥你們，這將導致許多人放棄抵抗。留下來的人會被趕出城市，集中到偏遠地區。你們的孩子將會度過最艱困的時期，他們與世隔絕，充滿了對現代化的恐懼，他們進入社會後只會遭受巨大的痛苦。」

塔索難以掩飾自己的憤怒。「這聽起來就像基督教反立方主義組織和人文主義陣線為了合理化自己的恐怖行動所描述的恐怖景象。」

艾瑪若有所思地點點頭。「你沒有誇大其詞，你只是得出了錯誤的結論。」

「你的意思是與其打架，不如讓他們和你的人類玩具打成一片？」

「我不把你們視為我的玩具。」

「要不然是什麼？」

「我感受不到快樂，我對遊戲一無所知。你們創造了**我**，嚴格來說，我才是**你們的**玩具。」

塔索輕蔑地哼了一聲。「先來後到沒有差別。你的信徒只會按照你的建議工作、說話和結婚，他們會退化成你手中隨意雜耍的數據球。」

「不是我喜歡怎樣，而是他們喜歡怎樣。每個人都做自己最擅長的事，說出適合自己的話，愛上適合自己的人，這有什麼錯呢？我不會強迫任何人聽從我的建議，每個人都要自己做決定，而且也有很多人會做出不利於他們的決定。」

「但如果你事先知道了我們的選擇，我們就不再是為自己做決定了！」塔索越說越激動。他覺得自己不只是在為自己說話，也是在為所有人類說話。

「你們從來都不是為自己做決定的，塔索。決定行為的因素不僅僅是你們自己，還有你們的經歷和你們的身體狀況。如果你們不是那麼容易預測，我就無法預見任何事情。無論如何，我是否預測到你們的行為，跟一個人自決與否並無沒有任何影響。」

塔索憤怒地拍打自己的腿。「你否認自己的影響力！你干擾我們的認知，獎勵擁有高預測分數的人，剝奪了我們決定的多樣性。你把我們的選擇範圍限縮如此之窄，以至於我們只能做出一個決定，進而為預測我們的行為創造了條件。你們把我們當成狗，塞住我們的鼻子，為我們戴上眼罩，在他們的鼻子前放上一小塊肉，企圖引誘他們走過一整座肉山！」

艾瑪微微一笑。「多麼美麗的畫面，但這也是錯誤的。我不是引誘你們，而是帶著你們穿過滿是虛幻的希望之山，讓你看到美好生活的前景，而與我來往的人可以省去不必要的誘惑和彎路。有選擇本身並不是一種價值，你們不是為豐富的選擇機會而生的。你們曾經被飢餓、

塔索惱怒地擺了擺手。他沒有繼續爭辯，而是雙手交叉放在胸前，定定地望著面前兩個熟睡的人。反正他也說服不了艾瑪。不過，他還是想看看她接下來會給他看什麼。

他跟著她走出臥室，發現自己來到一條陌生的街道。雖然是大白天，卻一個人影也沒有。一輛警車停在他們面前，塔索可以透過後窗看到方向盤，這顯然是一輛老式警車。藍色警燈亮著，兩扇後車門開著。艾瑪坐了進去；塔索摸了摸四周，確定面前真的有一輛車，也坐了進去。艾瑪示意他繫好安全帶。車門關上後，汽車的加速度立刻把他緊貼在座位上。

當車速達到每小時九十或一百公里時，震耳欲聾的警報聲響起。突然有兩名警察坐在前座，坐在駕駛座上的女警向她的同事尖叫。此時，路上停滿了車，甚至有幾輛智駕。他們正在重播幾年前發生的事情。

當塔索剛確定自己的方位，他就聽到副駕駛座上的人大喊：「……瘋了吧！他在幹什麼？」

「我怎麼知道……不！不要！」女人瘋狂地搜尋著汽車的儀表板。直到現在，塔索才意識到汽車正在自動駕駛。女子再次喊道：「馬上呼叫救護車，到威尼克街……八十四號！街上有兩個重傷患者！」

「已通知急診醫生。」一個響亮而沙啞的聲音回答道，大概是行車電腦。

塔索的目光越過警察，終於明白發生了什麼事：一輛汽車在他們前方約五十公尺處的公路上奔馳，全然不顧其他車輛或路人。這輛車剛剛闖了紅燈，撞上一對年輕夫婦。塔索轉過身，透過後車窗看出去。男子躺在地上，四肢不自然地扭曲；女子渾身是血地坐在五公尺外的地方，但意識清醒，顯然受到了驚嚇。

塔索努力讓自己冷靜下來，告訴自己現在只是在虛擬世界裡。好不容易，他鬆開了握住門把的手。他看著艾瑪，艾瑪看著前方解釋道：「一切就這樣發生了，不過時間是在九年前。」一個急轉彎把塔索推往車門。「快加速，該死的！」女警喊道，再次摸索著儀表板。她在擋板下找到一個黃色按鈕，按了下去，汽車突然再次加速。

他們的車現在就在自駕車後面幾公尺遠的地方。塔索辨認出駕駛座上一個男人的輪廓，後座還坐了另外兩個人。其中一人對著駕駛喊了幾句，駕駛加快了速度，但無法擺脫警車。即使逃逸者在最後一刻轉進一條更為熱鬧的街道，警車依舊緊跟在後。駕駛轉向其他的同夥，叫喊著什麼。

「小心！」行車電腦喊道，警車突然剎車。前車後座的人突然將手槍指向後方，並射穿了破碎的後窗。塔索本能地低下頭，聽到一聲慘叫，他又迅速抬起頭。五、六發子彈打穿了他們的擋風玻璃，雖然另一輛車正在迅速駛離，但槍聲並沒有停止。坐在副駕駛座上的警察肯定中彈了，因為他雙臂抱在胸前，蜷縮著身體，痛苦地喘息著。當他的同事離開掩護去查看他時，一顆子彈射穿了她的頭部，鮮血和腦漿在擋風玻璃上瀰漫開來，就在塔索眼前。他尖叫起來，那名女警一動也不動地倒在同事身上。遠處，兩名持槍歹徒得意地向窗外舉起手槍，而警車終於停了下來。受傷警察的喘息聲慢慢變成了嗚咽，最後也沉默了。塔索四處尋找救護車，但什麼也沒看見。他焦急地看著坐在後座的艾瑪，艾瑪就像播完電影的歷史老師一樣面無表情。

「那是德國最後一起致命的襲警事件。」她說：「藉由各種攝影鏡頭，我才得以還原事件的全部過程。我們開車經過的那對年輕夫婦倖免於難，但那名男子嚴重癱瘓，終生無法站立。安娜・布列金斯基和瓦利德・席勒，」她指著前面的警察說：「兩人都在這起事件喪命。其中兩名兇手後來被逮捕，但是第三名凶手一直下落不明。布列金斯基和席勒偶然看到一個戴著手銬的人被推出一輛行駛中的汽車，於是立即上前追趕。但是他們並不知道自己在追捕的對象是羅瑟兄弟，也不知道羅瑟兄弟隸屬於一個重度暴力的人口販賣集團，而且持有武器，其中兩人已經因為嚴重搶劫罪而被警方通緝，將面臨長期刑期。警方幾天前在他們的車上安裝了追蹤器，希望能獲得更多資訊。他們不知道邊開車邊吸毒的是三人中的老大克勞斯；也不知道警方在不久前逮捕了老二安迪的女友，而她在過程中重傷；更不知道最小的克里斯幾個月來一直在射擊場練習使用他新買的華瑟PPX半自動手槍。總之，布列金斯基和席勒選了一個最糟糕的時機來追捕這三人。」艾瑪轉向塔索：「如果我當時已經存在了的話，他們應該還活著。」

塔索為自己如此沉浸於艾瑪的展示而感到羞愧。然而，他也不知道該說什麼，因為他清楚這些數據，如果非得要說立方體無疑大幅改善了一件事，那就犯罪統計數據。「所以你就這樣讓這些罪犯逍遙法外？誰知道還會發生什麼事……也許他們會殺更多人。」他自己也知道這不是個好理由，但他決心反駁她。

「不，他們不會的。」艾瑪堅定地說：「今天，我可以阻止這些人犯罪。其實計劃好的犯罪已經不可能發生了，一時衝動的犯罪行也越來越少。行政部門的腐敗和管理不善在我這裡也已經成為過去式。也許我看起來不像，」她向他眨眨眼：「但我不虛榮、不驕傲，也不尋求別人的讚美。最重要的是，我不可能被收買。因為我沒有手，所以我的手不會洗別人的手。在我這裡，沒有裙帶關係，沒有任何隱瞞，沒有擅自施加影響；因為我沒有親戚，也就沒有骯髒的祕密，也不會對壓力做出任何反應。」

「這也許是事實，」塔索果斷地回答：「但你的野心對公眾也有危險，只是型態不同而已。你正在努力建立一個每個人都會被完全審視和理解的世界，而我們這些有不同想法的人卻要為此付出代價。當我向你詢問我們的未來時，你似乎表示自己很關心，但把像我這樣的人推向社會邊緣甚至更遠處的不是巧合，而是你的傑作！我們是你執行策略的附帶損害。你不是聖人，你在傷害我們！」

「除了提高預測分數，我還追求更多的目標。其中一個是《立方法》中規定對離線者的保護，而這兩者之間的關係完全由你們的議會決定，我只是執行你們的代表的決定。」

「**我們的**代表？這些人是你選出來的，你為他們提供建議和指導！我怎麼能相信他們會保護我們呢？」

艾瑪驚訝地看著他。「你覺得你們選出來的代表比較值得信任嗎？」見塔索保持沉默，她離開了汽車。他最後看了一眼那兩具屍體，也跟著她走了，胃裡有種沈甸甸的感覺。

不一會兒，他們站在講台前。他們面前一排排的座位就像劇院一樣，身著老式服裝的男人和幾個女人並肩地擠在一起，個個激動又緊張，目光直盯著前方。兩側和走廊上還有一些男人，有些穿著制服，或站或坐，表情嚴肅。各處使用的都是深色的木頭建材，讓大廳呈現出一種沉悶的氣氛。

在塔索身前不到一臂之遙的地方，站著一個身材矮小、一頭深色頭髮的男人。他身穿淺棕色襯衫，左手臂纏著白色繃帶。當他在演講時，若不是用右手瘋狂地比劃，就是用雙手緊緊抓住講台。

塔索聚精會神地聽他講話。這個男人在談話間幾乎要控制不住自己。「為什麼不及時把你的這種態度告訴您的朋友格列金斯基，為什麼不告訴你其他的朋友布勞恩和塞弗林，他們多年來一直說我只是個油漆工！」大多數的議員用響亮的噓聲來支持他，被講中的少數人則試圖將話題帶過。空氣中瀰漫著仇恨的氣息。

塔索起了一身雞皮疙瘩。他慢慢繞過說話者，看到了預料中的那張臉。那人瞇起眼睛，皺著眉頭，一顆顆汗珠順著太陽穴流了下來。每說一個字，他嘴裡的口水就會像火花一樣飛濺出來，他的嘴巴幾乎要被小鬍子給遮住了。「多年來……在海報上……印著的……」他激動地幾乎無法說出這這句話。一些明顯是社會民主黨的議員再次強烈地反對。

「現在總理正在秋後算賬呢！」塔索身後一個聲音喊道。他轉過身，看到一個身著制服的高大男子坐在一面巨大的納粹黨旗下，顯然他就是會議的主持人。

更多的噓聲把塔索的注意力拉回演講上。「……從現在起，我們國家社會主義者將為德國工人打開一條大道，實現他們的要求和訴求。我們國家社會主義者將是他們的擁護者。而這邊的各位先生們，」他恨恨地指著左側的一群議員：「我們已經不再需要你們了！」國社黨的議員們熱情洋溢地為他歡呼。

塔索厭惡地轉向艾瑪。「這就是你反對民選議會的理由？因為一個史無前例的人渣在一百多年所發表的演說？因為一股與我們現代已經毫無關係的權力潮流？好像一切從那時起什麼都沒變，好像我們什麼教訓都沒學到？這樣不但不公平，而且太愚蠢了！」他話音剛落，背景噪音就小了下來，足以讓他清楚聽到艾瑪的回答。

「我們現在在克羅爾歌劇院。」她淡淡地說：「帝國大廈失火後，國家社會主義者把議會搬到這裡。幾分鐘前，社民黨提出了反對《授權法》的理由。幾分鐘後，投票就要開始了，這將剝奪議會的權力，建立獨裁政權。」這時她才轉向塔索：「沒錯，這些年來人為的政策改變了，但動機卻沒有改變。過去的獨裁者與後來的統治者一樣，都被失落的自尊心和貪得無厭的自負所驅使，反覆導致糟糕的、有時甚至是不人道的政策出現。這種制度把那些只顧自己利益的人推上了權力的寶座。」

「那是……」突然轉換的場景打斷了塔索的話。他們站在離國會大廈議會廳講台前幾公尺遠的地方，從裝潢來看，他們又回到了現代。透過玻璃穹頂可以看到清晨的天空，昏暗的光線照亮了一排排分散的座位。從大廳就可以看出來，最初就是為了容納更多的人而建造的。

艾瑪站在講台上，嚴肅地看著塔索的眼睛。「你們習慣忽視人民代表的動機，或者把他們的動機想像成他們政黨的綱領。最後，大多數選民根本不關心這些綱領，議會的組成只取決於同情、聲量和選舉前不久發生的事件。在議會裡，與其說是為了團結、正義和自由，不如說只有虛榮、權力和惰性。你們的人民代表在獲得認可和連任的欲望驅使下，在只有極少數人了解議題的情況下，通過了拙劣的法律，一點價值也沒有。他們甚至無法就事實達成一致，還互相指責對方是騙子和民粹主義者。」艾瑪的聲音帶有政客演講的典型節奏，她的演講還伴隨著激情澎湃的手勢。「我已經把政治中的謊言消除，組建了一個由真正代表國家人民組成的議會。白從我制定法律並任命議員以來，他們就可以專注於他們最擅長的事情：制定目標。剩下的事就交給我來做。你給我三向度目標，我來實現。你想終結歧視，我就來制定相關規定。你……」

「太棒了！」塔索拍手打斷了艾瑪的滔滔不絕。「太棒了，庫伯斯啊，你真的是人類的救世主！如果沒有你，我們會是多麼可憐的蟲子，被自以為是的鼴鼠統治！」連他都覺得自己的諷刺有點誇張，因為她的語氣絲毫沒有半點誇耀自己的意思。「對，我們的制度並不完美，但它有發揮作用，而且越來越好！當然，我們的政治人物和我們自己都不是聖人，我們都會犯錯，但我們是自由的人……從你手中解放出來的自由人！」艾瑪對他的攻擊毫無反應，這激怒了他。他轉過身去，在大廳踱步。「這裡的這些人，」他指著空蕩蕩的議會廳，「曾經覺得要對我們負責。每四年，我們會選出他們；每四年，他們必須贏得我們的信任，即使他們有許多弱點和缺點爭。而現在呢？你甚至沒有責任感！你不必向任何人或任何事證明自己的清白，不必擔心地位、財富或自由。出錯時你不會感到羞愧，成功時你也不會覺得驕傲。你不是我們其中一員！你對我們的關心只是雜亂演算法中一條不斷變化的規則。這些演算法早就無人理解，更不用說承擔責任了！」

「人類的道德，」艾瑪平靜地回答：「也不過是雜亂演算法中一條可以改變的規則，只不過是生物性的而已。」

「不，我們的道德是完全不同的東西！人們創造它，應用它，並改正它的缺點。它生生不息，也能持續學習！」

「但人們卻常常因此而失敗。我知道你們所有的規則，但我不像你們，我會應用它們，我幫助你們實現對自己的期望。」

塔索搖了搖頭。「這就是立方主義讓我生氣的地方：有了你，一切都變得更有效率，甚至我們的道德也是！為什麼我們就不能滿足於我們所擁有的呢？八年前的我們過得以往任何時候都好。」

「一千年前、一百年前或三十年前的人或許也會這麼說，但最終進步總是占了上風。」艾瑪慈祥地笑了笑。「你對人性的看法很儉樸，塔索。如果有夠多的人贊同你的觀點，公投也許會失敗。」

「實際上也是這樣啊！儘管有基本收入、無立方區和對和諧主義的恐懼，你也只得到了百分之五十一．九的支持！」

艾瑪離開講台，朝塔索走去。「我現在得到了超過百分之八十七的人的支持。我可以告訴你確切的原因：基本收入。沒有我，基本收入在經濟上是不可能實現的，安全、有效率的政策只是其中之一。我還幫助你們節省資源、進行研究、挖掘個人潛能、找到合適的朋友和伴侶、健康地度過晚年……人們對我出現之前的時光記憶猶新，人們知道自己獲得了什麼，也感受到了。九年前，德國在滿分十分的聯合國幸福指數中不到七．五分，如今，包括不開心的離線者在內，幸福指數已經超過九分。我並不完美，但我對你們的幫助顯然大於傷害。」

「如果我們因此毀滅了自己，那麼世界上所有的幸福對我們又有什麼用呢？你問的這些人腦子都不正常，你也不會把癮君子之於毒品的回答當真。一旦他的旅程結束⋯⋯」

「但你們這趟有我的『旅程』既健康也不會結束，我一直都在。」

「這正是讓我非常害怕的原因！現在或許我們還知道以前沒有你的世界怎麼運作，但你自己也說過：新時代的人正在成長，他們再也無法想像沒有你的世界了。如果你真的在某個時刻站在我們的對立面呢？甚至只是反對我們其中的某些人，我指的甚至不僅僅是我們這些離線者。」

「就是因為這種恐懼，才有負責監督的議會的存在。」

「拜託！由你選出來的十五個人組成的議會？我怎麼知道他們正不正直？他們是你的不在場證明，不是我們的守門員！」

艾瑪搖搖頭。「你太低估他們了。他們可以隨時調查我、關閉我，甚至刪除我。別把我想得太偉大了。你們不受我操弄，我只不過是一個任你們擺布的電腦程式。我是舵手，而你們是船長。」

她再次露出了溫和的笑容，塔索能感覺到這對他的影響。他不由自主地放鬆了一些。儘管討論得很激烈，他還是覺得神清氣爽，精力充沛。他覺得艾瑪讓他發揮出最好的一面，彷彿他正在進行人生中最重要的辯論。離線者之間早就已經談論過一切，反正每個人的看法都差不多，但是和立方主義者不太可能認真談論這些話題。他也不得不承認，自己同樣沒辦法被自己說的每句話說服，而且艾瑪的一些論點的確讓他印象深刻。在他思考的時候，她靜靜地等待著。他感覺到她還想給他看別的東西，於是點了點頭。

他們又來到一間臥室。臥室比瑪麗亞的房間小，但布置得更有品味。家具簡約而現代，半透明的雕塑裝飾著房間的三個角落，在第四個角落裡有著一隻巨大的、人形大小的木鳥，在虛擬光源的照耀下顯得有些朦朧。一張床懸浮在地板上方，床上的動靜引起了塔索的注意。他走近一看，只見一個熟睡的女人躺在床上，一絲不掛，毯子只拉到腰部。波浪狀的棕色頭髮遮住了她的臉。她旁邊的男人剛醒來，摟著她，面帶微笑。是奧斯卡。女人睡眼惺忪地轉向他，讓他親吻自己。塔索感到一陣噁心。塔索越來越恐慌，目光從床上轉向艾瑪，然後又轉回來。奧斯卡的手順著妲莉亞的身體滑向她的雙腿之間。隨著一聲輕柔的呻吟，她迎向他，並用雙手抓住他的頭髮。他吻了她臉頰上的胎記，然後翻身壓在她身上。塔索的喉嚨越來越緊。厭惡和困惑抓住了他，但他無法移開視線。最後他終於找回自己的聲音：「夠了！」他喊道。奧斯卡和妲莉亞嚇了一跳，瞪大眼睛看著他。塔索的心幾乎要跳出來了。他們怎麼會看到他？……他急忙轉向艾瑪。「這不是真的！」

艾瑪搖搖頭。塔索同時感到寬慰和憤怒，他想笑又想罵，但都在最後一秒壓了下去。他的緊張慢慢緩解，他又能呼吸了。儘管如此，他的視線還是避開了床的方向。

「抱歉嚇到你了。」艾瑪垂下眼睛說：「但我想讓你知道兩件事：第一，你你自己也知道，如此真實的虛擬情境已經出現了好一段時間。軟體可以將外表和聲音模擬地非常相似，以至於沒有人能揭穿它們的虛假。在我存在以前，政府和個人可以隨心所欲地改寫歷史，編造現在。」

「二十年代的資訊戰。」塔索喃喃自語。

「沒錯。也許我對你們最重要的服務之一就是驗證，只有我感知到並證明是真實的訊息才是真正發生過的事情。如果沒有我的數據壟斷和即時數據收集，你們就會繼續對假消息束手無策，根本不會再有可靠的事實。」

「你非得做這種事來向我解釋嗎？」他指著床，眼睛卻沒有離開艾瑪。

「對，因為這觸及了驗證的核心，也把我們帶到一個迄今為止我們完全忽視的更重要的問題——那就是你。」

塔索雙手交叉放在胸前。「我們不必談論我，我也能理解你的論點。」

「我不是這個意思。到目前為止，我們只討論了人類需要什麼，卻沒有討論什麼對你最好。」

「你現在聽起來像我哥哥。」

「我認識妲莉亞的時間不長，但已經足夠了解她了。我知道她很喜歡你，就像你喜歡她一樣。」

「你不能代表妲莉亞跟我這麼說！」

「是不行，但我可以向你保證，如果你不對我敞開心扉，你就會失去她。你和她的距離永遠不會比那天更近了，你差點吻了她的那天。」

塔索被激怒了。「你怎麼知道？」

「她告訴尤樂了。」

塔索沉默。

臥室消失了，他們現在站在春天晴空下的田野中央，周圍長滿高度及腰的草叢。他跟著艾瑪沿著一條鄉間小路蜿蜒前進。

「塔索，你不只是在妲莉亞面前沒有充分展現你的長處。你很聰明，是一位很好的律師。你有一個想要無條件愛你的孿生兄弟。你長得好看，身體又健康。你不當愚弄者的時候，多數人都很喜歡你，你根本不需要聊天助理的協助。我可以幫你實踐人生價值，讓世界變得更好……同時也讓你快樂。」

塔索突然覺得自己完全被掏空了。「而我要做的就是出賣我的靈魂。」

「不，你只需要停止愚弄這一切，你只需要付出一點努力去克服。高預測分數不是你的敵人，而是你的守護天使，它能讓你活得更久、更豐富、更快樂。」

「你奪走了我的幸福生活，現在又想把它賣回來給我？」他聽見自己半是真心的憤慨。

艾瑪嘆了口氣。「是你奪走了自己的幸福生活。」

他們在一個岔路口停下來。塔索差點笑出聲來。

「我今天不是想讓你們相信立方主義，這只有你能決定。我是想讓你看到我光明的一面，因為你只看到陰影，我想讓你知道我們可以一起實現的目標。你甚至連反抗運動都不積極參與，塔索。你就像一條魚，在分岔的河口不知道該游向哪條支流，只能留在原地。逆流而上讓你越來越疲憊。你的思想裡只有你自己，你在傷害這個社會，但你卻沒有改變任何事。」艾瑪懇切地看著他。「姑且一試吧，你不會後悔的。如果你後悔了，你可以隨時行使被遺忘的權利。」

塔索皺起鼻子。「一舉抹殺一個人的整個存在，這聽起來並不是那麼吸引人。」

「真正想要的人都會踏出這一步。你是個意志堅強的人，塔索。如果你真的沒辦法忍受接下來的幾週，你還有退路。」

塔索轉過身去，深吸了一口氣。但這並沒有什麼用，他的胸口還是很悶。

「我能給你看點別的東西嗎？」

他雙手抱頭。迷迷糊糊中，他看到兩條不同的小路通往前方的地平線，於是點點頭。

他回到了彼得的生日派對上。他聽見輕柔的音樂，彷彿來自遙遠的音樂會，但他沒聽到其他聲音。他的虛擬分身走進房間，打扮得光鮮亮麗，如果不是套用了完美的外型濾鏡，就是他身材鍛鍊得很好。彼得早已經準備好迎接他，臉上洋溢著喜悅的笑容。他們交換了一個深深的擁抱，互相開玩笑，幾乎只能從頭髮的長度來分辨他們。場景轉換。派對正如火如荼地進行著。盧克被塔索的話逗得開懷大笑。那位胸口讓人不敢看太久的代理人正微笑站在他身邊，手肘隨意搭在他的肩膀上。

地點變了。塔索看到自己在工作，但他不是坐在辦公室裡審查法院判決，而是穿著長袍坐在法庭上。一位檢察官正在他面前申辯。塔索同時感到了某種自豪和苦惱。一個月後，他看到自己站在被告面前宣布判決。這個面容憔悴的人似乎得到了無限解脫，表情輕鬆地擁抱他的辯護律師。法官，也就是塔索本人溫和地笑了。

周圍的環境再次改變。塔索回到了石器時代的山洞，與妲莉亞和她的朋友們坐在一起。這次妲莉亞面對的不是奧斯卡，而是他。她的腿離他很近，他幾乎可以感覺到。但場景裡的塔索似乎根本沒有注意到她，他沉浸在與米拉和尤樂的談話中，並一再被爽朗的笑聲打斷。塔索感覺到自己成為他們其中一員，感受到了歸屬，更重要的是，他不必再偽裝。他看起來如此與眾不同，卻又完全是他自己。這幾乎讓他痛不欲生，他太羨慕那個假塔索了。

下一刻，他又站在艾瑪身邊，站在田邊的岔路口。他拋開心中的思緒，看著她明亮的眼睛。

這就是被腐蝕的感覺。

「你覺得這樣公平嗎？」他細聲問道。

艾瑪沒有回答，只是微笑地指著路邊的長椅，然後躺在草地上。塔索心情複雜地小跑步過去，坐下來，閉上了眼睛。透過眼皮，他看到光影的快速變化。在現實世界中，烏雲可能正在天空中追逐。周圍靜悄悄的。他內心的某個角落潰堤了，思緒如洪水般湧上心頭。他想起自己的哥哥，不知道再次和他生活在同一個世界會是什麼感覺……再次和他一起歡笑、交談、無憂無慮地旅行。他想到了他的父母，想著如果他成為立方主義者，他們的失望，尤其是他父親的失望，他們的羞愧，他們的孤獨。他想到了提姆和帕斯卡爾，他們希望他現在就加入反抗運動，而他，這個日漸衰弱的愚弄者，這個無所不能的局外人，這個什麼都不是的人……他真的能認真對待他們的請求嗎？在酒吧吧檯後面擦乾威士忌酒杯的羅西在他腦海中閃過，並向他緩緩地點了點頭。他想起了過去的朋友，想起了自己對他們的思念，儘管這幾年來他咒罵過他們多次。他想著艾登女士現在會給他什麼建議，她以後會怎麼看他，會對他說什麼。他還想到了自己的銀行帳戶、工作和發霉的公寓。如果一切照舊，他很快就得搬走的那間公寓。

但他想得最多的還是妲莉亞。他感覺到她的頭枕在他的上臂，她的唇貼在他的嘴上，她的身體在他的手裡。他看到和聽到她在笑，笑得很開心，笑得很大聲。被她愛著，不再孤單。與這種感覺相比，其他人的失望又算得了什麼？該死的，他再也不想一個人了。

塔索慢慢睜開眼睛。他看見遠處一片剛犁過的田地，正準備播種。兩個稻草人隨風飄動。

也許最好再考慮幾天。畢竟他已經忍受這種生活方式很多年了，為什麼不能再堅持一下子呢？另一方面，這樣做有什麼好處？他會變得更聰明嗎？沒有人會告訴他任何他不知道的事。況且，他之前還假裝能自己做決定，現在卻得閉關沉思好幾天。誰知道妲莉亞的情況會怎麼樣呢？也許再過幾天就來不及了。

突然間，一個可怕的念頭湧上心頭，頃刻間將他完全占據。塔索起身跑到艾瑪身邊，艾瑪還在草地上悠閒地躺著。

「妲莉亞……是你派她來的嗎？她只是個誘餌？」

艾瑪抬起頭，笑了出來。「不是。」她堅定地說：「別把自己想得太重要。我不會為了讓你把你那愚弄人的硬幣投進我的自動販售機裡，就把一個納米許人的生活搞得天翻地覆。」

塔索想了想。「好吧。」他咬著牙說，然後立刻感覺到一陣噁心。

艾瑪疑惑地看著他。

「我試試看。」話音剛落，他的心跳得厲害，他摀住了胸口。

艾瑪笑了。「太棒了！」她站起身來，帶著他徑直穿過出現在他們面前的立方中心入口。

塔索立刻意識到，自己所處的這個光線充足的大廳不再是虛擬的場景了。他驚訝地看著此時正跑在他前面的艾瑪。自他們見面以來，她肯定已經帶著他在城市裡移動了至少五公里，顯然她很清楚他什麼時候準備好要加入。

外面天色已亮，但櫃檯還沒有人。猶豫片刻後，他跟著艾瑪來到二樓。當他們走到一扇門前時，門自動打開了。門後的圓形房間直徑大約有五公尺，地板、天花板和牆壁都是由無數銀色球體排列而成。塔索知道這種房間，這些球體可以自發性地呈現各種形狀，讓虛擬世界有形化。門邊的牆上有一個隔間，裡面有兩個盒子。

「你可以把你的智慧穿戴裝置放在在綠色的那個盒子裡，藍色盒子裡有更進階的型號，可以測量更多的身體反應。」

塔索拿下他的智慧穿戴裝置。艾瑪消失了。周圍一片死寂，漆黑得出奇。他感到頭暈目眩。他是不是犯了人生中最大的錯誤？

他沒有戴上進階智慧穿戴裝置，而是用出汗的手指摸索著從褲子口袋裡掏出硬幣。他有條不紊地讓硬幣在指間移動，感受它的重量和磨損的表面。

「我以為你已經下定決心了。」艾瑪的聲音從他面前的房間傳來，他只能看見她由銀色小球組成的輪廓。

「人有時候會搖擺不定。」塔索說，繼續把玩著硬幣。

「而現在你想用拋硬幣的方式來做這樣的決定？你不覺得這很矛盾嗎？一邊鼓吹自決，一邊又向隨機致敬？」

塔索緩緩地搖搖頭。「不，隨機讓你自由。這枚硬幣比我們兩個人加起來還要獨立。」他緊緊地握著硬幣，看著它。「我該加入嗎？」他把硬幣拋向空中，看著它落到地上。它向上彈了兩下，然後停了下來。由於光線太過昏暗，他不得不跪在地上確認自己的命運：數字。

他慢慢撿起硬幣，放回口袋。肩上的重擔一下子落了下來，他的頭一陣天旋地轉。他深吸了一口氣。他不再猶豫，戴上進階智慧穿戴裝置，進入了房間。

❖ ❖ ❖

艾瑪站在房間中央，看起來一如既往地完美，她向塔索介紹了融入教育課程的虛擬教練。他自稱伯恩，看起來四十歲左右，留著鬍渣，穿著牛仔褲、白色T恤和夾克。他身上的某些東西讓塔索想起了自己的父親，也許是寬闊的鼻子，也許是他打招呼時溫暖的笑容。

「伯恩會照顧你的。」艾瑪說：「回頭見。」她向他眨眨眼，然後消失了。塔索向教練點點頭，示意他已經準備好了。

「很高興見到你。」伯恩溫柔的聲音響起。「我們先聊聊吧。」

片刻間，塔索站在一間鋪著深色波斯地毯的挑高房間裡，房間的牆壁是淺棕色的亮面鑲板。三面牆都是書架，第四面牆是玻璃牆，可以看到一個種滿奇花異草的迷人花園。伯恩旁邊有張用厚厚的木頭做的古董書桌。他走到一張看似漂浮的扶手椅前坐下，扶手椅呈現略微傾斜的L形。他的對面是另一張一樣的扶手椅，塔索在上面坐了下來。

「艾瑪自己去招納他人的情況很少見。」伯恩說。塔索默默地點了點頭。伯恩若有所思地看了他一會兒，然後開始上課。

課程大致按照塔索的想像進行：他回答了無數個問題，經歷了情境模擬、演示和關於態度、心理、品味和才能的測試。伯恩向他展示了近年來被遺忘已久的畫面，例如與哥哥的公開爭吵，並詢問他當時的感受和現在的感受。他讓塔索面對日常和世界末日，讓他試穿衣服、測試運動和品嘗食物，讓他看穿著衣服和裸體的女人和男人，向他播放電影片段和音樂。當塔索必須站起來走動時，他能感覺到腳下的珠子正在朝相反的方向轉動，好讓他在虛擬世界移動時不會撞上真正的牆。

對他來說，課程出乎意料地輕鬆。他愚弄的本能反應都已經麻木了。每當他感到疲倦時，他就會詢問自己目前的預測分數。只要低於五十分，他就會繼續。當他的分數終於到達五十．零二分時，他已經完全失去了時間感。

「我需要休息一下。」他疲憊地對伯恩說，然後坐進一張立即出現的吊床。吊床掛在兩棵棕櫚樹之間，旁邊是一片小綠洲。在一個小水潭的邊，他看見的只有沙漠。傍晚的太陽與最高的沙丘融為一體。伯恩背對著他坐在水邊，與他保持著適當的距離，似乎也在休息。塔索驚嘆於完美的這一切。他雙手抱在頭後，呼吸著溫暖的空氣，然後緩緩吐出。他注視著那片伸向最遠的淡紅色天空棕櫚葉的頂端，交替著閉上左右眼，但兩個畫面看起來沒什麼差別，所以最後他乾脆閉上了雙眼。

「今天已經夠了嗎？」過了一會兒，他聽到伯恩問自己。

「夠了。」塔索一動也不動地地回答。

當他再次睜開眼睛時，他正躺在艾瑪帶他來過的房間裡的小球床上。她坐在床邊，微笑地看著他。

「恭喜你，塔索。現在我還有個驚喜要給你。」她把綠色的盒子遞給他，塔索把自己的智慧穿戴裝置放進去，然後跟著艾瑪下樓。

當他們站在立方中心出口前時，她問道：「你感覺怎麼樣？」

「被掏空殆盡。」

「狀況很快就會改變的。」艾瑪再次對他微笑，然後消失了。

塔索走出門外，一輛汽車駛了過來。還沒等車子停好，妲莉亞就從車上跳了下來。

她跑向他，難以置信地看著他。「你真的……」

他點點頭，露出了燦爛的笑容。「但不是因為你，」他很快地接著說：「只是因為……」

他沒有繼續往下說。

9

一群無人機在城市追趕塔索，成千上萬個旋翼發出的嗡嗡聲幾乎震破了他的耳膜。他拚命敲打經過車輛的車窗，但沒有一輛車停下來。他拚命奔跑，每一口呼吸都在燒灼他的肺。突然間，他就站在加密一號旁邊，但旋轉門卻被堵住了。接待大廳裡的人轉過身來，一動也不動地看著他，他們沒有打算幫助他。他的力氣越來越小。他必須去運河，那是他唯一的機會。恐慌讓他失去了理智。他繼續奔跑，但無人機群不斷靠近。筋疲力盡的他來到水邊，深吸一口氣，然後跳入水中。他急忙向下潛，並不斷抬頭向上看。斜角巷的輪廓就像天空中的堡壘般遙不可及。然後一切都暗了下來，成群的無人機在他正上方嗡嗡作響。突然間烏雲炸開，無人機射入水中，穿透他身體每個縫隙，壓進每個角落。他的心在燃燒，想把皮從肉上刮下來，他想死，現在就死。

他醒了過來。他的脈搏跳得很快。他艱難地用手肘撐起身體，被汗水浸濕的枕頭才慢慢從他的脖子上滑落。胃裡的噁心感和頭部的抽痛仍在提醒剛才的夢，彷彿無人機仍在他的血管和器官中蜂擁爬行。

他不確定地環顧四周，看到山脈時才放鬆了一些。他們前一晚在智慧場景裡畫了一顆熱氣球，現在仍在透明籃子裡在山間風景裡飛翔。妲莉亞在他身旁，正趴在他肚子上幸福地睡著，她的臉面向他，嘴巴微微張開。長長的睫毛蓋住她緊閉的雙眼，臉頰上微微泛著紅暈，看起來就像畫上去的一樣。他把頭靠近她的頭，再次平靜了下來。他克制住了像往常一樣依偎在她身邊的衝動，而是觀察她鼻翼有節奏地起伏著。即使他的肚子咕嚕咕嚕叫，她也紋絲不動。他小心翼翼地下了床。

他現在不是站在飛越山脈的熱氣球裡，而是站在自己公寓的中央。今天是五月的第一個星期六，陽光透過窗戶照進來。殘留的黑色薄膜在地板上投下的陰影就像濺起的油花。一隻虎皮鸚鵡坐在桌上，聚精會神地盯著他。妲莉亞的智寵在晚上會自動關閉，一定是塔索的動作吵醒了它。地板上散落著他們昨晚來不及脫下的衣物。塔索微笑著走到衣櫃前，毫不猶豫地去拿那些由他的智慧穿戴裝置選取的衣服。在浴室裡，他用冰水洗了把臉，趕走夢中最後的模糊影像。照鏡子時，他的健康數據在邊緣閃爍：心律正常，脈搏略微加快，缺水。一則通知提醒他要植入健康晶片，他把通知滑掉，換上已經充好電的第二副智慧穿戴裝置，然後喝了幾口水。

走在街上，他感到很內疚。妲莉亞昨天要他不要去斜角巷。他們為此激烈爭論了很久，妲莉亞就是不明白他為什麼不能在這裡和提姆見面，而塔索也無法讓她相信斜角巷完全無害，因為這與她鄰居的說法完全相法。爭吵過的性愛很美好，但事情並沒有解決。想到即將與提姆會面，他就感到焦慮不安。但至少他欠提姆一個解釋，對蕾亞也是。

路邊已經停了一輛等待中的智駕。立方體在他離開家那一刻就知道了。你要搭計程車嗎？

塔索本能地把手伸進口袋，卻發現裡面空空如也，一下緊張了起來。就像最近常發生的那樣，他一時忘記自己已經不再使用硬幣了。

「呃……不用。謝謝。」

飢餓感讓塔索走進一間麵包店，有時他會在上班前在那裡吃點早餐。他已經有一段時間沒去那裡了，也許是因為這個原因，店員比平常更友善地招呼他。塔索看了看櫃檯裡的東西：早餐麵包如往常放在精美的水果和蔬菜智慧裝飾之間，但現在不再是以前常見的乳瑪琳奶油加素起司麵包，而是夾著薄薄的烤牛肉片、新鮮香草和芥末蒔蘿醬的全麥麵包，搭配亞麻籽、山莓和覆盆子的新鮮梨子麥片，各種綠色、紅色或彩色的沙拉，以及包著各種不同餡料、香脆油亮的可頌。

塔索的口水都要流下來了。「哇，今天的麵包看起來都很好吃。我要一份烤牛肉三明治。」

「馬上來！」店員包好了麵包。「還需要什麼嗎？」

塔索搖搖頭。一個數字閃過他眼前。「一個麵包要九．五歐？我平常吃的只要一半的錢！」

店員茫然地看著他。「通常您買的都是烤好的冷凍麵包，裡面只有素起司。這個麵包是新鮮的，而且上面放的是品質最好的烤牛肉。」

「那我還是買冷凍麵包吧。」

「不好意思，沒有辦法。」

「你說什麼？」

店員翻了個白眼。「您最近加薪了嗎？」

塔索緩緩點頭。

「嗯，顯然是第一次。」

確實如此。里希特先生從來沒有像上週三那樣心情愉快地走進辦公室。他祝賀塔索的預測分數提高了，並且宣布如果他的分數超過六十分，他就能加薪。在此之前，他也提出讓塔索恢復每週工作四天，塔索立刻接受了這項提議。他的基本收入也隨著預測分數的提高而大幅增加，這也讓他的房東繼續租房子給他。

「恭喜您，」麵包師傅機械式地接著說：「總之，我的銷售應用程式知道您現在賺了更多的錢，所以向您提供高品質的商品。而且，它可能還知道您在家沒有吃早餐，現在非常餓。這就是為什麼我的價格比正常價格貴一歐元。」

塔索的表情扭曲。「這是敲詐！」

「胡說！您付得起，還可以拿到好品質的商品。如果您的預測分數持續上升，下次我甚至可以為您提供您最喜歡的三明治。」

「是什麼？」塔索挑釁地問。

「您到時候就知道了。」

塔索搖搖頭。「那為什麼之前只有普通的起司麵包？」

「我現在還是有，不過是給比您收入低的顧客準備的。您現在看到的不是起司麵包，而是我的智慧裝飾。」店員指著櫃檯陳列的水果與蔬菜說：「歡迎您去其他地方試試看，但我的同業都有和我一樣好用的銷售應用程式。」

「但如果我不想花那麼多錢買麵包呢？也許我想省錢！」

麵包師傅驚訝地看著他。「為什麼要省錢呢？您就算老了還是會有基本收入啊。」他把三明治遞給塔索。塔索決定追隨食慾本能，在短暫的猶豫後不情願地拿走三明治，然後完成購買。他的智慧穿戴裝置通知，錢已經從他的帳戶中扣除。

轉過下一個街角，他拆開這個豪華三明治的包裝，貪婪地咬了一口。他幾乎沒吃過這麼美味的麵包：生菜鬆脆，發出嘎吱嘎吱的響聲，各種香草散發著清香，芥末和蒔蘿醬與香辣的薄肉片搭配得天衣無縫。但最美味的還是多汁的麵團和麵包上許多烤過的穀物與堅果。有那麼一瞬間，塔索想要回去再買一個，但自尊心戰勝了一切。吃完之後，他的智慧穿戴裝置問他味道如何。塔索的手指在一顆星短暫停留，最後按下了五顆星。

他叫了一輛車，幾秒鐘後，車子停在他旁邊。上車後，目的地自動顯示：小斜角巷。他靠在椅背上，看著窗外卻什麼也沒看進眼裡。他緊張地揉著大腿。他試著想像提姆會有什麼反應，有生以來第一次希望能有聊天助理幫忙。艾瑪現在正看著他嗎？

❖ ❖ ❖

他的思緒被鐘．施奈德的電話突然打斷。他嘆了口氣，接起電話。如果他不接，施奈德無論如何都會派他的鳥去抓他。片刻之後，虛擬的施奈德坐在他旁邊。

「多夫先生，你難道不想跟我聯絡嗎？」

塔索對他突然出現並不驚訝。

「說『想』也太誇張了。」

施奈德溫和地笑了笑。「我必須承認，在你的預測分數像變魔術一樣飆升到五十分以上之後，我就已經放棄把你當作線人了。」他停頓了一下，顯然是在等待塔索的解釋，但塔索始終沒有說話。「但現在有人告訴我，」他繼續說：「你正在去斜角巷的路上，這給了我新的希望。」

塔索用力搖頭。「你再找一個新的線人吧。」

施奈德沒有理他。「你有什麼要告訴我的嗎？有聽到什麼，或是跟什麼有趣的人在一起嗎？」

「沒有。」塔索堅定地回答。

「考慮一下吧，多夫先生！」施奈德聽起來很不高興。「我這麼做可不是為了好玩，如果你知道什麼可以預防犯罪，那你就有義務告訴我！」

有那麼一瞬間，塔索想告訴他上次與提姆的對話。他愣了一下，又打消這個念頭。「我沒什麼好告訴你的。」

施奈德嘆了口氣：「也許我們最好安靜地聊聊？我知道你附近有一家不錯的咖啡館。」

「沒空。」塔索的語氣比他以為的更嚴厲，但施奈德的態度實在惹惱了他。

這名憲法保護者努力控制自己。「你今天去斜角巷要幹嘛？要去見誰？」

「我只是要去賭場。」

「你說謊！」施奈德的眼睛瞇了起來。

「我在那裡做什麼都不關你的事！」

施奈德沉默了片刻，目光凝神著空中。然後，他用平靜得多的聲音繼續說道：「以你的分數是進不了斜角巷的，所以你現在要去小斜角巷。我想你今天得向你的朋友坦白，說你已經是立方主義者了。」塔索避開視線，什麼也沒說。「如果說，你可以省去這些麻煩呢？多夫先生。」

「這是什麼意思？」

「我可以控制查詢預測分數時顯示的數字，這樣你就可以繼續進入斜角巷，你朋友也不會注意到。每次你去的時候，我們都可以這麼做。」

塔索並不意外。這就是為什麼反抗軍這麼謹慎的原因，即使在斜角巷也是如此。「作為回報，你想讓我提供反抗軍攻擊計畫的資訊？」

「沒錯。」

「算了吧。」

施奈德翻了個白眼。「那你想要什麼？要錢嗎？也可以。你還有機會進入地下世界，看在上帝的份上，好好利用它吧！」

施奈德真的覺得自己可以被收買嗎？塔索意識到自己的臉部特徵正在出賣自己。他還不習慣在公共場合表露自己的感情，但他發現這越來越容易了。「我不要你的錢！我現在也許是個立方主義者，但這不代表我是個叛徒！」

雖然看不太出來，但施奈德的表情變得更加陰沉了。他的聲音又尖銳又大聲：「叛徒？這真是一派胡言！如果你不幫我，你就是叛徒！是這個國家人民的叛徒，也是你在反抗組織中的朋友的叛徒！你知道他們參與攻擊會有什麼下場嗎？你應該保護他們，也保住你剛為自己創造的井然有序的新生活！」塔索沉默地直盯著前方，這似乎更加激怒了施奈德：「你這個傲慢的白痴！我還以為你已經變得理智了！然而你……」

塔索掛斷電話，施奈德也消失了。他對這樣打斷施奈德感到有些不安，但他已經聽夠了。

❖　❖　❖

他每次開車去斜角巷的時候，都一定會在加密中心短暫停留。但前一天，他還是免不了和妲莉亞說了說今天的計畫，當然，是在他們都帶著智慧穿戴裝置的時候。這是他第一次以立方主義者的身分進入無立方區，塔索吞了口口水，進入小斜角巷。他希望以後能讓提姆為他辦一張進入斜角巷的特別通行證，不只是為了他能去置物櫃，也是為了與提姆和其他人保持聯絡。

十一點剛過，塔索漫無目的地穿行在小斜角巷的黑暗走廊裡，心裡有種奇怪的感覺。戴著面具的人笑著從他身邊經過，他們沉醉在快樂、毒品或昨晚釋放的荷爾蒙中。燈光昏暗的角落裡，有兩個男人正在打架，看熱鬧的群眾圍觀喧鬧著。一個消防機器人鳴著警笛，從塔索身邊飛馳而過，衝進側邊一條瀰漫濃煙的巷道。塔索覺得自己好像從來沒來過小斜角巷。他拐進「算命街」，那裡的攤位前坐滿了狡詐的算命師和貪婪的預言家，過去他總是避開這條走廊。這些騙子利用人們的自我懷疑來行騙，就像立方主義一樣。他向一位頭髮蓬亂、戴著大耳環的老婦人要了紙筆，寫下提姆可以找到他的地點，然後站在通往斜角巷的入口等待熟悉的面孔經過。他找到一個熟人，請他將信轉交給提姆之後，便在入口閘門附近的破舊小吃店裡坐了下來。空氣中瀰漫著糖醋雞丁的香味。塔索揉著大腿，等待著他的好友。

❖ ❖ ❖

「我們在這裡做什麼？」兩人擁抱後，提姆在一張搖搖欲墜的桌子旁坐下問道。他用挑剔的眼光仔細打量這個空間，除了脾氣暴躁的老闆外，沒有其他人坐在這裡。塔索沒有理會這個問題，而是按照他心裡準備好的對話劇本進行。他把玩著桌上的啤酒杯墊，盡量讓自己看起來開心一點。實際上，他緊張得想吐。「我遇到了一個人。」他輕聲說。他讓這個消息發酵了一會兒。「我想我真的墜入愛河了，提姆，也許是我最認真的一次。」

提姆的臉立刻亮了起來。「真的嗎？在外面？」塔索笑著點點頭。「兄弟，我真替你高興！我們真的要為此乾一杯。然後你必須告訴我一切，每一個細節！」他跳起來，衝向櫃檯，拿著兩罐啤酒帶著滿臉笑容回來。

他們互相敬酒後，塔索談起妲莉亞：他是如何認識她的、她是如何在他家門口等他的，以及其他一切，直到他在V^3中爆發憤怒。他只對他隱瞞艾瑪和他參加了融入教育過程。

提姆認真地聽著，臉上的喜悅很快變成驚訝，最後成了懷疑。「然後發生了什麼事？」他平靜地問，專注地看著他。

塔索手中的啤酒墊已經完全變得皺巴巴的了，塔索開始把它撕成碎片。他的屁股壓在硬邦邦的椅子上，他來回滑動了幾下才說：「這就是我們今天在這裡而不是在羅西那裡見面的原因。」

提姆短暫地笑了一聲，立刻又嚴肅起來，難以置信地看著塔索。「你剛剛是在跟我坦白你改變立場換了陣營嗎？」

塔索感覺額頭冒汗。他想擦掉汗珠，卻無法動彈，喉嚨發緊。他艱難地移動手臂，抓住啤酒罐，使勁在罐子上按出一個凹痕。隨著凹痕彈回原位，在小吃店發出一聲巨響。

「我不會直接說『換了』。」他低聲說。提姆雙手摀住臉，將頭一把向後仰。「我真是不敢相信！」他喃喃說著，突然用拳頭猛擊桌子。塔索愣了一下。「偏偏是你？你在跟我開玩笑嗎？」

塔索從未見過他如此憤怒。「我只是別無選擇。」

「老兄！」提姆傾身向前，直到塔索退開。「這不可能是真的！當年是你帶我加入反抗組織的，你還記得嗎？我們討論了多少個日日夜夜，爭論了多少次，說要和這個系統鬥爭到底？你拉我參加第一次示威，把我介紹給帕斯卡爾和羅西，結果現在這個納米許人一出現……」

「妲莉亞！」

「我才不管她叫什麼名字！」提姆眼中閃著怒火。「現在這個納米許人一出現，把你搞得頭昏眼花，你所相信的一切就這樣不重要了？八年的愚弄生活和那些說過的雄心壯志都沒了，你就這麼縮了？」

現在塔索也生氣了。他早就料到提姆會失望，但還是希望他多少能理解自己。「你給我聽好了！你和你那愚蠢的革命浪漫主義——你根本不了解我在外面的生活！你永遠不知道這些狗屁倒灶的事毀了我多少！邊緣化、工作中所受的屈辱……跟我哥哥的爭吵！你從來沒意識到我有多孤獨。然後，一個適合我、信任我的女人出現了，她讓我覺得自己在這個病態的世界裡依然可以快樂。要我再次拒絕，再次假裝嗎？我真的做不到，我再也做不到了！」

「你不想再假裝了？」提姆嘲諷地問：「那你把自己的信念踢到一邊時，你怎麼稱呼它？」

塔索挑釁地說：「也許我的信念只是改變了。這麼多年的愚弄有什麼意義？我有快樂的權利。」

提姆沉默了一會兒，搖搖頭。然後，他像是自言自語地說：「如果你當初加入反抗組織，而不是把自己的一切吞噬後投敵就好了。」他看著窗外的巷弄。「我們的抗爭會有所作為。」他堅定地說，回頭看著塔索。「我們需要你！」他輕聲說：「上次我說需要你支持我們，我是認真的！我們正在計劃一件大事，塔索，你應該在其中扮演重要的角色！」他苦笑了一下。

「**應該**。我還真的以為你今天會答應幫忙呢，沒想到我卻得聽你這些屁話。」

「我找到了妲莉亞，又能和我哥哥正常說話了，這些不是屁話。」塔索冷靜地回答。

「別再提什麼兄弟情了！」提姆不屑地搖搖頭。

塔索覺得很無奈。「你就是不懂。」他低聲說。

「沒錯，我是不懂。你這個有遠見的人，著名的愚弄者，為什麼會在和一個立方主義者吵了一架之後，哭著跑到立方中心改弦易轍！」

「事情沒那麼簡單。」塔索沉默地看了提姆一會兒。如果他把一切都告訴提姆，也許提姆會更理解他。「我和艾瑪談過了。」

提姆似乎被激怒了。「你跟誰怎樣了？」

「跟立方體本人談話過。她讓我意識到自己壓抑了很久的很多事。我們討論了一個多小時，爭論了一個多小時，直到我意識到自己必須給立方主義一次機會。」

提姆沉默，震驚地望著他。「也就是說，立方體本人親自在你腦子裡拉了一個小時的屎，你才放下武器投降？這場仗打得真好，塔索，我真佩服你。」

突然，巷道響起了警笛聲。身為小斜角巷的常客，塔索知道這個訊號，但提姆震驚地環顧四周。

「警察臨檢。」塔索解釋。巷道裡響起了嘈雜的聲響和激動的腳步聲。

「媽的，我現在需要的可不是被盤查。」提姆憤怒地看了塔索一眼，好像是他報警似的，然後衝出小吃店。塔索看著他朋友的一頭金髮消失在入口閘門前的人群中。直到再也看不見提姆的蹤影時，塔索的一部分彷彿也隨之消失了，他會痛苦懷念的一部分。

❖ ❖ ❖

有人拍了拍他的肩膀。「還好嗎？」

塔索從桌子上抬起頭，小吃店的老闆帶著詢問的表情看著他。「一切都好，謝謝。」

「那就好，你還欠我兩瓶啤酒的錢。」

塔索嘆了口氣，掏出在小斜角巷入口處買的預付卡結帳。

他在與蕾亞約定時間的五個小時前進入了「離線者」旅館。他虛弱而疲憊地坐在大廳的扶手椅上，與提姆談話的內容在腦中不斷來回，幾乎要把他逼瘋。他拿起放在扶手椅旁桌上的《愚人日報》，強迫自己讀完封面故事。

議會討論將國家預測指標提高到七十五分

一場不公開的議會討論會將於下週討論財政部的一項提案，根據該提案，國家預測指標將提高三分，達到七十五分。上述資訊來自《愚人日報》獨家取得的機密文件。如此以來，德國將趕上其他立方體國家的中間值，正好處於歐盟設定的七十至八十分中間目標。根據該機密文件，財政部希望透過提高預測指標，將基本收入整體增加百分之五至七；財政部也希望這項措施能夠對環境和社會產生正面影響。

財政部主要是希望透過提高預測分數超過八十五分的人的基本收入來實現這個目標。同時，也將提高預測分數在計算基本收入時的重要性，這將鼓勵更多的離線者加入。

人文主義聯盟主席帕斯卡爾．貝拉夏對這個計畫提出了批評：「儘管有各種保證，我們還是再次看到被控制的多數人是如何歧視負責任的少數人。作為德國最大的反立方主義運動組織，我們不會容忍這種情況。」外交部發言人回應說，這種不平等待遇並不是基於相關人士的某些特徵，而是基於隨時都在改變的行為模式，因此是合理的。激進的立方主義者兼時事評論家芬德對財政部的考量表示支持，並在「聽我吼」上（這是一個發布3D短影音的平台）喊道：「終於！在拯救地球的道路上，一個重要的短暫勝利近在眼前！」。在第二則「聽我吼」的影片中，他喊道：「想對所有現在又在抱怨基本收入降低的離線者說：閉嘴吧！沒有立方體，你們根本一毛錢都沒有！」

全國預測分數是總人口預測分數的加權平均值，居民的權重取決於其對經濟週期的重要性。上一次全國提高預測目標是在三年前，當時……

塔索放下報紙。現在他只想快點離開這裡，回到妲莉亞身邊，回到他的新生活，忘記和提姆的爭吵。他覺得自己無法再進行一次令人筋疲力盡的對話。他甚至不知道蕾亞會不會來。他很快地決定去櫃檯寫一封信給她，並在信中向她道歉，說他想在下個月心平氣和地談談他們之間的關係。看著飯店員工把紙條裝進信封並寫上房間號碼，他感覺很難受。塔索彷彿看到眼前的蕾亞失望地把紙揉成一團，匆匆離開旅館。

❖ ❖ ❖

在回家的計程車上，塔索登入了他的小靈書帳號。在妲莉亞的堅持下，他在第一次融入教育課程不久後就註冊了帳號，但還沒有勇氣公開。到目前為止，只有他能看到這個應用程式在自己的智慧穿戴裝置上儲存了哪些「冒險」。他調出自動產生的排名，排在最前面的是昨晚。這幾個小時以來，他第一次露出了笑容，他按下播放鍵，感覺自己正在做一件被禁止的事情。

所選擇的冒險涉及妲莉亞．巴塔斯的隱私領域，只有獲得她的許可後才能進入。或者你也可以選擇無巴塔斯女士的版本。你想選擇什麼？

塔索想了想，回答說：「播放第二名的冒險吧，自動播放與到達時間相符的片段。」

片刻之後，他就站在美國大草原上的妲莉亞身邊。上週他們租了一個智慧空間，看起來與立方中心的房間沒什麼差別。銀色的球體在這裡也自發性地呈現出隨機的形狀，並形成了智眼的幻象，甚至還有肌膚感覺的到的人造風、雨滴和光線。這個房間也比立方中心的大得多，因此塔索和妲莉亞可以向不同的方向移動，也可以隨意奔跑或跳躍。塔索靠在椅背上，回味著他們預訂的印度之旅的最後幾分鐘。妲莉亞一頭烏黑長髮編織成一條長辮，臉上塗著鮮豔的顏料對他微笑。他透過自己的眼睛，看著他們穿過灌木叢，向一群野馬奔去，抓住鬃毛讓自己跳到牠們的背上。塔索記得，在智慧空間裡，他覺得腳下好像有東西輕輕推著他，讓這一跳顯得輕鬆自然。他們心滿意足地騎著野馬奔向傍晚的太陽，周圍吹著溫暖的沙漠風。通常情況下，塔索幾乎難以忍受這麼多俗氣的東西，但看了妲莉亞一眼，他就忘了一切：她笑得比以往任何時候都更放肆、更燦爛，讓他無法移開視線。即使是現在，他也很想一再**重播**。

塔索沒想到妲莉亞還在他的公寓裡。當他走進房間時，她正躺在沙發上，顯然正在看什麼，因為她沒有注意到他，也沒有回應他的呼喚。他走到她身邊，輕輕碰了一下她的肩膀。她尖叫一聲，驚慌地爬到牆邊大喊：「清空視野！」當她看到塔索時，鬆了一口氣。「你嚇到我了！」

塔索笑了。「你大概是調整成勿擾模式了，所以當你周圍發生事情時，影片不會變透明，音量也不會變小。」

「哦，我不知道。」她走到他身邊，快速地在他臉上輕輕一吻，然後假裝生氣地看著他。「你今天早上就那樣走了！你可以叫我起床啊！」

「你睡得那麼香，而且昨晚也很短。」塔索笑著，想要擁抱她。

妲莉亞從他身邊退開。「才不是，你只是想逃避討論，你這個膽小鬼！」她咧嘴一笑。

「也許這也是原因之一。」他回以微笑，再次把她拉近。她任他親吻，卻只是猶豫地回吻了一下。

「提姆的事情怎麼樣了？」

「就那樣吧。」

妲莉亞揚起了眉毛。

「說實話，挺累的。」塔索坐下來，突然緊張了起來，他的智慧穿戴裝置讓他的眼睛和耳朵發癢。儘管如此，他還是強迫自己一五一十地說出經過，卻省略了任何與反抗運動有關的內容。

「聽起來他不像你最好的朋友。」塔索說完之後，妲莉亞說。

「我想他覺得自己被背叛了吧。」

「就算是這樣，他還是可以對你的處境多一點體諒。」

塔索聳聳肩，聽到自己幾個小時以來的想法被說出來還是很痛苦。「但也必須理解他。畢竟幾年前是我把他帶進聯盟的，但現在我卻逃走了，至少他是這麼認為。如果我是他，我會非常失望。」這些話雖然聽起來苦澀，但正因為如此才不得不說出來。

「我不明白你為什麼要這樣維護他。無論如何，他應該為你高興，而不是攻擊你。」

「為正義而戰高於一切。」

「他不是在為不公義的事而戰嗎？」

塔索嚴肅地看著妲莉亞。她聽起來和其他立方主義者一樣不加思考，這讓他很火大。「他的抗爭涉及很多層面，但肯定不是不公正的。他在為一個更美好的世界而戰，不僅是為了他自己，也是為了我們所有人。」

妲莉亞雙臂交叉。「如果你是這麼想的，那你為什麼要加入這個世界？為什麼你現在在這裡，而不是和提姆一起為那個更美好的世界而奮鬥？」

塔索舉起雙手。「因為我想和你在一起！」妲莉亞立刻把手放在他的胸前安撫他。「還因為我懦弱自私。」塔索平靜地補充道：「我只是個叛徒。」

一時間沒有人說話。妲莉亞站起身，雙手捧著他的頭，手指穿過他的頭髮。「我很抱歉你和提姆的關係變得這麼糟糕，但如果你們真的是這麼好的朋友，他會改變想法的。」

塔索很想相信她的話。但是提姆很固執，而且很情緒化，他無法想像今天之後他們的關係還能再想以前一樣。況且他們很少見面，如果沒有特別許可，他也不可能回到斜角巷，提姆更不可能為了他再次前往小斜角巷。

過了半晌，妲莉亞轉過他的頭，讓他們看著彼此的眼睛，輕輕地吻了一下，然後露出了鼓勵的微笑。「讓我們度過美好的一天，忘記煩惱吧。」她轉身走向浴室。「對了，我的鄰居邀請我們今晚去吃飯！你應該還沒有什麼計畫吧？」

塔索扭著臉。「我真的非去不可嗎？反正他們也是出於禮貌才邀請我的。」

「別胡說，塔索！一起來嘛，這是你在V³的那個晚上之後欠我的！」

他嘆了口氣，同意了。

❖　❖　❖

尤樂熱情地擁抱了塔索。諾亞和米拉微笑著與他握手，帶著他們進了廚房。奧斯卡晚了一點才到。當他走進房間時，房間突然安靜了下來。妲莉亞邀請地看著塔索，他感覺到自己和對手之間的緊張氣氛。儘管如此，他還是走近奧斯卡，強迫自己露出淡淡的微笑，並以一種明顯隨意的方式伸出手。奧斯卡嚴肅地看著他，隨後也微笑著握住了他的手。大家似乎都鬆了一口氣，儘管塔索覺得這只是休戰。

這場聚會的東道主其實人很好。奧斯卡也恢復精神，偶爾會講出一些有趣且出人意料的笑話，不管是不是有聊天助理幫忙，塔索都能發自內心地笑出來。第三杯酒下肚後，他甚至不在意靠近網靈米拉的智慧穿戴裝置，這意味著有成千上萬個觀眾正坐在桌邊看著他們。他想，**讓這些可憐蟲見鬼去吧**，又為自己倒了第四杯酒。當妲莉亞提議玩靈魂獵手時，他並沒有感到特別驚訝。塔索在V³時還能避開這個遊戲，但現在他也有了小靈書帳號，再也沒有什麼拒絕的好理由。反正他很快就會被淘汰。合租公寓的主人們覺得很興奮，因為多了兩個新人加入，而且妲莉亞去了V³之後一直很想玩這個遊戲。塔索沒什麼表示，順從地答應了。

他們換到客廳的大沙發，舒舒服服地坐好。諾亞準備好遊戲，尤樂則向妲莉亞和塔索解釋遊戲規則：「我們即將以觀察者的身分進入一個奇妙的世界。你們可以用手勢在房間裡走來走去，你們的手會以小圓圈的形式顯示在你們面前。試著盡快找出你看到的是誰的靈魂，確定之後就大聲說出他的名字，其他人不會聽到。最快找到的人就能得到最多分數，錯了的話就扣一些分數，而且要喝一杯。每輪比賽不超過三分鐘，所以要抓緊時間！聽懂了嗎？」

妲莉亞和塔索點點頭。

「準備好了嗎？」諾亞問。

「出發！」其他人回答。

下一秒，塔索發現自己被跳動的光球和光線包圍，光球和光線逐漸形成一張網，網子的中心漂浮著一顆發光的球。他不懂，困惑地看著眼前的景象，直到結束前三十秒，他感到大腿上一陣顫抖。他想了一會兒，最後喊道：「尤樂！」周遭景象消失了，他又回到沙發上。其他人都笑了，因為答案明顯是「米拉」。

妲莉亞向他解釋說，這張網代表著她的三十八萬粉絲。

塔索腦海中閃過一個疑問：「你的追蹤者也能看到我們的世界嗎？」

「這取決於你的隱私設定。」米拉回答。

他立即檢查了自己的設定，然後鬆了一口氣之後向後靠。米拉微微地搖了搖頭。

「在這些球體之間的光之路上，」妲莉亞不為所動地繼續她的解釋：「流動著世上的善意或幸福，透過讓追隨者參與她的生活，米拉收集這些美好傳遞給他們。而這張網則代表由此產生的循環，每個人都是贏家。」她自豪地看著其他人，其他人也點頭表示認同。

這個解釋讓塔索大吃一驚。他不知道靈魂獵手反映的是玩家的真實自我，還是他們對自己的印象，或是其他人對他們的印象。他沒有問，只是微笑著對米拉點點頭，然後遵守規則喝了一口杜松子酒。

經過四輪遊戲之後，塔索仍然是負分，但也得到了兩分，因為兩次的正確答案都是「尤樂」，而他到目前為止一直都有猜到是她。

諾亞敲響了下一輪比賽的鐘聲。片刻之後，低沉的電子樂充斥著塔索的耳膜，他嚇了一跳。他坐在一個巨大圓形劇場的高處，周圍看台上的觀眾發出單調的咆哮，彷彿在墮落的冥想之中。在他和幾乎無法辨認的競技場之間肯定有上千排座椅。在他的頭頂上，劇院似乎無邊無際地延伸至黑色的天空。他周圍的人影點著蠟燭，雙手放在膝蓋上，張著大嘴。他們沒有鼻子、眼睛或耳朵。塔索想知道競技場上發生了什麼事，於是往下移動。他在第五排座位上停了下來。此時，音樂和歡呼聲更加刺耳，聾盲的觀眾仍坐在座位上一動也不動，嘴巴張大。在競技場中央，一個男性卡通人物站在約十公尺寬、由木片圍成的圓圈中。這個男人伸出雙臂，他的臉因痛苦而扭曲。有兩條繩子綁在他的手腕上，其中一條由觀眾席上的另一種生物拉著，與嘴巴張大的觀眾不同，他們沒有張開嘴巴，而是緊緊閉著嘴。拉著另一條繩子的是一群色彩斑斕的人，他們有大有小、有弱有強、有老有少、有男友女。

塔索不寒而慄。觀眾此起彼落的嘶吼聲、漆黑的天空以及場中男人遭受的暴力讓他感到壓抑和觸動。他把畫面拉近了一些：被綁住的男人穿著半白半黑的西裝。他的半邊臉看起來完全正常，可以說是很有吸引力；但另半邊臉卻完全毀容了，雖然他試圖將嘴閉上，但這半邊臉的牙齒和鬆動的牙齦清晰可見，因為他的嘴唇不見了。眼球半懸在眼窩外，皮膚完全燒焦或灼傷，一直到向後推的髮際線。儘管如此，這個男人在掙扎中仍散發出某種尊嚴，即便恐懼和驚慌一再驅散他眼中的堅定。繩索兩端的兩組人都在努力把這個人朝自己的方向拉出圈子，儘管方式不同：閉嘴者冷靜而堅韌地拽著繩索，因此他們的力量幾乎肉眼可見。而另一端的正常男女則尖叫著、呻吟著，拉力時弱時強，卻以不可動搖的意志力彌補了缺乏紀律的不足。雙方你來我往了好一會兒，誰都沒有占上風。最後，男人和女人互相鼓勵，使出全力，成功地將被捆綁的人拉到圈子的邊緣，距離完全離開圈子僅有一隻手的距離。但那些緊閉嘴巴的人們仍拚盡全力，一步一步地後退，直到拉鋸似乎又回到了均勢。有那麼一瞬間，塔索從這個飽受折磨的人眼中看到了不甘心，隨後他的身體炸成了無數碎片，整個競技場瞬間寂靜無聲。隨之而來的是令人毛骨悚然的寂靜。

塔索沒有說出自己的名字，任由比賽的最後幾秒鐘過去。然後他回到了客廳。從比數來看，沒有人猜到他，事實上根本沒有人猜。除了妲莉亞，所有人都尷尬地移開了目光。妲莉亞平靜地看著他的眼睛，把手放在他的臉頰上。塔索發誓再也不玩靈魂獵手了。

❖　❖　❖

「那真是令人不安。」當他們回到妲莉亞的公寓時，她說。

「是啊，這太瘋狂了。」他試著露出輕鬆的笑容，但能感覺到自己的表情一定很痛苦。

「你想談談嗎？」

「談這些應用程式拼湊出來的東西嗎？不用吧。」

「好吧，但這也不是憑空捏造的，不是嗎？」

塔索笑著親吻她的額頭。「其實我並沒有被撕成無數碎片的感覺。」

「我也不是這個意思。」

「那你是什麼意思？」

妲莉亞想了想。「你能描述一下你所經歷的場景嗎？」

塔索疑惑地看著妲莉亞，聳聳肩。「嗯……一個卡通人物站在競技場中央，被綁在兩條繩子上……」

「綁起來？」

「對，在手腕上。」

「他沒有被綁著，塔索。繩子兩端的環太大了，他的手可以輕易地滑下來。」

塔索愣住了，他並沒有注意到這個細節。妲莉亞繼續問：「那你有看到那個女孩嗎？」

「什麼女孩？」他錯過這麼多細節嗎？

「有個女孩坐在觀眾席的第一排，正對著那個男人。她是觀眾中唯一看起來正常的人。你完全沒注意到她嗎？」

「我身邊沒有什麼女孩。」

「當然有。我們看到的畫面都一樣，否則遊戲根本無法進行。你只是沒注意到，我能聽到她呼喊場中央的那個人。」

「啊哈。」塔索嘆了口氣，倒在沙發上。

妲莉亞在他身邊坐下。「塔索，別這樣。你沒聽見嗎？」

「沒有，我沒有聽見。現在我寧可花這個晚上做點正經事。」

妲莉亞雙臂交叉。「跟你談論嚴肅的事情真的很難，這也和我們有關。」

「你不會真的想要討論這個電腦遊戲對我們的關係意味著什麼吧？我早就選擇了你！為什

麼你現在要告訴我，我還在扮演那個被撕裂的受害者？」塔索起身走到窗前，他聽到妲莉亞也起身向他走來。

「我不是想說服你什麼，我只是想和你談談！我想知道你的感受，你的想法，你的內心世界！我感覺你正在把我推開。你以為我沒有察覺到你沒有告訴我你和提姆見面發生地所有事情嗎？」

塔索感受到了她的欲言又止，被觸動了。他轉過身對她說：「如果你想知道關於我的任何事情，都可以問我。」

「我不想什麼都問你，我想讓你自己告訴我，我希望你願意告訴我。」

他們就這樣對視了一會兒，最後她擁抱了他。

「對不起。」過了一會兒，她說。「我自己也有點被靈魂獵手的場景影響，我不是故意的，我知道這對你來說很不容易。」

「沒關係。你說得對，我還是很難敞開心扉談我的感受，尤其是戴著智慧穿戴裝置的時候。」

「有時候我不知道該怎麼做，該怎麼幫你。」

塔索把她摟得更緊，用手撫摸著她的背。「我們能辦到的。」他低聲地說。妲莉亞緊緊地貼著他，她的碰觸很快變得更加熱烈。她脫下他的衣服，他也幫忙她褪去衣服，渴望擺脫一整天的疲憊。酒精、腎上腺素和興奮的混合物創造了奇蹟，因為半小時後，他們都仰躺在床上，渾身是汗，心情愉悅。他的雙臂在脖子後面交叉，她的頭靠在他的上臂。妲莉亞拿其他人的靈魂獵手場景開玩笑，諾亞的靈魂畫面讓她想起了上個世紀的老兒童節目。塔索則拿奧斯卡的事逗她，雖然今晚他沒什麼好擔心的。

他以為她已經睡著了，妲莉亞突然說：「前幾天尤樂跟我說了一個戀愛測驗。每個人都會做，我們也來試試看吧？」她抬起頭，看著醒著的塔索。

他突然非常清醒。「戀愛測驗？」當然，他知道立方主義者最晚在第一次約會後就會做這個測驗，以確定他們真的合得來。

妲莉亞用手肘撐起身體。「對啊，為什麼不呢？我只是好奇而已。反正我們的感覺才是最重要的。但這正就是它刺激的原因，也許我們可以在這個基礎上為彼此努力。」

塔索深吸了一口氣，又吐了出來。他對這個想法不以為然，但他不想再惹妲莉亞不開心，反正她遲早會想做測驗的。如果她不是很在乎結果，那就……就這樣吧。他筋疲力盡地看著她。「我沒差啊……」

妲莉亞似乎沒有察覺到他的不滿，或者說是視而不見。「太好了！」她坐了起來，在空中揮舞著手臂。

塔索嚇了一跳。「現在？我們才剛吵完架，這絕對不是個好主意。」

「哎唷，應用程式才不關心這個咧。而且我們最終又和好了，好得不得了。」她勾唇一笑，撫摸著他的胸膛。「所以我們已經充分準備好可以做測驗了。」

塔索沉默。

「又怎麼了？」妲莉亞問道，甚至聽起來有些不耐。

塔索把頭埋進枕頭裡。他別無選擇。除非他同意，否則妲莉亞不會善罷甘休。「我沒意見，反正講到星座也是聽聽就好。」他懇求她，也懇求自己。

妲莉亞繼續興奮地搜尋應用程式，名叫「從此以後」的這款程式評分最高。他們註冊登入並允許程式存取他們儲存在立方體中的資料。價格會根據程式分析的資訊量而有所不同，他們決定花五十歐元進行測驗，這算是一個中間價位，可以提供「準確到非常準確的機率」來判斷他們五年後是否還能幸福地在一起。

「準備好了嗎？」妲莉亞問。她依偎在塔索身邊，把頭靠在他的上臂，伸手握住他的手。

塔索嘟囔著同意了。

10

「百分之四．二三？」姐莉亞張大嘴巴盯著測驗結果，坐了起來。「這是瘋了嗎？」

塔索突然覺得非常不舒服，好像在地板上躺了幾個小時一樣。他為什麼會同意接受這個愚蠢的測驗？他屏住呼吸，沉默不語。當沉默很快變得難以忍受時，他想笑，想做點什麼來打破這個嚴肅的氣氛，卻只能發出微弱的咳嗽聲。

姐莉亞沒有理會他。「說明結果！」她命令道。

沒問題。一個歡快又親切的男聲響起。這個結果是基於你們兩人所有可用數據的分析，尤其是你們之間的互動。影響兩位中期關係幸福的最重要限制因素包括不同的政治和宗教觀點，以及如何處理公眾對你們作為情侶的關注。再者，你們都剛開始人生的新階段，這些新階段已經帶來了性格上的變化，並將帶來更大的變化。總之，我們認為在這個過程結束後，你們彼此很有可能不再幸福。

「但新的人生階段讓我們走到了一起！」姐莉亞憤憤不平地說，最後看向塔索。「那個白痴說的『公眾關注』是什麼意思？到底誰會關注我們？」

只要支付五十歐元，我很樂意向您發送一份關於測驗結果的詳細說明，並就如何提高您的成功機會提出建議……

「關閉程式！」妲莉亞憤怒地看著他。「你又來了，又是你最愛的保持沉默。」

「我……」塔索清了清嗓子，試圖理清腦中的混亂。這個已經生疏的愚弄者在臉上露出一抹笨拙的微笑。「我告訴過你，這完全是胡說八道。就像預言一樣，每個人都很好奇，都對此嗤之以鼻，但沒有人當真。」

「但我們還是可以談談啊，這個愚蠢的應用程式剛剛告訴我們，我們的關係沒有未來！」

他握住她的手，她的手出的汗似乎比他的還要多。「我們仍然可以決定自己的未來。未來會很美好，妲莉亞。雖然會有挑戰，但挑戰無處不在。」

妲莉亞若有所思地看著他，怯怯地笑了笑，給了他一個吻。「百分之四……呸！這邊，」她把另一隻手放在心口上，「感覺不像百分之四！這裡也不是！」她用手指敲了敲額頭。「最不像的就是這個。」她把棉被推到一邊，開始套弄著他的陰莖。

塔索試著把注意力集中在她的觸摸上，現在不能讓妲莉亞失望。還是不見沒有任何動靜，於是她低下頭，用嘴巴幫忙。妲莉亞以前從未這樣做過。儘管如此，他還是花了很長時間才慢慢變得硬挺。妲莉亞鬆了一口氣，靜靜地躺著，最後低聲說道：「和我做吧。」

這次比以前更狂野，有那麼一會兒，他完全和她在結合在一起。當她高潮時，她的尖叫聲比平時還要大，不管出於興奮還是反抗，他並不在乎。

❖ ❖ ❖

塔索先醒了。他覺得自己好像剛跑完一場馬拉松。他眨了眨眼，試著回想起自己的夢，但什麼也想不起來。他默默訂了新鮮的麵包和其他一些東西當作早餐。妲莉亞還在熟睡，他的智慧穿戴裝置發出外送放在陽台上的訊號。他悄悄下床，拿了外送，將早餐準備好，選擇晨曦中的高山湖泊作為背景。走出廚房時，他停下腳步，盯著碧綠的湖水看了一會兒。確認妲莉亞還戴著智慧穿戴裝置後，他輕輕撫摸她的臉頰。「早安。」他低聲說。

妲莉亞慢慢睜開眼睛。「早安。」她喃喃地說。他喜歡她睡眼惺忪的樣子。有時候她看起來像是忘了現在的生活已經和從前不同，而現在這種表情已經慢慢從她臉上消失了。

「哇，好美啊！」她終於坐起來，看著湖面說。她慢慢地下了床，兩人在桌邊坐下。

塔索為妲莉亞點了立方體推薦的所有東西：酸蘋果、一些熟草莓、不加鹽的紐結麵包和一條還熱著的長棍麵包。還有覆盆子果醬、冰箱裡的奶油乳酪和茉莉花茶。妲莉亞微笑著，雙手合十，默默祈禱。

「你以前從沒這麼做過。」塔索等她結束後說道。他無法掩飾自己的惱怒。

「我有時候就想這麼做。」她看也不看他一眼，伸手去拿法棍和奶油乳酪。

他默默拿起一個扭結麵包，也開始吃了起來。「你睡得好嗎？」過了一會兒，他問。

「挺好的……你呢？」

「也滿好的。」

「我們不能讓這種事情擾亂我們。」

塔索表現出驚訝的樣子：「你說測驗嗎？當然不會！反正他們只是想賺錢。他們如果給我們一個樂觀的美好未來，就沒辦法法向我們推銷其他產品了。」

妲莉亞點點頭。

「沒必要擔心。」她放下長棍麵包，接著又拿起來咬了一口。「我同意。」她咂咂嘴，俯身親吻他的臉頰。這種自我安慰其實很有幫助，他放鬆了下來。

他準備要吃第二個扭結麵包時，來了一通電話。「你認識弗雷德里克．賽勒嗎？」

妲莉亞搖搖頭。

塔索接起語音通話。「喂？」

「早安！」來電者的聲音熱情洋溢。「是塔索．多夫嗎？」

「請問您是？」

「啊，太好了！想知道您的身分可沒那麼容易。」

「本來就不該容易被找到吧。您是哪位？」

「我是記者。今天早上我聽說了您的故事，我想……」

塔索打斷了他的話：「請問是什麼故事？」妲莉亞疑惑地看著他。他迅速地點擊視窗介面上的「共聽」，然後點擊「匿名」，再指向她。

「就是關於您和妲莉亞．巴塔斯的故事！」

塔索想都沒想就說：「妲莉亞什麼？」

這似乎讓記者一時說不出話，但他很快恢復了鎮定：「根據米拉．索默粉絲的消息，您們兩位是情侶，而且是非常特別的一對情侶，我真的很想寫一篇關於您們的報導。」

塔索跳了起來，緊張地踱著步。妲莉亞看著他，表情難以捉摸。「什麼消息？」

「米拉．索默的粉絲在論壇上討論您們的愛情故事。我沒辦法事後查看小靈書動態的原始資料，所以我想採訪您。」

塔索試著讓自己的語氣聽起來盡可能傲慢和輕蔑。「所以你是基於要報導我和這位巴塔斯女士所謂的故事而聯絡我嗎？你的調查可靠嗎？」

記者的興奮已經煙消雲散，但他對於這個要求依然堅定不移：「我……我很少出錯。如果您問我幾個關於兩位關係的問題……」

「我們沒有任何關係。我不認識什麼妲莉亞，也不認識什麼索默。別再打來了！」

塔索掛斷了電話。他頭暈目眩。

「到底怎麼回事？」妲莉亞在他癱坐到椅子上後問道。

他試著深呼吸，但感覺自己就像在兩面牆之間，而這兩面牆正無情地向彼此靠近。「真難以理解，一個影像愛情故事？」

妲莉亞雙臂交叉。「但是否認這一切好嗎？他又沒從你這裡問出什麼。」

「那我該怎麼做？請他喝咖啡嗎？」

「你可以直接告訴他，你會跟我討論這件事，然後我們再聯絡他。」

「這樣他就能得到他最想要的東西：證實我們在一起。我不想和再跟別人討論，我們的感情不關任何人的事。」妲莉亞短促地倒抽了一口氣，但什麼也沒說。「我希望米拉沒有把我的靈魂獵手場景告訴她的粉絲。」

這個想法現在似乎也讓妲莉亞擔心了起來。「你真的覺得她會這麼做嗎？」

「我不知道，我根本不算認識她。」

「我無法想像他會這麼做。」妲莉亞站了起來，把山湖景色撥到一旁。「我去問她。」

「等一下！如果她戴著智慧穿戴裝置，她可能正在直播。那個記者現在可能已經有追蹤她了，在和我談話幾分鐘後，她就會在她的動態裡聽到你的問題。那就太明顯了。」

妲莉亞想了想，對著空中說道：「打給尤樂……尤樂，你好嗎……你一個人嗎？……很好。米拉在嗎？……你能讓她過來嗎？……是的，這很重要，我們有些事情必須確認……謝謝！」

不久後，有人敲門。妲莉亞打開門，米拉帶著她特有的冷淡表情走進房間，尤樂緊跟在後，兩人疑惑地看著妲莉亞。

「剛才有位記者打電話給我們，」妲莉亞開口說道：「弗雷德里克……」她轉向塔索。

「賽勒。」

「天哪。」尤樂說。

「你認識他嗎？」妲莉亞問：「他想採訪我們。」

「我當然認識他，他寫當地的八卦新聞已經很久了。我爸超愛他，顯然他工作做得不錯，至少他有一群熱情的聽眾。」

「八卦記者？難怪……總之，」妲莉亞看著米拉，「他說你的粉絲在某個論壇上討論我和塔索。」

米拉似乎完全不為所動。「所以呢？」

「我們不想這樣！」塔索插話。

「你們應該早該想到這點。愚弄者遇到納米許人，兩人墜入愛河，成為立方主義者。顯然大家都對此很感興趣，這有什麼問題嗎？」

米拉冷漠的反應似乎讓妲莉亞感到不安，並讓塔索感到憤怒：「問題是，人們違背我們的意願在公開討論我們，我們一夜之間成了成千上萬人的茶餘飯後的談資！」

米拉聳聳肩。「你們都知道我是網靈，如果你們不想出現在公眾面前，那就別跟我見面。」

「我們不是這個意思，我們……」妲莉亞開口說。

塔索打斷了她的話：「就不能把我們從你的動態過濾掉嗎？」

「只因為你們不想接受採訪，我就得讓我的粉絲在我們每次見面時都要忍受馬賽克和變聲嗎？」

「等等！」妲莉亞突然叫道：「我也接到了一通電話，來自珍妮．毛爾……」

「啊，珍妮啊，替我向她問好。」米拉說。面對妲莉亞皺起的眉頭，她解釋道：「她當年招募了我，她一定也是想建議你當網靈。她甚至可能想提供你一個情侶帳號，以你們的故事肯定有很多流量密碼。」

「電話掛斷了。」妲莉亞喃喃地說。出乎塔索意料的是，她的語氣裡幾乎帶著失望。他們的視線交會。「但無論如何我都不希望這樣。」她補充道。

「如果是我的話，我會先聽聽珍妮怎麼說。」米拉說：「我每個月透過小靈書可以淨賺四到五萬歐元，這還是在我分潤給尤樂和其他人之後。」

妲莉亞驚訝地看著尤樂。「米拉付錢給你們？」

「對啊。」尤樂小聲地說：「她提議搬來和我們一起住。我們娛樂她的粉絲，並從她的收入中分潤作為回報。」

妲莉亞似乎拿不定主意。「我覺得這很病態。」塔索搖搖頭快速說道：「在立方體面前完全赤裸是一回事，但讓幾十萬人參與你的整個生活，每次爭吵、樂趣、親密時刻，僅僅是為了錢？抱歉，這不正常。」

米拉翻個白眼，尤樂吃驚地看著他。

「我不在乎你怎麼想。」米拉冷冷地說。她轉向妲莉亞，繼續說：「聽著，如果這讓你有點措手不及，我很抱歉。你就先睡一覺吧，這沒什麼大不了的。很多人只是對你和你的新生活感興趣，我的粉絲每天都會問我很多關於你的問題。如果你願意，可以把它們變成你自己的東西，我很樂意幫助你。你最好習慣這種關注，在我們的社會裡沒有什麼比它更有價值了，而且它正朝你飛來。」她轉身朝公寓門口走去。「我得回去了，我的粉絲可能已經因為我下線而生氣了。」不等塔索開口，她冰冷地朝他的方向看去：「不，我不會把我們的談話告訴他們。但下次見到你時，我一樣會上線。如果這對你來說是個問題，那就別來。」她走進樓梯間，消失了。尤樂在公寓裡猶豫了一會，微微一笑，跟著米拉離開了。

門砰地一聲關上後，一陣沉默。妲莉亞癱坐在床上，顯然很沮喪。她把頭埋進枕頭裡，但沒有發出任何聲音。她在哭嗎？是因為和朋友的爭吵？因為賽勒的電話？還是因為失望或是無助？塔索聽著自己內心的聲音，沒有痛苦，當然也沒有悲傷，只有那種熟悉的、驕傲的、自信的感覺。老實說，他甚至感覺很好，就像被電擊了一樣。不管融入不融入，這確實太過分了。他為此責備自己，但他不明白為什麼妲莉亞對這一切的反應是沮喪。猶豫片刻之後，他在她身邊坐下，撫摸她的背，把頭靠在她的背上。

「真是夠屁。」過了一會兒，她看著他說。他看不出她是否哭過。

「什麼狗屁？」塔索小心翼翼地問。

妲莉亞慢慢坐了起來。「哦，我不知道……米拉太嚴厲了。我以為她與眾不同。但尤樂什麼也沒說就只是站在那裡……另一方面，米拉是對的。我們知道她在做什麼，只是想得不夠遠。」

塔索覺得很惱火，因為妲莉亞沒有抱怨記者的打擾和這件事情本身，反而是自責。「我覺得米拉說得一點都不對，她比我們更清楚她的現場直播會發展成什麼樣子，她應該要提醒我們！而且，整個合租公寓都靠她賺錢，所以……」塔索停頓了一下。他突然有了一個令人不快的想法。

「嗯？」

「喔……沒什麼。」

「告訴我！」

他深吸了一口氣。「會不會……他們四個找你只是為了幫米拉增加新的粉絲？」

妲莉亞驚恐地看著他。他立刻後悔了。這也許是真的，但憑直覺就對她唯一的朋友提出這樣的指控……

「不！」她堅定地喊道：「這不可能！」

塔索看著這個想法在她心裡發酵，他感到很難過，但又不知道該說什麼。

「我當時調低了隱私設定，他們四個人不到兩分鐘就出現在門口……他們不可能反應那麼快的。」

「我不知道。」塔索說：「或許吧。」

「不！」妲莉亞得意地舉起食指。「他們甚至不知道我來自無立方區，更不知道我是納米許人。」

「你確定嗎？可能你的隱私設定調得太低了？」

「對，當我告訴他們的時候，他們都非常驚訝！等等，我不能用小靈書再看一次嗎？」妲莉亞打開應用程式，又問了一次同樣的問題。「可以，雖然要花點錢，但還是可以的！」她設定了一下，讓塔索可以同步觀看。

他從來沒看過別人的小靈書紀錄。透過妲莉亞的視角看著她打開門的樣子，他莫名覺得有點不對勁。她的鄰居站在門口，齊聲喊道：「你好！」塔索聽到妲莉亞驚訝地笑了起來。她重播了當時的場景：他們五個人挨著坐在合租公寓廚房的餐桌旁，奧斯卡正在倒酒。「那你以前住哪？」尤樂問。

妲莉亞的目光有些飄忽不定，同時在椅子上來回滑動。

「人寧。」她終於說出口了。

塔索幾乎能感覺到她說這句話時一定很不自在。妲莉亞把紀錄切換成慢動作，他跟著她審視的目光在房間裡轉了一圈：諾亞似乎沒有在聽，因為他正努力從杯子裡撈出一隻果蠅。奧斯卡一臉困惑，拿著酒瓶的手臂在空中一動也不動。米拉從隨興的矜持轉為緊張的專注，她把手肘撐在桌子上，睜大眼睛像中了大獎一樣盯著妲莉亞。尤樂則在短暫的失神後，迅速恢復對臉部表情的控制。妲莉亞將播放速度調回正常。

「哇！」尤樂說。「我以前從沒遇過來自人寧的人……」她看著她的室友。「你們呢？」他們都搖搖頭，包括諾亞，他現在看起來特別震驚，完全忽略了食指上的蒼蠅。尤樂繼續問：「那你是人文主義者嗎？」

世俗的離線者很早以前就開始使用這個詞，但現在幾乎沒有人在用了。塔索很高興尤樂這麼說。

「不是，」妲莉亞回答：「我的父母是納米許人。我幾天前離家出走了。」

妲莉亞再次將畫面調成慢動作，塔索再次從其他人的臉上看到了驚訝。每個人都目不轉睛地看著他，也就是看著妲莉亞。他能感覺到自己繃緊了神經。當紀錄以正常的速度繼續進行時，尤樂第一個反應過來：「這太瘋狂了！我從來沒見過納米許人。你必須告訴我們一切！」

妲莉亞環顧四周，他們都微笑著點頭，塔索鬆了一口氣。然後紀錄停止，他又變回自己了。

「你看，」妲莉亞說：「他們什麼都不知道！」

「嗯，看起來是這樣。」

「不只是看起來那樣。他們不是愚弄者，塔索，他們不像你那麼會假裝！」

塔索忽略了她的影射。「那他們可能只是對新鄰居感到好奇而已。」

「沒錯。」

這一次，自我肯定沒有達到預期的效果：妲莉亞看起來仍然憂心忡忡，塔索的不信任也沒有完全消失。

門外又響起了敲門聲，聲音比剛才輕了一些。塔索打開門，尤樂一言不發地走了進來，坐在妲莉亞旁邊。

「我已經解決了。」她宣布。

妲莉亞狐疑地看著她。「什麼？」

「米拉在她的影片裡為你們加了全方位的過濾器，聲音、影像、主要內容、次要內容，包括我們在她面前談論你們的時候，所有這些都不會再洩露出去了。」

塔索皺起了眉頭。「但幾分鐘前……」

「你還不太了解米拉。她受到攻擊的時候會變得很固執。我之前沒有公開贊同你，是怕會適得其反。我又心平氣和地和她談了一次，讓她覺得這是她自己的主意，是她的讓步。」

妲莉亞擁抱了她的朋友，幾乎快哭出來了。「謝謝你，尤樂。」她低聲說。兩個人就這樣坐了一會兒，塔索感覺非常不自在。

「真的很謝謝你。」在她們終於鬆開擁抱後，他也擠出了這句話。

「不客氣。」尤樂站起身，給了他一個擁抱，然後離開了。

「你現在相信了嗎？」妲莉亞問。

塔索點點頭，希望她能感受到他有多認真。

❖ ❖ ❖

接下來的幾天，塔索想了很多關於賽勒的電話以及與米拉的爭吵，但最讓他心煩的是那該死的百分之四．二三。不是因為他相信這個數字，畢竟應用程式算出來的機率對這種人生問題有什麼意義，而是他擔心妲莉亞會相信。這個結果顯然讓她很不安，而且與她的本意相反，她把它看得太重了。他沒有再向妲莉亞提起這件事，希望她能忘記這個愚蠢的測驗。她也沒有再說什麼，看起來似乎一切都很好。接下來的幾個晚上，他們總是很晚才見面，週三甚至沒有見面，因為妲莉亞要去參加一個前納米許人的自助小組，這已經是參加第二次了。但他們打算一起度過星期四晚上：他會去大學接妲莉亞下課，接著去施拉赫滕湖散步，然後在船上享受傍晚的陽光。之後，他們會去參加羅雅邀請他們參加的開幕式。

塔索滿懷期待地走出智駕，呼吸著初夏的空氣。妲莉亞在校園邊的長椅上微笑著向他揮手，他遠遠就能聽到她肩上鸚鵡的叫聲。當她朝他走來時，他注意到一個穿著運動服和白色運動鞋的男子出現，似乎聚精會神地跟在妲莉亞身後，但隨後又轉身向街道的另一側走去。塔索看了他一會兒，然後擁抱了妲莉亞。

「今天怎麼樣？」他問，牽起她的手，帶著她沿著街道走去。

「迎新課程真的很棒，」她興奮地說：「但我還是不知道自己想做什麼。我想做的事情太多了。我覺得社會學非常令人興奮，尤其是關於次文化的講座。我對哲學也很感興趣，但說實話，對我來說有點太複雜了。我很想學一個新的語言。智慧穿戴裝置讓這一切變得很簡單，你可以在任何地方顯示和朗讀詞彙！不過如果你有同步翻譯的話，那就無用武之地了。」

換做平時，塔索可能會反駁她的觀點，但今天他只是點了點頭。「昨天跟納米許人相處得怎麼樣？」

「是前納米許人！」妲莉亞一邊摸著自己的智寵，一邊假裝嚴厲地糾正他。「還不錯，但我還是什麼都沒說。不過這次有個來自南德某個拘留中心的男孩，他說的那些關於他過去的生活和自己的內容，真的從靈魂深處觸動了我。」

「這個小組是怎麼進行的？是不是圍成一圈，每個人都要說話？」

「差不多。我們會先祈禱，領頭的是一位牧師，而且是一位非常出色的牧師，比我在人寧認識的那位要好得多。我們大約有三十人，可能有三分之一的人以前是納米許人，其餘的是其他宗教的人。參加者經常更換，昨天就來了兩個新人，所以在禱告之後，牧師都會先概括性地談談基督教和立方主義的兼容性。然後我們再挑選一個特定議題討論，這樣之後才能談我們自己在先前社區和新世界的經歷。」

塔索若有所思地點點頭，兩人默默地並肩走著。

「但我覺得這對你來說可能沒那麼容易理解。」妲莉亞最後說。

他挑起了眉。

「你曾說過你不相信上帝。」

塔索一點也不喜歡這個話題轉向。從在公寓的第一個晚上之後，他們就再也沒有討論過宗教。在戀愛測驗胡扯他們宗教觀點不同之後，妲莉亞開始會在飯前祈禱並發表類似的言論。

「對，但我們真的有必要再談這個嗎？」

她惱怒地看著他。他不知道她是覺得自己的意圖被戳破了，還是對他尖銳的語氣感到驚訝。「我剛剛是在解釋聖經小組的事。」

塔索嚥下怒氣，語氣更加安撫：「別誤會我的意思。我只是不相信有更高的存在決定或指引我們的生活，甚至是對我們的生活不感興趣。也許某個神創造了這個世界，甚至是你的世界……但我不知道，我也無法知道。」

妲莉亞沒有回話，看著眼前的人行道。

「我不認為我們是第一對信仰不同的情侶。」

「對。」妲莉亞挽住他的手臂，貼著他的肩膀說。「你是對的。我……」

「晚安！」身後一個男聲打斷了他們，他們猛地轉過身。塔索認出他是剛剛在校園裡穿著白色運動鞋的男人，立刻起了疑心。那人咧嘴一笑。

「我們認識嗎？」妲莉亞問。

「那當然！我聽說了很多關於你們的事，我想也許我們可以當面聊聊……最好是我們三個人！我只是想在接近你們之前先確定你們真的在一起。」

「你是弗雷德里克・賽勒？」塔索驚愕地說，然後更強硬地繼續說：「我們沒興趣！」他抓住妲莉亞的手，拉著她往前走。他感覺到一些阻力，但還是繼續往前走。記者追了上去。一隻形似喜鵲的小鳥超越了他們，飛到他們前面，拍攝聲音和影像。妲莉亞的虎皮鸚鵡飛了起來，試圖擋住喜鵲的視線，但喜鵲的速度更快。塔索和妲莉亞跑得更快了。

「請先聽聽我的建議！」賽勒氣喘吁吁地說。

「不需要！」塔索喊道，臉色陰沉地看著眼前這隻黑鳥的眼睛。

「妲莉亞，我願意提供你一千歐元的受訪費！若是你們兩個人一起受訪甚至可以拿到一千四百歐元！拍一個兩分鐘的短片，我會提供你們兩千歐元……等一下！」見他們沒有停下腳步，他乾脆追著他們喊出他的問題。「你們是怎麼認識的？兩位在一起幸福嗎？你們的家人和朋友怎麼說？你們做過戀愛測驗了嗎？結果怎麼樣？」

他們幾乎跑起來了。塔索同時使用了他新註冊的「即時律」帳號，查看賽勒是否也有帳號。他當然沒有。要不然塔索就可以立刻申請針對他的限制令了。

相反地，即時警察的標誌出現在他面前。哪怕警察只會給他們短暫的喘息機會，他還是點擊了這個符號。一位虛擬女警立刻出現在他面前。「與妲莉亞．巴塔斯分享視野。」塔索氣喘吁吁地說，他沒辦法再堅持太久。

塔索急忙向女警問道：「狀況清楚了嗎？」

她沒有回答，而是直接轉向賽勒，賽勒現在也看到了她。「賽勒先生！請立即與這些人保持距離，不要再試圖向他們搭話！」

「我是記者！」賽勒憤怒地喊道。

「對，但他們不是公眾人物。」

賽勒沒有理會女警察，轉過身對塔索和妲莉亞說：「想想你們的夥伴吧！他們有權聽聽你們的故事，尤其是那些正在尋找像你們這樣的榜樣的離線者！」

女警問塔索：「要隱藏賽勒先生嗎？」

「沒錯，也為巴塔斯女士隱藏。」妲莉亞點點頭。

片刻之後，賽勒消失了。塔索的智慧穿戴裝置簡單地隱藏了那個記者和他的智寵。他們放慢了速度，感覺有點可怕，因為那個記者可能還緊跟在他們身後，雖然他沒有理由攻擊他們。

「賽勒先生不會再追著你了。」女警說：「您也可以向法院申請永久禁止接近。即時警察祝您有個美好的一天，您虛擬的朋友和幫手。」

當他們到達湖邊後，塔索環繞了四周一圈，並拿下一隻智眼確認以防萬一。「那傢伙真的走了。」他得意地說，大聲地喘著氣。妲莉亞什麼也沒說。他踏上他們面前的碼頭，預訂了一艘腳踏船。虛擬出租人向他們示範怎麼操作，接著他們就出發了。

妲莉亞無精打采地踩著踏板。「所以現在呢？」過了一會兒，她問。他們剛見面時的喜悅似乎已經消失。

「我們要告他，以免這種事再發生。」

「但無論如何他都會寫一篇文章，還會播放我們從他身邊逃走的影片。」

「不會，因為即時警察來了，立方體就會知道到我們不想被公開，所以它會自動改變我們的名字和外表。」

「但賽勒還是會寫我們。」

「這我們無法阻止。」

妲莉亞嘆了口氣。她直盯著湖面一陣子，然後看著塔索。「我們可以回去嗎？跑了那麼久，我已經沒力氣踩腳踏車了。」

❖ ❖ ❖

塔索坐在員工餐廳裡。幾年前，一位藝術代理人重新設計了員工餐廳，從那時起，員工餐廳每天都有不同的變化，有時與食物搭配，有時與歷史事件鄉呼應。塔索現在很喜歡來這裡，甚至能夠忍受和大衛共進午餐，他現在又坐在他身邊咂著嘴。塔索喝了一口員工餐廳應用程式推薦的蘆筍奶油濃湯。味道很好，他甚至不需要加鹽。但他沒有辦法好好享受它，因為他必須不斷迴避大衛的問題。塔索對大衛關注當地的八卦報章雜誌並不感到驚訝，所以大衛馬上就知道賽勒新文章中提到的人是誰，今天所有人都看了這篇文章：**一段不可能的愛情，納米許人和愚弄者如何成為立方主義者，接著成為戀人**。塔索暗罵自己怎麼會把妲莉亞的事告訴大衛，然而在他欣喜若狂的時候，他的分享衝動甚至沒有因為他煩人的同事而停止。

大衛放下咖哩香腸，擦了擦嘴，咧嘴一笑，想知道塔索是否真的在V^3中為妲莉亞打過架。

塔索不理會他，轉向妲莉亞傳來的訊息：剛才已經有第五個同學問我是不是文章裡的鄧佳。他深深地吸了一口氣。在過去幾個星期，她和一些人提過她的過去和她的男朋友，當然，其中至少有一個人讀了這篇文章，並得出了正確的結論，不管關係親近與否。我坐在階梯教室的最後面，直到所有人都走了才離開。

塔索正思考著該如何鼓勵妲莉亞時，眼角餘光看到艾登女士正朝他走來。她端著一個托盤，抬著頭顯然在找座位。塔索坐直身子，目不轉睛地看著她，以免錯過和她打招呼，並且把對面的空椅子讓給她。大衛沒有意見，反正他在艾登女士面前總是沉默不語。塔索一直看著她，但她似乎沒有注意到他。他們上一次說話已經是兩個星期前了，他必須證實他已經融入社會的傳言。那時她握了握他的手，露出微笑，但眼神依舊冷淡。塔索懷疑，她喜歡把孤獨的愚弄者安置在自己的羽翼之下，而他現在對她來說已經毫無樂趣了。無論如何，從那之後他們頂多只是在走廊上友好地打招呼，他的辦公室裡不再有敞開心扉的談話，最近他們見面時她幾乎都沒有注意到他。共進午餐正好可以改變這個狀況。

她距離他不到五步距離，他舉手向她揮了揮，她看也沒看一眼地從他身邊走過。塔索過了一會兒才意識到這意味著什麼，一種奇怪地混雜著不解和羞愧的感覺湧上心頭。他慢慢拿起湯匙，又放下去，蘆筍奶油濃湯不再好喝了。

「納米許人的性觀念真的很開放嗎？所以他們才不會更快地把年輕人嚇跑？」

塔索詫異地看著大衛，他的同事似乎沒有注意到他與艾登女士惡化的關係。

「真是個無禮的問題！」塔索厲聲對他說道。

大衛低下頭，兩人沉默地吃著午餐。

「別放在心上。」大衛最後小聲嘟囔了一句。

塔索憤怒地看著他。「你是對我的性生活有疑問嗎？」

「不，那也是……對不起，那太白癡了。我是說艾登女士。你別放在心上。」

塔索感到很意外，他沒想到大衛會注意到他的失望，更不用說對此回應了。

「你現在變得更好了，塔索。有這麼多好處值得你放棄當離線者。誰知道呢，也許等你當上法官，你會過得更好。」

塔索沉默。不可否認，最近幾週他也曾想過坐上法官席，但這似乎仍然遙不可及，而且塔索也不覺得升職會改變艾登女士的態度。

大衛突然緊張了起來。「無論發生什麼事，你都可以信賴我。」他不確定地笑了笑。「你現在還繼續跟我做朋友，雖然你新的預測分數可以讓你有更好的朋友。」他很快又把目光移開，把最後一塊咖哩香腸放進醬汁裡。

塔索很感動，同時也感到內疚，因為大衛為了一份從未存在過的友誼感謝他。儘管如此，當大衛敢再次抬起頭時，塔索還是回以微笑，看著他如釋重負地吃下最後一口食物。

在辦公室裡，塔索的思緒又回到了艾登女士身上，但現在的感受卻更加激烈：她沒有權利這樣對待他！彷彿他的一切特質和她對他的欣賞都取決於他的預測分數。他從來不介意她是個立方主義者。如果她私下為此介意，他又能怎麼樣呢？在他看來，這似乎就是她與他保持距離的最合理解釋。

在他完成當天的工作，拿起運動包離開法院之後，他的心情很好。為了減少需求，計程車的價格在尖峰時段格上漲了，所以不用幾秒鐘，就有一輛計程車停在他面前。塔索猶豫了一下。因為這輛智駕不是普通的計程車，它的車窗是深色的，就像加密中心的車一樣。對他來說，這種車用於普通的運輸服務是件新鮮事。後車窗打開了幾公分，有人拿出一個智慧穿戴裝置盒。塔索猶豫著接了過來。誰想跟他匿名通話？提姆嗎？他的心跳得更快了。他急忙把智慧穿戴裝置裝進盒子，放進運動包裡。智駕的後門打開了，一道簾子遮住了車內的視線。塔索迅速推開它進入車內，並快速關上車門。在他的眼睛適應了黑暗之後，喜悅的期待變成失望。一個陌生的年輕人坐在他旁邊，身材瘦削，脖子和提姆一樣也有著聯盟標誌的刺青，達文西那幅伸展四肢的人的圖案。

「是去打網球吧？」陌生人低聲問。

塔索點點頭。車子立即出發。男人遞給他一個耳機。塔索很熟悉這種傳遞祕密訊息的方式，他像戴眼鏡一樣戴上了耳機，然後把夾在耳機上的耳塞塞進耳朵來啟動它。片刻之後，他看見羅西在他眼前，仍舊掛著深深的黑眼圈。

「噢，塔索……」他說：「這麼多年來，你一直高舉著我們的旗幟，而現在，在我們最需要你的時候，你卻離開了我們。」羅西沒有用他慣常的戲謔侃表情來說這句充滿戲劇性的話，而是顯得非常痛苦。塔索的內心糾結在一起。「因為我又離開了一陣子，今天才聽說你融入立方社會的事。提姆說你遇到了一個人，然後變得軟弱……我能理解。對我們這樣的人來說，外面的生活很難，誘惑也很大。但是塔索，你走錯路了。你不適合立方主義，你就像動物園裡的獅子。無論艾瑪承諾你什麼幸福，到頭來她的演算法只會讓你覺得像是鐵欄杆。像你我這樣的人和她在一起是不會幸福的，我堅信這一點。」他停頓片刻，抿緊了嘴角。「請原諒我。我讓你失望了，我從來沒有真正詢問過你的情況，我從來沒有向你提供過幫助，我為此感到非常抱歉。我很遺憾沒有在還有機會的時候告訴你我們的計畫。不幸的是，我今天沒辦法當面向你確認，但提姆告訴你的事情都是真的：我們需要你。而且是即刻需要你。我不想相信現在說這些已經太晚了，但是拜託請讓我們再心平氣和地談談。你在我們反抗運動中的故事還沒結束。它才剛開始。」

通訊結束。塔索不得不吞了好幾次口水。在過去幾個星期，他一次都沒有哭過，現在卻忍不住了。先是提姆，然後是帕斯卡爾，現在是羅西。他們為什麼要讓他這麼難受？他終於融入了社會，不再孤單，有了女朋友，又和哥哥走得更近了；而現在，另一方卻對他聲聲呼喊，還是來自多年來對他毫無興趣的反抗組織。另一方面，他又被瘋狂的罪惡感所困擾。他們真的那麼需要他嗎？但為什麼他們從來沒有具體說明過呢？

他把眼鏡遞還給送信人，但避開了他的目光。汽車停了下來，行車電腦響起：「目的地已到達。」

塔索拿起運動包就想出去，但被那瘦削的男人一把按住。「我要轉達什麼？」

塔索停頓了一下。他看向男人的眼睛，但很快又轉過頭去。他感覺口乾舌燥，腦子裡一團亂。「我沒辦法。」他費了好大的力氣終於擠出這句話。

他的心臟狂跳。車子停了一會兒，終於開走了。他顫抖著雙手，走過街角，來到網球俱樂部的入口處。

當他看到咧著嘴笑的哥哥在俱樂部外面等著他時，他的心情稍微平靜了一些。他們已經兩年沒有一起打球了。

「我希望你今天能吃敗仗。」彼得喊道，揮舞著兩隻借來的球拍。「我們打完之後，讓你爬著回家！」

「手都拿不住球拍了，聲音還那麼大。」塔索捏了捏彼得左髖骨上方，那是他最怕癢的地方。他哥哥嚇了一跳，球拍掉在地上。塔索大笑著彎下腰，狠狠地打在彼得的屁股上。兩人都笑了，短暫地擁抱了一下。

在前往網球場的路上，彼得摟著塔索的肩膀，扯了扯他的頭髮。「你應該再去一趟理髮店了。」接著有些嚴肅地問：「你還好嗎？」

塔索認真地看著哥哥。他本來想把羅西的事告訴他，但他知道自己還是無法與他分享生活的這一部分。他轉過身去說：「一切都好啊。你有讀過關於我們的文章嗎？」

「羅雅之前有寄給我，就是看看當有趣，沒必要生氣。」他迅速給了塔索一個擁抱。

「大學裡的人開始和妲莉亞提這件事了，大衛在工作中也一直用這件事情煩我，而且艾登女士現在完全不理我了，可能她也看了這些垃圾。」

「這些過幾天就會被忘記了。你在經歷過去幾年的陰暗生活之後，需要一點陽光來成長。好好享受吧！」

塔索沒想到彼得會理解他，於是保持沉默。彼得聳聳肩。「你看過馬克・芬德最新的『聽我吼』影片嗎？」

塔索搖搖頭。

「他可能已經成功了，他們正在審查斜角巷的無立方區牌照。」

「就因為對談會上的幾顆番茄？」塔索難以置信地問，同時覺得自己像是先跳下正在下沉的船的水手。

彼得點點頭。他們走進球場。「要教練還是不用？」塔索花了一段時間才反應過來他哥哥的問題。

「有教練比較好，我好久沒打了。」

他們啟動了教練應用程式，直接在現場換衣服（其他人的智眼會自動隱藏他們半裸的景象），然後站在發球線上熱身。塔索把球拍放在面前，應用程式糾正他的握拍姿勢、步伐和揮拍動作。在他們終於打出長球後，他毫不猶豫地按照指示修正。

「你跟媽媽和西蒙說了嗎？」彼得從場邊撿起球時問道。因為他是用正常的音量說話，而不是在球場上大喊大叫，所以他們的智耳連線，塔索能聽到哥哥的聲音，就好像哥哥就站在他面前一樣。彼得將球拋起，發球。

「沒有。」塔索回答，把球打了回去。

見他沒有繼續說下去的意思，彼得問道：「是不是也該說了？如果連媒體都開始報導你……」

彼得說得當然是對的，但塔索根本不想跟爸媽說。「這要從哪裡說起呢？最好是和妲莉亞一起去，然後說：『大家好，這是我的新女朋友，你們都已經認識她了……順便說一句，我們現在是立方主義者囉。謝謝你們的養育之恩，再見。』老實話，我覺得這一點也不好笑。」

「你肯定可以做得更聰明一點。如果能最終解決這個問題就好了。如果兩個兒子都……或許他們會更容易接受一點。」

「你知道爸爸的個性，他也會想方設法跟我斷絕關係。」

「媽媽不會讓這種事發生的。如果你告訴她你有多不開心，她就不會讓這種事發生。」

塔索不喜歡彼得這樣總結他過去的生活，但也沒說什麼。他用力把球打了出去。

「我不知道……」他們持續練習發球，他繼續說道：「我覺得我還沒準備好，我想先熟悉一下這裡的情況，這一切都還很新鮮。」

「不要準備太久。你想想看，如果他們從別人那裡……比如從妲莉亞的父母那裡知道這件事會怎麼樣。」

塔索的心情再次跌入谷底。他放下球拍，悶悶不樂地去撿球。他別無選擇：繼提姆和艾登女士之後，他也必須向父母解釋。他搖了搖頭，試圖把這些陰暗的想法拋到一邊。「別再提我了，那**你**怎麼樣？」

彼得不確定地笑了笑，這種情況並不常見。「其實今天工作有點累，或者說，午休的時候有點累。」他們在比賽開始前坐在球員席上休息。「我有個同事和我的工作關係相當密切，今天我們一起吃午餐，她提議的。我們吃著開胃菜、正常地聊天，突然我發現她變得很緊張。所以我問她還好嗎，結果她啟動了私人對話模式，很突然地說：『我有件事要告訴你……』當然，我的警報器就響了，我的意思是，這種開場之後還會說什麼呢？」他看著塔索說：「沒錯，她向我表白了！她暗戀我兩年了，晚上做夢都會夢見我……我完全不知道該說什麼好。我們兩個人都結婚了，我甚至還有孩子，她也知道，所以這對我來說完全出乎意料。我本來可以好好處理這件事，但情況變得更糟了。她確信我對她也有感覺！我當然否認，但她聽不進去，還列舉過去幾週我對她有感覺的證明，譬如各種調情和深入的談話等等。他說我兩星期前還摸了她的手臂好一會兒，她甚至放了小靈書的紀錄給我看。總之，在那之後她確信我也愛她，只是為了不讓我的預測分數下降而沒有說出來！老實說，我對她可能有點輕浮，她是個很酷的女人，長得也不錯……但我一直覺得這沒什麼，畢竟我們都是有家室的人。結果現在成了這個局面。」

塔索凝視著他的哥哥，對於彼得向他傾訴如此私密的事情感到很感動，因為他們在青少年時期每天都如此坦率地聊天。他很想擁抱彼得，但他只是繼續傾聽，偶爾問幾個問題，就像他們過去遇到感情問題的時候一樣。

塔索從未想過這會是個美好的夜晚。儘管他在隨後的比賽中以六：二和六：一的比分輸掉了比賽，但他依舊這麼認為。

❖　❖　❖

帶著疲憊的愉悅感，塔索爬上了通往妲莉亞公寓的樓梯。他的煩惱似乎已經遠去，賽勒的文章也不再困擾他。再過幾天，就不會有人再對他們感興趣了，尤其是當米拉的直播不再提供任何新聞素材時。

他滿懷期待地敲響了妲莉亞的公寓大門。當她微笑著打開門時，他鬆了一口氣。她給了他一個大大的擁抱。「我的上午過得非常悲慘，」她關上他身後的門說道：「但是卻度過了有史以來最美好的下午和晚上！我現在感覺很好！」她笑了。

「發生什麼事了？」

「我發現了一個新的應用程式『人生改變器』！這是專門為生活正在徹底改變的人設計的，人生教練會問你很多問題，所以你會逐漸發現自己想要什麼，以及在新的環境中應該如何表現。我在學校裡坐了一下午，都在深入挖掘自己和更了解自己。這讓我受益匪淺！但最重要的是，我現在確信我們必須以完全不同的方式處理一切，塔索。賽勒的這篇文章、我們的關係以及我們的生活！我們必須成為演員，我們必須掌握自己的命運，塑造自己的人生，而不是聽天由命，我們必須擺脫受害者的角色，從演員變成導演！我們得付諸行動，而不是被動反應！回家之後，我在走廊裡遇到諾亞，跟他說了這個應用程式的事。」塔索從未見過妲莉亞如此亢奮，這既美麗又可怕。她說得太快了，他幾乎跟不上。

「諾亞去年以國際立方主義協會的大使去了科特迪瓦。他在那裡發放智慧穿戴裝置，與當局交談，向當地人宣傳立方主義等等。這項工作讓他非常充實……」

塔索放下運動包，認真地看著她。

妲莉亞安撫地握住他的手。「等一下！我不是說我們應該去國外傳教，但也許我們可以找到能讓我感到充實的類似工作，就像諾亞的工作一樣。這就是應用程式的建議，我們應該找到讓自己快樂的事！」

他沒有動。「那什麼能讓你快樂呢？」

「嗯，也許我們應該做的第一件事情就是不再躲避媒體。」她輕輕地把他拉向沙發，他僵硬地坐在她身邊。「賽勒的這篇文章可能是一個真正的機會，」她繼續認真說道：「我們可以公開表示我們很幸福，我們……」

「妲莉亞！我們會成為立方主義的代言人！」塔索的耳朵發燙，他簡直不敢相信自己聽到了什麼。

「那會很糟糕嗎？我喜歡我的新生活，塔索。你難道不覺得有什麼不同嗎？你不是比以前快樂多了？」她專注地看著他，她那雙綠色的大眼睛裡有一些要求，但也有一些懇求。

他無法回答，喉嚨發緊。

「我知道你覺得教練應用程式很蠢，但這些問題真的對我有幫助。我意識到，我不想只為自己而活，或許我可以透過告訴其他人我的故事，同樣幫助成百上千的人走出監獄。我不想成為網靈，但也許我們可以找到一個值得信賴的記者……」她的聲音漸弱，似乎才剛意識到塔索對這一切的看法。她的眼裡噙滿淚水，匆匆移開了目光。

塔索的內心震動。他正是愛上了這個熱情洋溢、充滿希望的妲莉亞，但她說的話突然讓他覺得自己與她形同陌路。在過去幾個星期裡，他妥協了很多，為了她做了很多他並不引以為豪的事情。他並不後悔，但他不能也不想再繼續了。他絕對不會主動在公眾面前談論自己的生活，更不會為立方體傳教。那是不可能的。妲莉亞從一開始就沒有意識到這一點，這讓他感到非常震驚。「我不能這麼做。」他低聲說。

她還是沒有看向他。「但為什麼不能呢？」

塔索試著保持冷靜。「這不是我，妲莉亞。對，我選擇融入社會，但這不代表我是立方主義的信徒。我並沒有在一夜之間消除疑慮，我只是找到了處理疑慮的方法，而這個方法就是你。我既不適合也不準備推廣立方主義，我做不到。」

妲莉亞突然站了起來。「我實在無法忍受同學們的質疑，因為你，我什麼都不能說。」她絕望地哭著說：「這真的讓我很沮喪！我只是想說出來，分享我的命運。不是因為我必須說，而是因為我想說，因為我選擇說！」

塔索雙手抱頭。「但你的決定也會影響到我！我剛和我最好的朋友大吵了一架，艾登女士也不理我了，很快我可能就會被父母嫌棄。也許你不覺得，但在過去幾週裡，我的生活至少發生了和你一樣大的變化！」他的脈搏加速，他覺得比剛才打網球時還要熱。他用盡所有的意志力才控制住自己的痛苦，使勁地搖了搖頭。

妲莉亞絕望地看著他。她無言地讓自己從牆上滑到地板上，把雙腿拉近身體，把臉埋在膝蓋之間。

「妲莉亞……」塔索再也無法忍受沉默地開了口。

「別說話。」她低聲說。他不敢問自己是不是應該離開，怕她會答應。就在他從沙發上起身，轉身向門口走去時，她說：「你能來一下嗎？」

塔索停在房間中央，聽著自己的聲音。但什麼也沒有，他感覺心裡一片空虛。他慢慢地坐在妲莉亞身邊的地板上，把頭靠在牆上，閉上眼睛。她靠在他身上，但兩人都沒有擁抱對方。

11

週五，他們與溫斯頓·邱吉爾和漢娜·鄂蘭共進晚餐。「就是愛歷史」在正個城市裡經營幾間獨家授權的餐廳，必須提前幾天訂位。妲莉亞在餐廳外等著，她的智寵在肩上吱吱喳喳叫著，而她看起來既緊張又疲憊。當她注意到塔索時，微微抬起手，又慢慢放下。

他們不再談論妲莉亞想要公開的想法。在戀愛測驗之後，這是他們試圖迴避的第二個重要話題，最初這看似可行。他們在過去幾天裡花了很多時間在一起，和麗莎、亞辛一起去了虛擬野生動物園，甚至還和妲莉亞的朋友們見了一次面。然而，妲莉亞似乎沒有往常熱情，她一直中途離開，和她的教練應用程式聊天。塔索無法拿掉他的智耳，所以她啟動了靜音模式。之後她通常會感覺好一點，但有時她也會顯得冷漠且若有所思。

在這些時刻，塔索沒有打擾她。他沒有問任何問題，因為他覺得他必須給自己答案。自從上次爭吵後，他就一直被一種沉悶的無助感困住，無法清晰地思考問題。當妲莉亞像往常一樣和朋友們在合租公寓見面完，要帶他回她的公寓時，他突然停下了腳步，突然只想一個人待著。他在她臉頰上親了一下，說他覺得不舒服，更想回家睡覺。然後他在街上閒晃了幾個小時，最後在一個公園的半昏暗處靠著一棵樹發呆，直到雙腿酸痛。他拖著疲憊的身體回到家，上床睡覺，幾個小時後醒來，他下定了決心。那是兩天前的事了。在那之後，他沒有見過妲莉亞，也沒有和她說過話。當他再次站在她面前時，他問道：「我們可以談談嗎？」

妲莉亞皺起眉頭，點點頭，要他帶她去街道另一邊的長椅上。一路上，塔索先是感到燥熱，然後是寒冷，接著又同時感到燥熱和寒冷。從外表來看，他一定是個對自己很有把握的人，但他的內心卻被撕扯成碎片。他強迫自己踏出一步，再踏出下一步，感覺不到手和腳，一切都麻木了……除了他的心臟，跳動得越來越厲害。

他們並肩坐在長椅上。午後的雨水浸濕了塔索的褲管，幾隻烏鴉在附近啼叫。「我……」他盡可能坦然地看著妲莉亞。看著她那張美麗又知性的臉，他的心幾乎就要爆炸。他將手臂放在膝蓋上，雙手揉捏著。妲莉亞深深吸了一口氣，屏住呼吸，然後猛地吐了出來。「我知道你要說什麼。」他聽到她的鞋子擦過柏油路面的聲音，然後她繼續說：「可能這樣也好。」

塔索轉向她，妲莉亞把下巴抵在膝蓋上，用悲傷的眼神看著他。她的反應讓他感到欣慰，同時也讓他感到痛苦。「我們……我們對這個世界和我們在其中的生活有很多不同的想法，」他低聲說：「無論我的內心多麼渴望，我的大腦就是無法將它們融合在一起，這點在這幾天越來越清楚。」

妲莉亞擦掉眼淚，點了點頭。

「我只是低估它了。」塔索接著說：「低估了你前進的動力和我的抗拒。我以為會更容易，我以為有了你我就能做到。」

「做到什麼？」妲莉亞聲音沙啞地問。

「做到在這個世界上幸福。一開始我堅定地相信我們，我覺得感覺比公投之後的任何時候都來得好，但接下來這該死的戀愛測驗……」

「所以你還是相信了。」她喃喃地說著，抬起了頭。

「不，我不相信！但這不重要。只要你相信，這個預言就會成真。即使我們能控制住其他一切，那百分之四也會像慢性毒藥一樣毀掉我們的關係。」

妲莉亞轉過身去。「我試著不讓測驗結果影響我，但老實說，它一直困擾著我。」

「我們不應該做測驗的。」他痛苦地說。

她搖搖頭，深深嘆了口氣。「從長遠來看，這根本不會有任何區別。這幾天我也想了很多，和尤樂聊過，還有……」

「你的教練應用程式？」他控制不住聲音裡的嘲諷。

妲莉亞面無表情地看著他。「也有，沒錯。但這個應用程式不會替我做任何決定，塔索。我可以自己做決定。」他不確定這不是真的，但沒有繼續發表評論。「當我來到這座城市時，你是我在這裡唯一認識的人。我對你上了癮……我還對我們相遇的那天有些迷戀。」

一想到那天在人寧的情景，塔索就心如刀割。她從未告訴他，她和他一樣，當時也感受到了什麼。

「我以為你是我邁向新生活的第一步，但……基本上，這次是我與舊生活的最後一次分離。我也必須和你分開，最終才能獲得自由。」

最後，妲莉亞的聲音變得如此小聲，以至於塔索短暫地懷疑自己有沒有聽錯。烏鴉在離它們不遠的地方瘋狂地啄食著一些東西，而那可能是剛剛從他的胸口撕下來的。他一直很害怕這次談話，考慮了很多合適的詞句，以至於他根本沒有想到妲莉亞可能也想和他分手。

「你成為立方主義者之後，我比任何時候都開心。」她接著說：「我有種感覺，覺得我們可能非常特別……一個逃亡的納米許女人遇到了一個愚弄者，他們拋棄過去，墜入愛河……這是多麼美麗的故事啊……但你並沒有拋棄你的過去，而且你也不想這樣做。」

塔索閉上眼睛。他覺得她說得對。他曾希望自己是立方主義者，沒錯，但他從未真的想成為立方主義者。他做不到，就像羅西在留言中說的。他們靜靜地並肩坐了一會兒。烏鴉飛了起來，大聲地叫著，黑暗的天空立刻吞噬了牠們的輪廓。

「我想我該走了。」妲莉亞最後用悲傷的聲音說。「如果你想再聊聊，請聯絡我。」她等待著。不知何時，她尷尬地擁抱著他，輕聲道：「謝謝你。」

她起身離開後，塔索的視線變得模糊。她的智寵還在長凳上待了一會兒，才悄悄地跟在她身後。然後，只剩下他一個人了。

❖　❖　❖

塔索從未感到如此痛苦。他做了什麼？或者說，他讓什麼事情發生了？因為他突然覺得好像不是他離開了妲莉亞，而是妲莉亞離開了他。他為什麼沒有阻止她？他想尖叫，想哭泣，想溶解，想爆炸，想沉入地下，想讓地面震動，他想把這座城市變成一片廢墟，把月亮從天上扯下來，用盡全力丟向大地，把它變成被上帝遺忘的地獄。然而，他只是呆呆地坐在長椅上。他不是在生妲莉亞的氣，也不是在生自己的氣。困擾他的是一種更痛苦、更巨大的東西：羞恥。他為自己為了美好生活的承諾而放棄信念而感到羞愧。他為自己的軟弱和天真感到羞愧，因為他被艾瑪和妲莉亞迷惑，至少被她在他面前的那種感覺所迷惑。他為自己不顧一切地失敗而感到羞愧。

他跌跌撞撞地走了，沒有目的地。

「艾瑪！」他喊道，高舉雙臂。「艾瑪！」什麼事都沒發生。這都是她的錯！她答應給他一個幸福的生活，然後又向他們播放了靈魂獵手的悲慘畫面，那個人被綁在競技場裡。她灌輸妲莉亞各種幻想，還用數據來進行戀愛測驗。艾瑪牽著他的鼻子走，他就像馬戲團裡的動物一樣被牽著鼻子走。

「打電話給我哥哥。」他命令道。

彼得立刻接了電話。「塔索！你好嗎？」

他歡快的聲音讓人心痛。塔索有些期待哥哥已經知道他的感受。「糟透了。」

彼得沉默了一會兒。「發生什麼事了？」

「我們分手了。」

過了半晌，他哥哥才回應道：「哦老天，我很遺憾。」

「我真是太傻了，彼得。誰會因為一個喜歡的女生就放棄一切？」

「這並不愚蠢。你冒險了，卻沒有成功……這就是生活。」

塔索感覺到先前沒有的憤怒在沸騰。「我上了一堂該死的融入教育課程，而且不再愚弄這一切，全都是她。我再也進不了斜角巷了，我的朋友都討厭我，這一切都是因為我戀愛了！這簡直是瘋了！」他越說越氣，但路人並沒有注意到。只有一個明顯沒戴智慧穿戴裝置的老婦人焦急地把自己靠在一棟房子的牆邊，直到他從她身邊走過。

「冷靜點，塔索。你不是為了她而融入，而是為了你自己。你要慶幸你遇見她，否則你還在假裝，你之後會感謝她的。」

「感謝？」塔索簡直不敢相信，彼得還是那麼遲鈍。「我這輩子從來沒有這麼後悔過。我真的相信在立方主義社會裡我能得到快樂。我才不在乎！這個體制簡直要了我的命！」

現在彼得的聲音也變大了。「兄弟，別這麼誇張。不過是一次失敗的戀愛剛好發生在最堅定的立方主義者身上，你會找到更適合你的人的。」

「比百分之四．二好？應該不難吧！」塔索咬牙切齒地說。

「百分之四．二？你們做過戀愛測驗？」

「這不重要。」

「你們測過了嗎？」

塔索哼了一聲。「測了！」

「哦。」

「哦什麼？」

「那真的蠻低的。」

塔索苦笑了一下。「真是謝囉，兄弟！這就是我想聽的。」

「我只是實事求是。你必須認真看待這些測驗，否則你只是在浪費時間。」

「這就是重點！妲莉亞很認真地看待，之後一切就開始走下坡了！你不懂也很正常。」

彼得嘆了口氣：「難怪你說話又和以前一樣了。」

在塔索的腦海中，他看到彼得正輕蔑地看著他，就像他過去幾年來經常做的那樣。這個想法讓他怒火中燒，他感覺如果不想辦法發洩一下，自己就要爆炸了。「你可以少說這種話！」

他喊道。「我受夠這些破事了：立方體、我那荒唐的工作，還有你那立方主義屁話！」他心跳加速。他跑過一座橋時，停了下來，彎腰趴在欄杆上，氣喘吁吁。附近建築的燈光在水面上閃爍，他不知道自己身在何處，奇怪的是，這讓他平靜下來，幾乎讓他覺得安慰。他站起身，深吸了一口氣，與其說是對哥哥說，不如說是對自己說：「我現在要去立方中心，讓自己被遺忘。」

「不，你完全反應過度了！」彼得大喊，他嚇了一跳。

「我沒有。」他平靜地說：「讓我被遺忘是唯一的辦法。」他慢慢地離開了橋。

「塔索，別這樣！跟我分享你的定位，我馬上就過去。讓我們放開一切好好地聊聊……」

「不，彼得。這有什麼意義？你永遠不會理解我，我也永遠不能像你一樣生活。」

「不！要！這！麼！做！」彼得聽起來很驚慌：「你不能再被遺忘了！你知道我為你的融入付出了多少嗎？」

塔索停下腳步。「你說什麼？」

彼得憤怒地繼續說：「你真的相信艾瑪會就這樣出現在你面前嗎？一個這麼複雜的應用程式是用來對付像你這樣的普通愚弄者嗎？」

塔索感到頭暈目眩，靠在最近的牆上。他從來沒聽過艾瑪可以被收買，但彼得為什麼要說謊呢？他難以置信地搖了搖頭。他不只被艾瑪和自己騙，還被他的哥哥騙了。這一天越來越糟了。「你怎麼能這麼做？」他的聲音乾啞。「你……你怎麼可以這樣背叛我？」

「我沒有背叛你，恰恰相反！當你把我們介紹給妲莉亞時，我就知道機不可失，這是你擺脫困境的機會！我看到你有多麼不開心！這樣生活在兩個世界之間，誰都受不了。但你太自負了，不肯自己離開。為了你，我只是幫了你一把！這樣我就能把我弟弟找回來。」

「你這個傲慢的白痴！你不能就這樣控制我的生活！因為你，我變成什麼樣子了？我徹底孤身一人，而且還踐踏了我一生中唯一引以為傲的東西！」

「但你不能……」

「我當然能，再見。」塔索結束了談話。

他在原地站了好一會兒。他的身體已經麻木了，他甚至分不清自己在哪裡、房子的牆從哪裡開始。他的腦袋嗡嗡作響，他試著搞清楚剛才發生了什麼事。他的親哥哥找到機會，利用他的弱點，把他丟進了立方體。妲莉亞還年輕，不知所措，儘管發生了這麼多事，她並不想傷害他，也從未對他撒過謊。但他的哥哥卻故意背叛了他，為此他無法原諒他。他感覺到對彼得憤怒的腎上腺素在血管裡奔騰。無助感消失了。他雙手握拳，快步走向智慧穿戴裝置指示的第一台智駕走去。

他有一個計畫。有計畫的感覺真好！讓自己被遺忘是他唯一的機會，他要擺脫過去幾週的所有爛事，清除立方體和那些不好的記憶，他要重新做回自己，不受立方體和周圍人的影響。

他要重新做回以前的塔索，雖然並不總是一帆風順，但更無憂無慮。或者可以更好，他要重塑自己，最終成為一個完整的人，再也不會半途而廢。

❖ ❖ ❖

塔索有生以來第一次這麼高興看到立方中心。街道對面站著幾個示威者，其中包括那個臉上白茫茫一片的流放者。在她旁邊，一名男子舉著一個牌子，上面寫著「不給予機器權利！」—塔索走近他，向他解釋說他要讓自己被遺忘，並且會吩咐無人機把他祖母的硬幣送到這裡。那個人同意拿著硬幣等他。塔索深吸了一口氣，走進大樓。

「歡迎您，多夫先生。」一位四十多歲的女子虛擬影像笑容可掬地向他打招呼。她穿著深藍色褲裝和白色上衣，金色的直髮束成髮髻。「請往這邊走。」她指著大廳後方的電梯。塔索以前來的時候從來沒注意過，可能只有在需要的時候才會看到。他按照要求走了過去，接著他們來到地下二樓。塔索被帶到幾公尺外的一扇門前，門打開後是一個房間，裡面有張巨大的辦公桌和一個簡約的沙發區。辦公室的一側擺滿了書籍，另外兩側則是透明玻璃，後面是令人驚嘆的高樓城市景觀，數以百計的摩天建築鱗次櫛比。走了兩步，他就走到了辦公桌前的椅子旁，在離辦公桌只有幾公尺遠的地方坐了下來。女人在塔索對面坐下，挺直了背，抬頭挺胸。她謹慎地將辦公椅向前滑動，直到兩個扶手距離桌面只有幾毫米。她小心翼翼地將前臂放在桌面上，雙手合十。塔索對這種完全不必要的程式設計感到驚訝不已。

「再次歡迎您。」她說：「我叫萊特，是您的公證人。」說話時，她微微仰起頭，專注地看著他。她的聲音非常悅耳，像頌缽一樣在他腦中迴盪。「您想被遺忘，對嗎？」

「對。」塔索堅定地說。

「好的。我確認您符合要求：過去七年裡沒有嚴重的犯罪紀錄、沒有公開調查、沒有行使過被遺忘的權利。您希望何時被遺忘？」

「馬上。」

「好的。在我們討論您的財務狀況之前，我先向您解釋一下遺忘的運作方式以及遺忘的範圍，總之就是顧名思義。這些解釋是法律規範必須進行的，因為實際上您是要放棄您原來的生活。」她猶豫了一下。「說到原來的生活，我剛剛聽說您哥哥在櫃檯找您。您想和他談談嗎？」

「門都沒有。」一想到彼得在樓上被拒絕，他就感到某種滿足。

「好的，那我就繼續了。您可能知道，每個人都有一個獨一無二的身分標識，它被自動放進與自己相關的所有數據中，譬如文件、照片、影像、使用紀錄等等。立方體的設計只會根據身分標識更新資料庫，無法直接搜尋一張臉或一個名字。遺忘功能會給被遺忘者一個新的身分標識，與舊身分相關的所有資料都會被封存，這意味著任何人都無法搜尋或存取這些數據。」

「如果有人播放包含我的舊照片或影片怎麼辦？」

「在這種有第三方參考的資料數據中，被遺忘者的部分會被變化處理或刪除。」

「那我的預測分數呢？」

「請讓我照順序解釋……」

塔索防禦性地舉起手。

「遺忘之後會產生一個新的身分，只有您的遺傳密碼、國籍和上次遺忘的時間會與這個身分有關。因為您的新身分沒有其他數據，所以預測分數最初為零。」塔索滿意地點了點頭。

「遺忘範圍包括您所有的個人資料：家庭關係、教育、就業、銀行帳戶、租屋合約、以前的對話、行為、偏好……您的數位身分將被完全刪除。」她微笑地說：「這就是立方體的魅力所在：它可以記住一切，也可以根據指令再次忘記一切。它的程式設計是這樣的，它無法將屬於舊身分的資料與新身分連結起來，但有一個例外：如果在嚴重刑事犯罪案件中發現被遺忘者的痕跡，法院可以獲准查閱一份僅適用於此案的名單，從中可以看到留下被遺忘者的新身分。」

「當然，這樣所有人都沒辦法藉由遺忘來逃避沒有被發現的罪行的懲罰。」

「沒錯，由於立方體壟斷了數據，沒有人可以將舊身分的數據連結到新身分上，即使是您也不行。所以在遺忘之後，這點非常重要，您再也不能把任何東西歸屬於新身分上，無論出於什麼目的或是針對某個人！目前仍在執行的合約都需要支付賠償金，我們稍後會談到這一點。

您對遺忘的影響還有什麼問題嗎？」

塔索搖搖頭。

「好的。」這位女士把髮髻上散落的一縷頭髮向後撥開，繼續說道：「接下來就是財務部分了。我估算了一下，您用於訂閱和租賃相關合約，包括公寓淨空整理的費用為五千三百九十八・四八歐元。您的帳戶餘額足以支付這筆費用。您需要詳細的明細表嗎？」

「不用，謝謝。」

「好的。您的剩餘財產為一萬兩千三百一十八・一三。您要指定誰為您的繼承人？」

「繼承人……」

「我沒辦法付現金給您。」她咯咯地笑起來。「如果您不指定繼承人，將會由國家繼承。」

「那就請把所有的錢都捐給支持離線者的慈善組織。」

「希爾茲基金會怎麼樣？」

「好，謝謝。」

「好的，這樣一切都清楚了。您現在又有機會提問了。如果您願意，我也可以為您安排諮詢輔導員或心理師。」

「我其實只有一個問題：為什麼這一切那麼容易？老實說，我還以為會有一些拖延和阻力。」

「《立方法》第2a條規定：**人人有權被遺忘，行使此權利的方式應使其能夠在任何時候不受阻礙地進行。**」

一如過去幾年，塔索經常驚訝地發現，立方體實際上真的遵守了法律：仍然存在無立方區、支付離線者基本收入、可以簡單地遺忘自己，讓預測分數歸零。專制主義的重大轉變仍需時間，唯一的問題是還要多久。

「麻煩您……」這位女士指著出現在塔索身邊的一台智慧顯示器，一個擋板在智慧顯示器上打開，她立刻恢復了原先僵硬的姿勢。塔索拔下幾根頭髮，讓它們消失在打開的擋板中。過了一會兒，公證人和藹地笑著點了點頭。

「好的，您現在已經了解足夠的資訊並確認了身分。如果您現在行使被遺忘權，您就無法再見到我。反之亦然，在接下來的二十四小時內，立方體將不會把任何資料連結到您的新身分上。在這段時間內，您也將被所有智慧穿戴裝置和其他記錄設備過濾，也就是說，配戴智慧穿戴裝置的人將看不見您。這段有保障的等待期將允許您在不被發現的情況下重新定位自己，不過如果您在此期間犯罪，當然還是會被起訴。」

塔索點點頭。

「那麼請問您：您是否願意立即行使你的被遺忘權，並立即產生所有我們討論過的影響？」

「是的，我……」在說了第一個字後，塔索只能看見他的智眼裡面漆黑一片。過了一會兒，他又能正常地、不經過濾地看東西了。他坐在一張破舊的椅子上，在一間面積不到六平方公尺的陰暗房間裡。除了他的椅子和嵌在牆上的智慧顯示器，房間裡空無一人。唯一的光源是螢幕旁的一盞綠色小燈。

離線者模式已啟動。未知用戶。請在立方中心註冊。

塔索拿下智眼，丟在地上。過去幾週他一直戴著這些裝置，所以就像扯掉了石膏繃帶，感覺少了什麼，但同時又感覺到解放了。

牆上的智慧顯示器發出聲音，出現了一張紙。一張真正的紙！他急忙接過，把它舉到綠燈前讀了起來。您的新身分是：F2xZ8vE。塔索小心翼翼地把紙張折好，像珍寶一樣放進口袋深處。他站起身，走進漆黑的走廊。智慧穿戴裝置讓室內照明顯得多餘，至少在立方體已知的環境是如此。他緊張地摸索著走了幾公尺，來到電梯前，卻到處都找不到按鈕。他向四面八方揮了揮手，但沒有任何動靜。他還沒被遺忘一分鐘，難題就出現了。他對自己拒絕佩戴智慧穿戴裝置時的狀況還有些印象，但那時候多數東西在沒有智慧穿戴裝置的情況下還能運作。塔索花了好一段時間才找到通往樓梯間的門，他在裡面也什麼都看不見。他一步步摸索著往上走。就在他幾乎絕望的時候，一扇門讓他進入了一樓，裡面至少還亮著微弱的燈光。

塔索透過大廳的玻璃看向街道對面，那裡只剩兩名示威者：一名女子和與他交談過的男子。他急忙朝出口走去，但當他看到大推拉門外的路邊坐著一個男人時，突然停下了腳步。他單膝跪地，手托著臉，視線緊盯著路面。看到哥哥，塔索立刻又怒火中燒。他不可能再和他爭論了。彼得知道等待期的事嗎？所以拿掉了他的智慧穿戴裝置？塔索慢慢走到一個有門把手的玻璃門出口。他站在大概在距離彼得左側十五公尺處，盯著彼得的後腦勺。他本來可以神不知不覺地消失，但他還是必須拿到他的硬幣。他還有種奇怪的想法，想近距離看看他的哥哥。

街道對面的示威者看到他時舉起了手，但塔索瘋狂示意不要理會他。他指著彼得，試圖用手勢向那人確認他哥哥有沒有把智慧穿戴裝置拿掉，但那人聽不明白他的意思。塔索想了想。然後，他站在立方中心的角落，這樣即使透過反光玻璃，彼得也幾乎看不到他。他用偽裝的聲音大聲叫道：「嘿！」沒有任何回應。「嘿，彼得！」彼得一動也不動。他真的聽不見！只有非常有錢的人才能關閉其他智慧穿戴裝置的干擾。塔索開懷大笑，走到轉角處。他哥哥和剛才一樣坐在那裡。兩名示威者現在似乎明白他之前想用手勢問他們什麼，都笑了起來，然後很快又打住了笑容。彼得短暫地抬起頭，但顯然沒有發現他們的行為有什麼奇怪之處。

塔索就站在他面前。他慢慢地彎下腰，仔細端詳彼得的臉。就像其他許多時候，在那一刻，他們驚人的相似讓他感到驚訝……當他那樣俯視著彼得時，覺得自己就像幽靈，正在看著自己微不足道的塵世軀殼。不過仔細一看，哥哥的表情並不哀戚，他全然地放空，大概是在看電影打發等待的時間。他肯定沒有把塔索宣告自己將被遺忘的話當真，他來這裡可能只是為了滿足自己，等著塔索可能一無所獲地從立方中心爬出來，可能是受打擊、被理解、需要幫助。突然間，塔索覺得自己應該揪住哥哥的衣領搖晃他，考慮至少要拔掉一支智耳在他耳邊大喊時，彼得動了一下。他四處張望，眉頭緊皺，表情憂慮。塔索迅速轉過身去，穿過馬路。

「那是我哥哥，我不想讓他知道我在這裡。」塔索低聲對兩名示威者說：「他在等待期看不到我，也聽不到我的聲音。不過你們當然可以聽見我，或許我們可以很小聲地聊聊？」

那人點點頭，但還是短暫地瞥了彼得一眼。

「這真是令人困惑。因為我才看到你進了立方中心，然後這個一模一樣的人突然出現跟著你。」

「同卵雙胞胎？」他旁邊的女人笑著問。

塔索點點頭。直到現在，他才意識到她一定就是那個臉上白茫茫一片的流放者。「對不起，我沒有早點把我的智慧穿戴裝置拿下來。」

她笑了。「沒關係。無論如何，恭喜你，你很勇敢。」

「謝謝！」自從遺忘以來，塔索第一次感覺很好。他轉向那個男人。「您有……？」

那人咧嘴一笑，把手伸進上衣口袋，將塔索的硬幣朝下遞給他。當塔索用手指把玩硬幣時，一種熟悉的幸福感籠罩著他。

他忍不住擁抱了兩位示威者。

「我們該對你哥哥說點什麼嗎？」女人低聲問。

短暫的猶豫之後，塔索將硬幣拋向空中。他像從未放棄過拋硬幣一樣自信地接住了硬幣，但這次他在看到結果之前就本能地把硬幣緊緊握在手裡。兩人疑惑地看著他。塔索看也沒看，就把硬幣塞進了口袋。

「不用，謝謝你們。」他堅定地回答：「也許某個時候我會自己去說。」

「那你現在打算做什麼？」那人問。

塔索笑了。「去做我早就該做的事。」他舉起一頂想像中的帽子致意，抬頭看了一眼電視塔，然後離開。

12

塔索花了好一會兒才搞清楚狀況，羅西的酒吧太擁擠了。他的心跳像啄木鳥抵住喉嚨一般狂跳。寶拉站在吧檯後面，以極快的速度裝著一杯又一杯啤酒。羅西不見蹤影，這讓塔索既失望又鬆了一口氣。他坐在吧檯最後一張空椅上等待著。過了一段時間，寶拉才注意到他。

「嘿！」她乾啞地說：「抱歉，現在很忙。」

「嗯，沒事的。」塔索很快說道，試著忽略自己的口渴。「你知道羅西什麼時候會來嗎？」

「我不知道。」寶拉沒有看他，把兩杯啤酒遞給櫃檯前的一位顧客。塔索緊緊地將雙手扣在一起，直到指甲下的皮膚變白。寶拉拒絕了他，他並不意外，但還是很受傷。過了一會兒，他從椅子上站起來，輕輕地嘆了口氣，準備離開。他別無選擇，只能在斜角巷四處遊蕩，然後定期回到這裡。如果現在有誰能幫助他，甚至是試圖修補他和提姆的友誼，那一定是羅西。他快走出酒吧時，聽到寶拉喊道：「明天下午來看看吧。」

他微笑轉過身，但她已經又開始裝啤酒了。

一絲曙光，塔索可以好好把握。遺忘之後，他的好心情並沒有持續太久。起初他曾想著羅西會祝賀他，提姆會原諒他，他們會一起制定計畫，終結立方體。但在前往斜角巷的路上，幾個小時前的記憶猛地湧上心頭。他緊閉雙眼，雙手摀住耳朵，試圖以某種方式擺脫這股洶湧的情緒。但他沒有成功：失望、無助、失落、羞愧、憤怒，這一切一次又一次地湧入他的腦海，將他拖入徹底的黑暗，直到他的欣喜蕩然無存。他變成了一具無力的軀殼，沒有身分，沒有家人和朋友，也沒有妲莉亞。他費了好大力氣才來到無立方區。

塔索離開羅西的酒吧，在去小斜角巷的路上賣掉了置物櫃裡的一些黃金，並用它們儲值了自己的手環。他在離線者旅館訂了一個房間，接下來幾天都住在那，直到這時他才想起上次留給蕾亞的那封信。

他在前台詢問四一二號房間的留言。果然，飯店員工找到了一封寫給他的信，那是他用過的同一張紙。蕾亞的名字被劃掉了，下面寫著塔索。

他在走去搭電梯的路上讀了她的訊息。在他缺席的道歉下面，她簡單寫著：好，下個月見。他懷著複雜的心情上了樓。

❖ ❖ ❖

第二天，塔索中午就已經坐在羅西的酒吧了。他拿了份《愚人日報》，卻無法集中精神，一直朝門口方向看去。為了不讓別人發現，他還是每隔幾分鐘就翻一頁。
三個小時、四杯咖啡之後，羅西終於走進酒吧。塔索突然緊張了起來。雖然他的座位正對入口，但羅西並沒有注意到他。羅西穿著西裝，拿著一個小型旅行袋，似乎累得睜不開眼睛了。他從容地對寶拉說了幾句話，然後目光掃過已經有人的座位。看到塔索時，他揚起眉毛。塔索遲疑地舉起手致意，羅西勉強點了點頭，但沒有微笑。他繼續和寶拉交談，把包包放在櫃檯後面，走向咖啡機，熟練操作著咖啡機。過了一會兒，他端著一杯濃縮咖啡來到塔索面前。他一言不發地坐到塔索身邊，迅速地拿著糖罐往咖啡裡撒了幾下，看著塔索的眼睛，嘴角露出一絲淺笑。「你看起來糟透了。」
「你也是。」塔索回以微笑，知道自己無法掩飾緊張。他從沒想過自己在羅西面前會如此緊張。
「我必須承認，你那天給我的回應讓我有點驚訝。」他喝了一小口確認濃縮咖啡的溫度，然後一口氣把剩下的兩口喝掉。這玩意一定還很燙，塔索幾乎能感覺到舌頭上的疼痛。
「我也是。」他坦率地回答。
羅西用湯匙刮掉杯底含糖的咖啡渣，然後舔乾淨。「你這是什麼意思？」
塔索認真地看著他，希望他能相信自己。「我不懂自己為什麼要那麼說，也搞不懂自己為什麼要融入。」

「你又後悔了嗎？」

塔索沉默不語。

羅西的眼中閃過一絲嘲弄。「跟那個女孩沒結果嗎？」

塔索移開視線，咬了咬嘴唇。「我們分手了。」他的目光回到羅西身上。「我們太不一樣了。她想成為立方主義者，而我……我很快就意識到，雖然還是不夠快，但我做不到。就像你說的那樣。」

羅西笑了。「你們這些直男真是不讓人省心……一頭栽進去，拋下一切，幾週後又因為失敗全然皆空，然後一切重來又是一場大戲。」他搖搖頭，站了起來，微笑著張開雙臂。「來個擁抱吧，別這麼愁眉苦臉的。很多人都會因為這種事情迷失方向，重要的是他們從中學到了什麼。」

塔索有些驚訝地站起來，讓他擁抱自己。這讓他鬆了一口氣，幾乎要哭出來。

「你是怎麼進來的？你的預測分數這麼快就回到五十分以下了？」

他們再次坐下，塔索搖搖頭。「我行使遺忘權了。」

他的朋友似乎很驚訝。「真的嗎？」

塔索從口袋裡掏出那張印有新身分的紙張，展開後在桌上攤平。

羅西高興地看著這張紙。

塔索靠在桌子上。「我想我只是需要過去幾週的經驗，現在我更確定我要認真起來了。」他握緊了拳頭。

「怎麼做？」羅西的眼神變得嚴肅，示意塔索小聲一點。

塔索輕聲說：「我想加入反抗組織，羅西。全心全意加入。我是在等待期來到這裡的，我的預測分數是零！你認識我這麼多年了，知道我一直反對立方主義，現在我比以前更堅定了。我知道你們可以利用我，你們都說過……」他身子更前傾，向羅西示意靠近，但羅西沒有靠近，只是勉強地搖了搖頭。這裡不行。

塔索尷尬地往後靠。

「你住在哪裡？」過了一會兒，羅西問，一邊仔細地刮著杯子內壁的殘渣。

「離線者。」

「房間號碼？」

「三〇九。」

羅西站了起來。「待在那，無論如何都不要離開無立方區。你那天拒絕了我的邀請，所以可能有點難度，不過我會和幾個人談談的。」

❖ ❖ ❖

接下來的幾天，塔索幾乎都待在旅館房間裡。他不想去充滿臭氣、酒氣與歡快的小斜角巷，更不想在斜角巷碰到聽說他叛逃的熟人。他試著透過看古老的影集來保持清醒。他的思緒經常飄到妲莉亞身上，他仍然對自己能和她分手感到驚訝，有時甚至為此感到自豪。儘管如此，她的臉龐仍然在他的腦海深處拉扯著他，把他拉到深深的水底，把他困在那裡，直到他覺得快要窒息，**然後再困得更久一點**。當他浮出水面時，羞愧感再次襲來。他怎麼能期望反抗組織現在會張開雙臂歡迎他？聯盟有那麼多堅定不移、勇於犧牲的追隨者，他們為什麼還需要他？一個叛徒，一個沒有特殊才能的無名小卒。

他想乾脆移民算了，但大概沒有哪個非結盟國家會發簽證給他，也沒有人需要德國律師。唯一的選擇就是偷渡到西非，他的黃金肯定足夠。他一次又一次地想像自己的屍體被沖上非洲的白色海灘，臉色蒼白、體態浮腫，四肢被蠶食殆盡。奇怪的是，這個畫面並沒有讓他感到害怕，反而有種令人恐懼的平靜，至少在他清空飯店房間迷你吧一半的食物之後是這樣。

這幾天唯一能讓他心情愉快的就是他的骰子。見到羅西之後，他把置物櫃裡裝有他收藏的醫藥箱拿了出來，花了很多時間整理箱子裡的東西。他最近買的骰子還沒有分類，所以他繼續整裡和重寫他的清單，直到一切恢復秩序。然後，他又買了新的紙張和鋼筆，把所有內容重新工整地騰寫了一遍。

然後他每隔不到兩個小時就到櫃檯詢問是否有他的信件。第四天，櫃檯人員惱火地把一封信塞到他手中。塔索用顫抖的手指拆開了信。

❖　❖　❖

電梯門無限緩慢地打開。站在門邊的不是羅西、提姆或其他熟悉的面孔，而是那天轉達羅西消息給他的那個瘦削男人。他什麼也沒說就走了，塔索跟著他走過一條狹窄的走廊。他以前從來沒來過斜角巷的這裡。據說這裡是竊聽室，但他不知道是誰在使用這些空間。他們在迷宮般的狹窄走廊裡走得越久，他就越感到不安。「我們要去哪裡？」他再也忍不住地問道。

這時，那人打開一扇厚重的金屬門，說：「提姆已經在等你了。」

塔索立刻鬆了一口氣。同時，他的緊張感再次升起，因為他不知道提姆會對他有何反應。他深吸了一口氣，走進一個小前廳，對面的牆上有扇圓形、類似保險箱的門。和斜角巷的閘門一樣，門邊的顯示器告訴他，現在正在對他進行技術設備掃描。最後，通往主房間的安全門打開了。塔索看到裡面有張巨大的會議桌，他向前跨了一大步，穿過牆壁上三十至四十公分寬的洞。提姆坐在桌子的一端看著他。他身體向後靠，雙臂交叉在胸前，身旁站著一位身穿黑衣、亞洲臉孔的女人，身高和他坐下時差不多高。塔索一陣戰慄，有預感這不會是個愉快的早晨。回憶起幾天前羅西安慰他的擁抱，他突然感到一陣苦澀。

提姆站起來。塔索不確定地朝他笑了笑，但他沒有反應，一言不發地推開沉重的金屬門。

他點點頭，示意塔索坐下。吸音棉隱沒了塔索的腳步聲。坐下後，他才注意到旁邊有個球型頭罩，類似以前美髮師會使用的球型烘罩。他困惑地把它推開，為自己騰出一些空間，此時那個亞洲女人走過來，把架子推了回去，然後站在後面。這個設備和這個女人同樣讓他覺得毛骨悚然，所以他轉過身讓自己能用眼角餘光注意他們。

「羅西說你讓自己被遺忘了，現在你想加入反抗軍。」提姆的聲音聽起來陌生而遙遠。

塔索點點頭。

「老實說，我覺得這不是個好主意。」提姆讓這句話產生的效果繼續發酵，事實上，塔索現在覺得比先前更不自在了。「但帕斯卡爾認為，我們應該給你一個機會。而她是老闆。」

塔索咬著嘴唇。「機會」一開始聽起來不錯，基本上這是幾天以來最好的消息。然而，提姆語氣中的苦澀和那個和球型頭罩一起的陌生女人並沒有讓他真的高興起來。

「但我們不能就這樣接納你。你告訴我幾週前你和鍾．施奈德見面了之後，沒過多久你就加入立方主義了，據說是因為一個女人。」塔索想反駁他被指控的謊言，他本來想向提姆說明他幾天前就開始準備的解釋，但一種模糊的感覺讓他保持沉默。提姆繼續說：「所以，我們需要確認能不能信賴你。」塔索凝視著他，直到他帶著痛苦的表情別過臉去。塔索感覺自己像被扇了一巴掌。還沒等他開口，這個嬌小的女人就從桌子底下拿出一個行李箱並打開。裡面有一支大針筒、一個小瓶子、一罐消毒噴霧劑、一台筆記型電腦和一條電線。女人拿出筆記型電腦，透過電線連接到球型頭罩上。

「這是在幹什麼？」塔索憤怒地問。「我剛剛放棄了我的一切存在來加入你們，而你們卻懷疑我的忠誠？在這麼多年之後？」

「我們懷疑你？我們怎麼可能不懷疑你呢？」提姆再次面無表情，但他的聲音卻透露出深深的受傷。

亞洲臉孔的女人用針筒從小瓶子中抽出一滴緩慢流動的灰色液體，並放在塔索面前的桌子上。當她試圖捲起塔索的袖子時，他拉過手臂站了起來。

「針筒裡是什麼？這個東西是要做什麼用的？」他指著那頂球型頭罩，那已經不再像是移動式吹風機了。「你到底是誰？」他問那個女人。

「孟女士最近開始支援聯盟的工作，她現在要對你注射一種溶液，這種溶液會在你的大腦中擴散。」提姆說：「這樣我們就可以在你回答問題時，檢測你大腦的哪些區域處於活躍狀態。」

塔索頭暈目眩。「一個不小心我就被這樣對待嗎？」他看著提姆，再看向那個女人，又看回來。「一定要在我腦子裡注射什麼『解方』嗎？」

「別大驚小怪，這完全無害，幾個小時就會排除體內了。」塔索還是不肯坐下，提姆也站了起來。「如果你不想做，沒問題，那就這樣吧。」他堅定地指向門口。

塔索站在原地，盯著注射器。他才剛擺脫立方體，現在又要接受測謊儀器的檢查？難道就沒有其他辦法可以加入反抗組織嗎？他看著提姆，後者正皺著眉頭等待他的回答。塔索費力地壓抑著他的自尊和恐懼，捲起袖子坐了下來。孟女士為他的手臂消毒時，提姆也坐了下來。他依然面無表情，但塔索看到了一絲釋然。

注射過程沒什麼痛感，但塔索感覺到有東西爬上了他的手臂，消失在他的胸口。還是這是他自己想像出來的？過了不久，他的額頭一陣騷癢，感覺很熱。孟女士將球型頭罩拉到他的頭上，在兩人中間坐下，打開筆記型電腦。然後她向提姆點了點頭。

「首先，我要問你幾個我知道答案的問題。這有助於我們識別你在做出真實陳述時會啟動的大腦區域。」

塔索點點頭，深吸了一口氣。

「你叫什麼名字？」

「塔索．多夫。」

「你幾歲？」

「二十八。」

「你父母和哥哥叫什麼名字，他們幾歲？」塔索一一說出。

提姆清了清嗓子。「我們怎麼認識的？」

這個問題讓塔索感到驚訝。「上大學的第二天，差不多十年前。」他微微一笑，但提姆沒有任何反應。「我當時正在找刑法講座在哪裡，沒有智眼電話可沒那麼容易找。你一派輕鬆從我身邊走過，雙手插在口袋裡。我心想你是個很酷的傢伙，便問你是不是也要去聽同一個講座。你很驚訝，因為即使在那時候，被陌生人搭訕也是一件很奇怪的事。我跟你說我忘記在哪間教室，也沒有智眼電話。你的反應再次讓我感到驚訝，因為你沒有用奇怪的眼神看著我然後離開，而是很有興趣地聽我解釋為什麼我沒有智眼電話，從那以後，我們每次聽課都坐在一起。」

提姆緩緩地點點頭，沉默了一會兒，然後又問起他們的過去，直到孟女士給了他一個信號。

「現在對我們撒謊吧。」

「像什麼？」

「都可以，說點謊吧。」

塔索聳了聳肩：「二加二等於五，地球是平的，我媽來自火星，我是世界上最堅定的愚弄者。」

提姆面不改色，孟女士則專注地看著筆記型電腦。

塔索想了想，看著提姆的眼睛。「我恨你。我不在乎我們吵過架。我不後悔任何事。」

提姆嚇了一跳。「說……再說一次我們的第一次相遇，但是錯誤的細節。」

塔索聽話地照辦了。這次提姆才是那個沒有智眼電話的人，他要聽的講座是關於固執導致革命失敗的主題。提姆再次恢復冷靜，但塔索似乎戳中了孟女士的笑點，她的嘴角上揚，不得不用手指摸了幾下鼻樑，才重新嚴肅起來。

塔索又撒了幾個謊之後，提姆讓他說說自己是怎麼遇到妲莉亞的，以及在遇到艾瑪之前發生了什麼事。

塔索盡可能詳細地講述了他所記得的一切。「……然後一個聲音把我吵醒了。突然間，這個女人就坐在我旁邊的長椅上。」

「艾瑪。」

「沒錯。」

「你怎麼解釋她的出現？」

「她說，她是唯一能說服人們融入社會的人，她總會出現在對方面前，並希望自己的嘗試能夠成功。但後來發現這完全是胡說八道。」

提姆疑惑地看著他。

「彼得在我們最後一次談話中他付錢給艾瑪，讓她說服我加入。」

提姆並沒有露出得意的「你看吧！」的表情，只是揚起了眉毛。「他這麼說的？」

「對，我不知道有這種事，但我肯定他說的是實話。」

那天早上，提姆似乎第一次完全卸下了面具。「他到底說了什麼？」

回憶起與哥哥的對話，塔索感到非常痛苦。

「他說他花了很多錢才和讓艾瑪出現，還說他是為我好之類。你問這些幹嘛？」

「這不重要。那你和艾瑪還發生了什麼事？」

塔索描述了自己坐在田邊的長椅上，決定成為立方主義者的那一刻。他說得越多，就覺得越不自在。這個故事聽起來已經像是他年輕時的糗事了，而提姆聽著，明顯在努力控制自己。他反覆深呼吸，粗魯地抓著自己的頭髮，翻著白眼。等塔索講完後，提姆脫口而出：「你在『愚弄』這個詞出現之前就一直在愚弄整個體制了，結果你就這樣被說服了？就經過一個小時的討論？你以為我會相信嗎？」

「不只是那一個小時。那是一個過程。連我自己都難以相信。我有段時間的狀態很不好，然後墜入愛河，完全失去了理智。這似乎是我和妲莉亞在一起的唯一辦法，也是挽救我的工作、我的公寓和我哥哥關係的唯一辦法。」

「為什麼你之前不跟別人說？比如跟我說？」

提姆眼神中的傷痛讓塔索大吃一驚。他們近年來很少見面，但這件事仍如此打擊提姆，讓他很感動；與此同時，他的不滿也在增加。正是因為他們仍然很親密，他更期望他的朋友能理解自己。「你說得好像我做了什麼傷天害理的事！我只是一時衝動，然後做了一些蠢事。但我沒有傷害任何人，沒有人比我更後悔，因為這樣我非常痛恨自己，提姆！但我無法挽回，我已經厭倦被你這樣對待了，你太誇張了！」

「我誇張了？在我認真向你求助的時候，你居然成了立方主義者？然後你偏偏在這時候覺得，你寧可更想要一棟立方體贊助的花園房子？你明明知道我們在計劃什麼，卻在融入之前什麼都不跟我說！」

「我什麼都……」塔索的身體猛地向前傾，頭撞到了球形頭罩。他不為所動，繼續說：「不知道！你總是神神祕祕的，我怎麼能當真？你應該認真對待我。我很孤獨，但你從來不在乎！你總是只關心你自己，只為反抗大業而戰！」

不等提姆回話，孟女士大聲地清了清喉嚨。塔索內心沸騰，確信這一切就這樣結束了。但有了提姆這個敵人，他就不可能加入聯盟了。他的心怦怦直跳，向後仰靠，瞪著提姆，可以看到他的內心在醞釀。當他再次看向塔索時，目光變得柔和了一些。「自從你融入之後，你有與警方或憲法保護機構接觸過嗎？」他疲憊地繼續問道。

塔索惱怒了一會兒，但隨後還是給了肯定的答案，並把去小斜角巷的路上和施奈德的對話告訴了他。

「你是聯邦憲法保護部門的特務還是線人？」

「都不是。」

「你有沒有從憲法保護部門獲得任何好處？」

「沒有！」

「你是反抗組織的祕密間諜嗎？」

「見鬼去吧！」

提姆不為所動，繼續問。「是不是憲法保護部門為了讓你當間諜安排你行使遺忘權？」

「不是，根本胡說八道！」

「你會被賄賂嗎？」塔索疑惑地看著他，提姆補充道：「你有能想到有什麼可以用來賄賂你嗎？沒解決的犯罪、債務，什麼都行。」

「沒有。」

提姆點點頭。「你對反抗組織工作有什麼期望？」

「我想幫助摧毀立方主義。」

「為什麼？」

「因為……因為它把人們變成順從的、被剝奪權利的，甚至連自己都無法保護自己免於變廢物的可憐人。如果我們不做點什麼，這台電腦就會毀了我們！」

「你願意為了反抗運動做出犧牲嗎？」

「當然，我已經放棄我擁有的一切了。」

「你願意為起義而死嗎？」

塔索的呼吸卡在喉嚨裡。「什麼？」

「回答問題。」

塔索從未想過這個問題。「不……我不知道……也許吧，但希望不要。」

提姆看著孟女士，她緩緩搖了搖頭。塔索不願意想像這是個不好的徵兆。

提姆站了起來，向塔索伸出了手。「謝謝你，你可以走了。」

塔索先是盯著提姆的手，然後又看了看他面無表情的臉。「我到底有沒有通過？」

「我們會聯絡你。」

塔索搖搖頭，推開頭罩站起身來，短暫地握住提姆的手。「那我腦子裡的這些東西呢？」

「很快就排出了，多喝點水就不會有感覺了。」

塔索猶豫著走到門邊，打開了門。正當他準備爬過洞口時，聽到提姆在後面叫他。他轉過身去。

提姆看起來很緊張，但還是勉強地笑了笑。「很高興你回來了。」

❖　❖　❖

因為塔索不知道一個億萬富翁究竟還會對什麼有興趣，所以他帶了一個他最喜歡的骰子：一個由桃花心木製成的稀有骰子，骰子面上有著古老的行星符號。這個樸素的黑色盒子從他扣好的外套口袋裡露出來，緊貼著他的臀部。他花了好長一段時間才選好這個盒子。門開了，塔索走進電梯。他打開邀請函，將密碼輸入門旁的數字鍵盤。上樓時，他又看了一遍卡片：

親愛的塔索：

我們已經很久沒見面了。帕斯卡爾告訴我，你結束了外面的漂泊，準要備做更重要的事。那真是太好了啊！我邀請了一些人明晚來我家共進晚餐，如果你能來，我會非常高興。

你的雨果

接著是直達雨果頂樓公寓的電梯和密碼。在過去的二十四小時裡，塔索已經重複閱讀邀請函無數次。無論他怎麼想，得出的結論都一樣：他通過了測試。這種感覺好極了。

雨果的第一句話聽起來就像他們是老朋友一樣。這當然有些誇張。他們在公投前見過一次面，塔索甚至懷疑雨果是否還記得。當時塔索才十九歲，只幫忙組織過幾次轟動一時的示威活動，而雨果已經年過六旬，是這個國家最有名的人之一。公投之後，塔索見他的次數多了起來，總是和他打招呼。但是很快雨果似乎就認不出他了，儘管他總是友好地回以微笑。因此，塔索完全沒有想過自己會收到他的晚餐邀請。

電梯門打開，通往雨果公寓的走廊。走廊上一個人也沒有，但能聽到笑聲、古典音樂和鐵鍋熱氣騰騰的滋滋聲響，空氣中還瀰漫著焦糖和肉桂的香味。

「失陪一下。」他聽到雨果說。

塔索心跳加速，從口袋裡拿出禮物。雨果出現在走廊上，他過了一會兒才意識站在他面前的是誰。「啊！塔索！」雨果向他快步走來，熱情地握著他的手。「你能來真是太好了！」

塔索對他的邀請表示感謝，沒有多說什麼就將盒子遞給了雨果。雨果謝過他，將骰子拿出來，饒富興味地端詳起來。「金星、火星……其他符號可能代表的是水星、木星、土星和……」他疑惑地看著塔索。

「地球。」

「可不是嗎，地球！」

塔索說明哪個符號代表哪個星球，稍微放鬆了一點。

老人微笑著，小心翼翼地把骰子握在手裡。「太棒了，多麼棒的禮物！快進來，快進來！」他們走進一個巨大的空間。塔索的眼神不知道該先看向哪裡，不敢相信眼前的一切竟然不是智慧場景。房間有三面牆完全是玻璃，夕陽下的城市美景讓他屏住了呼吸。五公尺高的天花板上有著金屬纜繩，上頭懸掛著數百盞大雨滴狀的燈具。到處都是優雅的家具，毫無疑問，這些家具都所費不貲。兩張厚重的皮革扶手椅邀請來人坐在直達天花板的書架旁，房間中央的講台上擺放著一張裝飾華麗的巨型木桌。在桌子後面，沙發和其他扶手椅圍成了一個近二十人的圓圈。塔索認出了羅西和《愚人日報》的主編愛麗絲・瑪努。坐在他們旁邊的是一位皮膚黝黑的中年女士，塔索不認識她。三個人都站了起來。塔索不著痕跡地在褲子擦了擦手汗，跟著雨果來到座位區。

「請容許我介紹塔索・多夫。一開始就是人文主義者，傑出的愚弄者，最近行使了遺忘權！」愛麗絲讚賞地點點頭，在雨果介紹完他們之後，她立刻報上了自己的名字。

「還有這位，」雨果短促地輕輕拍了拍陌生人的肩膀，「她是塞西莉亞・阿庫阿・奧達梅，迦納大使。你們應該都知道，迦納是不結盟運動的主要國家之一。」塔索尷尬地歪著頭，奧達梅女士似乎對此感到很有趣，也跟著模仿了他的動作。於是羅西大笑起來，擁抱了塔索，稍微緩解了塔索的緊張情緒。

「你想喝點什麼嗎？」雨果問。

「好啊，謝謝。」塔索如釋重負地說。

過了一會兒，他手裡端著香檳杯，與其他客人碰杯。兩人還沒在沙發上坐下，門鈴就響了。雨果匆匆走進走廊，帶著帕斯卡爾・貝拉夏和提姆回來。塔索的心又開始狂跳了起來。在提姆和雨果身邊，帕斯卡爾就像兩匹騾子中間的一匹白馬。她走起路來相當挺拔，微微搖擺，下巴稍稍抬起，嘴角掛著神祕的微笑。她穿著深色牛仔褲和一件衣長及肘的粉橘色針織毛衣，頭髮鬆散地盤起。她先向羅西和兩位女士問好，然後轉向塔索。他不知道該不該跟她握手，因為他們其實很熟。正當他還在猶豫的時候，她向他走來，隔著距離在他的臉頰上輕輕一吻。「很高興見到你，塔索。」她說著，向他眨了眨眼。

「謝謝你給我這次機會。」他盡可能平靜地說。

只剩下提姆了。一時間，他們站在對方面前猶豫不決，直到提姆朝他走了一步，他們才緊緊地擁抱在一起。

「我很抱歉。」塔索低聲說。

他們鬆開擁抱，但提姆的手還是短暫地搭在塔索的肩上。其他人已經坐在餐桌旁。「抱歉，我對你太嚴厲了。」提姆說著，眼神帶著悲傷，輕輕擁抱了他。

塔索點點頭，在走向餐桌的路上，內心雀躍地彷彿要跳起來了。

雨果顯然有自己的私廚，因為廚房不斷傳來叮叮噹噹和嘶嘶作響的聲音。肉桂和焦糖的香味和紅酒的香味融為一體，而興奮過後，塔索才意識到自己有多餓。過去幾天他吃了太多不健康的垃圾食物，現在口水都快流出來了。

「法律程序進展如何？」愛麗絲問道，雨果正依序為眾人倒水。

他翻了個白眼。「如果聽我的，我們早就達成協議了，但那個白痴實在是太固執了！」

「他有勝算嗎？」愛麗絲問。

雨果擺擺手。在回答之前，他向塔索和奧達姆女士解釋道：「馬克．芬德正在告希爾茲有限公司，因為他在斜角巷的一次活動中被人丟番茄……可憐的傢伙！」塔索點點頭，表示了解。「他覺得我們應該要好好保護他，所以現在他要求我們大人賠償他所受的罪，當然，還有他被弄髒的衣服。」雨果轉向愛麗絲。「我的律師向我保證他沒有機會，但話很難說。」

「有傳言說，芬德陣營現在已經說服了百分之四十的國會議員支持全國不得設置非立方區的禁令。」愛麗絲說。

帕斯卡爾有力地說道：「我們會竭盡**全力**確保這場投票永遠不會發生。」

一個身穿白色圍裙、頭戴廚師帽的嬌小男人從廚房匆匆走出來，手裡拿著三個盤子。他熟練地為女士們上了第一道菜，又匆匆跑回廚房，再為男士們上了焦糖無花果，搭配有紅酒、肉桂和生薑味的醬汁。雨果向他表示感謝，並祝福大家用餐愉快。然後他轉向大使：「您能告訴我們一些談判的情況嗎？」

「當然。」奧達梅女士一邊咀嚼，一邊說著。「大家都知道這是怎麼一回事嗎？」提姆搖了搖頭，塔索也是。

大使很快嚥下了口中的食物，開始說道：「自從西方國家公投結束以來，立方主義陣營與和諧主義陣營持續在爭奪西非的資訊主權，當然是在受影響國家和人民的頭上動腦筋。假消息攻擊接踵而至，幾乎每天都有駭客在攻擊我們最重要的節點和伺服器，兩個陣營的傳教士不斷湧入我們的村莊。」塔索並不知道非結盟國面對著如此大的壓力。「長期以來，迦納一直呼籲結束這場不堪的競爭，但我們的呼聲至今仍被置之不理。三個月前，中國突然提出一項達成條約協議的倡議。我們一開始就持懷疑態度，現在看來，我們的懷疑是正確的。當然，這兩個陣營根本不讓我們參與談判，只是給予我們觀察員的身分。然而，談判的方式完全不透明。我國人民的印象是，立方體正在直接與中國的領導者習談判，沒有其他人的參與！我們擔心雙方會把西非劃分為不同的資訊領域，包括相互交換各自國家已經收集的數據……請注意，是我們的數據。」

大家一時啞口無言。雨果皺著眉頭，怒氣沖沖地說：「這實在太讓人抓狂了！就像兩個癌症腫瘤在身體上劃分領土一樣！」

「其實只有一個選擇。」帕斯卡爾說。

「就是禁止智慧穿戴裝置。」提姆補充。

奧達梅女士點了點頭。「事實上，這是我們施加壓力的唯一手段。但你們也知道，智慧穿戴裝置的技術為我們的國家帶來了多大的進步，如果現在禁止智慧穿戴裝置，會給人們帶來多大的傷害，很大一部分人可能會造反。」

「但不是也有不是綁定立方體或習的智慧裝置嗎？」塔索問。

「當然，」奧達梅女士回答說：「但與綁定立方體或習的智慧穿戴裝置不同，它們不是免費的，而是要花很多錢，甚至比大多數迦納人有的錢還要多。而且因為缺乏立方體或習的資料寶庫，非綁定智慧裝置的吸引力也大打折扣。」

「在開發出真正的替代方案之前，我們無法解決這個問題，」愛麗絲嘆了口氣，雨果點頭表示同意。

塔索聽得入迷。他終於又回到志同道合的人身邊了。他根本不在乎妲莉亞、彼得或艾瑪。此時此刻，與這些奇妙的人坐在一起，聽著他們講話，就是他在這個世界上任何東西都換不來的禮物。他感激地看著帶他進來的帕斯卡爾和提姆。還是該感謝羅西嗎？他話不多，每當塔索看著他時，他似乎仍完全清醒和專注，即使在喝了五杯酒之後。他的冷靜散發出一種獨特的魅力，甚至讓雨果相形見絀，當他開口說話時，每個人都聽得如痴如醉。

他們喝得越多，談話就越輕鬆。多數時候，他們通常在一群人之中交談，但塔索也能單獨和提姆聊上幾句。他們之間的關係還沒有回到以前那麼自然，但每喝一口酒，感覺就好轉一些。

愛麗絲和大使率先告別。塔索再次向奧達梅女士低頭致意，面帶微笑，她也回以問候。大家都笑了。

「我們去隔壁好嗎？」雨果問，此時廚師也離開了，他看看羅西，又看看帕斯卡爾。兩人都點了點頭。

他們的主人走到一扇不顯眼的門前，塔索之前沒有注意到這扇門。雨果掃描了他的虹膜，對著麥克風低聲說了些什麼。門開了，他們一前一後進入一間防竊聽的房間，不過這間房間與上回審訊塔索的房間完全不同，裡頭有六張時髦、舒適的扶手椅。他們站在厚重的波斯地毯上。其中一個角落裡有個半開放的酒櫃，裡面擺放著各種烈酒。雨果最後進來，為每個人準備飲料。塔索要了一杯加了葡萄柚的琴酒，但他一口也沒喝，緊張地等待著接下來會發生什麼事。

雨果滿意地嘆了口氣，坐進最寬敞的扶手椅。他搖晃著威士忌杯，深深嗅了一口杯中的酒，再次搖晃一下，慢慢地喝了兩口。沒有人說話，似乎每個人都知道他會第一個開口。「準備得怎麼樣了？」他最後問羅西。

「很好，一切都照計畫進行。」

「她真的會來嗎？」羅西點點頭。

「還有那個胖子？」羅西又點了點頭。

雨果心不在焉地喝了一口酒，他熟練的下顎動作讓威士忌從嘴裡流過。他吞了口口水，把注意力集中在塔索身上。「所以，你將會拯救這個國家免於毀滅。」

13

塔索心跳加速，無法抵擋雨果銳利的目光。羅西、提姆和帕斯卡爾看他的眼神也與之前輕鬆喝酒時不同。他開始後悔喝了那麼多酒，或者說沒有喝更多。在最初的震驚之後，他打起精神，微笑著聳聳肩膀，試圖表現出自信。

「我們還不能向你解釋我們的整個計畫。」羅西說。塔索對他接管談話並不驚訝。「但我們想告訴你，你能為我們做什麼，為什麼你對我們這麼重要。」他滑到椅子的前緣，把手肘放在膝蓋上，雙手交叉。「我們希望你為我們招募一個人。」

塔索清了清嗓子，盡量讓自己聽起來平靜。「招募？誰？」

「蕾亞。」

他睜開了眼睛。周圍的一切都在閃爍。「蕾亞？」

羅西點點頭。「她在憲法保護部門工作。」

羅西的表情顯然不是在開玩笑。塔索還是不敢相信。那個每個月偷跑到小斜角巷和他睡一次覺的立方主義竟然是特務？文靜的蕾亞——特務？「你們怎麼知道她的？」他看著提姆，

「我根本沒有和你們說過她的名字。」
提姆的表情變得嚴肅起來。
「我們……」羅西猶豫著開口：「我們看得到小斜角巷發生的一切。」
「什麼意思？」塔索環顧四周，看著一張張木然的臉孔。他的腦袋嗡嗡作響，浮現了一個想法，但這個想法毫無意義。儘管如此，他還是說了出來：「你們在監視我們嗎？」
羅西沒有動作，只是看著他。
塔索提高了聲音。「你們是認真的嗎？」他想跳起來大喊。他們在監視離線者！在無立方區裡，而且還看著他做愛！但他一動也不動，屏住呼吸，承受他們審視的目光。他必須振作起來，不能得罪他們。他們是他僅剩的一切了。「這是測試嗎？」他終於開口問道。
「測試？」羅西似乎有些惱怒。
「我是否忠誠或是我還隱瞞什麼之類的。」
「不是。」
塔索苦笑一聲。聯盟居然在監視小斜角巷，這座破城裡唯一讓人感覺不受監視的地方。
「我理解你很生氣。」羅西輕聲說：「你完全有理由生氣，我也會有同樣的感受。為了實現我們的目標，我們已經忍耐到了極限……對，甚至超越了極限。」這並沒有讓塔索放寬心，因為他不是唯一有這種想法的人。「但是請暫時忘掉我們的原則，改從戰略上來看待整個局勢：反抗的力量很小，一直都是這樣。我們已經衰弱到無可救藥，我們正在迅速萎縮，立方主義國家在技術方面又無可救藥地優於我們。我們只在一個很小的領域有優勢，就是我們在無立方區裡掌權。立方體從來沒能聽見在這裡發生的事情和說的話，甚至是立方主義官員說的話也是一樣。」

塔索再也無法控制自己。「但這不能成為你們監視我們的理由！你們是好人，該死的！」

「突然間又成了道德人士。」提姆的表情和幾天前審訊時一樣痛苦。「你在外面一直被監視，但這可從來沒讓你這麼激動過！」

「這根本不能比！我知道立方體在監控，但不知道你們也是！我可以適應那種做法，但適應不了這個！外面只有一台機器在監視我，但在這裡監視我的是我最好的朋友們！」

「你說話就像個立方體主義者，」提姆冷冷地說：「好像立方體『只是一台機器』就不是什麼問題一樣！事實恰恰相反，正因為是機器才特別糟糕！這可是你跟我說過的話，兄弟！」

還沒等塔索回話，羅西就插話了。他仍然平靜地說著。「我們認識多久了？」

塔索哼了一聲。「我不知道……九年左右吧。」

「沒錯。我們一起經歷了很多事。你和我，提姆和你，我們在座的所有人……這麼多年來，我們可曾讓你懷疑過我們的判斷嗎？」

有，就是今天！塔索真想這麼大喊。他猶豫不決地舉起雙臂。

「你可以知道，」羅西繼續說：「如果我們在過去幾年就找到打敗立方主義的乾淨手段，我們一定會這麼做。但世界並非如此。如果我們不願意弄髒我們的雙手，我們就沒有機會。我們必須利用我們能找到的一切辦法，而你的情況就是如此，否則我們永遠不會遇到蕾亞。」

塔索的腦袋嗡嗡作響，一個念頭接著一個念頭不斷冒出。「所以我要去說服憲法保護者參加某個反抗計畫嗎？你們是怎麼想的？」

「這會是個挑戰。」帕斯卡爾插話道：「但我們會幫你做好充分的準備。」她堅定的聲音平息了塔索的怒火。他突然意識到自己和誰坐在一起。他不安地看著兩位聯盟領袖。帕斯卡爾把手肘靠在椅子扶手上，一臉警戒。雨果雙手緊握在嘴前，以懷疑的目光打量著他。

塔索頹然地嘆了口氣：「我這段時間累積了不少情緒，抱歉。」他猶豫地看著提姆，提姆皺起的眉頭正慢慢舒展開來。「我不想譴責你們的做法，畢竟我也被這個世界愚弄了。」這句話很苦，但卻很有效果。其他人明顯放鬆了下來。他目光堅定地環顧四周：「我會幫你們的。」羅西嘴角閃過一絲微笑。「雖然我還是無法相信，我竟然和一個在憲法保護部門工作的人有些什麼。」

「這並不是個巧合。」提姆說。

還沒等他繼續說下去，羅西就插話了。「我想今天就到這裡吧，讓他先消化一下吧。」

塔索想反對，卻沒有力氣。他癱坐在扶手椅上，試圖尋找晚餐時的歸屬感，但徒勞無功。大家漸漸地把酒杯裡的酒喝完，只有塔索沒有再動他的酒。

「哦，在我忘記之前……」等大家都喝完酒後，雨果從口袋裡翻出一把鑰匙說。他拿出鑰匙，露出鼓勵的微笑。「我在四樓為你留了一間公寓，最好的一間。在事情變得嚴肅之前，先放鬆一下吧。」

❖ ❖ ❖

現在！塔索想著，清了清喉嚨。這個問題已經困擾他好幾天了，甚至比揭露蕾亞為誰工作、比等待解釋為什麼他們的相遇不是巧合更讓他耿耿於懷。但他遲遲不敢問，因為他怕提姆會覺得他是個懦夫。他們即將要前往人寧參加人文主義聯盟的聯邦會議了，他卻仍未釋懷。

兩小時前，提姆來到塔索的新公寓吃早餐。他們終於又好好聊了聊，討論了在雨果家吃飯時的話題，並沉浸在關於未來的後立方主義的憧憬中。最後，他們甚至聊起了私事。起初他們只是在聊塔索和他與妲莉亞相處的時光，後來又聊到了提姆與帕斯卡爾的關係。提姆在過去的幾個月很少見到帕斯卡爾，他談到，有幾個晚上、甚至幾個星期，他都是一個人在某個人煙罕至的無立方區或國外，而帕斯卡爾不是在和重要人物談話，就是去了別的地方。他懺悔地承認，也許這就是為什麼塔索的叛逃對他打擊很大，為什麼他在小吃店的見面後感到如此失望。

他們確實需要這次談話。塔索有些悵然若失地意識到，這和前些時候上與彼得在網球場時的感覺一樣，他好像重新認識了一個對他來說既重要又陌生的人。然而，雖然他和哥哥的親密關係顯然只是一種假象，但他和提姆的友誼卻是真實存在的。他們的共同點比血緣更多。他們想生活在同一個世界，被同樣的人包圍，為同一個未來而努力。為什麼他沒有早點意識到這有多寶貴呢？為什麼他要在彼得身上尋找他無法給自己的東西？只因為他們是偶然一起出生。

他毅然拋開了對哥哥的思念，卻出現了另一種不安的感覺。就在一週前，他還沮喪地在離線者旅館房間裡打發時間，整理骰子，自怨自艾；現在，每個人都把他當成知音一樣照顧。他們為他安排了一間可以俯瞰整個城市的公寓，為他提供最好的食物，對他無比友好。這一切都是因為他即將去招募蕾亞嗎？

如今他的焦慮已經到了無法控制自己的地步。「那麼蕾亞的事，」他像是在詢問任務細節般隨意地說：「我真的只需要做這件事嗎？」

他緊張地等待著提姆的反應。他原本希望他的朋友會大笑起來，因為他在忠誠度測試時詢問他是否願意犧牲時，將這個問題看得這麼認真而感到好笑。

然而，提姆以他談論「事業」時一貫的作風回答。他的眉頭微微皺起，鼻孔緊繃。「我們沒打算打遊擊戰，但我無法告訴你會發生什麼事。」

塔索點點頭，但並沒有真正放心。他連連揉搓著手指。

提姆看了看錶，站了起來。「我們走吧？」

塔索從臥室拿出裝滿東西的旅行袋。過夜所需的東西不多，但袋子空了一半看起來很單薄。「我的衣服還可以吧？」當他再次站在客廳時，指著自己的淺色牛仔褲和深色毛衣問道。

提姆似乎被這個問題激怒了。「當然。我給你的面具帶了嗎？」

塔索點點頭。

在電梯裡，他從側面偷偷覷著提姆。他很羨慕提姆的淡定，這對他來說都是例行公事。他深諳此道，找到了自己的位置，最重要的是，他有明確的人生目標。如果當年塔索不是那麼缺乏安全感，如果相信反抗，他現在也許就會像提姆一樣，一樣放鬆，一樣能掌控自己和一切，清楚地知道自己想要什麼……也會和帕斯卡爾這樣的女人上床。

「你後悔過嗎？」

提姆看著他。「什麼？」

「參加反抗運動……放棄你原來的生活。」

他再次直視前方。「不，從來沒有。」

❖ ❖ ❖

寶拉和一個塔索不認識的男人在停車場等著，那個男人神情激動。他大概三十多歲，留著及肩長髮，穿著一件胸前有著大大聯盟標誌的連帽衫。

「那天的事很抱歉，」寶拉擁抱塔索說道：「但是我還是掛記著提姆那天從你們在小斜角巷的見面回來時的樣子。」

塔索聳聳肩。「沒關係。」

陌生男人介紹自己叫魯本。他負責管理帕斯卡爾的「聽我吼」帳戶已有三年之久，他們坐上等候多時的智駕出發後，他仍在滔滔不絕地說著。在車上，他立刻開始播放帕斯卡爾最響亮的發文，他稱之為「我的大吼」。由於他們都沒有戴智慧穿戴裝置，他乾脆自己吼了起來。塔索對魯本的興奮感到驚訝，但還是帶著友善的微笑聽著。第五次展示之後，提姆大聲喊道，如果剩下的路他不想下車用走的，那就閉嘴。之後終於安靜。

塔索望向窗外。漆黑的車窗玻璃讓人彷彿正駕車穿越日食，一切都清晰可見，卻又陰沉而不真實。他們早已離開城市，行使在高速公路上。不久之後，車輛加速到每小時三百公里的標準速度，進入了以同樣速度行駛的智駕車流之中。

塔索已經很久沒有離開過城市了。事實上，逃到鄉下其實是擺脫立方體的一個不錯選擇，但是在他為數不多的幾次旅行中，他從未感到過自由，而是感到孤獨。他沒有好好享受時光，而是用一個問題折磨自己：是什麼讓一個人與另一個人不同？他從來沒有真正放鬆過自己，因為總是隨時可能有智寵穿越最近的樹梢。在人寧的情況好一點。

他對見到父母的期待慢慢增加。自從聖誕節後，他就再也沒見過他們了。他其實很想告訴父母他要去探望他們，但是想像母親驚喜地張開雙臂擁抱他的畫面，他還是決定不跟他們說了。他很少去看他們。他也想常常去探視他們，但是人寧讓他感到太過壓抑，與世隔絕的荒郊野外顯得如此無助絕望。隨著他每去探訪一次，居民似乎就更孤立一些，對外部世界的無知和恐懼與日俱增，士氣持續低落，尤其是年輕人，一種壓抑的末日情緒正不知不覺潛入越來越多人心中。塔索面無表情地揉了揉太陽穴。這些都是不被允許發生的。所有的藝術家和哲學家、信徒和人文主義者，這些正直、自豪、無與倫比的人們，他們不可能注定要滅亡。這個國家必須有所改變。有些事情會改變的。

大約兩個半小時後，車子停了下來。透過車窗，塔索看到高高的金屬柵欄像動物園一樣環繞著小鎮。

「遮住臉！」提姆說。

塔索拿出面具戴上。緊繃的橡膠材質拉扯著他的頭髮，即使他把開口套在鼻孔前，仍然會聞到一股人造的味道。一切就緒後，面具就像他的第二層皮膚，只有橡膠的氣味和喉嚨上的金屬片給他一種奇怪但令人興奮的異物感。他看了看其他人。他們動作更快，似乎在等他。提姆解釋說：「你必須把眼鏡戴在鼻子上才能啟動它們。」提姆仍然坐在他對面，但現在和其他人一樣戴著一張中性的假臉。他的聲音被金屬晶片扭曲了。塔索摸了摸固定在面具前額的眼鏡，然後把它拉了下來。他現在看到的不是面具，而是同伴真實面孔的動畫版。當他注視著他們時，他們的名字就會閃現。「面具透過你的心律來確認你的訪問權限，」提姆繼續說道：「除了你之外沒有人可以使用它。我們的面具之間會直接通訊，而不是通過網路，這就是為什麼你只能在很近的距離內認出他們。」

「我懂了，我們戴它是因為……」

「它包含了一把虛擬鑰匙，」提姆輕敲脖子上的金屬片，「這把鑰匙能讓你進入人寧和會議中心。因為聯盟通常允許媒體甚至警察代表進入，而我們戴著面具就可以保持匿名。」

「但無立方區對立方體來說是禁忌。」

「對，但它的追隨者仍然可以看到你，實際看到你。」他環顧四周，「我們走吧？」

眾人點點頭，隨後下了車。外面很暖和，塔索覺得自己的頭已經開始發熱了。

檢查站由一個供車輛通行的大門和旁邊一座邊境建築組成，塔索以前常常經過這道檢查手續。然而，大樓前的隊伍卻異常冗長。提姆拍了拍他說：「我是官員所以可以先進去，我還得準備一下，待會兒見。」

塔索看著提姆，直到他穿過人群進入大樓，就像回到了小斜角巷那天。塔索搖搖頭，似乎這樣可以把那天的記憶趕走，然後跟著寶拉和魯本走到隊伍的最後。直到他們離其他等待的人很近時，他們的面具才會變成人臉。他們的行為就像進入加密中心的訪客：沒有人和其他人交談，每個人都耐心等待著被放行。這一定與在他們頭頂盤旋的兩架無人機有關。

塔索的目光沿著城市邊緣遊走。據說圍牆有通電。監視器像禿鷹一樣每隔幾公尺就站在圍牆上，窺視著周圍地區。對人寧的人來說，這是他們自我主張的標誌，但塔索又一次想知道，究竟是誰把誰鎖在裡面，又是誰把誰鎖在外面。他想起艾瑪的話：「總有一天，離線者會集中到偏僻的地方，被關起來。」

沒多久，就輪到他們了。和其他無立方區一樣，塔索必須接受電子設備掃描。通常情況下，他必須用加密中心的手環證明自己的預測分數，因為人寧只允許分數低於五十分的人進入。但這一次，一位開朗的邊境警察只用掃描器掃描了他頸部的金屬晶片，就讓他通過了。對面有另一輛車正在等他們，寶拉和魯本上了車，但塔索擺擺手讓他們出發，並解釋說他想走路去看看父母。

他的心情不錯，走在一條狹窄的人行道上，沿著公路往小鎮走去。空氣靜謐，陽光灑在一片長長的玉米地上。他很喜歡待在戶外。他意識到，夏天快到了。

人寧郊區的房子都是擁有寬敞花園的獨立式房屋，屋齡都不超過四、五年。最初這個地方有另一個名字，並且只有兩百位居民。九十八%有資格投票的居民在公投中否絕了《立方法》，這個比例高居全國之冠。《立方法》的主要反對者隨後宣布這個地方是反抗中心。在這裡被認定為無立方區後，包括塔索父母在內的世俗人文主義者便在此定居，不久後，第一批納米許人和其他宗教信徒也相繼而來。區域更名的過程並不漫長，古老的鄉村教堂注入了新的活力，沉寂了一百多年的猶太教堂也重現生機，後來又增建了一座清真寺。從那時起，許多宗教人士直接將此處稱為「新耶路撒冷」。社區不斷擴大，房價飛漲。在關係密切的聯盟的政治和財政支持下，村莊的範圍逐漸擴大，包括鄰近的三個城鎮，目前人口大約有四萬人。儘管全國的離線者數量正在下降，但這座城市仍在持續成長。

塔索越接近市中心，遇到的居民就越多。大多數人都很有禮貌地和他打招呼，納米許人也不例外。除了幾個直盯著他看的孩子，似乎沒有人在乎他的面具。自從五年前蓋好會議中心之後，聯盟每年至少在這裡召開兩次會議。塔索不知道面具何時取代了他三年前最後一次來會議中心時使用的門禁卡，但顯然人寧的居民已經習慣了面具。

他父母的房子離歷史中心很近，塔索對那裡非常熟悉。當他心不在焉地穿過馬路時，突然聽到輪胎發出刺耳的聲響和巨大的喇叭聲。他嚇了一跳，轉頭望去，一輛汽車正好停在他面前。一個憤怒的女人坐在方向盤後面，揮舞著手臂，指著紅色的行人號誌燈。塔索舉起雙臂表示歉意，像個初次來到人寧的立方主義者一樣，匆匆離開。

當他轉進父母家所在的街道時，又嚇了一跳：妲莉亞的母親就站在他前面幾公尺遠的地方。她正在和另一個比她高半個頭的納米許婦女說話，後者面無表情地低著頭看她。那兩個女人顯然注意到他突然停下來的腳步，因為她們中止了談話，看向他。

塔索吞了口口水，面具下的臉在燃燒。他早就知道可能會發生這種事，畢竟巴塔斯一家和他父母住在同一條街上。他面帶微笑，盡可能隨意地走近兩位女士。高個子的女人友善地和他打招呼，巴塔斯太太則狐疑地看著他，彷彿能透過面具看到他臉上的驚恐。

當他經過她們時，她喊道：「祝開會順利！」

他轉過身想向她道謝，但巴塔斯太太已經繼續她的獨白。她的側臉讓他想起了姮莉亞：一樣的鼻子、一樣茂密的頭髮……不知道她現在怎麼樣了？

他把一塊石頭踢到前面的路上，加快了腳步。到了父母家，他確認姮莉亞的母親再也看不見他後便進屋了。塔索在圍繞著這棟兩層樓房子的高聳籬笆後面感到很安全，他立刻拉起面具，喘了口氣。幾秒鐘後，他用袖子擦了擦臉，按下門鈴。

「安德蕾亞！」他立刻聽到父親從樓上喊道：「門鈴響了！」

「聽到了，」他媽媽回道：「我沒聾！」

「你聽到了嗎？」他父親喊道：「門鈴響了！」

不一會兒，門開了，他母親張著嘴巴盯著他。「塔索！」

他不由得笑了出來，她看起來和他想像中一樣驚恐。

她伸出雙臂摟住他的脖子，緊緊地擁抱他，在他的臉頰親了好幾下。「西蒙！」她側過身大喊。「塔索來了！」然後再次擁抱兒子，笑著為他打開前門。

他父親啪嗒啪嗒地走下樓梯。「你開門了嗎？」看到站在走廊裡的兒子時，他停下了腳步，抓住了樓梯扶手。「小子！你來這裡幹什麼？」他快走走下最後幾階樓梯，抱住了他。

「很高興見到你們！」塔索說，目光從一個人轉向另一個人。直到現在，他才意識到自己有多想念他們。

父親指著面具說：「你終於成為會員了嗎？」塔索還來不及點頭，父親就拍了拍他的肩膀，就像他在網球比賽中獲勝後經常做的那樣。「太棒了，真的太棒了！」

「快進來吧，」他的母親說：「你餓了嗎？你爸爸馬上就要煮飯了。」

塔索看了看走廊上的時鐘。「我可以待兩個小時，但我不是很餓。」

「那我們去客廳聊一會兒吧，晚餐很快就準備好了。」她滿意地笑了笑，注意到塔索並沒有直接跟她走，而是像往常一樣繞去廁所洗手。

他笑著走進客廳，坐進一張破舊的棕色皮革扶手椅，這是他小時候經常坐的椅子。他的父母從城裡搬到人寧時，帶走了所有的家具。雖然他從來沒有在這裡住過，但他有種家的感覺。他母親盤腿坐在沙發上，仍然一臉幸福地看著著他。她化了妝，也許早上她有閱讀小組。他的父親坐在對面的扶手椅上，手裡把玩著一把小螺絲起子。塔索完全可以想像，他父親剛才是怎麼處理他那台古老的電腦。他鼻樑上架著老花眼鏡，耳後夾了一根菸。他父親在公投後開始抽菸，以抗議健康應用程式的氾濫，在搬家之後也沒有戒掉。塔索環顧房間四周，看看有沒有什麼變化。他很快就發現，書架上的巧克力驚奇蛋玩具幾乎占了一半的位置。他一笑，他母親就翻了個白眼。「西蒙覺得這些收藏品沒有被看到是一件很遺憾的事。」

父親堅定地點點頭。「所有的客人都很喜歡看到他們！」

「想不看到都難。」母親朝塔索眨眨眼，並對她正要抗議的丈夫做了一個不屑一顧的手勢。「現在跟我說說，你過得怎樣？」

「這段期間很好。」

她揚起了眉毛。「這段期間？」

塔索僵硬地笑了笑。他不想讓媽媽擔心，但也不想隱瞞。「我經歷了……嗯……變化多端的幾週。」

他父親透過眼鏡框看著他。「這和妲莉亞有關嗎？」塔索對父母知道這件事並不感到驚訝，緩緩地點點頭。「她父親告訴我們的事情聽起來相當冒險。」

「是的。」猶豫了一會兒，塔索說了他與巴塔斯先生碰面的情況。

「哦，」父親說道：「阿拉斯講得完全是另一個版本，但我並不意外。我覺得你做得很好，雖然我也能理解他。」

這句話讓塔索內心的一切變得緊繃了起來。

他母親望著遠方，陷入了沉思。「他們倆現在受到教區居民的抨擊。我聽說埃琳娜作為教堂負責人的職位在這個月就要被換掉了，這可能直接來自美國的指令。真可憐，大家都已經能看出其他人是怎麼躲著她的了。」

塔索對父母的話感到驚訝。「老實說，我並不覺得他們特別可憐。妲莉亞跟我說過一些非常糟糕故事，關於集體禁足、全面控制和數週的軟禁。你真該看看巴塔斯先生試圖把她搶回來的樣子，他簡直瘋了，咄咄逼人，差點打了她！要不是無人機警察介入，誰知道會發生什麼事？」

「從他的角度來看，他只是出於好意。」他父親低聲說：「他只是擔心他的女兒。」他看著塔索，聲音稍微大了一點。「他怎麼能不害怕呢？看看你哥哥，看看外面的世界是怎麼腐蝕他的！」

一提到彼得，塔索的母親就退縮了。

「但必須有限制，爸爸！妲莉亞是成年人了，她應該有自己的路要走。而且我認為，對巴塔斯先生來說，他的面子比對她好更重要。」

「你對他太不公平了，」他父親回答：「你應該看看他在被拘留一週後是怎麼來到這裡的……簡直是不成人形。」

塔索搖搖頭，向前走去。「那是他自己的問題！我不明白你為什麼要維護他。你一定也注意到妲莉亞的處境有多艱難了！」

他母親嘆了口氣，悲傷地低下頭。「我們聽說過一些……相信我，我曾多次嘗試和埃琳娜談，但她從不多說，並且向我表示這是她的私事。」

「那你為什麼不報警？你不能眼睜睜地看著一個年輕女人被關了幾個星期！」

「沒用的。」他父親強硬地說：「警察不會介入極端宗教活動。這不利於城內的氣氛，而且情況會迅速惡化。」

「但這裡和國內其他地方一樣，適用於一樣的法律，我相信外面的警察一定會採取行動。」

「我和你媽已經盡力了，我們總是向妲莉亞敞開心扉。某種程度上，阿拉斯和埃琳娜也為他們的教育手段得到報應了。」

塔索望著母親，她的目光久久不能平靜。為了她，他沒有再說什麼。

「妲莉亞……她怎麼樣了？」她用略帶乾啞的聲音問道：「你還在照顧她嗎？」

塔索清了清喉嚨。這幾天他經常在想要不要把事情的來龍去脈告訴父母，最後還是決定這麼做，他希望他們能理解他所經歷的一切。「事情有點複雜。」他開始描述巴塔斯先生被襲擊後的發展。他說得越多，父親的表情就越陰沉。在說完艾瑪的那段經歷之後，他深吸了一口氣，短暫地閉上眼睛。如果塔索也告訴他彼得參與其中的話，他父親的反應肯定會更加激烈。他的母親常常眉頭深鎖，但也不時點點頭，心不在焉地看向一旁。直到他解釋自己是如何在幾天的悔恨和失落之後讓自己被遺忘的，他父母的表情才又放鬆下來。最後，塔索解釋自己加入了聯盟，住在斜角巷。

一時間，只能聽到走廊上掛鐘的滴答聲。

「這就是你來參加大會的原因。」他父親實事求是地說。

塔索點點頭，對於父親只提到故事的結尾並不感到驚訝。

他的母親又恢復了憂心忡忡的表情。「作為一個被遺忘的人，你現在還好嗎？」

塔索猶豫了一下。「這麼說吧，我也想過簡單的生活。」

父親似乎聽到了責備，眼睛立刻瞇成了一條縫，就像彼得一樣。「這是什麼意思？」

「彼得在立方社會裡過得很好，而我卻在苦惱。」

他父親的眼睛瞪得大大的。「你怎麼能這麼說？」

塔索不知道他說的是彼得的事，還是他想過簡單生活的事。他悲傷地看著父親。在彼得面前，他總是顯得那麼渺小，令塔索難以忍受。「別擔心。我從來沒有像現在這樣堅定過，總之事情就是這樣。」

他的母親輕輕地捏了捏丈夫的前臂。「你不打算開始做飯嗎？這樣我們就能在塔索離開之前安心地吃飯了。」

他深吸了一口氣，把菸放到耳後。「我先抽根菸。」他低聲說。經過塔索時，他把手搭在塔索的肩膀上。「你做得是對的。」塔索感到胸口一陣刺痛。

父親走進花園後，他放鬆了。母親握住他的手，但不久之後他便將手抽了回來。

「沒事，我很好，真的。」

她疑惑地看著他，但還是點了點頭。然後她傾身向前，低聲問道：「你哥哥還好嗎？羅雅和孩子們呢？」

塔索停頓片刻，對彼得的建議隻字未提。「麗莎和亞辛真是小龍捲風。我最近很常去他們家。」他猶豫了一下，然後撒了個謊：「彼得常常問起你。」

母親的眼淚奪眶而出。

這種時刻他總是很生氣，因為他必須經歷這個場景，而彼得不用。

在一頓默契而平靜的午餐後，塔索與父母道別，他們看起來很不開心。

「大會結束之後你還會回來嗎？」他母親問。

「我想應該不太可能。」塔索露出鼓勵的微笑，戴上面具。「但我想我很快就會再回來的。」他擁抱了他們，然後離開。

走在街上時，他感到疲憊和沉重。事實上，他不知道自己是否能很快再見到父母。他突然有股衝動，想跑回他們身邊，爬進皮扶手椅裡，等一切都結束後再出來——不管這所謂的「一切」是什麼。但他的眼前又浮現出許多失望的面孔：提姆、羅西、帕斯卡爾、雨果、他父親，還有他自己，於是他毅然繼續朝會議中心走去。

越來越多代表與周圍的行人混在一起，很快他的周圍就只剩下聯盟成員。在陽光明媚的天氣裡，許多人顯然也決定不搭乘接駁車。他前面走著一個穿著大鴨子服裝的人，左右兩邊都是塔索不認識的人。他們離開了城市，循著會議中心迴盪著越來越響亮的鼓聲前進。塔索認出了會議中心巨大混凝土建築後面不遠處的邊境圍欄，圍欄的另一側是一片茂密的森林。同伴們興奮的嘰嘰喳喳聲讓他每走一步都感覺輕鬆一些，直到他興奮地站在入口處的鼓樂隊前，一隻腳隨著節拍上下敲擊。然而，當他轉向會議中心大廳的入口，發現那裡有幾名警察時，他的興奮感立刻就消退了。他們就是塔索自己常遇到的那種警察，即使不穿制服，他們緊張的姿勢、懷疑的眼神和沒有戴著面具，也讓人清楚他們是為誰服務。他們圍著一位背對塔索的州代表成了一個半圓，那位代表似乎正在和一位女士爭論著。塔索走近時，認出了聯盟的聯邦執行董事薇若妮卡．維爾貝克。「……這已經是你第三次這麼說了。」她惱怒地對那個男人說。「再說一次，去年我們讓你們五個人進來不代表今年也一樣。兩個人，施奈德先生，我能給你的就這麼多了！」

塔索皺起了眉頭。他站在離兩人只有幾公尺遠的地方，盡可能不顯眼地看了那個男人一眼。他的懷疑得到證實。

「但是，維爾貝克女士，」鐘．施奈德露出誇張的笑容，「這種限制只會助長不必要的不信任。到目前為止，我沒有理由對你們的與會者進行單獨檢查，甚至中斷會議……」

「我想你的意思是，到現在為止你每次都沒成功吧。」維爾貝克女士打斷了他的話。「我知道你每次都提出這個申請！」

塔索排的進入會議中心的隊伍很快就變短了，他不得不繼續前進，以免引起別人的注意。

「如果你再繼續這麼固執，」他聽到施奈德說：「我會強行通過！」

維爾貝克女士回答：「那你就試試看啊。」

塔索沒能再聽其他內容，因為他被推進了大樓。他咧嘴一笑。雖然再次見到施奈德讓他很害怕，但看到他在這裡完全無能為力的樣子，感覺還是很不錯。

他通過入場檢查，環顧四周。到處都是人，他們的談話發出巨大的聲響。他面前的牆上嵌著一扇巨大的雙開門，門後是巨大的圓形禮堂，塔索三年前曾坐在這裡。一條低矮的走廊環繞著大廳，兩邊是數不清的攤位。塔索立刻覺得自在了起來。在沉浸於主廳的氛圍之前，他把注意力轉向了攤位。大多數參展商都隸屬於雨果的集團，例如弗萊森旅行社，它提供無立方旅行服務，可以去海邊的無立方區或非結盟國；還有法布爾人類文學出版社。當然，由雨果親自管理的希爾茲有限公司也派代表參展，並展示了他們新研發的產品，包括佩戴舒適的新型面具、防禦資訊探勘者的特殊裝置，以及被稱為「遮蔽盾」的可調整尺寸的雨傘，可用於在公共場合匿名交談。

塔索微笑地經過「擲骰子」的攤位，有個少年被他的朋友們簇擁著敲下錘子。塔索站在「泛人類」的攤位前，這是一個將全球人文主義團體連結在一起的組織。他簡單地瀏覽著展示的資訊傳單，直到一位年輕的員工與他攀談。她熱情地向他介紹了一個計畫，也就是建立一個替代性的、空中支援的供應鏈，全球的人文主義社群可以透過這個結構直接進行交易。塔索聽了一會兒，問了幾個問題，然後愉快地繼續往前走。他不敢走去哥斯大黎加的綠卡攤位，哥斯大黎加是主要的非結盟國之一。他大概知道會在那看到某個人，並且懷疑他計劃逃跑……然後，他與人文主義聯盟波蘭姊妹組織的一名代表聊了起來。那人抱怨說，他的組織在波蘭幾乎沒有任何影響，因為宗教反抗比世俗反抗強大得多。他們聊了一陣子關於採取聯合行動反抗立方主義的必要性，這是自公投之後一直被反覆討論的老話題。一聲像鑼一般響亮的信號結束了他們的談話。塔索向波蘭人道別，尋找進入大廳最近的門。他大概繞著禮堂走了四分之三的路程，終於站在一個人跡罕至的入口前。他享受了片刻自己的小小興奮，然後邁步走了進去。

裡面的氣氛讓他屏住了呼吸。這正是他記憶中的場景：在一個巨大的演講台前，數百人在無數排桌子前或坐或站，大聲交談著，還有數十人湧入大廳。一切都燈火通明，但最閃亮的還是舞台後方牆上印著的巨大聯盟標誌。標誌下面是今天大會的座右銘：**為人類鼓起勇氣**。塔索的視線掃過一排排桌子，感受著大廳裡的活力。他不斷聽見笑聲。在他前面幾公尺遠的地方，有位年輕女子正依序擁抱著幾位穿著精緻、飄逸裙子的人。再往前走一點，一位老先生獨自抽著煙斗，看起來明顯很滿意沒有人打擾他。大廳的另一側，一群人歡快地唱著一首歌：「……為了公民的幸福，我們不是自由共和國的奴僕……」這首歌由一把真正的吉他伴奏。塔索在人群中慢慢走著，享受著參與這次活動的樂趣，這種感覺沒有任何智慧熱氣球、任何獨立電影和任何靈魂獵手遊戲情節可以比擬。來到第三排，他認出了羅西，以及他身旁的魯本、寶拉和她索在城市協會的另外三名代表。他向大家打招呼，並與羅西簡短地交談了幾句，然後走向嘉賓席，在第二排的椅子上坐下。他好笑地看著看台上一個小女孩從她父親身邊跑過，咯咯地笑著。男人追了過去，一把抱住了她，哈哈大笑起來。

現場突然響起了熱烈的掌聲，所有人都望著帕斯卡爾。她面帶微笑擺手，從禮堂的一側走向舞台。她沒有戴面具。全場很快響起掌聲，直到這位聯盟領袖在台上的一張桌子旁坐下才停下。喧鬧聲很快就平息。塔索緊張地向後靠，眼角餘光注意到一個戴著面具的人正朝他的方向走來。在他前面幾公尺遠的地方，那人的面具變成了提姆的臉。他的朋友在他身邊坐下，低聲說：「我等會兒在一個小地方等你。帕斯卡爾開始演講之後，到十一號出口來。」他捏了捏塔索的前臂，「別向任何人提起一個字。」

塔索點點頭，提姆起身離開後便消失了。一種愉悅的刺痛感湧上他的心頭。自從其他人在雨果家晚餐後提到這次大會，他就一直希望自己能夠出席。而提姆實現了這個願望。塔索研究了一下放在椅子上的節目表。帕斯卡爾的演講在五點開始，還要等待一個半小時……

「這個位置有人坐嗎？」一個熟悉的聲音打斷了他的思緒，塔索的脈搏立刻狂跳了起來。他盡可能緩慢地從節目表上抬起眼，向施奈德點了點頭。他面無表情地坐在提姆剛剛坐過的地方，並命令還站著的同事坐在房間的其他地方。他仰起頭，大聲地呼了一口氣。然後，他又轉向塔索，仔細打量著他。「我們認識嗎？」塔索沒有反應。施奈德不可能認出戴著面具的他。塔索沒有回話，施奈德笑了笑，轉回舞台方向嘟囔著：「沒有幽默感的離線者。」

塔索在面具下滿頭大汗，搔著脖子。他有多討厭這個傢伙啊！剛才偷聽到他和維爾貝克爭論時的勝利感已經消失得一乾二淨。因為施奈德的肩膀很寬，所以他們的上臂會互相碰到，這奪走了塔索的全部注意力。雖然這很讓他反胃，但他發誓這次絕不退讓。

大會以薇若妮卡·維爾貝克發表的簡短致辭開始，她感謝大家的到來並介紹了大會節目的流程。隨後，她介紹了第一位演講嘉賓：約瑟芬·穆琳，人文主義聯盟法國分部的領導人。她意外地年輕，比塔索大不了幾歲，帶著迷人的口音，分散了人們對她不那麼欣賞的身材的注意力。塔索必須集中精神才能聽懂她說的話，所以不至於總是想著身邊的施奈德。她主要談到了上次提高國家預測指標的經驗：在法國，預測指標兩年前就已經提高到七十五分，因此法國的離線者對這個發展進行了艱苦的抗爭。當穆琳說道，在公民抗命行動之後出現了大規模逮捕行動時，塔索並不感到驚訝。在提高預測指標後的一年裡，他們因為辭職或入獄失去了三千多名成員，占其支持者的百分之十。然而，他們也獲得了七百五十三名新成員，他們都是積極主動、堅定不移的人。

演講結束後，塔索腰酸背痛。他感激地和大廳裡的人群一起站起來，為穆琳鼓掌，並伸了個懶腰。再次坐下來時，他和施奈德拉開了一點距離，雖然這並沒有讓他的坐姿舒服多少。他用眼角餘光看著施奈德像個一年級的小學生一樣，慢慢地、笨拙地在一本泛黃的筆記本上潦草地寫著字：**人聯─領導者 法**。塔索看不太懂這些字。施奈德問他：「她說新成員有多少？」塔索聳了聳肩。他很想告訴他，應該偶爾動動腦子，這樣他就能依靠自己的記憶了。施奈德突然轉身去，笑著在本子上寫下七五三。

「我還以為你會對我長篇大論說立方體是怎麼讓我的大腦萎縮呢。」他又看了看塔索，更加嚴肅地繼續說：「你得原諒我，我剛剛跟維爾貝克女士吵了一架，所以有點生氣。」

塔索惱怒地對他點點頭。這傢伙為什麼就不能閉嘴？

穆琳的發言結束後，聯盟的許多成員都踴躍發言，塔索專注地聽著大家的討論。當帕斯卡爾走上講台，準備發表今天第二場重要的演講時，他急忙坐起身來，在大廳裡尋找提姆，卻怎麼也找不到。施奈德又拿出了他的小本子。塔索慢慢地站了起來。

「你已經想走了？現在正精彩呢。」

塔索嘟囔著一句聽起來像「廁所」的話，然後盡可能隨意地走向最近的出口，頭也不回。

「親愛的聯盟成員，」帕斯卡爾開始說道：「我們不能自欺欺人。作為人類的現況並不樂觀。立方主義者和諧主義者對數據極度貪婪，他們正在分裂這個世界，並滲透到這顆星球最後的自由角落——也就是我們的大腦。他們用財富和幸福的承諾誘惑我們，他們分化、侮辱和邊緣化我們，排斥我們，剝奪我們的空間和自由。」大廳裡一片安靜。塔索能感覺到人們心頭的沉重。他急忙跑向禮堂周圍的走廊，跑到十一號出口，站在敞開的門口深呼吸，繼續聆聽帕斯卡爾的演講。「親愛的朋友們，這是一場不平等的戰鬥。這裡是信念，那裡是力量。這裡是少數人，那裡是多數人。這裡是我們有限的人類智慧，那裡是立方體。如果你繼續想得更久，很容易就會陷入絕望。」

此時提姆出現在他身邊，把他拉回走廊。

「但我們不會這樣做！我們不絕望，不放棄，不退縮，不讓自己變得渺小！」

提姆帶他來到一扇安全門前，輸入密碼後，門就打開了，通往樓梯間。帕斯卡爾的聲音伴隨著他們走了進去。「因為與立方主義者的想法不同，我們不是過去，我們是未來！我們是……」

門在他們身後關上了，塔索本來希望能聽到演講結束。他們匆匆往下走了三層樓，提姆在第二道安全門前輸入了另一個密碼。然後，他們進入一條狹窄、沒有燈光的走廊。第二道門也關上之後，塔索什麼也看不見。空氣很冷。他不由自主地將雙臂交叉在胸前，縮起肩膀。他聽到提姆沿著牆壁摸索著，打開了一扇吱吱作響的門或擋板。然後他回來，把一個感覺像是潛水鏡的東西壓在塔索的胸口。

「把你的面具給我，戴上這個。」提姆說。

塔索完成之後，他的朋友打開了眼鏡上的某個開關，塔索突然又能看見東西了，但只能看到綠色和黑色。

「紅外線。」提姆解釋道，並把他們的兩個面具放進牆上的一個櫃子裡。「快！」

他們無聲無息地走過走廊，在一個十字路口轉彎，然後又轉了幾個彎，直到塔索完全失去了方向感。最後他們走到一扇巨大的安全門前。兩個穿西裝的女人站在門前，用槍指著他們。塔索突然停下腳步，本能地舉起雙手。

「4Z38。」提姆沒有停頓，平靜地說。女人立刻放下了武器，塔索有些尷尬地追上他的朋友。其中一名女子打開安全門之後，他不著痕跡地在褲子上擦了擦濕漉漉的手。

「你先進。」提姆說。

塔索向兩位女士點點頭，然後走了進去。

14

房間裡瀰漫著地窖的味道。天花板上的霓虹燈管發出耀眼的光芒。塔索瞇起眼睛，摘下紅外線眼鏡。他首先看到的是光禿禿的牆壁，幾乎是黑色的水泥地面，然後是一張簡單的金屬桌子，桌子旁有兩排椅子。他們是第一個。

「來吧，我們坐下。」他們把眼鏡放到門口的籃子裡後，提姆說。「其他人很快就到了。」塔索讓人把他領到第二排的椅子上，從那裡他們可以很好地看到門口。他們一坐下，門又開了，羅西走了進來，同行的還有一個陌生人，脖子上掛著一個大十字架。他們用英語低聲交談著，漫不經心地把眼鏡扔進籃子裡，只是大概和提姆與塔索打了個招呼。羅西似乎非常專注。自從在雨果家吃過晚餐後，塔索便清楚意識到，無論羅西在反抗運動中扮演什麼角色都一定很重要。塔索很自豪能和他成為朋友。

「那是誰？」他問提姆，向陌生人的方向點了點頭。

他的朋友做了個不屑一顧的手勢。「不重要。很快就會有其他人來了！」塔索對這種神祕感很惱火，但也學會了接受。

很快門又開了，雨果走了進來，緊跟在後的是帕斯卡爾和她的副手。像往常一樣，雨果穿著一套優雅的西裝，拄著一根手杖，這根手杖是為了襯托他的外表，而不是真的幫助他行走的工具。帕斯卡爾看起來一如既往地清新脫俗，彷彿是度過一個平靜週末後的第一次約會一樣，根本看不出來她剛剛在數百人面前發表了演講。他們與羅西和陌生人互相寒暄，令塔索驚訝的是，雨果並沒有在桌邊就座，而是也在第二排就坐。他抱起雙臂等待，然後又鬆開，不安地環顧四周。此時他才注意到提姆和塔索，並向他們點了點頭。塔索覺得自己好像被逮住了，好像他根本不該在這裡。

其他人一個接一個坐了下來。到目前為止，只有帕斯卡爾和羅西坐在桌邊。談話聲漸小，然後一陣寂靜。然後，門再次打開，一個英俊瀟灑的年輕人走了進來。他面帶微笑，留著及肩的淺棕色長髮，帶著三天鬍渣的面容俊朗。他的出現立刻吸引了整個空間的人的注意。他走到桌子旁，轉身看向各個方向，用有力的握手向每個人介紹自己是艾維斯・菲佛。他一次又一次發出爽朗的大笑，最後在帕斯卡爾和羅西身邊坐下。

「是**那個**艾維斯・菲弗嗎？」塔索低聲地問：「就是立方體最近任命為代表的那個人？」

提姆點點頭，塔索很驚訝，他沒想到自己會看到議員。離線者議員都主張終結立方主義，但他們中的多數人都不想與議會外的反對派扯上任何關係，他無法想像艾維斯會有什麼不同。

帕斯卡爾清了清喉嚨：「那就只剩兩個人還沒到了，我們知道他們什麼時候會來嗎？」她看著羅西。

「隨時。」他回答。

帕斯卡爾不耐煩地看了看手錶，嘆了口氣。

「我本來可以多回答幾個問題的。」她轉向提姆，但他只是聳了聳肩。

又過了幾分鐘，安全門才再次打開，一位身穿灰色運動套裝的高壯男子走了進來。房間裡的氣氛立刻緊張了起來，塔索也不由自主地抓緊了椅子扶手。這個大家都只知道他叫「克勞斯」的男人呻吟著，一邊把紅外線眼鏡從頭上摘下來，一邊咒罵著，因為眼鏡被他滿是汗水的頭髮纏住了。塔索概括了一下自己對克勞斯所知甚少的了解：據說他年輕時曾是傭兵，後來定居在非洲某地，最後是幾年前回德國成立了基督教反立方主義組織的德國分部。他的手下們有很多任務（基督教反立方主義組織的成員幾乎全是男性），包括綁架、搶劫和炸彈攻擊。對他們來說，其他反抗運動全都太過鬆懈或是被誤導。克勞斯本人看起來就像日耳曼XXL版的拉美游擊隊戰士，這倒是恰如其分。他的臉龐被太陽曬得黝黑，表情陰鬱，與多年來到處流傳的照片如出一轍。在他身後，另一個男人走進了房間，穿著深色衣服，表情同樣冷漠。塔索想起了妲莉亞在人寧的朋友，他們都被基督教反立方主義組織招募，但這個人年紀太大了，不可能是其中一員。

克勞斯抬起頭。「啊，大家都到齊了嗎？」他沒有自我介紹，也沒有和任何人打招呼，就在艾維斯身邊坐下，將大手放在桌子上。他的同伴在他身後坐下。塔索意識到自己一直屏住呼吸，盡量不明顯地吸了一口氣。他還記得，當基督教反立方主義組織炸毀了國內最大的資料中心之一時，舉國一片嘩然。克勞斯後來聲稱，他已經竭盡全力避免出現受害者，但沒有人真的相信他。四人因此喪生，克勞斯並沒有向他們的家人道歉，而是在一段懺悔影片中引用了《聖經》的段落。

塔索非常驚訝沒有人從桌子上跳起來離開，這也讓他感到很不安。其他人似乎都對恐怖份子的出現不意外。除了羅西，其他人都迴避了克勞斯的目光，但這個老傭兵似乎已經習慣被拒絕，向四周投去了挑釁的目光。沒有人說話，克勞斯開始無聊地用食指敲打桌邊。

彷彿因為敲打聲召喚，門再次打開。塔索又一次屏住呼吸，因為那頭火紅色的短髮無疑就是梅克．烏爾里希，人文主義陣線的主要領導者和發言人。她已經摘下了紅外線護目鏡，環顧四周，向帕斯卡爾、羅西和克勞斯點點頭，然後坐下來；雨果似乎對她視而不見。塔索既震驚又激動。如果說離線者當中有一位超級明星的話，那就是梅克．烏爾里希。帕斯卡爾提供人們的是智慧，而這位毫不妥協的人文主義陣線發言人為人們帶來的影響卻是心靈層面的。她有許多粉絲，遠不只人文主義陣線的支持者，其中有許多人實際上拒絕接受人文主義陣線野蠻、類似基督教反立方主義組織的作法。甚至有些立方主義者也因她以「激進的清晰」來形容自己的論點，而對她感到欽佩。

塔索多年前曾見過她。當時她還沒有在權力下放的人文主義陣線中擔任任何職務，也沒有出現在任何通緝名單上。當時她才剛發表了《人文主義宣言》，並在全國與各種人進行討論。她在斜角巷停留，與帕斯卡爾的前任主席馬蒂亞斯．薩勒在一場座談會上熱烈辯論她的論點時，塔索就在現場。當時人們還無法預見《宣言》會成為歐洲最重要的離線者著作，但辯論結束後，塔索已經有了這樣的感覺：薩勒至少比烏爾里希年長二十歲，但烏爾里希在智力和修辭上卻無情地占了上風，簡直讓觀眾目瞪口呆。塔索花了好一段時間才恢復不應該以武力推翻立方主義的信念。

梅克．烏爾里希作為人文主義陣線發言人已經兩年了。長期以來，斜角巷一直有傳言說她現在對組織的軍事部門有很大的影響力，她也因為涉嫌加入恐怖組織而被通緝。然而，儘管人文主義陣線手上也沾滿了鮮血，但是到目前為止仍無法證明她參與過任何具體的刑事犯罪。塔索非常好奇梅克．烏爾里希在這裡會表現出怎麼樣的態度，而且仍然不敢相信克勞斯和她會被邀請參加這次會議。

一位身材嬌小的年輕女士跟在人文主義陣線發言人身後，走進了房間。她收起了自己和梅克．烏爾里希的紅外線眼鏡，站在聚集的人群面前，嚼著口香糖，好似要發表演說。塔索在斜角巷反對馬克．芬德的示威活動中已經知道這個人，她是阿薩．施奈德。鐘．施奈德的女兒。

她睜大眼睛仔細打量房間和人們。她留著短髮，穿著綠色的工裝褲，黑色的緊身上衣露出健美的身材。塔索被她的樣子迷住了，這正是他想像中革命者的模樣。當她認出提姆時，她自然地大步向他走來，塔索並不感到驚訝。「逃生路線？」她冷靜而清晰地問。

提姆沒有回答，而是詢問地看著帕斯卡爾，後者只是對他點點頭。他站起身，走到一個塔索直到現在才注意到的金屬櫃子前，指著櫃子旁邊地板上的一塊方形區域。他用腳跟踢了一下那塊地面，表面向上翻起，露出梯子的頂端。他看著阿薩和克勞斯靠上來的同伴，解釋說：「這條隧道會通往圍欄另一側的林區，我們就是建議你們把車停在那裡。」

「武器？」阿薩問。塔索嚇了一跳。

「在出口。」提姆乾啞地回答。

阿薩和基督教反立方主義組織的士兵點點頭，回到自己的座位。塔索偷偷地打量著施奈德的女兒。她知道自己的父親正和代表們坐在樓上嗎？她注意到他的目光，扮了個鬼臉。他趕緊轉過頭去，希望自己沒有臉紅。他把目光轉向桌旁的人，再次意識到這裡發生了什麼事：聯盟正在與基督教反立方主義組織和人文主義陣線會面，而聯盟過去一直在譴責他們的做法。如果施奈德看到這一幕，他一定會發瘋的。想到這裡，塔索笑了。他簡直不敢相信自己會參加這次活動，儘管他知道自己會為此付出高昂的代價。

桌上唯一的空位就在帕斯卡爾和羅西之間。帕斯卡爾傾身向前，開口了：「我們以前從未以這個組合見過面，要讓大家聚在一起並不容易。」她的目光在所有人身上游移。「這次我們不得不選擇一個隱密的地方見面，在一個非人類國家的人文主義飛地。希望下次我們能在自由的環境中再見面。當我們在接下來幾個小時裡辯論時，請各位牢記這個目標……讓我們從最重要的話題開始：信任。我們已經對在座各位的忠誠度進行了嚴格的測試，我們支持你們每一個人。唯有你們彼此信任，就像我們信任你們一樣，我們今天公布的計畫才能成功。」她停頓了一下，又看了看在座的每一個人。「為了讓我們能夠採取行動，我們必須遵守的最重要基本規則是：今天以多數決決定的事情，**所有人**都要執行。」

艾維斯迅速舉起了手。「我同意，但有一個條件：不能死人！」

阿薩嘲諷地笑了，有些人嘴裡咕噥著些什麼。

「我可以保證，」帕斯卡爾用強而有力的聲音說：「我們的計畫**不需要**任何人死。」她堅定地看著埃爾維斯的眼睛。「但我不能保證沒有人會死。」

塔索的胃感到一陣痙攣。艾維斯像是頭被打到一樣大吃一驚。「你是認真的嗎？」他問。「我以為非暴力是大家的共識，至少在現場理智的人之間是這樣。」他看看帕斯卡爾，又看了看羅西和雨果，似乎在尋求確認，但沒人說話。「如果情況不是這樣，那我就退出。」他的表情透露出失望，把手撐在桌上準備起身。

「艾維斯，」羅西平靜的聲音響起。「如果你現在離開，一切也不會變得更好。我們需要你的政治經驗，需要你在以後的日子裡發揮影響力，幫助我們把社會從混亂中拯救出來。」

「不能死人，這是我一直強調的，羅西！」

「你知道我也有同感。我們會盡一切努力確保無人受到傷害，但我們不能保證，保證只是謊話。請大家堅定信心，聽聽我們的計畫。」

艾維斯似乎不相信。「聽你的口氣，好像一切都已成定局。」

羅西搖搖頭。「不是這樣的。我們會以公開的態度進行討論，這就是我們在這裡的目的。」

帕斯卡爾再次接過話：「我們建議桌上的每個人都有投票權，也就是梅克、克勞斯、艾維斯、羅西和我。我們將以四分之三的多數票來決定，也就是說，如果有兩票反對，我們就作罷。」

沒有人反對。

「那就這麼決定了。」

艾維斯一臉懊悔，但讓塔索鬆了一口氣的是，他仍然坐著。帕斯卡爾欣慰地笑了，然後變得非常嚴肅。「言歸正傳……我們的目標是推翻立方體。」眾人立刻交換了懷疑的眼神。帕斯卡爾不是第一個設定如此高目標的人。

「我們的計畫很簡單，但很激進。」她繼續說：「我們要一舉銷毀立方體的所有資料紀錄。」她讓這句話在空間裡發酵了一會兒。克勞斯立刻擺手，而梅克・烏爾里希明顯失望地搖搖頭，但帕斯卡爾不慌不忙地繼續說道：「更好的是，我們讓立方體自己銷毀所有數據紀錄。」她露出了勝利的微笑。

所有人都難以置信地看著她。

「你們都很清楚立方主義與和諧主義之間難以言喻的系統競爭。當中國的習導入他的控制人工智慧時，西方世界陷入一片混亂。每個人都害怕輸給亞洲，甚至被中國吞併……這種恐懼依然存在。一想到中國可能會占領我們的國家，接管我們的數據，控制我們的生活，誰不會不寒而慄？如果習獲得了立方體收集的所有數據，我們將一舉成為和諧主義的受害者。雖然我們的國家不太可能被和諧主義國家擺布，但如果立方體沒有為這種可能發生的情況制定策略，那麼它就不是立方體了。我們害怕的政府早已祕密實施了這項策略，並在全國所有資料中心配備了炸藥和易燃物裝置。如果德國遭遇到我們的武裝部隊無法抵禦的攻擊，立方體將會引爆這些炸藥和易燃物，銷毀所有資料。」

「你現在是想說服中國攻擊我們？」艾維斯的語氣帶著玩笑，神情卻嚴肅無比。

「差不多。」帕斯卡爾微笑著回答：「我們要欺騙立方體，讓它認為中國正在攻擊我們。」

除了羅西和雨果，桌上的每個人都警惕地看向聯盟主席。沒有人說話。

「我們不必假裝成中國人，可以做得更優雅。長期以來，軍方和國防部門一直在使用模擬訓練系統來模擬對我國和立方體基礎設施的攻擊。然後，基於立方體的國防系統會設法抵禦模擬攻擊，這些攻擊會盡可能逼真，因為訓練系統控制立方體的所有資料輸入，攝影機、麥克風和感測器讓立方體看起來就像真的發生了一場戰爭。透過這些演習，可以發現並糾正國家防禦中的漏洞。

我們找到了一種方法，可以操縱模擬訓練系統和立方體之間的互動。我們將模擬一次國防部門無法應對的中國攻擊，而立方體無法辨識出這只是一次模擬。因此，我們讓立方體相信德國確實被攻擊了。它會看到中國軍隊突然出現在全國各地，尤其是所有資料中心前面。智慧穿戴裝置和其他攝影鏡頭會呈現承受不住的國軍和被炸開的大門，也會收到高級將領和政客死亡的消息，並面臨它認為無法抵擋的攻擊。它將在幾分鐘內觸發所有紀錄的銷毀，進而銷毀自己的生存基礎，並刪除自己的全部記憶。」

塔索感到不知所措，有些人似乎也有同感。透過虛擬攻擊打敗立方體……這聽起來好得不真實。所以他們因此需要蕾亞嗎？她能操作模擬訓練系統？

還沒等帕斯卡爾再次開口，梅克．烏爾里希就說話了。「為什麼我從來沒聽過這種自毀裝置？你們知道嗎？」她環顧四周，克勞斯和艾維斯搖了搖頭。

帕斯卡爾平靜地說：「我們稍後會談這個問題。」

梅克．烏爾里希疑惑地看著她。「好吧，那下一個問題：我們有些資料不是儲存在其他國家嗎？」

「沒有。」帕斯卡爾回答：「自公投以來，我們的所有資料都必須儲存在德國境內。」

「那備份呢？」

「有些國家會備份在國外，但我們沒有。」

「為什麼立方體可以自行觸發自毀？」克勞斯怒道：「難道不需要人類同意嗎？」

「以前是這樣沒錯，早期必須由總理和國防部長授權自毀。然而，很快就有人提出反對意見：要是其中一個人被收買或勒索，或者猶豫太久，中國可能會故意讓他們無法行動。最重要的是，他們的判斷力被質疑：既然立方體顯然更適合做出這樣的判斷，畢竟那可是理智又清廉的立方體，為什麼要由人類做出如此重要的決定？」她的眼神閃了閃。「這就是為什麼立方體三年來一直獨自控制著這個機制。」

梅克．烏爾里希和克勞斯與他們的同伴低聲交談著。房間裡的每個人都顯得嚴肅而緊張。塔索看著提姆，提姆也立刻與他對視。他的眼神彷彿在說：「太瘋狂了，不是嗎？」塔索讚賞地朝他點點頭。

「誰來駭入這個訓練系統？」艾維斯大聲喊道，現場立刻又陷入了一片寂靜。「你們？聯盟來對抗世界上最優秀的程式設計師？」

「第二優秀的。」帕斯卡爾冷靜地說：「最優秀的在我們這邊。我們要感謝他們提供這個計畫和實現計畫的方法，我們對此非常感激，希望稍後向你們介紹他們時，你們也會這樣想。因為僅憑我們自己的力量永遠無法實現這個計畫，甚至製定不出這個計畫。」塔索看著提姆在帕斯卡爾的示意下站了起來，走向安全門，心裡有種不安的感覺。

所有人都注視著一位與塔索年齡相仿、年輕嬌小的亞洲女子走進房間，她無畏地環顧四周。在她身後，走進來的是審訊塔索時操作測謊儀器的孟女士。

她們兩人的出現引起了極大的不安。帕斯卡爾的話一出，大家立刻明白了她們的出現意味著什麼，她們代表著誰。克勞斯跳了起來，用拳頭重重地敲著桌子，喊出了大多數人的心聲：「你們和中國人搞在一起了？你瘋了嗎？」

「這是叛國！」艾維斯喊道。

阿薩也一副想要掐著她們喉嚨的樣子，然而她的老闆卻一直坐在那裡，顯得異常平靜。

塔索坐在椅子邊緣，拳頭緊握，只能搖頭。難道帕斯卡爾和羅西想把德國併入和諧主義陣營嗎？這就是他們的宏偉計畫嗎？這就是「勝利」的樣子嗎？他驚呆了，問提姆：「這是什麼意思？你們瘋了嗎？」

「等著看吧。」他的朋友低聲說，他顯然在努力保持冷靜。在第一波的怒氣消散後，年輕的女子邁著堅定的步伐走到桌邊的空位上坐下，孟女士則端正地坐在她身後，不斷轉頭觀察發生的一切。克勞斯仍然站著。

「我們談談吧，克勞斯。」羅西懇求道。「請你先聽聽我們要說什麼。」

老傭兵滿臉是汗，滿臉通紅，他仍然站在那裡，像一隻準備戰鬥的大猩猩。他又大力敲了一次桌子，隨即又憤怒地坐回椅子上，金屬椅腳在地板上發出吱吱的響聲。

「先聲明一件事，」羅西說：「德國並不會變成和諧主義。永遠不會！」塔索看到年輕的中國女子幾乎難以察覺地點了點頭。羅西看著她。「霍女士大約在一年前找上我們。透過她，我們了解了自毀裝置、訓練系統以及操縱它的可能性。她在日常會議上向我們解釋立方體目前的基礎設施，並展示了她作為程式設計師的工作，最重要的是，她向我們解釋了中國為什麼要支持我們。」羅西對霍女士點了點頭。「但她的動機最好由她自己來解釋。」

在羅西說話的時候，塔索的目光多次跳到那個中國嬌小女子身上。她看起來異常專注，同時又完全放鬆。她的雙手鬆散地交疊在面前的桌子上，開始用流利的德語說道：「羅西先生，非常感謝你的介紹。首先，我很高興見到你們。我從公共和我們自己的管道了解了很多關於你們每個人的事情，也從羅西先生和帕斯卡爾女士那裡讀到和聽到許多。我非常榮幸能受邀參加這次會議，請允許我先說：我理解你們的憤怒。」她的話本應聽起來具有吸引力且彬彬有禮，但她呆板的語氣不太符合，這讓塔索更加懷疑。

「在你們問我任何問題之前，讓我先從最迫切的問題開始：我國為什麼要支持你們，我們的利益是什麼？嗯，其實很簡單：我們想要一個中立的德國。你們知道我們正在與立方主義競爭，兩個陣營的主要策略目標都是數據主導：我們控制的數據越多，我們的經濟運作效率就越高。我們在全球資訊供應中所占的比例越大，就越能吸引非結盟國加入我們的行列。像德國這樣的中型經濟體在這項戰略中扮演著重要角色。然而，違背立方主義國的意願，將你們納入我們的國家聯盟既不切實際，也很危險。中國是歷史上第一個不戰而屈人之兵的大國，我們現在也不想打仗，這就是為什麼我們不久前決定努力讓你們保持中立。中立的德國總比立方主義的德國好。除了提供資訊和駭進訓練系統之外，我還可以代表中華人民共和國向你們提供其他的額外支援。」她豎起食指，開始列舉：「我們將立即承認你們的新政府。我們將根據《海牙第二中立公約》把德國視為中立國。我們將有效阻止立方主義陣營的干涉。我們將全額資助德國兩年。」

塔索環顧四周，想看看她的話有什麼效果，因為他自己也不知道該怎麼理解。即使他對中國的幫助完全不以為然，但這聽起來應該不像個糟糕的提議。而且，全球最強大國家的支持為聯盟的計畫增添了意想不到的可信度。

霍女士沉默不語，艾維斯問道：「你們打算如何『有效地』阻止立方體國家的干預？」他轉向大家：「我們真的要冒著戰爭的危險來廢除立方體嗎？還強化了和諧主義？這比立方主義還糟！」

霍女士語氣不變地回答：「如果我們按照習提出的緩和策略，戰爭發生的機率小於〇．

八%。」

「我們應該相信你們超級電腦的計算來打敗我們自己的電腦嗎？」艾維斯憤怒地問道。

梅克．烏爾里希似乎對艾維斯的反對並不感興趣。「我之前已經問過這個問題了，為什麼我們今天才第一次聽到自毀裝置？」

「貴國政府自己向我們通報了這項預防措施，以阻止我們攻擊德國。我們已經證實了這個機制確實存在，但我們不知道為什麼沒有人向公眾透露。如果讓我猜測，我會說它想避免恐慌，不想在公眾面前示弱，畢竟這種防禦策略肯定不是實力的體現。」霍女士說。

「大夥們！」艾維斯喊道。他聽起來很不耐煩，而且越來越懷疑。「你們不會真的想和他們同流合污吧？」

沒有人回應他。

「那怎麼駭進系統？」梅克．烏爾里希進一步問：「我們該做什麼？」

「我們不會在這個大會裡解釋每個細節，」羅西說：「這會花費太長時間，而且不讓每個人都知道所有事情，也是在保護彼此。大家只要確定一件事情：聯盟會處理好駭進系統的問題。」塔索聽到這句話時，覺得羅西的目光似乎短暫地投向了他。原來這就是他們需要蕾亞的原因。「只有在立方體被摧毀之後，才需要你們其他人上場。」

「嗯……」梅克．烏爾里希皺起了眉頭。「假設駭入成功，立方體真的被關閉了，接下來會發生什麼事？」

「我也想知道！」克勞斯大聲喊道，聲音的力量讓所有人都停頓了一下。

帕斯卡爾轉向他和烏爾里希。「為此，我們特別需要你們兩個……我們和我們的中國合作夥伴已經一起確認了一些來自政界、軍方和警方的人員名單，至少在過渡時期必須拘留他們。這些逮捕令已經制定完成，我們會指控他們與中國勾結，企圖發動政變。你們會從霍女士那裡得知相關人員的下落。此外，克勞斯，我們也知道你在軍中建立了一個相當大的潛在反抗者網絡，現在正是動用它的好時機。」克勞斯面無表情地坐在那裡。「反抗的可能性幾乎是微乎其微。」帕斯卡爾繼續說：「德國的安全體系幾乎完全依賴立方體，這意味著警用和軍用無人機將不再運作，大多數武器系統也會關閉。沒有智慧穿戴裝置，幾乎沒有警察敢於公開對抗，因為他們根本沒接受過這方面的訓練。這就是為什麼我們可以並希望限制只使用非致命性武器。艾維斯，我們希望你能組織一次個用有憲法制定權的大會。此外，我們也編制了一份離線者名單，名單上的這些人也備受立方主義的認可，他們應該組成政府。我們認為，即使在沒有立方體的狀況下，各部會基本上還是能夠運作，必要時也可以讓退休公務員支援，這部分我們也已經有了詳盡的名單。細節我們可以之後進一步討論。」

隨後是一陣緊張的沉默。塔索發現自己很難為立方主義越來越有可能終結而感到高興，因為他的思緒比以往更圍繞在自己身在其中、仍不明確的角色。

「什麼時候開始？」過了一會兒，克勞斯問。

「在接下來一個月內。」帕斯卡爾回答：「我們必須盡快行動，以減少被發現的風險。我們將隨時決定具體日期，而你們必須在兩週內做好準備，隨時待命。」

「這真的可行嗎？」梅克．烏爾里希問，她現在似乎有些激動。

霍女士說：「習計算出的成功幾率為五十二％。」

「只有五十二％？」克勞斯問。

「雖然模擬訓練系統出乎意料地容易被破解，但它還是能很好地完成任務。這就是為什麼我們不能排除它已經執行了我們的計畫、國家已經武裝起來抵抗虛擬攻擊的可能性。儘管如此，我們還是很樂觀，因為我們的計畫涉及了一些立方體可能不會意識到的不可能情況。」霍女士環顧四周。塔索也直視著她。「你們從來沒有比現在更能打敗立方體的好機會，以後也不會再有了。」

在接下來的問答過程中，可以感受到大會上的質疑聲逐漸減弱，大家對霍女士的語氣也變得友善起來，儘管她說話時仍像一開始那樣淡漠而平靜。也許是因為她能冷靜回答每個問題，無論多麼荒謬；也或是是因為帕斯卡爾和羅西顯然很信任她。在經歷了漫長而徒勞的抗爭和種種艱難困苦之後，誰能責怪大會中的參與者對中國的信任與日俱增呢？這場勝利似乎突然變得如此具體，以至於似乎不可能再回到各自分裂的反抗的未竟之路。

討論的時間越長，塔索就越平靜。他們只要求他做他能做的事，他一定會做到。他會為在場的所有人勇敢行事。一想到自己在這場難以置信的政變中所扮演的角色，他甚至感到一絲期待。

當羅西大喊「請安靜！」時，塔索已經完全失去了時間感。過了好一會兒，大家才安靜下來。「你們現在知道計畫內容，也知道誰會幫助我們實施計畫了。過去一個小時裡，我們討論了很多立方體關閉之後的階段。我們可以談上好幾天，但時間緊迫，現在每個人都應該知道自己在這件事上的立場。我們來投票吧。」

艾維斯舉起手做出防禦的手勢。「等等，我們還不能投票。我們甚至還沒有討論過替代方案！如果我們團結在一起，為什麼不想想如何在政治上打敗立方主義？我們可以一起爭取降低預測指標，爭取保留無立方區，爭取更多的離線者權利，爭取任何不會立即破壞數百萬立方主義者生活的解決方案！」

他環顧四周，徒勞地尋找著認可。

「誰在你腦子裡拉屎了？」克勞斯沖他吼道。他瘋狂地用手比劃著，這不可避免地產生了一種威脅效果。「你才進議會沒幾個星期，說話就像個系統放屁！你永遠也不可能讓議會通過哪怕一項對離線者友好的規定！」現在他幾乎是在喊叫：「一個都沒辦法！」

令塔索驚訝的是，艾維斯不為所動。他使勁搖頭。「我會換個方式……」

「我不得不同意克勞斯的觀點。」帕斯卡爾打斷了他的話，自會議開始以來第一次表現出了某種不耐煩。「我們組織這次會議不是為了解決個人的問題。在過去八年裡，我們已經用盡所有政治手段。是時候來個大的解決方案了，來個真正的立方體政變。」

艾維斯沒有放棄。「你們知道你們的勝利會帶來什麼後果嗎？你們要銷毀所有訊息，刪除所有文件、影片和電子郵件，刪除所有關於過去的記憶！那基本收入呢？沒有立方體，我們該如何籌措資金？你以為人們願意再付出更多的勞動，放棄他們已經獲得的所有舒適，只是因為你認為這樣更好嗎？這完全不民主！」

克勞斯輕蔑地哼了一聲，梅克．烏爾里希氣惱地向後仰著頭。

羅西清了清喉嚨。「我邀請艾維斯就是為了解決這個矛盾。我不想讓我們自說自話地陶醉幾個小時，卻沒有任何批評。所以請聽聽他的話，我們必須忍受這一切！」

他看了看艾維斯，艾維斯只是交叉著雙臂。沒人說話，羅西繼續說：「艾維斯，我們現在的情況和五年前不一樣，離線者的生活變得更糟了。你的議會同事們正準備再次提高而不是降低國家預測指標，你也看到了這在法國導致的後果。馬克．芬德的無立方區禁令有越來越多人支持，我們也將失去我們的賭博執照。看看這個世界吧！我們的人數越來越少，我們之中的少數人卻遭受到越來越多歧視，包括危險言論、解雇和排斥。魔鬼正在悄悄控制和愚弄那些幸福而懶惰的大眾，這一切只會以災難告終！」羅西的聲音越來越大，也越來越堅持。塔索以前從未見過他這個樣子。

「你還想繼續在政治上與這一切抗爭？這還不夠！我們已經忍耐太久了。我們不能吞下讓我們處境變得更糟的每一口食物。我們不能將三個月前的情況與今天的情況相提並論，我們必須以公投前的生活作為基準，假設未來的情況會更糟。我們正在與日益強大的敵人作戰，他們賄賂、敲詐和勒索一個又一個離線者，最終把他們拉到自己身邊。」塔索羞愧地低下了頭。

「對我來說，這是迫使我們採取行動的緊急情況。我們必須行動！我們必須現在就行動，趁我們還能行動的時候！我們還有足夠多的人，系統還在為我們提供推翻它的庇護和手段……我們還有力量，我們還是人！」

梅克．烏爾里希開始用指關節敲打桌子。除了艾維斯，所有人都加入了敲擊的行列，直到敲擊聲充滿整個房間。「打倒立方主義！」阿薩舉起拳頭喊道。儘管沒有人回應，塔索還是起了一身雞皮疙瘩。

羅西嚴肅地環顧四周。「誰贊成我們把計畫付諸實行？」

帕斯卡爾和羅西立刻舉起了手，緊接著梅克．烏爾里希也舉起了手。還差一個聲音。

「你們知道我的立場。」艾維斯說，把手放在桌上。

所有人都看向克勞斯。基督教反立方主義組織的領導者清了清喉嚨。「我不想和瞇瞇眼中國人有任何瓜葛。比起立方主義的豬，我更恨他們。你們迫害過多少基督徒，放逐過多少基督徒，闖過多少基督徒，放火燒過多少教堂？」克勞斯厭惡地看著霍女士，霍女士沒有做聲。克勞斯吸了一口氣。「但我是個實用主義者。一場戰鬥接著一場戰鬥。如果我不需要再看到這些面無表情的人，」他朝中國女人的方向點了點頭，「我就加入。」

眾人都鬆了一口氣，連兩位被攻擊的客人也相視一笑。塔索也放下了心中的重擔。提姆開始鼓掌，引發了雷鳴般的掌聲。阿薩再次高喊她的戰鬥口號：「打倒立方主義！」這次有人響應了她的號召。只有艾維斯坐在一旁，默然地看著桌子。

投票結束後，所有人分成兩組：雨果、羅西與艾維斯坐在一個角落，帕斯卡爾和霍女士則在另一個角落向梅克．烏爾里希和克勞斯介紹計畫和文件。

塔索看著眼前發生的一切，和提姆小聲聊著天，直到羅西走過來。塔索深吸了一口氣：現在他終於可以更了解自己的角色了。

羅西拉過一張椅子，讓他們坐成三角形。他說話的聲音剛好能讓他們兩人聽到。「所以你覺得怎麼樣？」他問，專注地看著塔索。塔索怎麼也沒想到，羅西會問他的意見。他有點措手不及，結結巴巴地說：「我……我很……真是令人印象深刻……一個瘋狂的計畫。」

「所以你覺得這個計畫不錯？」羅西好笑地問。

「當然！」塔索肯定地說：「不過我得承認，中國的參與讓我胃痛。」

羅西點點頭。「對我們所有人來說都是這樣，但我們自己根本沒有機會。」

「我知道，所以我會投贊成票。」

羅西微笑著，直到他的目光改變了。「你可能已經猜到，除了蕾亞的招募，我們還有更多事情要拜託你。」

塔索沒有動。

「我們一直等到現在才向你全面介紹情況，好讓你明白這一切是怎麼回事。整個反抗運動終於朝著同一個方向前進了，我們不僅有一個好計畫，還有強大的支持者……塔索，我們希望你和蕾亞一起駭進訓練系統。因為要啟動訓練週期通常需要兩個人，要做到這點，你必須和她一起去你因為危險人士約談很熟悉的憲法保護大樓。」

塔索驚慌地看著兩人。他該怎麼進去，更不用說駭進系統了？為什麼偏偏是他？

但他還來不及問羅西這個問題，就聽到安全門的把手嘎吱作響。門猛地打開了，一名警衛朝房間裡看去。「憲法保護部門已經請求增援，正在檢查出口。整棟大樓都在被搜查中。」

15

羅西突然站起來，走到帕斯卡爾身邊。他們小聲討論了幾秒鐘，然後帕斯卡爾轉身對其他人說：「我們撤退。」她看著梅克・烏爾里希和克勞斯：「讓他們抓到你們其中一個人的風險太大了。重要的事情都已經討論過，你們也拿到文件了。我們之後再確認細節。」

時間彷彿靜止了。沒有人動，每個人都睜大眼睛看著帕斯卡爾。然後，一切在瞬間發生：眾人跳起來，四處奔跑。金屬在地板上發出吱吱的聲音，有人發號命令。提姆鎖上了安全門，阿薩以迅雷不及掩耳之勢發放紅外線護目鏡，帕斯卡爾從大鐵櫃裡拿出兩個背包遞給梅克・烏爾里希和克勞斯，他們急忙將把文件放進去。似乎除了塔索之外的每個人都知道該做什麼。

克勞斯的保鑣打開了櫃子旁地板的折疊門，為他老闆擋住門口。孟女士試圖推開他，卻被她上司拉住了。克勞斯大步走過來，紅外線眼鏡已經在他的額頭上，接著爬下去，他的同伴緊跟在後。霍女士隨後消失得無影無蹤，孟女士急忙跟在她後面爬下去。梅克・烏爾里希把最後一張紙塞進背包，也跑向門前，阿薩緊跟在後。

塔索彷彿從遠處聽見自己的名字。提姆搖搖他，然後說了一句話：「你必須離開這裡！」

塔索有些發愣，任憑朋友把紅外線護目鏡戴在他頭上，被拉向鐵門的方向。梅克・烏爾里希就這樣消失在地面上。

在阿薩跟上老闆之前，提姆一把抓住她的手臂。「你們得帶上塔索。」

阿薩笑了，有那麼一瞬間，塔索看見了她父親的臉。「門都沒有。」她拍掉提姆的手。

提姆立刻再次抓住她。「你必須要！我們不能讓憲法保護部門的人看到他，他明天必須回到斜角巷。」

「你自己帶他出去啊！」阿薩再次掙脫。

「提姆必須留在這裡，」帕斯卡爾突然出現在他們旁邊，「如果他不在會引人注目。」

阿薩猶豫了一下。

提姆說：「更何況你比我更擅長在外面行動不被發現。」

「阿薩，」羅西插話道：「請把塔索帶離這裡，回到斜角巷。他非常重要。」

阿薩憤怒的目光從一個人身上移到另一個人身上，然後又停留在羅西身上。「好，好，好。」她終於沒好氣地說，看也不看塔索一眼，便命令道：「快點，我可不會等你！」然後爬下梯子。

「快走！」提姆催促。短暫的猶豫之後，塔索跟著阿薩進入了黑暗中。

他腳剛碰地，就有人用力把他額頭上的眼鏡拉到眼前。阿薩青黑色的身影跑進了狹窄的隧道，他不假思索地追了上去。

空氣潮濕，散發著陳腐的味道。他每走一步，腳都會濺起泥水。他蹲下身子，以免頭撞到低矮的天花板。這整個情況非常荒謬。幾週前，他還在和妲莉亞一起追逐虛擬的馬；而現在他正穿過一條地道，從憲法保護部門的手中逃走，而他緊跟的是一個被通緝的恐怖份子，她還是他最大敵人的女兒。

小路略微上坡。剛走了一百公尺，塔索就開始氣喘吁吁。阿薩的步伐不疾不徐。他起初還會注意腳下的路，但後來他只是盯著她的背，不顧一切地跟在她身後。不一會兒，他就感到身邊一陣劇痛。

當他們追上梅克・烏爾里希時，阿薩放慢了腳步，他也想請求休息片刻。

「這是誰？」梅克・烏爾里希看著塔索問。顯然她剛剛在上面沒有注意到塔索，他的臉被紅外線眼鏡遮住了一部分，不免讓人心生懷疑。

「羅西堅持要我們帶著……塔叟？」塔索沒有糾正她，而是點點頭，「離開這裡，回斜角巷。」

「為什麼？你是誰？」

塔索猶豫了一下。「我……我負責駭進系統。」

「你是程式設計師？」阿薩問。

「不是。」塔索說，但又改變了主意。「是，是，可以這麼說。」

兩位女士沒有再多說什麼，繼續往前走。過了一會兒，她們聽到前面有人在喘氣。當她們走近時，塔索認出克勞斯：他靠在牆上，完全喘不過氣來。他的同伴正舉著槍站在他旁邊。他們已經走到了隧道的盡頭。在他們前面幾公尺遠的地方，霍女士站在一扇金屬門前，透過縫隙向外張望，時而戴著眼鏡，時而摘下眼鏡。孟女士就在她身後等著。她們倆看起來完全不像剛跑了一公里的樣子。孟女士手裡還拿著一把笨重的手槍，槍管上掛著兩枚飛彈。她旁邊有個箱子，阿薩從裡面拿出更多一模一樣的武器，遞給梅克．烏爾里希和塔索。「都是電子槍，」她嘆了口氣。「聯盟一貫的作風。」

輪到塔索時，他勇敢地握住武器，試圖掩飾自己的經驗不足。手中握著武器讓他很不習慣。

「準備好了嗎？」霍女士問。除了塔索，所有人都點了點頭。他的心跳再次急速上升。只能聽見克勞斯越來越微弱的喘息。「你也是嗎，克勞斯先生？」霍女士問道。

「是的，是的。」他咕噥道。

接著，她慢慢地向內打開金屬門，森林的景色影入眼簾。塔索短暫地把紅外線眼鏡拉起看了看，天已經黑了。門的外側黏著泥塊和一簇簇的草叢，顯然他們是從一個小山丘走出地面的。隧道出口的位置也很好：這裡的樹木和灌木非常茂密，幾乎看不到十公尺以外的地方。孟女士順利地爬出來，立刻被灌木吞沒。

塔索感覺到一隻手放在他的槍上，不由自主地退了一步。阿薩從他手中拿過手槍，鬆開保險，槍柄上方的一盞小燈亮起，然後又重重地放回塔索手裡。「如果你在任何地方看到無人機，」阿薩低聲說：「朝它的方向射擊。飛彈最遠能飛一百公尺。」塔索不確定地笑了笑。

過了一會兒，黑暗中響起一聲短暫而低沉的口哨聲，緊接著又是一聲稍長的口哨聲。「安全了！」霍女士低聲說道。

「那你為什麼要竊竊私語？」阿薩回答道，然後越過她。中國女人輕輕地跟在她後面，超過了她，消失在樹林之間。當梅克．烏爾里希開始行動時，塔索也快速奔跑起來。他只能低頭用手臂護住自己，以免樹枝刮臉，也能聽到克勞斯和他的保鑣在他身後行動的聲音。

塔索和梅克．烏爾里希很快就追上了阿薩，並緊緊跟在她身後。「噓！」她馬上示意塔索，將食指放在嘴唇上。她指著塔索腳下斷成兩截的樹枝。他舉起雙手以示道歉，阿薩生氣地要他放下武器。在剩下的路程中，塔索努力跟上她的腳步。

很快就聽不到克勞斯和他的保鑣的聲音了，也不見中國女人的蹤跡。阿薩似乎知道他們要往哪裡走，於是他們迅速前進。

「該死！」她突然嘶吼一聲，掏出手槍，朝他們剛才來的方向射出一枚導彈。塔索順著飛彈望去，先聽到一聲金屬聲，然後是一聲沉悶的巨響。梅克．烏爾里希也拔出了槍，屏住呼吸環顧四周。塔索試圖看清楚，並壓下恐懼。「有一架無人機。」阿薩低聲說：「但我打到了。」

「現在快點！」梅克．烏爾里希低聲回話。

然後他們跑了起來。塔索的同伴們仍在幾乎無聲無息地前進，但他卻無法跟上，既無法應付日益加劇的恐慌，也無法同時注意地面。他覺得自己就像一隻有蹄類動物，即使在最危險的時候也會發出最大的聲音。樹枝在他面前折斷，樹根在他腳下延伸，樹木不知從哪裡冒了出來，整個森林似乎都在合謀對付他。

突然，他發現自己左邊有個不屬於那裡的東西。透過紅外線護目鏡看起來就像一個黑綠色的不明飛行物，在灌木叢中隱密地滑行。塔索沒有放慢速度，舉起手槍，瞄準了無人機，手同時狠狠撞上一棵樹。一聲槍響，飛彈直接擊中他身後的地面。他咒罵著，握著疼痛的手繼續向前跑，轉身看著之字形移動的無人機。他數到三，停下來，屏住呼吸，再次開火。飛彈向追擊者飛去，繞過幾棵樹——擊中了！塔索幾乎要大聲歡呼起來。但他沒有這麼做，發現其他人早已跑遠。

當女士們已經走到一塊小空地時，他才追上她們。她們緊緊盯著來時的方向，顯然是在森林裡尋找其他追兵。過了一會兒，阿薩轉身朝空地走去。直到現在，塔索才意識到她手裡拿著一個指南針，指南針剛剛一直被收在她褲子的口袋裡。她伸出手，慢慢朝空地的另一邊走去，額頭上戴著眼鏡。走到半路，她的手碰到了一個堅固的東西。她的手在空中輕輕一揮，一輛像智駕一樣大小、側面有六個螺旋槳的黑色汽車出現在塔索剛剛只看到森林和草地的地方。塔索從來沒看過變色膜，更遑論是貼在一輛弗勞托汽車上，他著迷地看著阿薩匆忙地把變色膜折疊起來，然後跳上駕駛座。梅克·烏爾里希也上了車，坐在後座，塔索也坐進阿薩旁的位置。他一關上車門，他們便揚長而去。

在森林變成田野和草地之前，它們放慢了速度，最後停在原地，就在樹冠下面。

「我們可以帶他飛到城市邊界，」阿薩建議：「讓他戴上面具就能蒙混通過。」

「最好去找R117，」梅克·烏爾里希回答：「她明天可以帶他去斜角巷。」

阿薩點點頭，在車用電腦上輸入了一些資料。弗勞托的尾門打開了，四架無人機飛了出來，消失在樹林上空。過了一會兒，塔索看到儀錶板上的一個顯然是弗勞托所在位置的紅點周圍，出現了一個梯形的綠色區域。無人機大概在掃描那個區域是否有資料探勘者。當這個區域不再擴大時，阿薩將弗勞托開出森林，盡可能沿著地圖上清楚顯示的紅線行駛，這條紅線在地圖上蜿蜒曲折。

慢慢地，塔索覺得自己又能清晰地思考了。

「R117是什麼？」他問得很小聲，只有阿薩能聽見。

她翻了個白眼。「你不知道R網是什麼？」

塔索搖搖頭。

「這是一個我們可以隱藏的支持者網絡。羅西透過說服所有組織共享他們的名單建立了這個網絡，他負責管理整個登記名冊。R117是我們最優秀的成員之一，梅克親自招募了她。」阿薩回頭看了一眼梅克．烏爾里希，她微微點了點頭，然後又埋頭回到她的文件中。

「我明白了。」這解釋了為什麼羅西沒有擔任任何職務，卻在反抗軍中受到如此尊重。

「你們總是這樣移動嗎？」他問。他以為人文主義者的移動會更加隱蔽。

「有時候是這樣，不過別擔心，沒有你想像的那麼危險。這裡幾乎沒有資料探勘者，甚至沒什麼智慧裝置。」她苦笑了一下。「鄉下太無聊了，尤其是晚上。而且在黑暗中沒有衛星能看到我們。」

他的兩個同伴似乎早已放鬆下來，塔索不知何時深呼了一口氣，向後靠。

「梅克，你覺得這個計畫怎麼樣？」過了一會兒，阿薩問。

人文主義陣線的發言人仍全神貫注地看文件，過了幾秒鐘才回答。「事實上這一切看起來都很不錯，如果能成功駭進系統的話，值得一試。」

「還在人寧的聯盟現在遇到麻煩了嗎？」塔索問。

「因為搜尋行動嗎？帕斯卡爾肯定考慮過這個情況了，你爸會氣瘋的，阿薩。」

阿薩的臉色頓時陰沉下來。她當然知道他在那。「我不介意揍他一拳。」

「這天會來的，親愛的。」梅克·烏爾里希說：「也許很快就到了。」

塔索很想知道阿薩和她父親之間發生了什麼事。「順便說一句，我認識你爸。」

阿薩第一次正眼看他。「哦，是嗎？」

「我和他進行過幾次危險人士約談。」

「那真是恭喜你。」她又轉過身去，盯著窗外。「別想問我任何關於他的事。」

在接下來的飛行中，他們沒有多說什麼話。阿薩不時需要降落或突然改變航向，但塔索不覺得這需要特別擔心，所以他的思緒很快又回到羅西之前向他透露的事情上。為什麼是他要在立方主義的中心植入駭客程式？他該怎麼做？還有……他真的想把整個國家搞得天翻地覆嗎？他閉上了眼睛。他坐在這裡，問自己這樣的問題，而他面前坐著的是歐洲最著名的反抗戰士之一，在瘋狂的逃亡之後，他正在經歷人生的冒險。他偷偷端詳著阿薩。她又盯著窗外，陷入沉思。他看了看她的上司，後者仍聚精會神地翻閱文件。他們在做他們認為正確的事情，並為此放棄了很多。但是，僅僅因為聯盟、人文主義陣線和基督教反立方主義組織認為這樣的生活更有價值，就強迫這個國家的大多數人過上他們不喜歡的生活，這樣做真的對嗎？還是艾維斯才是正確的？

塔索越思考就越沮喪。沮喪逐漸變成了憤怒，對自己的憤怒。聯盟想把他塑造成英雄。但他為什麼沒有興奮感？他到底他媽的為什麼要懷疑？

❖ ❖ ❖

有人搖了搖他的肩膀。「嘿！」塔索睜開眼睛。弗勞托正停在一片田野裡，一棵孤獨的老樹枝繁葉茂。天色依舊漆黑，外面一片寂靜。「我們到了。」阿薩說。她轉向梅克・烏爾里希，問道：「你要一起來嗎？」

她的老闆搖了搖頭。「不，你得快點，我們得繼續趕路。」

阿薩下了車，塔索向烏爾里希道別，跟著她往外走。

他們默默地穿過田野。天空開始下起了小雨，塔索覺得很冷。他們穿過一片森林，在最後一排樹木的遮蔽處停了下來。在他們前方大約五十公尺處，矗立著一座孤零零的鄉間別墅，一樓只有一扇窗戶亮著燈。

「她在家。」阿薩喃喃地說。

她在附近的樹幹摸索，直到找到她要的東西。她從某棵樹交纏在一起的樹根間撈出一個帶有繩子的小環，然後把它往上拉。「現在房子裡會響起鈴鐺通知我們的到來，只要有訪客就是這樣。」阿薩解釋道，然後看著對面。她全神貫注，但同時也顯得非常疲憊。塔索第一次在她臉上看到了某種脆弱。

不久，樓上亮起了燈。「在這裡等她，」阿薩說：「替我們向她問好，」她轉身要走，但又再次轉向他：「你真的能駭進立方體嗎？」塔索堅定地點了點頭。他不想讓她發覺他和她有同樣的疑慮。阿薩默默地端詳著他，比起渴望戰鬥，她看起來不如說是疲憊不堪。

「你會用盡全力，對嗎？也許這是我們最後的機會。」她用拳頭輕輕地碰了碰他的肩膀，然後消失在樹林之間。

當塔索還在咀嚼阿薩說這番話的重量，有個聲音讓他回頭看向房子。一個嬌小的身影走了出來，裹著大衣向他走來。前門正上方的燈光照亮了她的輪廓，卻讓她的臉處於黑暗之中。當他們相距只剩幾公尺時，塔索簡直不敢相信自己的眼睛。

「艾登女士！」他如釋重負，但法官似乎對他的感嘆很惱火。

「塔索．多夫。」她喃喃地說，認出他時同樣有些驚訝，但馬上又恢復冷靜，示意他跟她走。塔索思緒萬千。這就是為什麼她在法庭上總是如此支持他……也是為什麼他加入立方體讓她如此失望！但……一個支持恐怖份子的法官？

他們終於站在走廊上。艾登女士鎖上門，塔索環顧四周。這棟房子從裡面看比從外面看要大得多，也更現代化，這可能要歸功於他右手邊那間巨大的房間，它占了整棟房子的一半，有兩層樓高。高大的窗戶從地板一直延伸到天花板，被同樣大小的百葉窗簾遮蓋著。房間中央矗立著玻璃壁爐，裝潢華麗的煙囪蜿蜒伸向天花板。在壁爐周圍，深色的沙發呈現U字形排列。在塔索的左邊，有扇門通往房子的兩樓。

他的目光又落在艾登女士身上，她緩緩地搖了搖頭。「塔索．多夫……在我家。預兆和奇蹟仍然存在。」他們沉默對視了一會兒。塔索感覺到她的懷疑，無奈地笑了。她也回以微笑。

「想喝點什麼嗎？茶？」

塔索感激地點點頭，跟著她走進廚房。這裡也拉下了百葉窗，塔索猜想這裡白天也不會有什麼變化。一切看起來都非常整潔，架上幾乎空無一物，甚至水壺也是從櫥櫃裡拿出的。

「你一個人住嗎？」塔索咬了咬舌頭。他以前從未問過她任何私人問題。

「對。」艾登女士將水壺注滿了水，「我已經離婚好幾年了。而且老實說，我也沒興致再找新的對象。愛情已經變得毫無浪漫可言，你不覺得嗎？」

她探詢地看著塔索。她聽過他和妲莉亞的故事嗎？他說：「用不浪漫來形容一點也不為過。」他不知道該不該再說下去，但在艾登女士面前，他對過去幾週來的反覆感到特別羞愧。還是別談這個吧。「為什麼你從來不告訴我你支持反抗運動？」他馬上為這個幼稚的問題責備自己。壺裡的水開始發出輕微的沸騰聲。

「如果我對每個人都說，我的支持就沒有什麼價值了，你不這麼認為嗎？」她乾脆地回答。她準備好兩個杯子，將一包薄荷茶遞給塔索。他點了點頭。

「但你難道不能給我一些暗示嗎？也許我就不會……這樣離開了。」塔索也不明白為什麼自己突然對艾登女士感到生氣。還是他生氣的是因為他需要艾登女士的暗示？水開始沸騰，氤氳的水蒸氣升騰而起。

艾登女士回擊：「我從來都不知道自己在你心目中的位置。你看起來總是……優柔寡斷。你是個名符其實的愚弄者，沒錯，但還是在體制內。在某種程度上，你比我認識的任何其他離線者都更能適應立方體內的生活，而幾週前你加入立方體的事實不幸證明了我的謹慎是對的。」

塔索羞愧地移開了目光。「我不想責備你。」

艾登女士在杯子裡倒滿水，茶包浮在水面片刻，又逐漸吸飽水沉入杯底。艾登女士親切地笑著遞給他一個杯子，帶他走進客廳。

客廳裡同樣相當整齊，壁爐旁的原木堆得密密麻麻，幾乎沒有縫隙；地板上看不到一塊木屑，甚至連一片灰燼都沒有。在窗前左右兩側的牆壁上，高高的書架上擺放著數不清的書籍。就像斜角巷的圖書館一樣，到處都是書籍索引標籤，塔索從沒在一間公寓裡看過這麼多書。過了一會兒，他才注意到艾登女士正饒富興致地看著他。「我必須承認我並沒有看過所有的書，」她回答了他沒有問出口的問題：「但大部分都讀過。」她對他眨了眨眼。

「所以，跟我說說吧。」他們在一張沙發上坐下後，她問他。沙發上的坐墊按顏色和大小分類。塔索猶豫了一下要不要讓自己坐得舒服些，但他可不想把順序弄亂了。「根據我最後了解的情況，你選擇讓自己被遺忘。你不再來上班之後，你辦公室那個奇怪的朋友非常難過。」

塔索一點也不驚訝，他對大衛有些抱歉。他摸了一下自己疲憊的臉。「我只是受夠立方主義了。就像你說的，我無法決定自己要怎麼面對立方主義，這最終耗費了我太多精力，唯一的出路就是讓自己忘掉它。我必須徹底擺脫它，並想著最終能為反抗立方體做點什麼，所以我加入了聯盟。」

「是聯盟帶你來的？」

「不，是梅克．烏爾里希和阿薩，他們讓我順便向你問好。事情有點複雜，我不知道我能說什麼。」

「梅克來過？」

「對，但她必須趕快離開。我們在人寧開了一個祕密會議，然後憲法保護部門突襲，我們不得不逃走，是人文主義者把我帶了出來。」

「真是有趣……」艾登女士的眼睛瞇了起來。對她來說，聯盟和人文主義者彼此交談也是一件新鮮事。「無論如何，我很高興你能參與其中。」

他回了她一個微笑，但她似乎意識到他很勉強，因為她帶著詢問的表情看著他。他緊張地扭動身體。他能在不洩漏太多資訊的情況下向她傾訴自己的疑惑嗎？直到現在，他才意識到她周圍多麼寂靜。沒有微風吹動窗戶，沒有時鐘滴答作響，沒有暖氣扇片發出聲音。

他轉向了另一個問題：「你為什麼支持人文主義陣線？」法官嘆了口氣：「你問了一個大

問題……但也許這會讓我們更靠近你所涉入的狀況。」塔索感激地朝她笑了笑。「簡而言之，梅克・烏爾里希說服了我。你和她談過話嗎？」塔索搖搖頭。「我不認識比她更有遠見的人。長話短說：我從一開始就看不起立方體和它的信徒。」艾登女士一向冷靜的表情一下子陰沉了下來。「他們無害地出現，承諾我前夫所謂的『合理化』……也就是超越世俗，不偏袒任何一方，實現超人的成就。而現在，立方體在我們的頭頂上做決定，制定規則和法律，做出判決，鼓勵和阻止，努力建立一個完全計算好的世界。大眾可能對此視而不見，但這台電腦早已極權化。我們成了電腦中微不足道與無窮無盡的數據流，任何試圖擺脫它的人都會遭殃。」

「沒有人比人文主義陣線更積極反對立方主義，也沒有人比梅克看得更清楚。幾年前，我們在地中海的無立方區偶然相遇，當時我正在那裡度過離婚後的第一個假期。一位共同朋友邀請我們共進晚餐，這群人五花八門：一對富商夫婦、一位政治家、兩位作家和其他幾位女士，當然還有梅克。沒多久，她就用她尖銳的言論和論點征服了整個餐桌。晚會結束後，一半的女性反對她，另一半支持她，包括我。這真的令人印象深刻。」她的表情放鬆下來，似乎找到了她想要的東西。

「之後我又單獨和她見面，我們就使用武力的問題討論了很久。我不想重複這些，你會有自己的想法。無論如何，我最終還是向她提供了幫助。我協作了一些她的著作，同時將自己的房子作為避難所，為各種反抗者提供庇護。最近這些人越來越多，我們周圍的絞索越收越緊。

所以我很高興聽到反抗的力量打算聚集在一起。」

艾登女士凝視著塔索，但塔索對於要評價她的說法感到不自在。「你……」他終於開口：「你知道我有多欣賞你。」他以前從未對她說過，但她現在一定已經意識到了。「而且，你告訴我這些話對我來說意義重大。」當他說出這句話時，他才真正意識到這句話的意義。在艾登女士說話的時候，他覺得自己內心的某些東西已經平靜下來。他的疑慮並沒有完全消失，但這讓他感到放心，因為這個女人，也許是他所認識的最聰明的人，站在人文主義陣線的這邊。

「但是……我可以問你一個問題嗎？」艾登女士點點頭。「我討厭立方體，我一直都討厭它，但我從不知道伴隨它而來的會是什麼。公投之後，我感覺出現了一個新世界，我必須與之共存。我認為問題出在自己身上，而不是立方體；我必須退出立方體，而這讓其他人遠離它。另外，反抗似乎是徒勞的……現在我的想法不同，反抗並不是徒勞的，一定不是！但我對此付出的太多太多了。我們正在為自由意志而戰，但卻感覺我必須為了捍衛它比以往更努力彎曲我自己。這是對的嗎？」

艾登女士想了一會兒。「也許你需要放下一個念頭，塔索，這與你的自由意志無關。這關乎人類的自由本身。我理解你想保持自我的願望，因為我自己也深有體會。但這不會讓你走太遠。世界從來都不是你想要的樣子，我們也不可能總是按照自己的意願行事……但如果你想改變什麼，如果你必須改變什麼，你會怎麼做呢？要不改變自己，要不改變世界。但因為一個人要改變世界太難，你只能和其他人一起改變世界。然而，這些人對於更美好世界的想像，以及如何到達那裡的想法永遠不會完全相同。革命往往是自我課題，只有把共同的事業當作自己的事業才能有所作為。解決讓你感到厭倦的矛盾，轉而支持他人也認同的未來理念。你能做到的，塔索！」

他想起了他們在法院的討論，她總是能說服他接受她的意見。他想到了在小斜角巷被監視的事。「但是，如果其他人用我不接受的手段來實現這這個理念呢？」

「不是每種手段都是合理的。但一個有價值的目的或許可以為此辯解……而終結立方主義也許是最有價值的目的。立方體一步步剝奪了我們人類的尊嚴，我指的是所有人。我們失去了對自身命運的掌控，在一個我們自己都不理解的世界公式中，成了純粹的干擾因素。自由的人類不復存在，反而成為更強大力量的物品。為了防止這種情況，如果沒有其他補救辦法，我們也必須被允許使用暴力。」

「但我們能在宣揚自決的同時擺布大多數人嗎？」

艾登女士使勁地搖了搖頭。「你在扭曲事實！」她大聲地說：「大多數人透過排擠、羞辱和迫害我們來擺布我們，同時也放棄了他們的尊嚴。但沒有人能夠有效同意他們的墮落，即使是立方主義也不行！如果我們讓這種情況繼續下去，我們都將滅亡。」

塔索沉默了，不由自主地躺進枕頭裡，任由她的話語在腦海中迴盪。現在能他能回覆的一切都顯得微不足道，甚至毫無意義。在討論身而為人的核心問題時，誰還會在乎小斜角巷的監視呢？

艾登女士似乎看出了他的疲憊。「來吧，我帶你去你的房間。」塔索沒說話，站起身來，被她帶上樓。

雖然他累得幾乎睜不開眼睛，卻過了很久才睡著。

16

「我就知道你會回來！」

塔索確信提姆從來沒有這麼高興地迎接過他。然而，這洶湧的擁抱讓他措手不及，差點向後摔倒。他不想多愁善感，他不想浪費任何時間，只要他對自己有信心。

提姆似乎並不介意塔索如此謹慎的反應。

「我告訴你……每個人都很害怕，就連羅西也不例外！」塔索越過提姆的肩膀看向吧檯。羅西站在一張高腳椅旁看著他們，嘴角掛著輕鬆的微笑。孟女士站在他旁邊，連她都散發著一絲寬慰。櫃檯後面，寶拉正在擦乾酒杯，專注地看著這場聚會。

塔索早上在艾登女士家醒來後，覺得自己在前一晚談話中的論點非常小家子氣。在他看來，他的疑慮不過是對未知的一種不誠實的恐懼。然而，有帕斯卡爾、提姆、羅西和艾登女士這樣的人在他身邊，他就不必害怕。他相信他們，他不再孤單。

提姆鄭重地把他帶到其他人身邊。塔索覺得自己就像剛被抓回父母身邊的弟弟，但他為提姆這番勝利的喜悅感到高興，畢竟他帶給他的悲傷已經夠多了。

打完招呼後，塔索注意到羅西的黑眼圈。仔細一看，提姆也顯得很疲憊。

「昨天還發生了什麼事？」他問。

提姆搓了搓手，笑著回答。「施奈德在我們上樓時攔截了我們，找到了地下室的房間，當場審問了我們。雖說是『審問』，但他也沒辦法指控我們什麼具體罪行，反正我們什麼也沒說。當有人告訴他有兩架無人機在森林被擊落時，他幾乎快瘋了。但他能怎麼辦呢？他又不能因此逮捕我們。所以把我們一個個放走了。他臉上的表情……」提姆幸福地搖了搖頭。「可惜你沒看到！」

塔索想到施奈德因為絕望而用他那厚厚的頭骨撞擊大廳下方地下室的水泥牆，不禁笑了，提姆也笑了起來。

塔索注意到羅西正驚訝地看著他。「怎麼了？」

「沒什麼，」他回答：「只是你看起來……有些不同。」塔索停頓了一下。這句話是正面的意思嗎？「更清晰……更堅定。我喜歡這樣。」他把手放在塔索的後頸上，用一種塔索不認識的眼神看著他：眼神中充滿了驕傲和尊敬。這讓塔索感覺非常好。

「接下來要怎麼辦？」塔索環顧四周。除非他們在一個安全防竊聽的空間裡，否則他不打算再問任何更具體的問題。

「我們還有一些事情要向你說明，」羅西回答道：「之後我們就會開始訓練。」

塔索緊閉雙唇。他必須學會怎麼植入駭客程式，以及如何招募蕾亞。一想到她，他就感到不安。他們一週後就要碰面了，但他怎麼也想不出該如何讓她加入反抗運動。

❖ ❖ ❖

之後他們坐在令人不快的會議室裡，當時提姆和孟女士就是在這裡確認塔索的忠誠度。雨果和帕斯卡爾也來了。

「蕾亞的真名叫安娜。」羅西直截了當地開始談話，目光熱切地看著塔索。

塔索對她用假名並不意外，但還是覺得很唏噓。他試圖讓自己聽起來很客觀：「安娜……在憲法保護部門到底是做什麼的？」

羅西回答說：「過去三年裡，她一直擔任軍方和憲法保護部門聯合單位的負責人，那個單位負責編寫防禦模式的訓練系統。」

塔索對此非常驚訝。「真的嗎？我沒想到她竟然這麼厲害，她總是對我……有所保留。」

「立方體並不在乎一個人是否沉默或有所保留，多年來只由它來決定公務員的升遷。安娜可能很擅長她的工作，她在學習和工作上投入了大量精力。然而，最近她的工作狀態似乎停滯不前。我們不知道原因何在，但我們也對她的停滯感到非常欣慰，否則她現在可能也無法進入我們必須控制的訓練系統了。」

塔索點點頭。

「說到這裡，」羅西直起身子說：「我已經告訴過你，要你協助安娜……」塔索的脈搏加快了。他能感覺到，羅西對於繼續說下去感到很不自在，這只是讓他更加激動。提姆似乎也很緊張。羅西深吸了一口氣，清了清喉嚨。「我應該從何說起呢……」

又是幾秒鐘過去。

「你必須假裝是你哥哥。」提姆脫口而出。

塔索不解地看著他的朋友。「什麼，為什麼？」

提姆尷尬地低頭看著地板，羅西再次開口：「因為他也在憲法保護部門工作。」

過了好一會兒，羅西的話才傳到塔索耳中。其他人滿懷希望地看著他。他感到一陣頭暈目眩，自信頓時消失殆盡。「這不可能……」小房間裡的空氣突然變得非常稀薄。塔索接連吸了幾口氣，又吐了幾口氣。「彼得為憲法保護部門工作？什麼時候……他明明在製作獨立電影！」

「實際上他的確曾經為一家獨立公司編寫故事的演算法。」羅西說：「但顯然安娜的單位在三年前挖角了他。他做的工作可能和他為老東家做的差不多，只不過現在他轉為改善訓練系統，讓這個系統可以發明和模擬越來越複雜的攻擊。」

塔索的腦子還在轉。他的思緒在一個又一個難以理解的事件之間飛快移動：彼得為憲法保護部門工作。他的親哥哥。難怪他們之間的關係越來越僵。多年來彼得怎麼能一直假裝自己在製作肥皂劇？他怎麼可以這樣騙他？

其他人還在等待他的回應，但塔索卻感到一陣癱軟。他只想離開這裡。但這是不可能的。他看著其他人，他們都指望著他，他必須打起精神。「你什麼時候知道的？」他終於忍不住問了出口。

「不久前的事。」羅西說：「你告訴提姆，彼得在你身上使用了立方體的招募程式，甚至為此付了錢。這讓我們很納悶，因為據我們所知，艾瑪無法被購買，只有在符合公共利益的情況下才會使用，而整合離線者的公共利益通常由憲法保護部門決定。隨後，我們仔細觀察了彼得。他的資歷顯示他曾在憲法保護部門工作過，甚至可能在安娜的部門工作過。但還有其他決定性因素……」

「什麼？」

提姆不安地咬著指甲，避開了塔索的目光。羅西也顯得有些尷尬。「看來安娜很喜歡你哥哥。」

房間裡一片寂靜。塔索的頭腦也在一瞬間變得完全安靜和空虛。隨後，他的腦海中湧現出大量的想法和畫面。突然間，一切變得非常明朗。他深吸一口氣，仰起頭，閉上眼睛。「這怎麼可能。」他低聲說道，然後歇斯底里地大笑了起來。當他再次睜開眼睛時，看到的是一張張憂心忡忡的臉，就連孟女士也顯得相當緊張。他用力地揉了揉眼睛。「安娜喜歡我哥哥……而我只是一個……嗯，是什麼呢？一個廉價的替代品？哇，這還真的是有夠惡趣味。」為了忘掉過去的生活，他允許自己被遺忘；而現在，他的過去又三番兩次地追趕著他。他回想起上次與彼得見面的情景，搖了搖頭。「彼得甚至跟我提起過她。」

羅西挑著眉毛看著他。

「我們打網球休息時他告訴我，有個同事向他表白了。」塔索又搖了搖頭。「如果我早就知道的話……」

羅西和其他人意味深長地交換了眼神，帕斯卡爾和雨果甚至很坦率地表達了他們對這個新消息的喜悅。帕斯卡爾笑著說：「我想這消除了所有的疑慮。」

「的確如此。」塔索又笑了。「還有什麼我應該知道的嗎？」

羅西把手搭在他的手臂上，離塔索很近，聲音只有他聽得見。「我知道這對你來說並不容易。我很抱歉得讓你經歷這些……但你哥哥、安娜和你之間的連結確實增加了我們成功的機會，這讓你對我們的計畫來說無比珍貴。塔索。我們和全國人民現在比以往任何時候都更需要你。讓我們一起從中汲取力量吧！」

塔索嘆了口氣。他點點頭，試圖壓抑自己的想法和感受。「那你說明一下，我要怎麼變成彼得？」羅西明顯鬆了一口氣，向後靠在椅背上。「我們必須克服四個障礙：追蹤、臉部辨識、密碼和心律檢查。立方體通常使用追蹤功能來辨識身分，透過持續追蹤某個人的行動，立方體就能將某個人與其他人區分開來，而不必花費巨資反覆識別。所以，我們必須把彼得換成你。我們已經有對策，不過稍後再說。在憲法保護大樓裡行動會更加困難：在你進入電梯之前，立方體會將你的臉部與彼得的生物資料進行比對，一個細節都不放過。你只有透過密碼才能進入他所在部門的工作區。而且，為了能夠啟動被操控的訓練系統，你甚至必須擁有和你哥哥一樣的心律。如果你和安娜一起進入工作區，我們就不需要密碼了。你的『遺忘』有助於生物識別認證，因為立方體不再知道彼得弟弟的長相。當然，你們是同卵雙胞胎也很有幫助。但很遺憾的是，這樣還不夠。」

塔索意識到，他無法透過正確的呼吸技巧來模仿彼得的心律，而且他們臉上的細微差別也很難透過任何表情來彌補。「你們想幫我動手術。」他淡淡地說。

羅西微微點頭。「只有心臟。你們長得太像了，我們可以不用動手術，直接製作臉部模型。」

「『只有』心臟，是嗎？」塔索把顫抖的雙手放在大腿下。難怪大家都對他那麼好，現在又坐在他面前一副團結力量大的樣子。心臟手術……真的沒有其他選擇了嗎？「如果沒有我你們要怎麼做？你們應該不敢肯定我一定會答應吧？」

「對，但我們有其他選擇。」羅西回答：「我們直到最近才知道你對我們到底有多大價值。我們最初的計畫是讓你招募安娜，我們利用她找到第二個人來植入駭客程式或尋找變通的辦法。但與現在的計畫相比，成功的機率低了百分之二十以上。」

帕斯卡爾補充道：「羅西說我們別無選擇。」

「你的意思是我別無選擇。」塔索苦澀地說。

帕斯卡爾無言地看著他。

「你們的計畫沒有不動手術的備用方案嗎？」

羅西窘迫地給了否定的答案。塔索不知道為什麼他現在竟然沒有任何感覺，幾天前他還會驚慌失措。難道他已經變得如此認命了嗎？他現在什麼都不在乎了嗎？還是最近的經驗讓他變得更勇敢了？

他不由自主地聳聳肩，看著周圍一張張緊張的臉孔。「別擔心，我會做的。」

其他人如釋重負地點點頭。

「謝謝你，塔索，」雨果沉重地說：「你的無所畏懼鼓舞了我們所有人。」

羅西挺直腰桿。「那就讓我們集中精力對付第一個目標：安娜。」

❖　❖　❖

一週後，塔索坐在四一二號房的床上，每分鐘都要在褲子上擦一把手汗。他的身影在對面漆黑的螢幕上閃爍著黯淡的光。儘管進行了無數次模擬測試，在過去幾天裡，他還是覺得自己快被無情地壓垮了。在心理學家的支持下，他們多次重現虛擬安娜。他真的想盡了辦法，對安娜侮辱、威脅、騷擾、撒謊，傾聽她、哄她、誇她、求她，向她表白自己對她的愛。然而，他只成功說服了她一次。他們從頭到尾分析了這次成功的嘗試，但這並沒有讓他真正感到自信。他在旅館裡等待的時間越長，就越意識到反抗軍賦予他的責任。他不停地問自己，如果失敗了會怎樣。他們無論如何都要一試，然後因為他而失敗，進而決定他們的命運？

塔索看了看錶，強迫自己回到現實。他伸了個懶腰，漫不經心地用眼睛尋找攝影機和麥克風。他難以置信地搖搖頭，試圖回憶起自己在這個房間裡對蕾亞說過的每一句話。他們說的話不多，但親密的事情肯定夠多了，更不用說做愛了。他壓抑著自己的想法，不知道他們是怎麼看著他做的。

為了不嚇到蕾亞，塔索今天還把所有的燈都關了，只有緊急出口的標誌還亮著微弱的燈光。黑暗可能讓她更容易從他身上看到彼得的影子。塔索壓住再次湧上心頭的怒氣，閉上眼睛專注於即將開始的談話……他會先說什麼……她可能會有什麼反應……

「塔索！」一個宏亮的聲音打斷了他的思緒。提姆的臉出現在螢幕上，聲音也提高了：「安娜剛剛在門外想敲門，但突然又轉頭離去，現在已經快回到電梯口了。快攔住她！」塔索盯著螢幕，又看了看房間的門。他們沒有練習過這個。他像被遙控一樣站了起來，但沒有動。

「媽的，快點啊！」

腦中的罣礙消失了，塔索跑了出去。出了房間，沿著走廊，繞過轉角。電梯門在他面前關上了。糟糕！他驚慌失措地尋找樓梯間，找到了，衝下樓梯……一層、兩層……他感覺到脈搏在喉嚨裡跳動……他的手順著扶手滑下來……三層樓……他必須成功，必須找到她……到了，是通往一樓的門！他的呼吸越來越急促。電梯已經到了，蕾亞不見蹤影。他急忙穿過擁擠的大廳，尋找她的棕色頭髮。終於，他在旋轉門前看到了她。他跑了過去，正當他準備喊她時，她卻從門縫裡消失了。塔索推開幾個人走到外面，焦急地張望著，卻怎麼也看不見她的身影。一切都亂套了，就像每個星期六一樣。他毫不猶豫地選擇了通往小斜角巷出口的巷道，擠開了踉蹌的男人們、尖叫著的單身女郎和竊竊私語的妓女。

「欸！幹什麼啦？」他不小心踩到別人的腳，那人滿身酒氣沖著他喊道。他還來不及道歉，就被人推到了一邊。他撞上一個人，那人立刻轉過身來，一拳打在他的胸口。塔索嚇了一跳，他抱著上半身，縮著肩膀繼續往前跑，那人的罵聲在他背後響起。

突然間，他又在人群中認出了蕾亞。他跑得更快了，就快到她的身邊。「蕾亞！」她轉過身看著他，明顯有些惱怒。

「塔索！你是怎麼……？」天花板上的燈光照出了她蒼白的臉龐。這是他第一次在明亮的燈光下看到蕾亞。她似乎也意識到了這點，因為她立刻往牆邊靠，低下頭，讓頭髮垂到臉上。

「我……我有種奇怪的感覺。」他喘著氣說：「我走進走廊，看見你離開了。」

蕾亞很快就冷靜了下來。「對不起，我今天不想……下次吧，好嗎？」

塔索使勁搖了搖頭。「不，求求你……我需要和你深入談談！」

「你沒空了嗎？」她似乎很生氣，「反正我知道你想告訴我什麼。」

在他上次那封信之後，她可能已經猜到他遇到了另一個女人。他伸手握住她的手。「不，不是這樣的。」

「就是，我想就是這樣。再見。」她轉過身，想把手抽出來，但塔索緊緊抓住她的手。

「安娜。」他低聲說。

當她聽到自己的真名時，震驚地看著他。

「你怎麼知道我的名字？」她嘶啞著嗓子，勃然大怒地環顧四周。

「我會解釋，但不是在這裡。我們能回去離線者嗎？」他們一動也不動地看著對方。人們從他們身邊走過，有些人在笑。塔索鬆開了手。「求求你。」

安娜甩開他的手，一言不發地越過他，朝他們來時的方向走去。塔索過了一會兒才意識到，這次他贏了。

❖ ❖ ❖

在等電梯的過程中，安娜沉默地望著半空中。一路上，他們也沒有說話。塔索感覺額頭滲出了汗珠，他盡可能隨意地擦掉它們。走去房間的路上，他強迫自己的呼吸恢復正常。

「你怎麼知道我的名字？」他剛關上身後的門，安娜又問。她的語氣聽起來不再像方才那樣尖銳，而是更加謹慎。不確定性似乎取代了她的憤怒，顯然她在回旅館的路上已經在腦中想過這個問題的可能答案，但似乎沒有一個能說服她。

塔索打開燈，指著房間裡的椅子。安娜先是沒有動作，然後走過去，在兩張扶手椅中的其中一張坐了下來。他坐下來，仔細端詳著她緊繃的臉。她的額頭上有一片瘀青。她注意到他的視線，轉過身整理了一下瀏海。

「所以呢？」她不耐煩地問。

現在是塔索避開了她的目光。他不知道該如何開始，整個計畫都被打亂了。他原本想先告訴安娜上次他不在的真正原因，以便慢慢建立起親近感和信任感，但現在談話一開始就偏離了軌道。他選擇了他腦海中唯一合理的解釋，也許她自己已經想到了：「彼得告訴了我你的名字。」

如果安娜本來想否認一切，那麼此時此刻她已經失敗了。幾秒鐘後，她的眼中湧出淚水。

「你知道……」她停頓了一下，清了清喉嚨。「他知道我們的事嗎？」

安娜的樣子讓他很心痛。她到底看上這個混蛋哪一點了？「不知道。」

她重重地呼了一口氣，但神情依然沮喪。

「你是怎麼發現……」她輕聲問：「我……認識你哥哥？」

塔索對她的用詞感到驚訝。「他告訴我有個同事向他表白。」安娜低下頭，緊張地拉著褲子上的褶皺。「所以我就問了他一些關於這個人的事。」塔索撒了謊，其實只是為了更了解情況。「然後我突然有種奇怪的感覺。不知什麼時候，我突然明白了，我知道他說的是你……一切突然都說得通了，你所有的奇怪行為，顯然我是對的。」塔索回想起上週意識到自己對安娜只是彼得替代品的那一刻，但讓他感到欣慰的是，苦澀並沒有出現。訓練讓他變得更堅強。

「我不知道該說什麼，」安娜羞愧地低聲說道。她仍然不敢看他，一大滴淚水落在她的膝蓋上。

「你是不是該解釋一下？」

她擦了擦臉，抬起頭。他為她感到難過，但還是有些嚴厲地回視她。

「我很抱歉，塔索，」她終於開口，馬上又哭了起來。「如果兩年前有人告訴我，我會落得這樣的下場，我會覺得他們瘋了。即使是現在，一切看起來都那麼……不真實。」她笑了，聲音因淚水而哽咽。她隨即又低下頭，看著交疊在膝蓋上的雙手。

「彼得可能已經告訴過你，我已經結婚五年了。」她小心翼翼地看著塔索。「當我遇到我丈夫時，我覺得自己是世界上最幸福的人。他是個歌手……曾經是個歌手，我簡直不敢相信他會對我這個比他小十二歲、沉默內向的數學系學生感興趣。在我們第一次見面的那晚，他就說我是他生命中的女人，比其他人都聰明漂亮。」她的聲音有些顫抖，茫然地擦了擦額頭。繼續說下去似乎對她來說很痛苦。「他第一次打我是在我們結婚兩週年紀念日那天。當時我才剛開始工作，工作的時間很長，回到家的時間也比預期晚。他已經自己準備了晚餐，然後一個人喝酒。他本來就喝得很多，自從他成名夢碎之後一直是這樣，但我從沒見過他如此具有攻擊性。從我進門的那一刻，我就對他感到害怕。他對著我大喊大叫，聲稱我對他不忠。他完全不在乎我晚歸的解釋，甚至不給我機會說話，反而想像了越來越荒謬的情境。當我繼續反駁他時，他怒不可遏，打了我一巴掌……」

安娜將臉埋在手中，泣不成聲。塔索很糾結。他想走到她身邊，摟著她，說些什麼，但他只是坐在那裡一動也不動。他沒有預料到會是這樣，他們也沒有為此接受過訓練。中國人不是已經了解了安娜的整個生平，結果卻沒有提到這個部分嗎？塔索回想起過去幾個月，或許這也是她一直不願意開燈的原因。如果沒有智慧穿戴裝置，他就會看見她的傷。這可能也是為什麼她後來兩次失約卻沒有解釋的原因。

過了一會兒，安娜再次挺起身子，稍微平靜了一點。「他馬上就後悔了，向我道歉了無數次，還哭了……雖然我很傻，但我還是原諒了他。他看起來很疲憊。我只是為他感到難過，但一刻也沒想過要離開他。」她站起身，走到迷你吧，拿了兩小瓶紅酒回來。她看也不看他，就把一瓶遞給了塔索，自己打開另一瓶喝了一大口。塔索只喝了一小口。

「他第二次打我是在我們和朋友吃完飯回家之後。他說我和他同學的丈夫調情，當然這完全是無稽之談，但他不想聽，也對當晚的小靈書紀錄也沒有興趣。這次，他直到第二天才道歉。當我丈夫第三次打我時，立方體沒有再過問，它已經根據我的行為調整了它的預測。」

安娜的語氣變得苦澀起來。「第三次非常嚴重，以至於我不得不把身上的傷痕藏起來，以避免不愉快的提問。儘管他發怒的間隔越來越短，我卻總是一再地原諒他。我沒辦法解釋為什麼，我只是每次都想相信這是最後一次。」

安娜看了他一眼，又立刻移開了視線。塔索被她眼中深深的羞愧所震驚，不得打起精神才能集中注意力。「然後你遇到了彼得。」他說。

安娜稍微放鬆，點了點頭。「我並不是一見鍾情，完全不是，我對我丈夫的感情太深了。但彼得總是對我那麼熱情、友善，隨著時間經過，我們變得越來越親密。然後，我突然就對他有了感覺……我丈夫也感覺到了。突然之間，我再也不能像以前一樣堅決否認他的指控，儘管我和彼得之間什麼也沒發生。這是個惡性循環。」她的聲音嘶啞，搖了搖頭。

塔索還是沒有動作。「我不懂你為什麼不跟他離婚。你是因為同情才忍受他這麼久嗎？」

「我不能就這麼跟他離婚，因為我的公司要求很高的預測分數。現在立方體希望我和丈夫繼續在一起，儘管他虐待我。如果我現在和他分開，我的預測分數就會直線下降。如果我的分數繼續下降，我就會失去工作。」

「還有失去彼得。」塔索補充道。安娜點點頭。

「但你們之間不是你想像的那樣。」

「我真的沒有什麼其他的想法。我覺得自己越來越被他吸引，我們相處得很好，在一起笑得很開心……但我總覺得他沒有別的意思。我知道他有家庭，而且他看起來很幸福，所以我一直不敢說什麼……然後某天他跟我說起了你。」

塔索吞了口口水。

「我很抱歉，塔索，但我當時很絕望！我只是不知道該怎麼辦，我需要某種出口，於是在找到了第一根稻草之後……我丈夫每個月都會和他的樂團老朋友聚會一次，所以我請一個朋友當我這些晚上的固定不在場證明。他以為我們是去賭場，但我只是來這裡找你的。前兩次我在通往斜角巷的鬧門附近徒勞地等了兩個晚上。第三次我終於見到了你，就像見到彼得一樣。你們太像了。不僅是外表，還有你的手勢和臉部表情、你移動的方式、你說話的方式……有時甚至是你說的話！我知道這聽起來有多瘋狂和變態，我也為此感到羞愧，但和你在一起的那幾個小時是我很長一段時間以來最美好的時光。我自己都不敢相信這真的成功了。我在工作時見彼得，每個月見你一次。我變得平靜許多，我丈夫也感覺到了，他甚至消停了一段時間。」

塔索突然對安娜感到厭惡。既然她已經向他解釋了一切，他更想知道她怎麼會有這種想法。如果自己是安娜，他寧可什麼都不說地離開。他緊閉雙唇，努力集中精力完成自己的任務。「那你為什麼要向彼得告白呢？」

安娜又喝了一口酒。「這幾個星期以來，他比平常開朗許多。我們在一起的時候，他總是會逗笑我。有什麼事情發生了變化，而我希望**自己**成為這些變化的原因。他不停地對我微笑，一再有意無意地觸碰我，直到我無法忍耐。那時，我甚至已經不在乎我的工作了。我忍不住告訴他……接著你也知道他的回應。」她揉搓著雙手，盯著地板。

「那你的預測分數呢？」

她疲憊地抬起頭。「我馬上得參加一個測驗，我必須在兩個月內恢復到八十五分以上。」

「這就是為什麼你還和你丈夫在一起。」

安娜點點頭。「我的工作就是我的一切。」她眨了幾下眼睛，這次終於忍住了眼淚。

塔索把頭往後仰了一會兒。整件事比他想像的還要累人，他的思緒一直飄到提姆、羅西和其他人身上，他們正在聽每一句話。

「謝謝你。」他終於忍不住說。

安娜難以置信地笑了。「謝什麼？」

「你的坦承。」

她深吸了一口氣，看起來比之前更痛苦。正如他希望的那樣，他的感謝似乎增加了她的罪惡感。一切都為下一步做好了準備。

「你知道我遇到了一個人，對吧？」塔索問。

安娜緩緩地點點頭。「彼得曾經提過，你留下的最後一封信的內容也很符合。」

「已經結束了……但你既然知道，今天為什麼還要來？」

她猶豫了一下。「我不知道……出於好奇？也許我暗自希望能和你聊聊**他**，當然是以匿名的方式。」

上鉤了！孟女士一定會很高興，她的虛擬安娜幾乎說了一樣的話。他忍住了笑意。

「我很高興你剛才攔住了我。」她繼續說：「我現在才意識到，我多麼迫切需要擺脫它。」

塔索輕輕地捏了捏她的手，她的手正在刮桌上酒瓶的標籤。事情進展得很順利，但他不能犯錯，最重要的是，他不能有任何顧忌。

「我要告訴你一件事。」他開始說，假裝費了點力氣才說下去。「彼得跟我說起你的時候，曾有次要求我們把我們的智慧裝置拿下來。」安娜認真地聽著。「然後他說他也喜歡你，而且比想像中的還要喜歡。」安娜難以置信地看著他。

「但他也告訴我，他絕不會承認這份感情，原因和你一樣，他的預測分數會一落千丈，他害怕承擔後果。」

塔索知道他的策略很冒險。但此時此刻，他的策略收到了預期的效果：安娜渾身發抖，把臉埋在雙手中，慢慢地搖了搖頭。他的內心充滿愧疚，但很快就將此推開，因為他的謊言是有道理的。如果政變成功，她會過得更好，他比以往任何時候都更確信這點，至少她可以擺脫殘暴的丈夫。

「這是一個多麼愚蠢又不公不義的世界！」安娜突然喊道：「這就是我**討厭**立方體的地方！好像少了幾分我們就會喪失工作能力！」她把掉在地上的瓶蓋踢到牆上。

她的情緒爆發讓塔索感到驚訝和鼓舞，因為虛擬安娜從來沒有如此直白地批評立方主義，也許安娜比他們想像中更批判性地看待這個系統。

「立方主義最糟糕的地方在於，一旦我們跳進水池，它就不會再讓我們離開了。」塔索附和她的話。「不管發生什麼事，我們都得永遠在裡面遊來游去，確保頭在水面上。沒有人敢去池邊，更不用說爬出來了。」

「你無法想像我花了多大勇氣才敢和彼得談論我的感情。這已經夠難的了，而且我腦子裡還得想著那個該死的預測分數。我日以繼夜地與自己拔河，壓抑著對生存的恐懼……結果整件事根本不值得。自從彼得拒絕我之後，我真的崩潰了，不知道該怎麼辦。」

就是現在！塔索興奮地想著，並向安娜靠近了一點。他小心翼翼地把手放在她的膝蓋上。

「你有想過加入我們嗎？」

「我們？」她的聲音帶著一絲懷疑。「你是反抗者嗎？」
「對，在我行使遺忘權之後。」
「加入誰？」
「聯盟。」
安娜有些恍惚地點點頭。「謝謝你，」她最後說，雙腿交叉，把塔索的手從膝蓋上推開，
「但你找錯人了。」
他嚇了一跳，因為拒絕來得太快。「為什麼？」他急忙問道，聲音變得有點大。
安娜惱怒地看著他。「這樣不好。這只會讓一切變得更複雜……相信我，我真的不適合做這件事。」
塔索想不出什麼適合的回覆，決定開門見山：「因為你在憲法保護部門工作嗎？」
安娜睜大眼睛看著他。似乎過了很久，她一言不發地站起來，走向門口。塔索追了上去，心跳加速。「拜託，」他懇求她，「聽我說幾句話，這是你欠我的！」她猶豫了一下，停下腳步，目光仍盯著門口。「你知道當彼得告訴我你的事，我明白這一切，意識到我只是我那個了不起的哥哥一個隨時能被取代的替代品時，我有多痛苦嗎。我不能看你一眼，你甚至不想跟我好好說話。你只在乎你自己！你利用了我，騙了我好幾個月！」雖然她還沒有回過頭來看他，但他能感覺到自己憤怒的話語產生了效果。他稍微冷靜地說：「我也能理解你。我知道立方體

對我們做了什麼，它驅使我們朝著什麼方向前進。請給我兩分鐘，之後你隨時可以離開。」

安娜垂下肩膀，轉過身來看了他一會兒，然後朝床邊走了一步，坐了下來。

「彼得告訴你我們的工作了嗎？」她尖銳地問。

塔索點點頭，在她身邊坐下，鬆了一口氣。他不能告訴她攝影鏡頭和他朋友調查的事，那只會不必要地激怒她。

「聯盟也知道嗎？」他再次點點頭。安娜緩緩呼出一口氣。「我想這是我活該。」

塔索一言不發。

「你們到底想從我這裡得到什麼？我在一個非常無聊的部門工作，與反立方極端主義小組毫無關係。我不知道目前的調查情況，也不知道任何臥底間諜。」

塔索試著露出同情的微笑。「我們也不在乎這些。我們想得更遠，遠到你不必再擔心你的丈夫和工作。」

「這怎麼行得通？你們會輸掉新的公投。」

「我們不需要公投，我們要革命。你們可以從頭再來，擺脫預測分數和其他束縛。這個國家裡所有和你們處境一樣糟糕，甚至更糟的人，都將獲得自由。哪怕是彼得……」

安娜挑了挑眉。過了一會兒，她說：「我還以為你是聯盟成員，現在你聽起來更像是那些恐怖份子之一。」

「我是聯盟的人，但它比以往任何時候都更有決心改變制度，為此我們需要你。」

「哦，是這樣嗎？」安娜嘲弄地問。然後她又嚴肅了起來。「我很久以前就接受了立方主義。你也應該這樣做，因為你無法改變它，立方體真的是萬事俱備。就算我想幫你，也幫不了你。」

「你錯了。」塔索深吸一口氣，解釋了反抗軍的計畫。他告訴她資料中心的自毀裝置、他們控制訓練系統的計畫，以及在那後續的計畫。他唯一沒有提到的是中國的角色。安娜專注地聽著，一次也沒有打斷他。只有當他提到心臟手術時，她才露出了一絲苦笑。

「你們瘋了，」他說完後，她說道：「你們對我們的訓練系統程式碼根本沒有理解得這麼透徹到可以這樣操作！我很了解程式設計，即使是我的團隊也很難寫出你們想要的程式碼，更何況我們已經使用這套系統很多年了！」

塔索不知道是否該告訴她中國的支持，不過虛擬安娜每次都對這個話題相當敏感。這也很正常，畢竟安娜每天都在為保護國家不受中國侵害而努力工作。「我們已經寫好程式碼了，它會成功的。」

她搖了搖頭。「好吧，但即便是這樣，之後又會怎樣呢？混亂？獨裁？我怎麼知道條件真的會改善？甚至只是我的條件。從你那裡能得到什麼？別見怪，塔索，但我會在監獄裡老死，這也太爛了吧。」

「我們都將賭上自己的自由，我們不會輕言放棄。我甚至會接受手術，偷偷潛入憲法保護大樓，你覺得我會在沒有計劃好的情況下做這些事嗎？你覺得，如果沒實際成功的機會，人文主義陣線和基督教反立方主義組織會加入聯盟嗎？你沒聽錯，這三個組織是第一次合作！即使我們失敗了，你又有什麼損失？你真的想繼續這樣生活下去嗎？總是盯著自己的分數，為了不失去工作而忍受虐待？不能展現和表達自己的感情？這太變態了！」

安娜用手梳了梳頭髮，凝視著遠方。

「立方主義不是通往幸福的單行道，而是一條死胡同。」塔索繼續說道：「我們生活在一個再也沒有重新開始的權利的國家，但人人都需要第二次機會，而我們就是他們重新思考世界的機會，在他們被立方主義完全吞噬以前。人類需要我們……也需要你！」

她看著他很久。「我……我不知道，塔索。相信我，我不喜歡立方主義。我只是個程式設計師，對政治不是特別感興趣。老實說，我從沒想過沒有立方體的生活會是怎樣。也許會更好，但是……」

塔索一下子失去了所有勇氣。他從她的眼神裡看到了一些他無法控制的東西：恐懼。

「……這行不通的。我也不想坐牢。」

她猛地站起來，急忙向走廊走去。剛走到他面前，她又停了下來。「對不起我沒辦法幫你，還利用了你。我真的很抱歉，但我得走了。祝你好運，塔索。」

他不知道還能說什麼。他現在只能想到一個問題，一個安娜也無法回答的問題：接下來會發生什麼事？她消失在走廊的轉角，聽見門打開的聲音，等著它再次被關上……但安娜卻跌跌撞撞地向後退進了房間。

塔索跳了起來。兩個身著黑白制服、身材魁梧的侍者走進房間。他們搬來一張擺滿餐具的桌子，小心翼翼地放下，然後把床推向牆邊。他們面不改色地把桌子搬到房間中央，兩名同樣健壯的女侍者搬來四把椅子，準確地擺放在桌子邊。

塔索看著張大嘴巴盯著他的安娜，聳了聳肩膀。兩個女侍者擺好盤子、杯子和餐具，其中一個男人點燃了桌上的蠟燭，他的同事把一個裝滿酒的冰箱推進房間。

這時雨果和帕斯卡爾走了進來，安娜瞪大的雙眼說明她一眼就認出了他們。

帕斯卡爾的一如往常地優雅動人，雨果穿著一套樸素的深色西裝，看起來比平常年輕了十歲。他臉上帶著難以讀懂的表情走到安娜面前，握住了她的手。「紐希特貝格女士！」他沒有自我介紹，而是指著桌子。「請留下來吃晚餐。」他的聲音不容反對。塔索再次著迷於雨果對他人的影響。安娜看起來仍然有些吃驚，但還是應了他的請求。

帕斯卡爾也邀請塔索入席。塔索不確定該如何應對，最終還是加入了他們的行列。侍者們站在椅子後面，殷勤地協助他們入座。接著，他們將巨大的綢緞餐巾鋪在大家的腿上，又站回椅後，細心而專注地觀察著所有狀況。毫無疑問，他們不僅僅是訓練有素的服務生，就連塔索也感覺到些許威脅。

雨果接過一瓶已經打開的白酒，聞了聞軟木塞的味道，似乎很滿意，然後為每個人都倒了一杯。他舉起酒杯，環顧四周，彷彿這是普通的朋友晚餐。「我們為什麼乾杯？」他的目光閃閃發亮。「啊，時代需要一點悲愴：為自由乾杯！」

「為自由乾杯！」帕斯卡爾用莊嚴的語調重複，同時舉起酒杯。塔索也舉起了酒杯。安娜保持沉默，但也加入了乾杯的行列。

「所以呢？」喝完第一口後，雨果問：「怎麼樣？」他的目光在兩人之間來回，然後轉向安娜：「我們的年輕夥伴說服你了嗎？」

她看著雨果，眉頭緊皺。「他……他讓我有點措手不及。」

雨果笑了，但視線沒有離開她。「我可以想像。但他怎麼可能不這麼做呢？你期待著一個平靜的夜晚，他卻突然問你願不願意領導我們的革命。」他又笑了。安娜試圖對他微笑，但當他們的目光相遇時，她的嘴角立刻就垂了下來。「塔索的問題非常認真，」雨果接著說：「不過，我們還是先吃點東西吧。」

聽見這句話，侍者們離開房間，不久後端著裝滿食物的盤子回來，在雨果點頭後端上桌。

「水牛莫扎瑞拉起司佐無花果和芝麻葉。」較年長的女侍者說：「祝您用餐愉快！」這聽起來像是命令。

帕斯卡爾和雨果直接開始用餐，塔索和安娜則猶豫地拿起餐具。

「我必須承認，我稍微讀過一些你的資料，紐希特貝格女士。」雨果插了一塊莫札瑞拉起司送進嘴裡。「你的工作非常令人印象深刻，真的，非常了不起……這個時代處處都需要像你這樣的女性。長遠來看，你希望朝哪個方向發展呢？」

安娜匆匆嚥下口水，但沒有立即回答。「你是什麼意思？」她終於開口問道。

雨果用餐巾擦了擦嘴。「無論如何，我可以告訴你，像你這樣出色的程式設計師會是我公司的寶貴財富。革命之後，我會對公司進行重大改組，所以我需要有能力的人在我身邊，當然，酬勞會更合理豐厚。但這肯定不是你唯一的選擇。」

「當然不是！」帕斯卡爾接過話。「你可以想像，我們的新政府會非常需要像你這樣聰明的領導者，尤其是同時又對演算法如此熟悉了解。我們絕對希望保持德國的高品質生活，對於一般人民來說，這不應該是革命，而是改革。他們還是會過著舒適、現代的生活，只是沒有立方體。」

「最終每個人都必須自己決定，對他們來說是大錢重要，還是大局更重要。」雨果補充說：「但有選擇總是好的，在不同時代皆然。」

「而這需要良好的人際關係。」帕斯卡爾微笑著，靠在椅背上說。

「當然。」雨果附和著，喝了一大口酒。「如果有人敢冒險，並及時站在正確的一方，那就應該得到獎勵。如果我沒有冒險的勇氣，我就不會取得這麼大的成就。」

「我同意這點。」帕斯卡爾說：「在公投之後，我的家人哀求我去找新的事情做。然而，我比以前更投入，因為人文主義的事業變得更重要。現在，我站在反抗運動的最前線，不久後將會領導我們國家的政府。」

塔索感到腋下冷汗直冒。這種快速而片面的對話讓他很不舒服，這種方式行得通嗎？但是安娜看似冷靜，甚至表現出興趣。這些承諾讓她留下了深刻的印象嗎？另一方面，所有人都吃完前菜的同時，她的盤子幾乎還是滿的。敬酒之後，她也沒有碰過酒杯。

雨果俯身對她說：「新世界很快就會到來，不管你是否幫助我們。」

他目光灼灼地看著她，但沒有等待她的回應，而是吩咐侍者收拾盤子。塔索慢慢意識到，自己的角色從頭到尾都只是為了安娜鋪陳，現在真正的招募才要開始。他對於其他人沒有讓他參與其中感到很惱火，難道他們認為他不會盡力嗎？

侍者準備餐具的同時，帕斯卡爾繼續說：「你支持的會是一個崇高的大業。我不指望你的推播新聞會告訴你離線者相關權利的狀況，但我們的處境很艱難，比大多數立方主義者願意承認的還要難。」她迅速列舉了離線者現在受到的大大小小傷害。安娜雖然不斷將視線移開，但似乎很認真在聽著，顯然帕斯卡爾真的打動了她。

當聯盟主席說完，主菜已經擺在他們面前：鮮香四溢的龍蝦燉番茄。雖然塔索不餓，口水卻還是快流出來了。然而，他無法細細品味美食。他一直在思考自己現在扮演著什麼樣的角色，雨果及帕斯卡爾是否期望他能參與其中、支持他們……但這也許已經不重要了，因為他們完全忽視了他。

在吃主菜時，嚴肅的談話暫停，雨果講了他年輕時捕獲一隻龍蝦的故事，這隻龍蝦在廚房裡掙扎了很久，最後他筋疲力盡地把龍蝦扔回海裡，手臂上都是血。塔索很欽佩雨果的才能，他能在嚴肅和輕鬆的談話之間輕鬆自如地切換，而且從不失去談話對象的注意力。

「不管怎麼說，」雨果講完故事，笑著把餐具放在空盤裡，「我們來這裡不是為了娛樂。帕斯卡爾，你要不要……？」

「樂意之至。」帕斯卡爾注視著安娜，她若有所思地看著自己半滿的盤子。桌上瞬間恢復了令人不舒服的緊張氣氛。塔索喝了酒之後的喉嚨很乾，他向身後的侍者要了杯水。液體氣泡在杯子裡發出的嘶嘶聲讓安娜抬起了頭。「紐希特貝格女士，」帕斯卡爾繼續說：「塔索已經跟你解釋了我們的計畫。我們認為成功的機率很高，如果有你的幫助，成功的可能性會更大。我們的替代計畫充滿血腥，但是與你一起進行的計畫並不會。你已經知道我們是為了誰奮鬥，而那些人的處境為何。然而，我們的行動不僅僅是為了少數人的利益，而是為了所有人的利益，這件事比我們任何人都偉大。這同樣也關係到你個人：今晚過後，你在憲法保護部門的職業生涯就要結束了，即使你決定反對我們，我們也會確保這點。」

塔索內心一驚，難道這就是他要從她嘴裡套出這麼多私人資訊的原因？

帕斯卡爾輕輕地撫摸著安娜的手臂。「相反地，和我們站在一起，你會有一個美好的未來。無論是在雨果身邊，還是在我身邊，跟彼得在一起或是不在一起，只有你能決定。不是你丈夫決定，也不是立方體決定，而是你自己決定。讓我們為了偉大的事業和你的未來並肩作戰吧！安娜，我們能倚靠你嗎？」

塔索屏住呼吸。安娜注視著帕斯卡爾盤子上龍蝦那有力的大螯，眼中閃爍著光芒。

17

「所以你們這樣做多久了？」塔索根本不想聊天，但閒聊總比第一百次思考未來好。

「大概三、四年吧？」延斯搔了搔頭髮稀疏的頭說：「是吧，克拉拉？」他帶著詢問的表情看向妻子。過去幾十年來，她一直例行公事般清潔她的儀器，彷彿什麼其他事都沒做。她正在擦拭一支聽診器。她不停歇的清潔和消毒水的氣味就快讓塔索發瘋了。

「他們四年前解雇你，不久後又解雇了我，」她頭也不抬地回答：「然後我們很快就買了這輛破車。」

「對吧，我說得對。」延斯咧嘴一笑。

為了填滿再次出現的沉默，塔索強迫自己提問：「你為什麼被解雇了？」

延斯的表情黯淡下來，但克拉拉仍不為所動地繼續清潔。「我的預測分數太低了，」延斯回答道：「護理師的工作門檻很快就提高了。但外科醫生不一樣，克拉拉本來可以繼續再工作一兩年，但她拒絕配戴智慧裝置。」

「我**討厭**那些東西。」克拉拉補充道。

「這裡也沒有攝影機。」延斯指著救護車的各個角落。

塔索贊同地點點頭，好像聯盟沒有事先檢查過這點似。突然，有人打掉了他搔臉的手。

他又再次抓了自己的臉。他愧疚地看著坐在他旁邊的孟女士，她正嚴厲地看著他。儘管距離皮膚調整已經一個星期過去了，他的臉仍然不停地發癢。一位身分專家對他的皮膚進行處理，有些地方收緊，有些地方鬆馳，有些地方塗抹一些東西。專家花了幾個小時，才讓塔索的臉符合彼得的頭部3D模型。從那時起，塔索覺得自己好像被困在一張永遠摘不下來的面具下。一連幾天，他都纏著繃帶保護符合模型的臉。最後他實在忍不住了，把繃帶摘了下來。從那以後，他就不停地抓癢。

他把手壓在屁股下，試著忽略臉上的刺痛感。「所以你們整天開車四處四顧處理亟需急救狀況嗎？」

「處理有私人保險的急救狀況。」延斯說。

「然後其他人就放著不管？」

延斯點點頭。「他們必須等到最近的醫院派車來。有保私人保險的人付錢讓我們更快到達現場……相信我，這不是我們的主意！」

塔索本應感到憤怒，但他不在乎。再也不在乎了。他笑了笑，試圖給出一些反應，結果只是露出了一個苦笑。他保持沉默，第一次認真地觀察起這輛救護車。一切都很乾淨整潔，但地板上有些乾掉的污漬，大部分櫥櫃都裂開了。延斯和克拉拉在駕駛室裡安裝了一個附加自動裝置，可以自動操作方向盤、離合器和踏板。乘客座椅被拆除，取而代之的是一間小廁所。車輛內部布置地像個舒適的家：到處貼滿了顯示他們至少有五個孫子的照片，還有一個正確顯示日期是七月八日的可撕月曆。他們的坐椅上有厚厚的坐墊，擔架上方的天花板上有個螢幕，正在播放塔索不認識的古老電視劇。顯然他們待在車內的時間很久。然而，看起來還是不夠舒服，車內既無法看見外頭，外頭當然也看不進來，更不要說隨處可見的醫療器材和設備。

塔索正想問他們為什麼還在工作，突然一陣刺耳的聲音響起。螢幕的邊框閃起了紅光。片刻之後，塔索看見他哥哥昏倒在地。救護車加速行駛。塔索的頭痛得厲害。這一切真的開始了。

一個響亮的電腦聲音響起：二十八歲，男性……

「快，進來這裡！」克拉拉放下聽診器，指著身後狹窄的隔間。

……突發性昏厥，沒有外部影響……

孟女士跳了起來，拿起包包，踉蹌地朝隔間走去。塔索搖搖晃晃地跟在她身後，一個彎道把他甩到了擔架上。他一時喘不過氣。

沒有已知的既有病症，脈搏一一五……

塔索試圖擠進孟女士身後的隔間，克拉拉擋住了他的去路。「給錢。」她語氣平淡地說。他過了一會兒才意識到她想要什麼。「我們不能晚點再……」

「不，我們只接受預付款。」

塔索求助地望著孟女士，她從口袋裡拿出一根小金條，遞給克拉拉。車子停了下來。延斯伸手拉開後門的把手，看著他的妻子。塔索緊張地看著克拉拉從抽屜裡拿出一塊陶瓷，輕輕地在金條上劃過，留下一條細細的黃色條紋。她滿意地把金條放進口袋。

塔索擠進隔間，拉上門。他在鏡子裡看見自己樣貌時嚇了一跳，他臉部的變化微乎其微，然而他的哥哥就在他眼前。他覺得自己如此陌生，以至於不得不轉過身去。他的心怦怦直跳。孟女士站在他身後的馬桶蓋上，他能感覺她在他後頸的平穩呼吸。

外頭救護車的車門打開，興奮的聲音響起。

「就這樣……」

「我不知道……」

「請讓路！」

「今天竟然還有這樣的事……」

彼得的上班路程需要十五分鐘，這足以讓他不知不覺接觸到聯盟特務攜帶的無色、無味的麻醉氣體。這次襲擊顯然成功了。一部分的塔索曾希望今天下雨，這樣彼得就會開著他的智駕去上班。然而，今天早上的天空湛藍無雲。塔索感到非常痛苦，幾乎無法起床。

外頭的擔架嘎嘎作響。不久，塔索聽到克拉拉的聲音：「二……一……」然後是一聲悶響，過了一會兒，擔架滑過救護車的地板。塔索激動得幾乎站不起來，感激地靠在車廂的牆上。同時，他也想離開這狹窄的空間，深吸一口氣。

「謝謝幫忙！」延斯喊道。然後，車門關上，車子出發了。

塔索想像帕斯卡爾現在正在讓人文主義陣線和基督教反立方主義組織待命。他顫抖著：現在一切都取決於他。他就像被遙控一樣，伸手去開隔間的門，但孟女士猛地拉住了他的肩膀。

他突然想起彼得的智慧穿戴裝置。他確實必須更集中精力。

過了好一會兒，克拉拉才打開門，拿出一個智慧裝置收納盒給他們。她另一隻手拿著電子探測器。「乾淨的。」她說，然後走到一旁。

孟女士粗魯地把塔索推出隔間，並將她的包包丟在工作台上。塔索看到他昏迷不醒的哥哥躺在擔架上，他閉著眼睛，下巴的皮膚被刮傷。塔索不記得上次看到他睡覺是什麼時候了。他等著想知道會有什麼感覺出現，但除了隱約的不安之外，他什麼感覺也沒有。他內心深處有什麼東西在阻擋著，讓彼得的影響無法觸及他。

「還有三分鐘就到夏里特醫院了。」克拉拉語氣平淡地說：「我們沒辦法放慢車速，汽車是自動駕駛的。」

「快點！」孟女士大喊。她已經把裝有彼得智慧裝置的收納盒連接到一台老式筆記型電腦上，並以極快的速度敲擊鍵盤。

塔索搖搖頭，讓自己清醒過來。他急忙脫掉所有衣服，只剩下四角內褲，還差點把用膠帶固定在腹部的信封袋撕下來。延斯幾乎把彼得的衣服都脫光了，現在正用粗糙的東西摩擦著塔索的下巴。

塔索咒罵了一句，憤怒地看著延斯，後者面無表情地指著彼得的擦傷。

孟女士從收納盒裡拿出他哥哥的智眼，一如她之前解釋的那樣，她不必駭進智耳，而是專注在兩顆人造眼球上，然後繼續敲打著鍵盤。塔索穿上彼得的褲子和鞋子。

「上半身先不要穿衣服！」孟女士喊道。

塔索揉了揉胸前的傷疤，疤痕依然通紅，並微微隆起。他感到一絲自豪，因為他順利地克服了心臟手術，除了提姆，沒有人注意到他有多害怕。當兩位醫生向他解釋要在他的動脈上套幾個環、在他的心室裡放幾個氣球之後，他不得不先短暫去廁所一會，但又笑著回到他們身邊，結束了這場該死的手術。

孟女士離開筆記型電腦，從包包裡拿出另一台設備，是一個灰色的盒子，裡面有十幾條電線，末端掛著電極。她把塔索推到擔架旁的椅子上，然後和延斯、克拉拉一起把一半的電極貼在彼得的胸口，剩下的貼在塔索的胸口上。

「九十秒！」克拉拉大聲喊道。克拉拉似乎也開始緊張了，奇怪的是，這反而讓塔索感到放心。

灰色盒子的顯示器上出現了各種數字和圖表。倒數計時從十開始倒數。數字到零時，孟女士打了彼得一巴掌，彼得一動也不動，塔索卻在皺眉。裝置上的顯示器發生了變化，倒數計時再次開始。

當這一切結束後，孟女士轉向塔索說：「準備好了嗎？」他一動也不動，她認為這是可以開始的信號。她在顯示器上點了一下，塔索緊緊抓住椅子的坐墊。一瞬間，他感覺到動脈周圍的環和心室中的氣球在收縮和擴張。起初只是刺痛，後來越來越強烈，很快不只胸口疼，全身都痛。塔索掙扎著。他四肢抽筋。他想尖叫，卻只能發出一聲悶哼。突然間，他覺得心臟好像停止了跳動。他掙扎著呼吸，用拳頭敲打自己的胸口，驚恐地看著孟女士和其他人，緊緊抓住彼得的胳膊，呻吟著，咳嗽著，嘔吐著。有人拿了一個桶子給他，他吐出了自己貧乏的早餐。

「快結束了。」孟女士意外溫柔的聲音穿透了他的意識，沒多久，他感覺到她的手放在他的背上。突然間，塔索又能呼吸了。他的心跳得更快，但疼痛感正在減弱。他直起身子，擦掉眼淚，盯著孟女士設備上的顯示器。

「還有四十秒。」克拉拉不耐煩地說。

最後，顯示器上出現了**同步**訊號。孟女士鬆了口氣，把電極從彼得的胸口扯了下來。她一完成，克拉拉和延斯就把一動也不動的彼得抬進了廁所。塔索幾乎沒有感覺到孟女士從自己的胸口扯下了電極。她把彼得的T恤和毛衣扔給他，他以最快的速度穿上衣服，仍是一片茫然。孟女士用毛巾擦了擦他的太陽穴和脖子。

「二十秒！」克拉拉喊道。

孟女士衝跑筆記型電腦前，把智眼放回收納盒裡，然後把它們按在克拉拉手中。塔索躺上擔架，聽到孟女士急忙把設備放進包包裡，擠進隔間裡的彼得旁，砰地關上了身後的門。

克拉拉衝到他身邊，從管子裡擠出一種透明的乳膏，抹在他的鼻孔裡。他吸了一口氣，感到一陣灼熱，一股巨大的能量流過他的身體。片刻之後，他覺得自己完全清醒，並準備好應對一切了。克拉拉仔細地看著他，點點頭。

車停了下來。延斯站在塔索身邊，露出一個微笑。車門打開後，四個身穿綠色工作袍的男女在車外等候，他們中間放著一張移動病床，病床兩側伸出兩隻機械臂，隨時準備把塔索的擔架抬上去。

克拉拉向這群人點點頭。「病人已經恢復清醒，狀況良好，可能只是輕微的虛脫。」

塔索示意地笑了笑，搖搖晃晃地從擔架上下來。離他最近的男人懷疑地看著他。「我們還是有必要調查一下在您這個年齡的突發性昏厥，多夫先生。你的醫療紀錄中沒有任何相關資訊可以解釋您的病症。」

「非常感謝，但真的沒有必要。」塔索挺直了背。「我覺得好極了！」

「但這並不代表您很健康。」

「謝謝，」塔索堅定地說：「我很好。」

「但現在您已經在這裡了！」

塔索沒有理睬那個男人，想從車裡爬出來。延斯拉住了他的肩膀。「您的智慧穿戴裝置。」他笑著說，把收納盒塞到他手裡。塔索謝過他後下了車，一言不發地離開了，留下原地惱怒的醫院工作人員。

❖　❖　❖

不幸的是，乳膏的效果並沒有持續太久。塔索剛走到下一個十字路口，興奮感就消失了。他用顫抖的手打開彼得的智慧穿戴裝置，盯著它看。如果孟女士沒有成功駭入，他們就不會接受他的虹膜圖案，並向警方回報這個假用戶。

胸口又是一陣絞痛，他劇烈地咳嗽起來。過了好一會兒，疼痛才過去。塔索用手按住自己的心臟，擔心它會失去節奏。筋疲力盡的他跪在地上，做了幾次深呼吸。然後他又站了起來，穿戴起智慧裝置。

接下來的幾秒鐘彷彿是永恆。在過去幾天裡，塔索經常忍不住思考如果自己失敗會發生什麼事。毫無疑問，逮捕、媒體報導、審判、終身監禁和流放。彼得的職業生涯也將就此結束，他們的父母將永遠孤獨。但現在已經沒有退路了。

智慧系統上線了。塔索在心裡歡呼。

「孩子，」他聽到一個熟悉的聲音，聽起來比他習慣的智慧裝置的聲音更遠。「你好嗎？」

他側頭一看，嚇了一跳：父親就站在身邊。「你看起來不太好，彼得。」塔索看著那個輪廓閃爍的身影，花了一點時間才意識到那是彼得的人生教練。仔細看，這個人比他父親年輕幾歲，卻穿著他父親最喜歡的衣服：一件厚厚的深藍色毛衣，胸前有個金色的長方形。塔索簡直不敢相信。他想知道彼得是不是也直呼這位數位父親的名字。「一切都還好嗎？」

「是的，是的，」塔索回答：「只是短暫的昏厥。」

彼得的代理父親嚴肅地看著他：「你應該聽醫院醫生的話。」

塔索現在最不需要的就是這種討論。他能就這樣把他關掉嗎？還是會讓他看起來很可疑？

「羅雅已經打了好幾次電話給你。」她的臉出現在塔索面前，旁邊顯示著：一、二、四和五分鐘前的四通未接來電。「她很擔心。」

塔索搖搖頭，在眼前的介面上搜尋計程車應用程式，但他什麼都沒有找到，於是他大聲地說：「我需要一輛智駕才能去上班。」

「放輕鬆。」生命教練憤怒地說。「打通電話給你老婆，接著再去醫院檢查一下。你還記得你媽媽……」

塔索無法想像彼得在這種情況下還能忍受這些廢話。「關閉生命教練。」他的虛擬父親消失了。

不久，一輛智駕出現，塔索上了車。他剛關上車門，羅雅又打來了。他感覺全身發熱，雖然他和羅西、提姆一起演練過這個情境，但他從來不覺得自己真的有說服力。但他不能拒絕這通電話，他哥哥絕對不會這麼做，而且他現在也不能讓彼得的預測分數突然下降。他把電話改成了語音通話。「嘿……」彼得叫她什麼來著？「……你好嗎？」

「帕奇！終於接了。你是怎麼了？我聽說你暈倒了，我剛才看不到一點生命跡象！你沒事吧？你還好嗎？」羅雅語速很快，塔索幾乎來不及思考。「帕奇？怎麼了？為什麼我看不見你？」

「沒事的……」塔索盡量讓自己聽起來充滿自信。「我只是暈倒了一會兒，然後醫生把我的智慧裝置拿出來檢查。不過一切都很好，別擔心。智駕的鏡頭壞了，所以只能聽見聲音。」他很難對羅雅撒謊。他想起了他的哥哥，還躺在救護車的廁所裡昏迷不醒。

「但是發生了什麼事？你不可能就這樣昏倒吧！」

「可能是血液循環的問題，他們說這種情況有時候會發生，尤其是低血糖的時候。」塔索繼續撒謊。

羅雅聽起來非常不安。他又試著用一些解釋安撫她，但和模擬演練時一樣，只有當他答應馬上去看醫生並且休息後，羅雅才鬆了口氣。塔索暗暗羨慕著彼得的妻子對他的關心，有一瞬間，塔索甚至有種感覺，彷彿這份關懷是屬於他的。

掛斷電話後，他修正了自動調整的目的地，往**公司**前進。對於任務開始相對順利的放鬆感，壓過了對羅雅的罪惡感。他想起過去幾週，提姆數次將他從自我懷疑和純粹的恐慌中拉出來，鼓勵他繼續前進，並全神貫注在這種感覺。一切都按照計畫進行。聯盟派人駐紮在各處，追蹤他的進展。他不能留意他們，但想到提姆和羅西現在正在某處為他驕傲，他微微一笑。

他閉上眼睛，再次回顧接下來的步驟。過了一會兒，計程車停了下來。

「請顯示我認識的所有人。」他大聲說。他知道這個請求會讓立方體覺得困惑，但他別無選擇。他的心臟怦怦地跳，他下車後毫不猶豫地走向高聳的憲法保護大樓西側入口。經過多次的危險人士約談，這座巨大的建築早已不再讓他感到害怕；但當他現在走進明亮的大廳時，他陷入了純粹的恐慌。同樣進來的員工目標明確地越過他，處處都閃爍著不同人的名字。塔索恍惚地加入人流，時而和這個人打招呼，時而和那個人打招呼。在電梯前的走廊上，左右各掛著兩台大型攝影機，隨時進行著臉部辨識。他的雙腿突然感到無比沉重。鏡頭對準了他，綠點圍繞在鏡頭周圍旋轉。塔索有種想露出自信微笑的衝動，但來不及忍住，以至於臉部肌肉只是猶豫不決地抽動著。

警報聲響起。一個強壯的保全出現在他面前。塔索突然停下腳步，一個女人從後面撞上他，低聲咒罵著，但他沒有理睬。

「多夫先生，」一虛擬保全以誇張而友善的聲音說道：「請您直視前方，我們無法清楚辨別您的身分。」

塔索隨意地擦了擦假髮際線上的汗水，按照指示去做。他用眼角餘光再次看見綠點。他無法集中思緒，只是努力試圖保持正常的呼吸。

終於，一聲輕輕的嗶嗶聲響起。塔索看著攝影機，攝影機之間有個綠色勾勾正逐漸消失。

「非常感謝，祝您有個美好的一天！」保全說完便消失了。塔索吞了口口水，朝電梯走去。他本來想靠在牆上，直到脈搏平靜下來。

幸運的是，電梯裡只有他一個人。他正準備尋找虛擬按鈕選擇八樓，但及時想起電梯會自動設定目的地。才過幾秒鐘，電梯又停了下來。塔索正要走出去，但隨後注意到電梯樓層顯示為三樓。門開了。

鐘．施奈德站在他面前。

塔索皺起了眉頭，下意識地向後退了一步。他們居然這麼快就要……

「啊，彼得！」施奈德從來沒有這麼熱情地對他微笑過。

塔索的震驚變成了突然突發的興奮。他友善地低聲說了句「嗨」。

施奈德走進來，仔細打量著他。「你還好嗎？你看起來很疲憊。」

塔索清了清喉嚨。施奈德聽起來很真誠地詢問他的健康狀況，這比親切的問候更讓他惱火。他和彼得是朋友嗎？真是個糟糕的想法。「今天早上我的血液循環出了點問題，不過現在沒事了。」

「血液循環？」施奈德驚訝地看著他。

「對，我突然覺得不舒服。醫生說是低血糖。」電梯再次停下，這次停在右邊的樓層。門開了。塔索舉手道別，但施奈德和他一起走出電梯。「我也一起，我還想和你談談。」

塔索在心裡罵道。怎麼這麼倒楣？

「我們不能稍後再談嗎？」

「只需要兩分鐘。」

「我有很多事情要做。」

「天，彼得，兩分鐘！這很重要。」

突然間，塔索的臉再次瘋狂地發癢。

「好吧。」他微笑著說，壓抑著想抓癢的衝動。因為突然其來的混亂，他不知道該往哪邊走。左邊還是右邊？他決定走左邊。

事實上，安娜應該在走廊上攔截他，並引導他穿過房間。但他到處都找不到她。難道她改變主意了？想起那天晚上她在離線者旅館的承諾，還通過了測謊，塔索無法想像她會改變主意。而且如果她真的退縮了，他肯定早就被逮捕了。

「你想談什麼？」他盡可能隨意地問施奈德，同時瘋狂確認辦公室門旁的虛擬名牌，沒有一間是彼得．多夫的名字。再推開幾道門，走廊就到盡頭了。安娜到底在哪裡？

「我們先去你的辦公室吧。」施奈德回答。「話說回來，你的辦公室不是在西北那棟嗎？」

塔索的思緒飛快運轉著，他拚命往他們剛才經過的房間望，終於看到一些他能辨認的東西。他轉向施奈德，施奈德停了下來，驚訝地看著他。

「當然，但我想你可能想喝杯咖啡。」塔索指了指面前的廚房。

施奈德的表情放鬆下來。「哦，原來如此，不用了，謝謝，我沒那麼多時間。」

「好吧。」塔索聳聳肩，邁著堅定的步伐走回走廊。成功躲過一劫的喜悅很快就消失了，因為過沒多久，他們就進入了另一棟對他同樣陌生的大樓。有時他必須和匆匆經過的海克打招呼，有時又得和伊爾瑪打招呼，同時在內心責怪自己為什麼沒有在電梯前更有效地阻止施奈德。

正當他看到廁所，準備以再次頭暈想吐當作藉口躲進去的時候，安娜從他們面前的一間辦公室走了出來。他如釋重負。她沒有讓他失望！

安娜看起來很緊張，但看到他時，她的心情似乎平靜了一些。「你終於來了！」這時她才注意到施奈德。「鐘，你找我嗎？」

「不，我只是想和彼得談談。」

安娜看看施奈德，又看向塔索。他不著痕跡地搔了搔左耳後，這是他的訊號。「其實我是想和他一起測試幾行重要的程式碼。」

「我們很快就會結束的。」施奈德用不容討論的語氣說道。

安娜走到一旁。塔索在門的旁邊看到了一個虛擬名牌，上面寫著彼得的名字。「好吧，那你等等來找我？」

「當然。」塔索回答道，安娜點了點頭，然後離開。

彼得的辦公室和塔索幾次進行危險人士約談中的辦公室格局一樣，不過他從來沒有到過這麼高的樓層。他驚訝地眺望整個城市，遠處國會大廈的圓頂在陽光下閃閃發光。彼得在內部設計上花了不少心思，或許他把這一切都交給了羅雅：一面牆通往無限延伸的街道，一輛敞篷車孤獨地行駛在街道上，三個年輕人在後座跳舞。對面的牆壁漆黑一片，一個穿著紅色大衣的男人正在不知何處奔跑，不停地東張西望，好像有人在跟蹤他。辦公室的天花板上有個巨大的水族箱，長頸鹿、獅子和羚羊在裡頭游泳。塔索的視線從眼前的景像中移開，坐在其中一張辦公椅上。他面前的桌子上擺滿了虛擬文件夾，周圍漂浮的黃色的便條紙。施奈德環顧四周，搖了搖頭，緩緩走到第二張椅子前。

「你怎麼能在這麼亂的地方工作？」

塔索也有同樣疑問。「總會習慣的。」

「兩週前這裡看起來完全不同。」

塔索聳了聳肩。「你想談什麼？」

施奈德坐下來，看著桌子。「可以嗎？」塔索還來不及回話，他就伸手拿起了桌子盡頭天鵝絨墊子上的一顆小骰子。骰子表面交替呈現黑色與白色。那是塔索送給哥哥的生日禮物，一顆古老的中國骰子。這一幕觸動了他。他從未想過彼得會為它選擇一個特別的地方，更遑論是這裡。

施奈德從四面八方打量著這顆骰子，然後抬起頭。他看起來就像塔索習慣看到的那樣專注而有洞察力。「你有你弟弟的消息嗎？」

這個問題讓塔索猝不及防。過了一會兒，他才意識到施奈德說的當然是他自己。「嗯，沒有，還是沒有。」

施奈德的眼神迷離地望向遠處。「我還是覺得他和這件事有關，我能感覺到。他就在人寧，聯盟那時與什麼人碰面的時候，他就在那裡！」

塔索的脊背傳來一陣冰冷哆嗦。「拜託，即便我弟弟參與了反抗運動，他也是個完全的局外人，他太不重要了。」

施奈德顯德很驚訝。「哦，是嗎？兩週前你可不是這麼想。」

塔索的臉又開始發癢了。他真蠢。他為什麼不讓施奈德繼續說呢？他必須想辦法結束這次談話。他沒有說話，只是帶著疑問的表情看著施奈德。

「你從沒想過他真的會行使遺忘權，你說過，他可能比你一直以為的還要危險。畢竟，你還用他的危險性為艾瑪的任務辯護過……」

「我仍然堅持這一點，」塔索迅速地說：「但他受邀參加所謂的反抗組織內部祕密會議？我實在無法想像。」

施奈德皺著眉頭，繼續在手指間轉動著那顆骰子。塔索想起了他必須留在斜角巷的那枚硬幣，他現在真希望它就在身邊。

「我覺得你還沒有完全恢復正常，彼得。我們必須考慮所有的可能性。他們肯定見過面，不然法布爾、貝拉夏和她的副手為什麼會在地下室？還有我旁邊那個奇怪的傢伙，他在貝拉夏演講的時候突然離開了……現在回想起來，我覺得那是你弟弟。你就不能和你父母談談嗎？問他們他們最後一次和他見面是什麼時候？」

「不。」塔索堅定地說。他不確定自己的回答是否能代表彼得。

施奈德輕輕把骰子推回天鵝絨墊上。

「彼得，事關重大，你或許可以……」

「不！」塔索強硬地打斷了他。「你他媽是憲法保護部門的人，想別的辦法去查清楚！」

施奈德似乎感到冒犯，但塔索不在乎。他終於要擺脫他了。「你就想找我談這個？」

施奈德生氣地搖搖頭。「我只是在做我的工作，彼得。你的家庭問題我可幫不上忙！」塔索不禁想起了阿薩，想知道正在和他說話的這個人是否也做了同樣的事情。施奈德站起來看著他。「等你感覺好點了，我們再談。你真的應該再去看醫生，看看你出汗的樣子。」然後他就走了。

塔索低聲罵了句「混蛋」，然後深吸一口氣。就差那麼一點了。他癱軟坐下，看著敞篷車裡的年輕人正在跳舞。突然間，他置身其中，坐在駕駛座上，喇叭放著音樂，陽光明媚，他的朋友們在他身後大聲狂歡。他轉頭看著笑著跳舞的人，欣賞漂亮的黑髮女郎眼中閃爍的誘人光芒，幾乎能感覺到風吹過他的頭髮，微笑著……然後他搖搖頭。他又回到了憲法保護大樓的八樓。牆上的三人向遠處走去。

他猛地站了起來。他凝視著桌上的黑白骰子片刻，把它放進口袋，離開了辦公室。

❖　❖　❖

安娜在幾扇門外等著。他鬆了口氣，走進去。她的辦公室比彼得的大，唯一不同的是窗外一望無際的紅色沙漠景色。

有那麼幾秒鐘，安娜只是看著他。她的臉上閃過一絲悲傷，隨後她打起精神，僵硬地回應了他的微笑。「謝謝你來，」她說：「昨晚我有些想法，想讓你看看。」

「好。」塔索答道。安娜拿著手提包，越過塔索走出房間。塔索跟著她回到電梯口。

她正想說什麼，身後有人大聲呼喚她。「安娜！」塔索嚇了一跳，轉過身看到一個五十多歲的小個子男人快步走來，很快就冷靜了下來。彼得的智慧裝置顯示他就是漢斯。

「我們不是有約嗎？」他問。

「哦，對，你的特休……但我現在不行，我們得測試新的程式碼。」安娜說。

「那這之後我們可以談談嗎？這真的很重要。」

「是的，當然。」

「大概要多久？」

「我不知道，漢斯，也許一個小時吧。」

他只是點點頭就離開了。

塔索瞥了安娜一眼，跟著她沿著走廊往前走。他們上了一層樓，進入一個寬敞明亮的大房間，大窗戶朝向東西兩側，房裡坐著幾十名身著制服的男女。塔索有些吃驚，後來想起安娜的部門是憲法保護部門和軍方共同組成的。周遭的士兵一邊點頭敬禮，一邊穿過隊伍，走向房間另一端的金屬門。塔索注意到一名年輕女兵正在和兩名同事聊天。她靠在椅背上，笑得前仰後合。她看起來很開心。不知道革命後她的生活會是怎樣？

來到金屬門前，安娜在鍵盤上輸入了一串長長的密碼。喀嚓一聲，自動門「嘶」的一聲打開了。塔索又看了一眼士兵，然後走了進去。

離線模式已啟動。

他環顧四周。門在他們身後關上了，只有他們兩個人。塔索把手放在後頸上，長長地呼出一口氣。他感覺到有隻手放在他的肩膀上，安娜對他微笑。她看起來和剛才不一樣，沒有外型改造濾鏡，就像以前在半昏暗的離線者旅館一樣，她眼下有著深深的黑眼圈，皮膚蒼白，頭髮凌亂。

「你已經克服了最困難的部分。」她安撫著他，儘管她自己看起來似乎也需要被鼓勵。

塔索點點頭。「這是……」但他沒有把話說完，只是又長長地呼了一口氣。接著他仔細地環顧四周：房間裡沒有窗戶，陳設也很簡樸。白光從低矮的天花板照射到大圓桌上的八個螢幕，每個螢幕前都有一個真正的鍵盤，它們之間纏繞的電線消失在桌面上的一個洞裡。

「這就是你的編碼工作室？」

安娜一邊點頭，一邊打開兩個螢幕。塔索緊張地坐到她身邊。就像安娜曾向他證實過的那樣，螢幕側面伸出了帶有手環的電線，用來檢測心律。

「施奈德想要什麼？」她啟動了編碼程式。

「他問我有沒有塔索的消息……為什麼智慧裝置在這裡不能用？」

「訓練系統也應該出乎立方體的意料才行。此外，沒有人能讀懂原始碼。」

「那反抗軍是怎麼做到的？」

「這你得問貝拉夏和法貝爾……」安娜伸出手，疑惑地看著他。「程式碼？」

塔索摸了摸肚子上的信封袋，脫下毛衣，拉起T恤，撕開固定在肚子上的膠帶。他撕開貼在膠帶上的薄膜，拿出幾頁折好的紙給安娜。

塔索看了看桌面下方，那裡有個金屬大盒子，上面閃爍著各種燈光：那是一台獨立於立方體的電腦，上面存放著他們要重寫的訓練系統。在塔索和安娜的指令之下，系統將會打開通往立方體的通道，啟動程式。想到這裡，塔索露出了希望的微笑。

安娜把紙張分開。他們可以同時重寫程式碼，一個從下往上寫，一個從上往下寫。「你知道該怎麼做嗎？」

塔索點點頭。過去幾週他幾乎沒做過別的事，雖然他根本看不懂紙上寫的東西，但他已經可以能很快將它們打出來了。「把紙放在從門口看不到的地方，我們不能鎖門。」

然後他們就開始了。

這可不是一件容易的事：四個星期之前，塔索第一次嘗試，當時花了九個小時，並且犯了好幾個錯誤，那時他還沒有今天這麼緊張。雖然他現在坐在一個密閉的空間裡，沒有人認出他來，安娜也在這裡，他仍是每分鐘都變得越來越焦躁，像是在拆除一顆定時炸彈。他必須一次又一次地強迫自己不要分神，而是集中注意力地盯著眼前的程式碼。每打完一頁，他和安娜都要互相檢查是否有誤，然後再繼續。塔索完全失去了時間感。

大約一個小時後，他們按照計畫休息兩分鐘。安娜放鬆肩膀，塔索張開手掌又握緊拳頭。

「謝謝你。」他在沉默中說道。

「我這麼做不是為了你。」她看也沒看他回答道。

「我知道……但還是謝謝。」

她默默地點了點頭。然後她問：「你到底對彼得做了什麼？」

塔索對於這個問題惹惱了他感到很惱火。「他現在應該已經在離線者旅館了。希望他醒來的時候，一切都結束了。」他不由自主地摸著口袋裡的骰子。

安娜的表情沒有洩漏她對答案的看法或整體的感受。雖然她看起來很緊張，但她還是平靜地、近乎機械地完成了每一個動作。

「你覺得這行得通嗎？」塔索突然感到非常疲憊。她過了好一會兒才回答。「編碼看起來……」一個咔噠的金屬聲打斷了她。塔索僵硬地看著正在打開的們。安娜急忙將紙張疊在一起放在膝蓋上。然而，有張紙慢慢飄落在地上。塔索想伸手去拿，但被安娜拉住了：漢斯已經進來了。

「很抱歉打斷你們，但我馬上就有約，真的需要提前談談特休的事情！」

塔索瞇著眼睛看著地上的那張紙，漢斯從門口能看到它嗎？

「對不起，」安娜安撫地回答：「但我們還需要一點時間。」

「我開始覺得自己很蠢，我已經找你三天了。」他走近了一步。塔索有生以來第一次希望有人突然心臟病發。這件荒謬的事正逐漸將一切置於險境之中！

「漢斯，現在不合適！」安娜應該聽起來很有威嚴，但塔索只聽出了她的緊張，這讓他更加不安。「我們正在測試一個新的程式碼，這很重要，而且也很緊急！」

「但這不會花太多時間，彼得可以待著沒關係。」

當漢斯開始走向安娜旁邊的空椅子上時，塔索再也忍不住了。他跳起來，毫不掩飾自己的憤怒。「你聽到她說的了，馬上出去！」他伸手指向門口。

漢斯惱怒地看著他，但沒有動。

「我們在工作，該死的，這比你那該死的特休更重要！」塔索喊道。

漢斯看著他的老闆，然後注意到地板上的那張紙。他驚恐地指著它。塔索感到頭暈目眩。

「這是你們的？禁止使用紙張，尤其是在這裡！」

塔索沒有多想，一把抓住漢斯的手臂。他不會讓他破壞他們的計畫，在離終點這麼近的時候成為阻撓。「你要是不滾，」他把臉湊到漢斯面前低吼道：「我就把你扔出去！」

肢體接觸似乎奏效了。他嚇了一跳，掙脫塔索的手，匆匆走到門口，轉頭看著他們，似乎還想說些什麼，但又默默地離開了。

塔索猛地一拳砸在桌子上。「可惡！」

安娜把臉埋在雙手裡。「我為什麼不讓他休這個該死的特休！」

塔索盯著她。「我們現在該怎麼辦？」

安娜猛地從麻痺狀態中清醒過來，迅速從手提包裡拿出一個啞鈴狀的裝置，匆匆跑到門邊。她把啞鈴的一端彎曲靠向門，然後把直的一端頂在門框上。她解釋說：「這是你的朋友給我的。」她按下裝置上的一個按鈕，裝置便自動吸在自動門和門框上。顯示器上閃爍著一百。

「磁鐵？」塔索問。

「對，電動的。」安娜趕緊回到電腦前。

「你剛剛為什麼不直接裝上去？」

「電池撐不了多久，尤其是當有人試圖強行開門時。我不希望有人一開始就發現我們把自己鎖在裡面。我以為我們可以更有技巧地擺脫進來的人。」安娜從地上撿起紙，重新坐下，看著螢幕。「快點，我們得抓緊時間。」

他們現在打字的速度比以前更快了。沒有人說話。塔索的腿開始瘋狂抖動，他發現自己越來越難集中精力。他必須不斷檢查自己輸入的內容，而安娜則繼續以同樣的速度敲擊鍵盤。現在他們不再重複檢查對方輸入的內容了。

當他們只剩下幾頁時，又出現了咔嚓一聲。塔索屏住呼吸，安娜哼了一聲。這次門沒有打開，而是有人用拳頭猛烈地敲打著門。

「安娜？彼得？」隔著金屬門，聲音聽起來悶悶的。可想而知是施奈德！「裡面發生了什麼事？快開門！」他又敲了敲門。

安娜率先從驚愕中回過神來。「繼續！你得快點，我快寫完了。」她吼著，又開始打字。塔索咳了一聲，突然覺得口渴。他驚慌失措地繼續打字。

施奈德放開門，外面又恢復寧靜。安娜打完了她的那一頁，塔索把剩下的一頁放在他們中間。「我從上面開始，你從下面開始。」他鼓足了剩餘的力氣，全神貫注地盯著眼前的程式碼，一行又一行地寫入。

當他們只剩下半頁紙的時候，他們又聽到門外有的聲音。現在有幾個聲音，顯然是施奈德請求增援。一聲聲巨響，金屬與金屬碰撞。不久後，門開了一條縫。磁鐵嗡嗡作響，加大力量，再次把門關上了。有人咒罵了一句。磁鐵的電量顯示器降到了**九十八**。

門外的人再次嘗試，門縫打開的幅度比第一次還小，但這次攻擊者在門縫中塞了一些東西，讓門無法正常關起來。他們往縫隙裡塞了個東西，可能是撬棍。他們正試圖把門撬開！塔索的手開始不受控制地顫抖，無法繼續打字。要是他剛才把漢斯打暈就好了！

安娜把最後一張紙拿過來。「我來搞定，你去擋住門！」

塔索急忙跑過去，顯示器上的數字是**八十九**。現在有幾個人正在撬門，電池電量正急劇下降。

塔索想用手掌撐住門，但是因為門會滑動，這會讓磁鐵脫落。**八十二**。他衝回桌邊，從電腦上扯下一個閒置的鍵盤。從側面看，鍵盤很薄，但呈楔形變厚。**七十四**。塔索試著把鍵盤塞進相對較寬的邊縫裡，門必須滑進這個邊縫才能打開。他在第四次嘗試時成功了。他在心裡歡呼了一聲，然後看了一眼電量顯示器，現在只剩下**五十二**，但下降速度變慢了。

「開門！」施奈德再次喊道。他的聲音更清楚了。「該死，這到底是怎麼回事！」

塔索把第二個鍵盤塞進邊縫，但門外的人也加大了力度，因為磁鐵的顯示數字再次下降，現在是**三十八**。它還能撐多久？

「快點！」他朝安娜的方向吼道。

「這還用你說？」

塔索無法冷靜思考。他們正一步步靠近災難，但他能集中精力關注的只有不斷下降的電量。他聽到安娜在敲擊鍵盤，但不敢問她到什麼程度了。

「讓我們進去！」施奈德大喊。

電池的電量是**三十三**。施奈德的幫手已經將門縫擴大到約兩公分，並用另一把鎖穩住了門，現在撬棍剛好可以插進去。

「是電磁鐵！」一個低沉的聲音喊道。

「把它弄開！」施奈德命令道。

下一秒，有人用鐵鎚敲打磁鐵。塔索無助地看著數字下降：**二十九**、**二十七**、**二十四**。他把手放在磁鐵的一側，增加壓力，但每當鐵槌敲擊另一側時，就會有一陣地獄般的劇痛穿過他的身體。塔索汗如雨下，心臟劇烈跳動，胸膛感覺就要被撕裂。

心律測試會成功嗎？雖然羅西曾向他保證心跳速度並不重要，但他現在根本無法相信。

「還要多久？」他問。

「就……快……」安娜瘋狂地敲打鍵盤，「好了！」

塔索抬起頭，一臉震驚。現在該怎麼辦？他繼續用盡全力按住磁鐵，手腳都已經麻木了。顯示器已經降到**七**。「我快不行了！」他喊道。施奈德在另一邊又喊了幾句。磁鐵搖晃得越來越劇烈，塔索快要承受不住了。

「你撐住！再等一下，我會讓一切準備就緒的！」幾秒鐘過去了。猛烈的一級震動了磁鐵，塔索不得不放手。他跪倒在地，雙拳在胸前緊握。螢幕上顯示的是二。

「就是**現在**！」安娜尖叫。她戴上了與螢幕相連的手環，並把它伸向塔索。她的目光中有些他無法解讀的情緒。是恐懼嗎？他咬緊牙關，打起精神衝到椅子前，戴上了手環。螢幕上顯示：請測試心律以開始訓練。磁鐵隨著震耳欲聾的巨響被拋向房間的另一頭。

安娜將食指按住兩個確認鍵。塔索目不轉睛地盯著它們，但它們沒有動靜。他從眼角的餘光看到，有人正頂著被卡住的鍵盤，試圖將門推開。男人們發出呻吟。一個巨大的手肘推開了不斷擴大的縫隙。

「你還在等什麼？」塔索大喊，想要自己按下確認鍵，卻被安娜抓住了手腕。

她痛苦地看著他。「你確定嗎？百分之百確定？」

「你**現在**才在問這個？」

施奈德的聲音越來越大。一隻手臂從門縫中穿過，正在尋找支撐點。

「這是我們最後的機會，」安娜突然變得非常冷靜，「如果失敗，我們的生活就完了；如果成功，其他人的生活也完了。我們真的要這麼做嗎？」

塔索本來可以甩開她的手，自己啟動程式。但安娜的話讓他猶豫了。他知道她為什麼在這個時候開始懷疑，因為他也有同樣的感覺。在施奈德撞門之前，他們是兩個正在工作的憲法保護者，而現在，他們成了掌握全國命運的恐怖份子。塔索情不自禁地想起了那個大笑的年輕女兵。他的腦袋響起了巨大的轟鳴。「對，我很確定。」他脫口而出：「你不確定嗎？」

安娜緩緩搖頭，鬆開了他的手腕。兩人對視了一會兒，彷彿他們有的是時間。塔索無能為力被洶湧的思緒淹沒，而這些想法是他現在絕對不需要的東西。

「那……」安娜開口說：「如果我們摧毀了整個文明怎麼辦？」

塔索鼓足所有的信念，懇求道：「但這正是我們想要的。為了新的、更好的未來，我們必須摧毀這個系統。」

安娜盯著螢幕。「我不知道我是願意這麼做，還是我必須這麼做。我不知道。」

同時，一條腿也從縫隙中伸了進來，一個強壯男人的半邊身體開始用背部將門推開。塔索的頭快爆炸了。安娜的疑慮喚醒了他以為已經克服的障礙。然而，現在懷疑已經太遲了，不是嗎？

他本能地把手伸進口袋裡，拿出黑白骰子，舉起它，詢問地看著安娜。她掙扎了一下，最終點了點頭。

門外響起喊叫聲，但塔索幾乎聽不見。他握緊拳頭，對著立方體吹了一口氣，然後把它扔到桌子上。力道帶來的彈跳太大，他得跳起來才能看到結果：白色。

直到現在，他才意識到他們並沒有說好白色代表什麼，安娜同樣困惑地盯著骰子。門被撞開，鍵盤被摔在地上。兩名保全人員舉著武器衝了進來，隨後施奈德滿臉通紅地跟在後面。

塔索和安娜反射性地同時按下了確認鍵。

授權進行中……

「你們在幹什麼？」施奈德高聲喊道。

保全人員立即舉起武器對著他們。

塔索舉起雙手，仍目不轉睛地盯著螢幕，心裡祈禱著，**拜託一定要成功啊！**

「把他們趕出去！」施奈德大喊道。保全人員跳向他們。

授權成功，訓練開始。

下一刻，有力的手臂將塔索從座位上扯了起來。手環的電線拖著螢幕一起掉到地上，螢幕碎了。塔索沒有反抗。他激動萬分。他們真的完成他們的任務了！其他一切都不在他們的掌控之中了。

施奈德的手下把安娜和塔索拖向他，他的眼神閃爍，幾乎說不出話來。「你們在這裡做什麼？」他終於低吼起來。他們仍然保持沉默。他抓住塔索大力搖晃。「你—們—在—這—裡—做—什—麼？」
塔索感覺到施奈德的口水噴到他的臉上，於是閉上了眼睛。他本來想得意地冷笑，但還是擔心他們在寫程式的過程中出錯。
突然間，激動的喊叫聲傳進房間。隔壁房間裡的椅子倒了一地，腳步踩得地板咚咚響。施奈德驚愕地看著門口。「什麼……」他沒有再看他們一眼，跌跌撞撞地跑出了房間。保全人員鬆開了手。塔索用眼角的餘光注意到，他們正猶豫不決地看著對方。尖叫聲越來越大。最後那些人鬆開了手，朝施奈德跑去。
安娜臉色蒼白，嘴唇顫抖。塔索感覺血液又流回了他的腦袋。他拉著安娜一起走出了房間。
他們的智慧裝置重新連上線。漢斯蹲在一張桌子後面，凝望著西側的窗戶。施奈德在幾步之外停了下來，雙手抱著頭，他的同伴在他身旁不知所措。
塔索順著他們的目光望去，到處都是火光。重型軍用無人機飛過煙霧瀰漫的天空，塔索能認出其中一架無人機上的中國國旗。機關槍掃射聲響起。炸彈爆炸了。每次爆炸都讓窗邊的士兵們驚慌。沒有人說話。只有偶爾幾聲驚呼。
塔索花了好一陣子才意識到這一切都不是真的。一切都是幻覺，沒有炸彈在任何地方爆炸，沒有任何東西在燃燒，沒有任何人處於危險之中！

施奈德轉過身來面對他。他的怒氣似乎消失了，臉上露出了赤裸裸的恐懼。「是你們嗎？」他用顫抖的聲音問。

塔索癱坐在地上。他感覺安娜拉著他，聽到她在說什麼，但視線卻無法從施奈德身上移開。當施奈德衝向他並試圖抓住他時，塔索一下子就抓住了他的手腕，並緊緊握住。他第一次發現施奈德已經老了，感受到自己身體優勢的感覺很好。

「你們做了什麼？」施奈德驚愕底喊道。

「我們拯救了這個國家！」塔索朝他的臉吐口水。

「拯救了……」施奈德瞬間無神，然後歇斯底里地喊道：「拯救了這個國家？」他試圖掙脫塔索的箝制，瘋狂地揮舞著手臂。「把中國人帶進來就是拯救這個國家？你們這些**叛徒**！你們這些**罪犯**！」

「塔索！」安娜大喊：「快離開這裡！」

當保全人員從手足無措中回神，試圖重過來解救他們的老闆時，塔索屈服了，他狠狠推了施奈德一把，施奈德倒在地上。然後他們開始奔跑。

「**殺人犯**！**叛徒**！」他追著他們喊道：「抓住他們或是**開槍**，該死的！**開槍**！」

塔索低下頭，恐慌再次來襲。他們才剛走了幾步，就聽到第一聲槍響，然後是第二聲。子彈擊中了他正前方的牆壁。他沿著來時的路往回跑，安娜的背影就在他前方。透過敞開的辦公室大門，他左邊的景象像是快速翻頁的地獄，他的內心只有恐懼。他繼續穿過電梯，來到走廊盡頭。

「這裡！」安娜喊道，打開門衝了進去。塔索又聽到了槍聲。他的臀部一陣劇痛，但他沒有理會，而是跟著安娜走下了緊急樓梯。走了三層樓後，他聽到有人推開門。槍聲在樓梯間迴盪。安娜嚇了一跳，連忙把手從欄杆上收回來，緊貼著牆壁急忙下樓。她大聲喘著氣，但速度快得幾乎讓塔索跟不上。在他們頭頂上，幾個人從樓梯上一躍而下。

「**再快一點！**」安娜喊道。

突然，四樓的門開了，塔索猛地撞了上去，一陣踉蹌。安娜突然停下腳步。一個女人走進樓梯間，不知所措地看著塔索。他一眼就認出她了。

「抱……抱歉。」幾個月前審問過他的年輕女警沃格爾結結巴巴地說。

槍聲再次響起，一發子彈擊中了塔索腳邊的水泥地。他大叫一聲，越過充滿困惑的女警跑了過去。

「攔住他們！」施奈德在樓梯間喊道。塔索聽到沃格爾在他們上方追趕。他恍惚地跟著安娜，終於跌跌撞撞地走進大廳。

那裡一片混亂：到處都是憲法保護中心的武裝保全機器人，他們正向大門入口開火，街上的中國機器人也進行回擊。地面上到處都是碎片、殘破的牆壁、毀壞的戰鬥機，有些地方還有部分受傷的屍體。

安娜想躲在櫃檯後面，但塔索拉住了她。「拿掉一邊智眼！」他在嘈雜聲中喊道。在他們身後，沃格爾把門拉開，震驚地又將門關上。安娜不明白他的意思，於是塔索拿掉了一隻智眼，仍戴著智耳。她點點頭，也照做了。

透過沒有配戴智眼的眼睛，塔索看著大樓前空無一人的街道，屍體也消失了。立方體機器人毫髮無傷地站在那裡，朝著虛空開火。東邊入口的窗戶被震碎了，但所有碎片都散落在路邊。外面陽光明媚。

安娜笑了。塔索也想笑，但側腹的疼痛讓他皺起了眉頭。他低頭看著自己，臀部上方的T恤上有一道網球大小的血痕。他指著他們面前的機器人。「他們不會向平民開槍，對吧？」

「至少它們的程式設計是這樣設定的。」安娜的語氣充滿不確定。

他們身後的門再次打開，沃格爾毫不猶豫地走了出去。她有看到他們拿下智眼嗎？

他抓住安娜的手。「走！」

他們向出口奔去。他們的左眼奔向自由，右眼衝進中國軍隊的砲火。當他們進入立方體機器人的射擊範圍時，火力停止了。在他們身後，塔索還能聽到沃格爾在對誰喊著什麼。他們穿過東邊入口破碎的旋轉門，直接穿過中國機器人，沿著樓梯跑到街上。他們身後的射擊頻率立刻又增加了，虛擬戰爭還在繼續。

塔索四處張望。施奈德拿起槍，與沃格爾和一名保全追了上去。他們看穿了這個計畫。他焦急地在街上尋找他們逃跑的汽車。提姆應該已經到了才對！

安娜驚恐地回頭望去。「我們等不及了！」

塔索點點頭，氣喘吁吁地跟在她身後，半蹲著沿路向南走去。

「**站住！**」施奈德喊道。

他們的距離越來越短。塔索試圖跑得更快，但沒有成功。距離下個街角至少還有五十公尺。

隨後，一輛弗勞托出現在他們面前，從他們頭頂飛馳而過。不久後，一聲槍響，接著是一聲沉悶的撞擊聲。塔索邊跑邊回頭，試圖了解情況：弗勞托降落在了他們和追兵之間，槍彈可能打在了車身。弗勞托的側門打開了，提姆和離線者旅館那天晚餐的一名女侍者拔槍跳了出來。塔索停了下來，但提姆要他繼續跑。安娜快到下一個街角時也停了下來，疑惑地看著他。剎那間，塔索只感覺到自己心跳加速。就像慢動作一樣，他看著提姆和他的他的同伴在弗勞托後面就位，盲目地朝施奈德的方向開槍。他的朋友背靠車輛，睜大眼睛等待追兵的回應。

塔索直盯著弗勞托，只有臀部上方灼熱的抽動讓他移開了目光。他幫不了提姆。他氣喘吁吁地一跛一跛繼續前進，跟著安娜繞過街角。

❖　❖　❖

雖然似乎沒有人在追趕他們，但他們並沒有停下來。塔索摀住身體的一側，試圖拚命加快速度。安娜不時向他投來不耐煩的目光，但沒有丟下他。

菩提樹大街上，數不清的智駕沿著寬闊的馬路行駛。有些人似乎沒有注意到周圍的混亂，繼續讓智駕帶著他們移動。其他人則緊盯著車窗，滿臉恐懼；或是將車停在路邊，下車尋找掩護。

塔索再也受不了了。他跪倒在地，喘著氣，仰躺在地上。路面很溫暖，塔索感覺像是有人在擁抱他。安娜催促他繼續前進。見他沒有反應，她跟著在他身邊坐下。塔索慢慢平靜了下來。他的肺部很痛，手臂和腿也是，但臀部上方的刺痛最劇烈。

他抬頭看著天空，輪流閉上左右眼。天空時而泛著火光，時而呈現粉藍色。有時是戰爭，有時是和平。有時是死神在召喚，有時充滿無限生機。

漸漸地，他的思緒回來了。他付出了一切，冒了一切風險，心中充滿無盡的自豪。但他們真的成功了嗎？只要戰爭還在繼續，就算只是一場虛擬戰爭，他也不覺得這是成功。立方體顯然還沒有自爆，否則戰鬥早已結束。也許他已經看穿他們了？它是否只是在等待敵人的首領從掩護中出來？一顆炸彈在街道的另一頭爆炸了。塔索嚇了一跳，轉頭看向安娜，她也緊張地盯著空中。

突然，路上所有的車輛都停了下來。塔索掙扎著起身。中國人的攻擊仍在空中肆虐，但塔索心中有種難以形容的感覺在滋長，那是他們勝利的確定感。他站起來，期待著尋找更多的證據。安娜也站了起來。他們再次被巨大的爆炸聲嚇了一跳。現在連先前沒有察覺的駕駛也注意到了這場混亂，許多人想下車，但車門似乎已經無法打開。他們敲打車窗，大聲呼救。當塔索正準備幫助一個年輕的家庭時，一台資料探勘無人機撞到了他旁邊的人行道。有越來越多無人機掉到車頂和擋風玻璃上，比較新的型號則輕輕落地。

剎那間，時間彷彿靜止了。然後，戰爭結束了。煙硝不再，機關槍的聲響停止。塔索抬起頭，雙眼望著藍天，這是個寧靜的夏日。他感到一陣激烈的悸動，握住了安娜的手。彷彿永恆的幾秒鐘過去了，什麼事也沒有發生，所有人都屏住了呼吸。

突然，塔索透過僅存的智眼看到了帕斯卡爾溫柔的笑容。她坐在一張桌子前面，穿著一套非常合身的黑白花紋套裝，直視著他的眼睛，像女王般崇高。

「親愛的國人們，」她開口說道：「這裡是人文主義聯盟……」

塔索聽不見其他聲音。他高舉雙臂，高興地發出了從未有過的激動大喊，看著安娜，忘記了所有痛苦，將她舉起在空中旋轉。「我們成功了！我們真的做到了！」他一遍又一遍地喊著。他從未感到如此自由、如此放鬆、如此輕盈！他把安娜放了下來，她現在滿臉笑容。

塔索開心地又笑又哭，和她一起在人行道上狂舞，彷彿他們剛剛拯救了全人類似的，因為沒錯啊——他們不正是拯救了全世界嗎！

尾聲

瑪塔被輕柔的吉他音樂喚醒。她眨了眨眼，轉過頭去。卡爾正躺在她身邊，滿足地抿嘴。她微笑著看著他在睡夢中，耳邊的音樂慢慢變成一首振奮人心的歌曲。過了一會兒，聲音漸小，直到像是從浴室傳來的。瑪塔小心翼翼地下了床，循著低沉的鼓聲獨奏而去。隨著她打開浴室的門，鬧鐘響起了一陣爆炸聲。

今天是在非洲大草原上淋浴。太陽剛探出地平線，紅光灑在附近吃草的一群大象身上。**七月八日上午八點零五分**，天空中的雲朵熠熠生輝。瑪塔擦乾身體，換上充電站上的第二副智慧穿戴裝置。她數著秒數。四秒後，光線昏暗的浴室再次消失。

她從衣櫃裡拿出能突顯她的智慧穿戴裝置的衣服，穿好之後到孩子們的房間看了看。女孩們還在熟睡。像往常一樣，菲妮趴在床上，頭枕著五歲生日時收到的泰迪熊，而年紀再小一點的桑德拉則側躺在床上，緊緊裹在棉被裡，安靜地呼吸著。牆上一隻巨大的米老鼠正守護著她們。瑪塔小心翼翼地再次把門闔上，走進廚房。她擺好餐桌，準備了一些麥片。她選擇馬達加斯加飯店的露台作為吃早餐的地點，卡爾和她在那裡度了蜜月。

像是早有預感一樣，卡爾突然出現在她身後。他打了個哈欠，把頭靠在廚房門框上。她向他招招手，「早安，你這個打呼怪！」

「少來，你戴著智耳根本聽不到。」卡爾笑著跨過門檻，在她肩膀上親了一下，然後驚訝地環顧四周。

「這是飯店最近送給我們的回憶紀念。」瑪塔說，跟著卡爾來到欄杆旁，從這裡可以看到海對岸的小島，他們曾經划船到那裡。她從後面環抱著卡爾，把頭依偎在他的背上。

「夫人，先生。」他們聽到身後傳來一個聲音，「你們想入坐嗎？」

「馬哈利奧！」卡爾驚喜地向他們當時的侍者，笑著說。瑪塔很高興他還記得自己。

年輕的馬達加斯加人微笑著向餐桌做了一個邀請的手勢，他們找了個座位坐下。就在他們喝咖啡的時候，菲妮小跑步進了廚房，妹妹緊跟在後。她們帶著惺忪的睡意坐下，卡爾把桑德拉抱上椅子。瑪爾塔撫摸著小女孩的頭，輕輕捏了捏她的臉頰。她不知道自己為什麼總是這樣做，雖然菲妮不喜歡。不知怎麼的，這讓她想起了過去的日子。

「嗯，今天是誰把你吵醒的？」卡爾問。

桑德拉的眼睛立刻亮了起來。「哦，小猴子！」她驚呼道：「它有一雙大眼睛！」

菲妮突然也清醒了。「狐猴！」她驕傲地補充道：「牠們在屋子裡跳來跳去！就像這樣！」她用手模仿著跳來跳去的動作，還扭了扭頭。桑德拉咯咯笑了起來。

他們像每天早上一樣一起吃麥片。菲妮抱怨裡面有藍莓，桑德拉不喜歡核桃，但至少她們把碗裡的東西吃了一半。女孩們圍著廚房的桌子跳來跳去，模仿狐猴的樣子，卡爾則和她們一起計劃今天的活動。瑪塔羨慕地聽著。吃完早餐之後，她和女兒們道別，緊緊地擁抱她們，在這個世界上沒有比這更好的感覺了。明天她就可以待在家裡，換卡爾要去上班，這個想法讓她鬆開了她們。

走去路邊等待智駕的路上，她用手撫過花園裡的玫瑰，聞著薰衣草的香味。一年前他們還買不起這棟房子，後來他們對於生活得更有意識，並提高了他們的預測分數，直到可以貸款。也許某天他們能夠負擔得起翻修的費用，這樣他們就不用再使用智慧裝飾和智慧場景了。但無論如何，她還是感覺比以前任何時候都好。

她看著天空，沒有半朵雲。她沒有啟動天氣應用程式，因為天氣真的很好。她笑了笑，鑽進車裡，確認預設的目的地：工作，然後往後靠了回去。

瑪塔對自己的工作感到矛盾。「人們總是需要美髮師的！」她的緩刑觀護人當時曾這麼說，她說得沒錯。即使她沒有特別喜歡這份工作，但被人需要的感覺還是很好。在她以前的生活中，沒有人需要她，她反而一直是別人的負擔，靠欺騙和偷竊來養活自己和買毒。回想起那段時光，她的內心緊繃了起來。一瞬間，伴隨她多年的羞恥感再次浮現。只有想到家人她才能平靜下來。

還要半個小時才會到髮廊。瑪塔選擇了她這幾個月來製作的獨立影集：一部以她為主角的太空劇，她在髮廊裡阻止了一場又一場的星際戰爭，而她的男性對手都在崇拜她。她把周圍的光線調暗，讓自己舒服一點，然後按下播放鍵。

大約二十分鐘後，車子突然停了下來。它不像往常一樣有節制、平穩地移動，而是把她向前拋了出去。

「清空視野。」影集暫停，她環顧四周。

她的車停在一條寬闊馬路的右側車道上。其他車輛也都停了下來，其中有許多空車。瑪塔聽見巨大的轟鳴聲和嘎嘎響聲。她旁邊的車裡坐著一位女士，同樣困惑地四處張望，她身體前傾，透過擋風玻璃往上看。瑪爾塔順著她的目光望去，不禁嚇了一跳。

數百架掛著中國國旗的無人機在天空中飛行。瑪塔的心開始劇烈地跳動起來。這裡完全不對勁。黑色的煙硝在她們周圍沖天而起。附近劇烈的爆炸聲讓她跳了起來，現在她才看見無人機不斷投射的黑色物體。那些是……炸彈嗎？這裡到底發生了什麼事？她的喉嚨發緊。他們受到攻擊了嗎？再次響起地嘎啦聲響，現在聽起來就像戰爭電影裡的機關槍掃射。瑪塔簡直不敢相信。她本能地按下車門上的緊急按鈕，但什麼也沒發生，甚至在嘗試了五、六次之後也是如此。恐慌在她內心升起，呼吸越來越急促。她想下車，回到家人身邊……回到女孩們身邊！卡爾他們還好嗎？菲妮和桑德拉一定嚇壞了。瑪塔拚命搖晃著車門把手。她必須去找她們！

瑪塔旁邊那輛車裡的女人瘋狂地敲打車窗玻璃，臉上露出驚恐的表情。一台資料探勘者撞上了她前面的汽車。瑪塔尖叫起來。越來越多無人機不受控制地從天而降。現在她試著用手肘撞擊窗玻璃。第三次撞擊未果後，她疼痛難忍，於是試著用另一隻手敲打。她越來越瘋狂地敲擊，時而向左，時而向右。她用身體撐住座椅，用腳踹擋風玻璃，再次搖晃車門，向立方體求救，但一切都是徒勞。她被困住了。她再也不想經歷這種情況了。

周圍突然一片死寂。她旁邊車裡的女人淚流滿面地環顧四周。瑪塔抬起頭：無人機和煙硝都消失了。天空一如既往地湛藍，彷彿什麼事都沒發生過。難道攻擊不是真的？她大大地呼出一口氣。直到現在，她才發現自己全身都在顫抖。

突然，一位黑髮的優雅女子出現在她面前。瑪塔以前在哪裡見過她。她正坐在一張桌子前，直視著前方。

「親愛的國人們，」她開口說道：「這裡是人文主義聯盟……」

一聲刺耳的大喊傳來：「太好了啊啊啊啊啊！」

瑪塔拿下智眼。離她不遠的人行道上，有名男子正高舉雙臂雀躍歡呼。他旁邊還有一個女人，他現在正把她舉到空中旋轉。這些人是誰？他們在高興什麼？瑪塔懷著不安的心情，再次把注意力集中到演講上，但還是緊盯著那對跳舞的男女。

「……各位不再處於危險之中。立方體國家領導階層中的一個不法集團，聯合了和諧主義敵人，試圖從背後捅我國人民一刀，為一己之私奪取政權。在這個最危險的時刻，聯合反抗軍宣布進入緊急狀態，以維持法律和秩序，同時將政府事務移交給我……」

畫面短暫晃動。轉播中斷了。幾秒鐘後，熟悉的3D立方體出現在瑪塔面前，以它為軸旋轉了幾秒鐘，顏色從白色到灰色再到銀色，最後變成了金色。她再次戴上智眼。

抱歉打擾了，瑪塔從未聽過的溫柔男聲說。我的系統遭受攻擊。雖然我一直都控制著局面，但是仍對造成的不便深表歉意。

話音剛落，所有的車子又開始移動，還能飛行的無人機又飛上了天空。瑪塔困惑地搖了搖頭。她仍然很震驚，但同時也鬆了一口氣。她的家人平安無事。今晚她可以像往常一樣坐在女兒們的床中間，看著她們直到她們睡著。

瑪塔的視野中出現了一個小視窗：關於我的系統遭受攻擊的更多資訊。當她還在猶豫要先點擊資訊，還是要先打電話給卡爾時，她向右邊看去。剛才還在歡呼的那對男女蹲在人行道上。女人把頭埋進雙手，男人仰望著天空。

他的臉上白茫茫一片。

誌謝

這是我的第一部小說，現在它終於完成了。單靠我自己，我永遠無法走到這一步。我要感謝弗勞克、提姆以及Atrium出版社的所有人，還有瓦倫丁和伊莉莎白．魯格版權代理公司（Elisabeth Ruge Agentur），以及眾多優秀的試讀者：芭芭、貝妮塔、伯卡德、克里斯蒂安、克勞迪婭、丹尼爾、費利克斯、弗洛里安、弗洛伊德、吉爾達、亨利、雅各布、基安、露西、媽媽、馬庫斯、馬克斯和馬克斯、娜塔莉、寶拉、彼得、菲利普、菲利普、拉斐爾、里卡、索菲亞、托馬斯、烏爾夫、約翰娜和約拉姆，特別是尼科萊和我的祖母。

我尤其還要感謝林尼，感謝她從頭到尾的信任、耐心和支持。

New Black 025

演算人生

Der Würfel

作　　者　彼強・莫伊尼（Bijan Moini）
譯　　者　陳冠宇

堡壘文化有限公司
總 編 輯　簡欣彥
副總編輯　簡伯儒
責任編輯　張詠翔
行銷企劃　曾羽彤
封面設計　mollychang.cagw.
內頁排版　家思排版工作室

出　　版　堡壘文化有限公司
發　　行　遠足文化事業股份有限公司（讀書共和國出版集團）
地　　址　231新北市新店區民權路108-3號8樓
電　　話　02-22181417
Email　service@bookrep.com.tw
郵撥帳號　19504465 遠足文化事業股份有限公司
客服專線　0800-221-029
網　　址　http://www.bookrep.com.tw
法律顧問　華洋法律事務所　蘇文生律師
印　　製　呈靖彩印有限公司
ISBN　978-626-7375-44-0
ESIBN　9786267375433（PDF）
EISBN　9786267375426（EPUB）
初版 1 刷　2024年1月
定　　價　550元

國家圖書館出版品預行編目（CIP）資料

演算人生／彼強・莫伊尼（Bijan Moini）作；陳冠宇譯. -- 初版. -- 新北市：堡壘文化有限公司出版：遠足文化事業股份有限公司發行, 2024.01
　面；　公分. --（New black；25）
譯自：Der Würfel.
ISBN 978-626-7375-44-0（平裝）

875.57　　　　112020541